U0037183

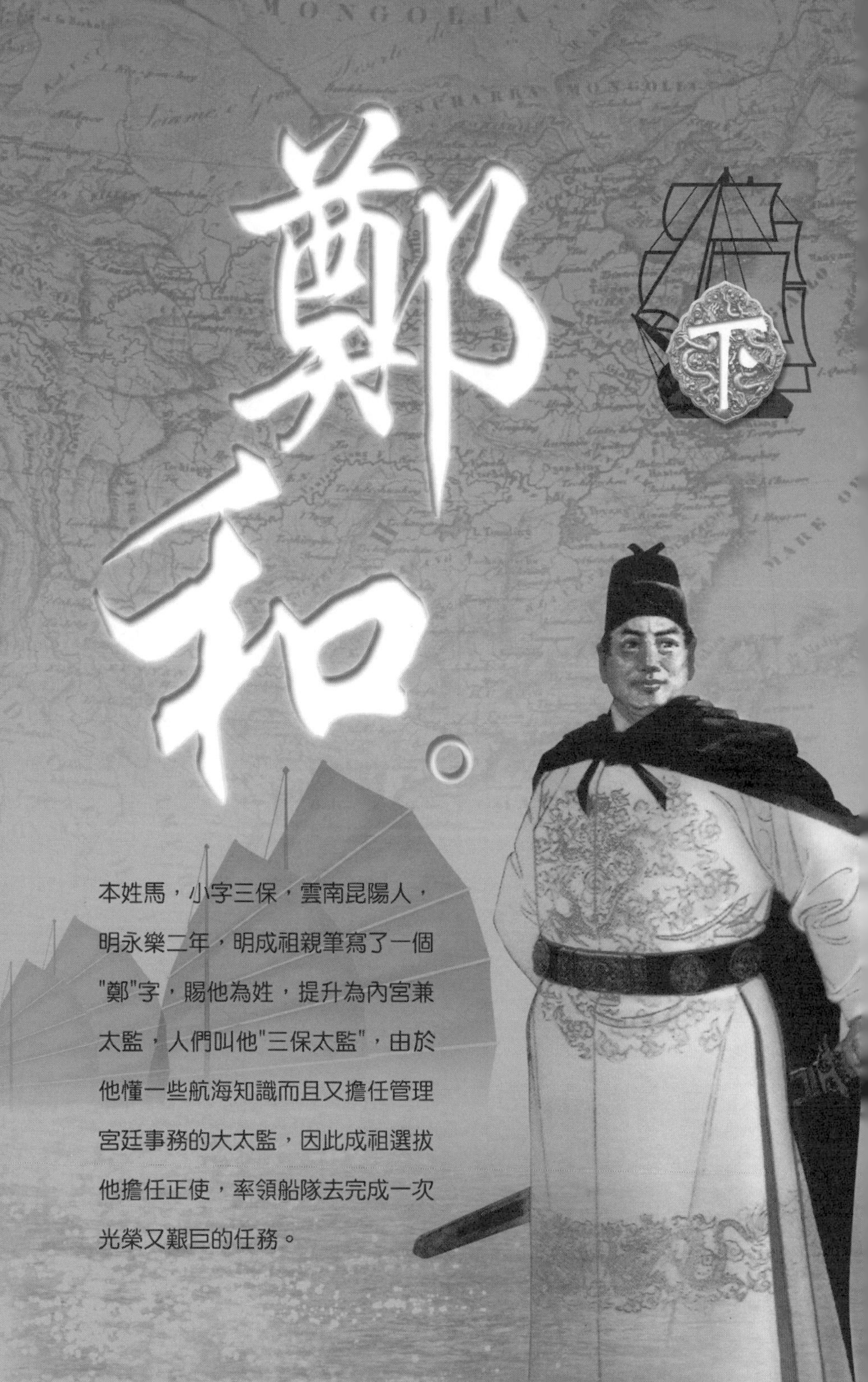

本姓馬，小字三保，雲南昆陽人，明永樂二年，明成祖親筆寫了一個"鄭"字，賜他為姓，提升為內宮兼太監，人們叫他"三保太監"，由於他懂一些航海知識而且又擔任管理宮廷事務的大太監，因此成祖選拔他擔任正使，率領船隊去完成一次光榮又艱巨的任務。

目 錄

第二十三章

一艘華麗的皇宮御船停泊在海面上，船首飄著鮮豔的王旗。甲板上聳立著一尊高大王座，上面端坐著一個英武的國王。眾多南洋裝束的武士簇擁在王座兩旁，個個嚴陣以待。幾個壯漢吹響了漆黑的海螺，發出低沉的嗚嗚之聲。國王剝開一支香蕉慢慢吃著，兩眼冷冷地注視著前方緩緩駛來的一艘海盜船。

陳祖義立於海盜船船首。大頭目抬手遮眼遠眺著，隔一會兒就向他報告情況。「沒錯，公子。當中那人就是錫蘭王，亞烈苦奈爾。」此刻，他對陳祖義說。陳祖義一邊往御船方向注視，一邊說：「看見了。靠邦。」大頭目就衝部下叫起來：「轉舵減速，慢慢地靠邦嘍！」

兩船越來越近，最終「嘣」的一聲相碰。皇宮船與海盜船以舷相接，緊密拼排在一塊了。

陳祖義立於船邊，朝亞烈一揖道：「您的僕人陳祖義，拜見偉大的錫蘭國王陛下！」亞烈不悅地問：「陳祖義，見我有什麼事？」陳祖義恭敬地說：「我想向陛下借一座小島，那就是距此二百里的古拉爾島。我願意向陛下獻上兩桶金幣、兩桶珍珠，使用該島半年。」亞烈警惕地問：「你有舊港還不夠嗎？為什麼要借用我的島嶼？」陳祖義道：「稟陛下。我得到消息，鄭和已經從忽魯謨斯返航，距舊港不遠了。我肯定，他的下一個目標就是攻占舊港，擒拿建文皇帝朱允炆。我想率主力船隊避其鋒芒，埋伏在鄭和歸國途中，突然攻殺。而古拉爾島的位置，恰好遠近相宜，攻守兩便。」

亞烈直言相告：「鄭和是一把燒紅的寶劍，我並不想碰它。如果我把古拉爾借給了你，也就等於把禍水引到錫蘭國來了。」陳祖義道：「偉大的陛下，我不是禍水，鄭和才是燒紅的劍鋒！對付他，躲避絕不是辦法，只有狠狠地一擊，打斷它！海外各國才能得到永遠太平。」陳祖義臉上掛著世故的笑。

亞烈一針見血地說：「哦……你想鼓動我跟鄭和為敵，你好從中取利。」陳祖義臉上掛著世故的笑：「不，與鄭和為敵的是我。陛下很清楚，他們那支船隊就是我的天敵！而我卻建議您——偉大的錫蘭王，在我抵抗鄭和的時候，由您來從中取利。」亞烈自然不相信有這樣的好事，他譏誚道：「這是慷慨呢？還是狡猾？」陳祖義卻顯得理直氣壯：「是真誠！」亞烈把香蕉皮往僕人手中的托盤裡一扔，大聲道：「那麼，把你的真誠全部說出來。」

陳祖義上前一步請求：「請陛下准許我過船密談。」亞烈冷笑：「你就不怕我乘機殺你？我身邊這些勇士早想你把砍碎餵魚了。」陳祖義看一眼亞烈身邊那些橫刀怒目的壯士，面不改色地笑了笑，說：「陛下不會殺我。因為陛下心裡也在擔心——我雖然可怕，鄭和也許比我更可怕。陛下要是現在殺了我，等於幫了鄭和，害了自己。」

亞烈不再說什麼，准許陳祖義過來。陳祖義縱身一躍，跳到皇船上。沒等他站穩，錫蘭國壯士們一齊上前圍住他，閃著寒光的刀鋒直逼他的胸膛。而海盜船上的所有海盜也立刻劍拔弩張，遠遠地瞄準了亞烈王。緊張的氣氛之中，戰爭一觸即發！陳祖義輕輕地道聲：「陛下？……」亞烈沉默良久，終於一嘆，起身道：「來吧。」領著陳祖義進入船艙。

錫蘭王立於艙中，陳祖義靠近他，恨恨地說：「陛下，我絕不會白白放棄舊港的，那裡已經成為一片陷阱，任何人落入其中，都將是有去無歸！」亞烈聽了這話，心裡反而鬆弛了些，因為他知道這才是陳祖義的真話，說：「這才像你的本性。」陳祖義並不在乎亞烈話中有話，說：「鄭和船隊在舊港落敗後，必定筋疲力竭、斷水缺糧。我們就可以在他東歸的途中，乘機攻殺。而錫蘭國的百里海岸線，都處在鄭和的東歸途中，可謂以逸待勞，決戰決勝！」

亞烈斥責道：「怎麼變成『我們』了？鄭和並沒有侵犯錫蘭，我也不想與鄭和為敵。」陳祖義推心置腹地說：「陛下，您不了解漢人！我是漢人，沒有誰比我更了解漢人的想法了。他們一直把自己當成是至高無上的中央王國，自命為君臨天下。而把海外各國視做蠻夷、番邦，跟野獸差不多！鄭和以出使為名，真正用意是要把海外各國收為大明的僕從國，年年月月，上貢稱臣，將你們這些君王變成大明的海外奴才！錫蘭真是不幸，因為陛下在南洋各國中兵馬最多、戰船也最多，自然會首當其衝。鄭和只有征服了錫蘭才能征服南洋各國。否則的話，鄭和為何帶來世界上最大的戰船？船上那數千門大炮難道是炸魚用的嗎?!」

亞烈雖然心有所動，但沉思半晌之後，仍然搖頭：「不。只要鄭和不侵犯錫蘭，我不會與他為敵。」陳祖義再無計可施，只得說：「那麼……請陛下千萬不要讓鄭和船隊靠岸。他們一旦登陸，陛下後悔也來不及了。」亞烈這下點頭同意了：「我雖然不與他們為敵，但也絕不會讓他們踏上錫蘭國土！」陳祖義說：「好。剩下的事，就由我來對付吧！請陛下恩准借用古拉爾島。」亞烈猶豫之後也同意了，只是強調：「但是，鄭和船隊一旦離去，你就要歸還。」陳祖義立刻喜形於色：「我發誓！」亞烈卻說：「我不太相信你的誓言。請你在登島之前先付租金──雙倍。」陳祖義一驚，只能無奈地答應。他離開的時候，亞烈忽然又喚住他，問他準備怎麼伏擊鄭和，陳祖義沉吟片刻，微笑道：「鄭和在古里港補充水手的時候，我已經安插進了臥底。我知道，鄭和如果不能在錫蘭國補充給養的話，那麼下一個補充地只能是魯古里海岸。」亞烈咧嘴笑了起來：「魯古里是『女兒國』。」陳祖義邪笑著：「那裡遍地女人，到處是美酒蜂蜜。陛下想想，兩年不識女人滋味的水手，一旦上了那個島子，還不發瘋嗎?!」

颱風過後，天空陰晦，海水灰暗。

鄭和與南軒公等人立於寶船的高臺上，俯視著甲板景象。只見桅帆多處破碎，甲板一片狼藉，到處是斷繩殘索，各種器物東倒西歪。負傷的水手正呻吟著被架走，其他水手忙碌著收拾殘跡。

鄭和不悅地盯了南軒公一眼，用責備的口氣說：「南公啊，在忽魯謨斯起航時，你好像說過，這期間不會有颱風。」南軒公嘆氣道：「是不會有。但它不是颱風，而是龍捲風。鄭大人請看，船隊是以雁陣依次行馳的，首尾各船絲毫無損，只有當中這十幾條船被颶風打偏了航線。如果是颱風的話，方圓幾百里都難免被襲。而龍捲風颳起來不是一片，只是一個點，它從天而降，像刀子一樣從船隊當中劈頭蓋臉而來。來無影，去無蹤，一眨眼就過去了。防不勝防啊。」

鄭和順著南軒公的手勢眺望船隊，悟道：「不錯。剛才還天搖地動，現在什麼都沒有了。龍捲風真是怪異、可怕！」南軒公告訴鄭和，剛才遭遇的龍捲風算是小的，大的龍捲風能把整條船從海裡拔起來，帶到天上去。兩人正說著，吳宣匆匆步上高臺道：「鄭大人，各船都發信稟報了。我們總共撞損兩艘，沉沒三艘。落水兵勇大部被救，淹亡五人。」

鄭和倒吸一口冷氣，說出來的話卻舉重若輕：「還好，損失不算太大。」吳宣沮喪地說：「但沉沒的三艘船，都是水船。」鄭和一怔，水船？船隊總共就五條水船，這一下喪失了三條，豈不要鬧水荒了嗎？吳宣說船隊急需泊岸整修，補充淡水。鄭和就問南軒公：「南總舵，船隊距舊港有多遠？」南軒公看看海天，道：「我們偏離航線不遠，估計東行五百里，就可以看見舊港海岸了。如果風力不變，四天之後當能抵岸。」

鄭和的面色這才開朗起來：「四天，那存水綽綽有餘了。我想，舊港既然是陳祖義老巢，那地方應當是水源富足，林木參天，既可整修船具，又可補充飲水。吳宣啊，你有何想法？」吳宣興奮地說：「在下建議改向東航，直奔舊港。剿滅陳祖義，為弟兄們報仇！」鄭和點頭贊同，道：「吳宣，此戰就請你掛帥，一舉消滅這幫作惡多端的海上巨盜。你馬上召集眾將，預設方案吧。」吳宣大喜，遵命而去。

船隊在舊港靠岸後，船上的人就上了海灘。吳宣身披戰甲，召集甲士列陣。

鼓號聲又隆隆響了起來，大片甲士立刻列成了鐵桶戰陣。最前面是一排巨大的獸首盾牌。吳宣又大吼一聲「接敵」，戰陣就在鼓號聲中，以勢不可擋的氣勢整齊地向前邁進。吳宣行進在戰陣前方，緊盯著越來越近的大片椰林。椰林中，隱約顯出海盜的旗幟、身影、屋棚。吳宣揮劍大吼：「殺！」帶頭衝了上去，甲士們殺聲四起，跟著吳宣衝入椰林。

進入椰林後，吳宣忽然感覺情況不對，他止步驚訝四顧。只見林地裡雖然密布旗幟，卻空無一人。原先那些海盜的身影，竟然都是披著裝束的草人！吳宣氣得揮劍砍翻了面前的一個草人，怒叫：「搜！」甲士們分頭衝入林地，到處搜索。當他們走近一片營房時，看見所有房屋都被燒毀了，只留下一片廢墟。一個總旗官向吳宣報告：「稟吳總兵，弟兄們搜遍了，不見海賊。看來，這是一個棄島。」

吳宣指著遠處深山，怒氣沖沖地說：「進山搜索。給我把一草一木都搜遍！」總旗官應聲而退，領著眾甲士奔向深山。

吳宣謹慎地步入廢墟四處觀看。忽然間，他看見一扇破碎房門後面掛著一隻明黃色錦囊，急忙上前取下，扯出囊口，從中取出一紙，展開細看，大驚，竟然是建文帝朱允炆手書的聖旨！他低聲誦讀著：「愛卿鄭和謹知。朕與天齊壽，豈能被逆賊朱棣所傷？朕在海外已廣召義軍，不日將揚帆歸國，集天下王師，剿平篡賊，光復大明。朕知道，你雖然被迫屈從朱棣，卻不失忠義之心。朕盼你順天應命，歸附王師。朕駕幸京城之日，即封你為工部尚書，賜護國公。欽此。建文六年八月十日。」

吳宣震驚呆怔，一時難辨真假，卻感覺到這是個有用之物。耳邊忽聽有動靜，匆匆將錦囊塞進懷中。轉身一看，鄭和正領著侍衛走來。鄭和問吳宣發現海賊沒有，吳宣道：「沒有。鄭大人請看，海賊竟然把自己的營地全部焚毀了。估計陳祖義料到我們要來，匆忙撤退了，這兒已是一個棄島。在下已令部下進山搜索。」鄭和打量著四周問：「哦，陳祖義留下什麼蹤跡嗎？」

吳宣的的手臂夾緊懷中的錦囊，神情緊張地說：「毫無蹤跡，不知去向。」鄭和心情有些沉重，道：「那麼……先尋找水源，補充淡水吧。」說著引侍衛離去，吳宣冷笑著望著他的背影，吩咐兵勇打水。立刻就有一個兵勇提著兩隻水桶奔到一個水井邊，揭開井蓋探頭一望，大喜。朝遠處叫道：「來呀，這個井沒有被封。有水！滿滿的水！」須臾奔來幾個鬧嚷嚷的兵勇，他們把長繩拴在木桶上，將桶擲入井中，很快提出清亮亮的水。兵勇們忍不住乾渴，爭先恐後將頭扎進桶中狂飲起來。一個兵勇擠不進去，急急催促：「快點，快點！爺要渴死啦！」當埋頭飲水的兵勇喝足了水，抬起頭幸福的喘氣時，忽然兩眼發直，慘叫一聲，倒地抽搐不止。片刻，竟然死去。旁邊的兵勇驚叫道：「怎麼哪？你們他媽的怎麼啦?!」這時候南軒公狂奔而來，大叫：「當心！井水有毒，所有的水井都投毒了！」他奔到井前，一腳踹翻了水桶。兵勇們都呆呆地看著清水流淌。總旗官跺足大罵：「陳祖義你千刀萬剮，狼心狗肺！我日你奶奶！」南軒公沉聲道：「大家聽著，所有的井水都不能碰，只有流動的山溪才可以飲用！」

幾乎與此同時，在密林中小心翼翼搜尋的兵勇也遭遇了不幸。走著走著，忽然傳來慘叫，一個兵勇落入陷阱，即刻被井底的尖竹刺穿，慘聲不斷。所有的兵勇都驚恐止步，動彈不得。總旗官厲聲喝叱：「怕什麼？繼續搜尋！快！快呀！」

兵勇們只得舉步再進，但個個膽戰心驚，如履薄冰。忽然，一根絆索啪地斷了。幾支利箭射來，兩個兵勇中箭倒地，狂呼亂叫。山下就在此時傳來了急驟的海鑼聲。總旗官靜聽片刻，連聲叫：「收兵了，收兵！全體撤退！」所有兵勇都擲下水桶，掉頭狂奔而去，彷彿逃離的是一片恐怖的沼澤地。

鄭和立即召集吳宣、王景弘、南軒公等官員來天元艙議事。鄭和簡直怒髮衝冠，憤憤地說：「陳祖義雖然放棄了舊港，卻在島上處處投毒、設伏，埋下許多陷阱。那些暗藏在深山密林中的弓弩、利刺、捕獸器，也都抹上了劇毒，見血奪命！我們面臨的情況是，地形陌生，敵暗我明，險狀四伏。因此我想，既然陳祖義已不在舊港，我們也就不必再在險地逗留，即刻起航，趕往下一個海岸補充淡水。日後再尋機剿滅他。啊？各位有何見解？」

吳宣立刻表態：「在下贊同起航。越早歸國，越好。」王景弘說出了自己的擔心：「陳祖義既然棄島，那他逃往何處去了呢？如果不知道他在哪裡，那他就可能藏在任何一個島國。」這也正是鄭和的想法，他皺著眉頭說：「王大人說得是。陳祖義棄島，恐怕並非單純亡命，而是想避實擊虛。他很可能隱藏在我們航途中的某處，突然襲擊！對此，各船必須加強戒備，在海上以臨戰陣形航行。」

南軒公說：「下一個航地是魯西里，航程最少二十天，而船隊現有的淡水，最多只夠維持五六天。」吳宣道：「船隊為何不改航錫蘭國，在那裡補足飲水再走？它不是距此不遠嗎？」王景弘說：「哨船來報，錫蘭國王亞烈苦奈爾，拒絕大明船隊登岸。他們的戰船、兵勇已經在岸邊布陣。」吳宣蠻悍地說：「我們可以強行登岸，錫蘭戰船不是我們的對手。」鄭和仍然皺著眉，搖頭道：「一旦開戰，那就是兩國交兵，海外各國都將為之震動，極為不妥。再者，我們還不知道陳祖義兩萬多海盜隱藏在哪裡，如果我們和錫蘭國交戰，他就可以乘亂取利。不妥啊！」

王景弘道：「請鄭大人決斷。」

鄭和沉思片刻，厲聲下令：「即刻起航，趕往魯西里。現在，本使發布《飲水令》。從今日起，全軍限制飲水。值更水手、舵手每人每天一瓢水。其餘人等，從本使到每一個官兵，每天半瓢水！哦，各國贈送的獅、象、麒麟等奇禽異獸，也同此例——半瓢。誰膽敢違令多飲——立斬！任何官員膽敢擅用職權超量飲水——無論是誰，都斬首示眾！」

眾人驚訝地互視，像有話說，但誰也不敢先開口。鄭和看著他們，從喉嚨裡威嚴地發出一聲：「嗯?!……」眾人立刻齊聲應答：「遵命！」

正值春夏之際，熱帶地區的烈日如火一樣炙人。乾渴已極的兵勇們，各人在甲板上找個陰影角落，橫七豎八地躺著不動，以免耗損體力。他們口唇乾裂、呼吸如喘，半昏迷地呻吟著：「水、水……」一個兵勇抓起大水桶往嘴裡倒，好半天功夫，才有一顆水珠滴進他口中，之後再也沒有滴水落下。他伸出舌頭，貪婪地舔著桶邊兒。舔著舔著，忽然呆呆地望著那無邊無際的藍色大海，癡癡地低語：「水，水！……」起身踉踉蹌蹌地朝舷邊走去。旁邊有人攔阻他：「站住！站住！」那兵勇卻朝大海叫著：「水！水呀！」猛地投身入海。海浪立刻吞沒了他！

佇立在高臺上的鄭和，這一切都在他的眼裡，他心中不忍，默默扭開頭。身邊，南軒公聲音嘶啞地說：「昨天，也有兩個兵勇渴瘋了，跳進海裡狂飲海水。沒等救上來，就淹死了。」鄭和的聲音變得沙啞粗糙：「人乾渴的時候，眼看著這無邊無際的海水，卻一口也不能喝，這是非常痛苦的事啊！」王景弘走過來，將一隻扁扁的水袋遞給鄭和：「鄭大人。」鄭和搖頭道：「景弘，你喝吧。」王景弘說：「我有。這是你的水份。」鄭和說：「我不渴。」王景弘嗔道：「你嘴唇都裂出血口子啦！」鄭和接過水袋，啞聲道：「景弘啊，還記得咱們小時候，掉進滇池裡的事嗎？」王景弘笑起來：「記得，咱倆灌了一肚子水，肚子鼓得跟老水牛似的，差點淹死。」鄭和嘆道：「現在想起來，真是痛快！」說著步下高臺，來到主桅前，將那只水袋繫到繩索上，拉一下繩索。桅頂銅鈴響了一聲，水袋徐徐升上去了。鄭和仰面看著，太陽刺花了他的眼睛，他瞇著眼朝上面擺手示意。水袋升至高高桅頂上的瞭望台，那個在烈日下負責遠望的兵勇抓住水袋，激動地朝下面大叫：「謝鄭大人！」鄭和笑了。猛然間，他忽然想起什麼，急問兵勇們：「那幾個黑娃呢？怎麼好幾天不見？」兵勇們呆怔著，沒有人回答，大家自顧不暇，早已把黑孩子忘得乾乾淨淨。

侍衛提著燈籠引路，鄭和在陰暗的底艙中穿行、查看。艙中到處堆滿貨物。

一個低矮的小門緊鎖著。鄭和急斥：「開門。」總旗官支吾道：「在下……沒帶鑰匙。」鄭和怒睜雙眼，令侍衛：「踹開！」侍衛一腳踹開了小門，鄭和彎腰入內，看見那六個黑娃兒昏迷在草鋪上。鄭和抱起一個急晃：「孩子！孩子！」這黑娃兒一動不動，顯然已經死去。鄭和再扶起那女娃兒搖晃：「娃兒！娃兒！」

小女孩睜眼，張開嘴，發出乾渴至極的聲音：「啊……哦……」鄭和明白了，憤激地問那個總旗官：「為何把他們鎖在裡面？他們的飲水呢？」總旗官畏懼地吶吶著：「下官覺得，這些黑崽既不是兵勇也不是水手，不、不必給水……」鄭和勃然大怒道：「那些進獻的獅、象，每日不也有半瓢麼，難道他們連禽獸也不如？說啊，他們的水份呢？誰喝了?!」總旗官撲通一聲跪下，膽怯地說：「下官渴得受不住。喝了……下官有罪。」鄭和冷笑一聲：「我說呢！兵勇個個渴得面黃肌瘦，唯有你還這麼滋潤！你、你這是在喝別人的血！」

活著的三個黑娃兒被帶上了甲板，他們龜縮在一起。鄭和從侍衛手中接過滿滿一瓢水遞給他們：「喝吧。」三個黑娃一齊湊到瓢邊，伸嘴咕咚咚地喝。鄭和仍舉著那隻水瓢，憐惜地說：「別急，別急。管夠！管夠哇！」黑孩們喝盡了水，眼含淚花看著鄭和。那個小女孩則拱到鄭和胸前哭泣著：「哈烏兒……父親！爸爸！爺爺！」鄭和摟著她，歡喜地大笑：「哦，好哇好哇！你會講漢話了！」另兩個黑孩驚恐地望著船舷，鄭和隨著他們的眼光望去，只見兵勇們把三個白包裹抬至舷邊，高舉起抬板，三具黑孩的屍體滑入大海之中。

鄭和長嘆一聲：「娃兒，你們的哈烏兒向你們發誓，總有一天，我要把你們送回家鄉！」黑孩子們深深地叩頭。鄭和望著他們，面色卻漸漸冷峻下來。他扭過頭去，總兵官跪在他身後不遠的甲板上，渾身都在顫抖。鄭和緩緩起身，走到他的面前，目光沉沉地看著他，道：「小韓子，念你多年辛苦。賜你自盡吧。」

鄭和示意侍衛，侍衛拔出刀來，扔在總旗官面前。總旗官拾起閃閃發亮的刀，手和身體都劇烈地哆嗦著，淒慘地叫：「鄭大人哪……」鄭和轉身走開。王景弘快步跟上，急聲低語：「鄭大人，此人一直忠勇不二，還是饒他一命吧？」

鄭和聲音重了：「景弘啊，眼下情況萬急，乾渴已成為最可怕的敵人。咱這三百條船、兩萬多兵勇，要是搶起水來，勢必激出兵變！這種時候，萬萬寬縱不得。」

王景弘嘆氣。鄭和正色道：「正法之後吊到桅杆上示眾，讓各船官兵都看見。嚴刑峻法，令行不貸！」

王景弘遵命回到總旗官面前，對他說：「小韓子……你自己執法吧。」

總旗官垂下頭，猛然橫刀一揮，割斷喉嚨，身子在鮮血裡扭了幾下，心有不甘地閉上了眼睛。兵勇們將他的屍體用繩索捆著，慢慢升上桅杆。舷邊，兩個號手拼力朝海面吹響螺號：「嗚嗚嗚！……」不一會兒，海面上所有的海船都傳回螺號聲。接著，一艘艘戰船從寶船兩側馳過，

甲板上的官兵驚恐地看著吊在寶船桅杆上的總旗官屍首。

躺在桅下的乾渴兵勇忽然被異樣的聲音驚動，抬頭一望，一顆顆血珠正從空中掉下，滴在他們面前的甲板上。原來是總旗官的血從斷頸處滴下來，發出沉甸甸的「啪嗒、啪嗒」的聲響。兵勇目瞪口呆地看了一會，忽然，兩個兵勇喘著粗氣慢慢爬過去，張口舔著甲板上的鮮血，他們忘記了身邊的其他，樣子貪婪而癡狂！

站在高臺上的鄭和，背著手表情威嚴地觀看著在海面馳行的船隊。他的眼睛轉過來的時候，瞥見了兩個兵勇正在舔血，頓時驚痛萬分，顫手指著怒罵：「畜生！畜生！……」聲未畢，身體搖晃倒地，昏迷不醒了。王景弘等人驚恐地衝上去，扶起鄭和急叫著：「鄭大人！鄭大人！……快！快取水來！」侍衛匆忙端過小半瓢水。王景弘接過，將水強行灌進鄭和口裡。可是鄭和已經失去了知覺，淡水只在鄭和臉上流淌。

鄭和病了，他躺在臥室的榻上靜養。臥室裡寂靜昏暗，天妃塑像仍然挽著那條美麗的頭巾，佇立在燭光中。躺在榻上的鄭和氣息微弱，他慢慢睜開眼，一眼就望見了那尊天妃像。望著望著，他的眼淚順著眼角淌了下來。他覺得自己是那樣的軟弱無力，一下子對一切都產生了懷疑，對他的雄心，對他的使命，對他正在進行著的航海事業，他感覺自己的身子正在虛弱地往下沉沒，也許轉瞬間就會沉入冥寂的海洋深處。而眼前的天妃娘娘，幻化成了他小時候那個風情萬種的妙雲，他低低地啜泣著：「妙雲啊，你在哪裡？你在幹什麼？我想死你了呀！我快死了，從今往後，這個世界上再不會有我。世界是那樣大，海洋無邊無際，同大自然相比，人是那樣的渺小無依，那樣的脆弱軟骨，那樣的轉瞬即逝。妙雲啊，天妃娘娘啊，救救我們吧！讓上天降下一片甘霖，賜給我們一點雨水吧！請幫助我們渡過難關。鄭和虔誠地懇求你了！嗚嗚嗚……」鄭和痛哭不已，繼之又昏了過去。

上天彷彿聽到了鄭和的祈禱，遠方傳來轟隆隆的雷聲，天空烏雲密布，悶雷陣陣。閃電過後，突然掉下銅錢般大的雨點。甲板上的官兵欣喜若狂，手舞足蹈地大叫：「下雨嘍！下雨嘍！……」艙內的官兵全部湧上甲板，他們舉起一隻隻水桶迎接天上的甘霖，甚至張開大口承接落下的雨點。雨聲稀疏而沉甸地啪啪響著，眼看頃刻間就會有暴雨劈頭蓋臉而來。不料，片刻之後雨點卻突然停止了，接著雲開日出，一切如舊。官兵們巴咂著乾裂的嘴，墜入更大的失望，他們跺足大罵上天：「雨哪？雨哪?!我日你個天姥姥！……」更有兵勇絕望倒地，痛苦地抽搐著。甲板上一片嘆息，繼而是絕望的寂靜。這時，桅頂上的瞭望哨忽然瘋狂地大叫：「陸地！陸地！看見陸地啦！」

甲板上坐著躺著的人都湧到舷邊翹首觀望。果然，一片蒼翠的海岸漸漸出現在天邊。被嘈雜的響聲喚醒的鄭和搖搖晃晃地走出艙來，他望著那片美麗的林木，嘴角露出了微笑：「天哪，魯西里，啊！真是漂亮啊！」

乾渴至及的官兵們上了岸，他們發瘋般地往懸崖那裡奔跑，望眼欲穿地盯著迎面一條巨大的

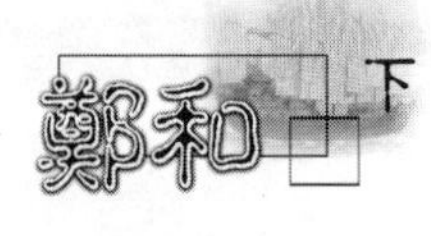

高高垂下的瀑布，那瀑布激濺起的雪白浪花此時在官兵們的心裡勝於神仙腳下那片神奇的祥雲。他們「噢！噢！……」喊叫著直衝進大瀑布中，張口狂飲從天而降的清泉。喝飽之後，頓時恢復生機，大呼小叫地跳進清澈的水潭中，打滾、翻騰，戲鬧。

三個黑孩扶著鄭和匆匆來到泉邊，他看著從天而降的瀑布，激動地說：「真是天賜甘霖哪！這可是天妃送來的天河呀！哈哈……」鄭和步入瀑布，仰面張口，讓清亮亮的水花打在他的臉上，陶醉不已。這時候，忽然傳來一陣尖銳的竹哨聲。鄭和抬頭一看，只見林木間閃現出十幾個半裸的健女，每人都彎弓搭箭，對準了水潭中的兵勇。正驚駭間，聽見南軒公厲聲叫大家別動。鄭和趕緊令身邊侍衛說：「聽南公的，都不要動。」

南軒公利索地從身邊竹叢裡扯下一片竹葉，含在口中，手兒一抖，竟然也吹出一陣竹哨聲。南軒公的竹哨與林木間的竹哨聲一高一低，彷彿在相互應和。吹著吹著，林木間的竹哨聲越來越近，越來越響。接著草林搖動，出現了一群抬著竹轎的番邦女子，轎中坐著一位插著孔雀羽毛的美麗女酋長，宛如天神降臨。

南軒公上前，朝女酋長彎腰致意，接著相互用番語嘰里咕嚕對話，鄭和緊張地觀望著他們。女酋長步下竹轎，含笑走向鄭和，自我介紹道：「我是魯古里的酋長涉娜爾。尊貴的客人，歡迎你們！魯古里很久沒有來過這麼多男人了！」

鄭和矜持地說：「我是大明國使鄭和，奉旨巡使西洋。姑娘、哦不！酋長閣下，我們想用絲綢、瓷器、銀幣，換取魯古里的淡水和糧草。』女酋長笑著，款款道：『我知道你是誰。我也知道你們非常富有。南大哥還告訴我，說你們還很善良。對嗎？」鄭和愉快而自豪地說：「完全對！咱們大明國的立國之本，便是與人為善，四海同享太平繁榮……」沒等鄭和說完，女酋長就笑著打斷他，幾乎是不容分說地邀請道：「上轎吧。」鄭和茫然地問：「什麼？」女酋長轉頭問南軒公：「嗯？……難道他要拒絕我嗎？」南軒公連忙熱情地笑著回答：「不不，鄭大人非常願意成為您的客人！」女酋長羞澀而歡喜，水靈靈的大眼朝部下示意著什麼，立刻上來兩個女子把濃密的花環套到鄭和脖子上。接著，湧上眾多健婦，幾乎是綁架般地把鄭和按到那座滿是鮮花的竹轎上，抬起就走。

兵勇們目瞪口呆地觀望著，不知如何是好。

鄭和在轎中掙扎，回頭叫：「南公，南公！她們要幹什麼？你跟她們說，我哪都不去！」南軒公卻笑著高聲說：「鄭大人放心去吧，酋長喜歡你。這是女國的風俗，要是你不從，她們一生氣，咱們的水就沒有了！哈哈哈。」

鄭和被抬進一座漂亮的尖頂草棚中。裡面有一汪溫泉，水面上飄著美麗的花瓣。溫泉籠罩在一層若有若無的淡淡霧氣之中，泉邊好幾處擺著各色熱帶水果。鄭和被健婦架住了動彈不得，他連聲央求：「慢！慢慢……列位姐妹，有話好說，你們到底要幹什麼？」

健婦不由分說地扒掉鄭和的外衣和鞋子，噗嗵一聲，把他推入池中。鄭和縮身在池水裡朝四

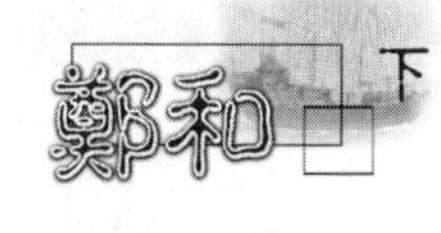

處打量，看見薄紗垂簾後面有一個婀娜多姿的身影正在脫衣服。片刻，那人緩緩步出，正是女酋長莎娜爾。她赤足、半裸，帶著醉人的微笑，慢慢踏入池中，朝鄭和靠近。鄭和驚恐地後退，語不成聲地說：「噯，噯！……在下身為大明國使，萬萬不敢褻亂。」

女酋長溫柔地偎向鄭和，媚聲道：「怎麼？你不喜歡我嗎？」鄭和支吾其詞：「啊，喜歡……哦，不不！在下的意思是，在下喜歡和你說說話。」女酋長咯咯笑著：「沒見過你這麼膽小的男人！行啊，說話就說話吧。」鄭和不安地問：「敢問閣下，您丈夫呢？」女酋長用稍稍帶點驕橫的口氣說：「我喜歡的男人，就是我的丈夫。」鄭和趕緊換了個話題：「敢問……你們魯古里，真是由女人當家作主、坐朝聽政？」女酋長閃動著美麗的大眼睛說：「是啊。」

鄭和內心極為震動：「豈有此理！那、那豈不亂套了？」女酋長笑嗔：「你們才亂套呢！在我們這裡，世世代代都是女人為尊。孩子只認其母不知其父。所有男人都必須服從女人的意旨，所有女人都必須服從我的意旨。你們男人永遠不會明白。其實女人比男人更能治國理家！」

鄭和不由想到了另外一個問題，有點奇怪地問：「唔……陳祖義那夥海賊，不來侵犯你們嗎？」女酋長正色道：「我們有弓箭、刀槍，不怕海賊侵犯。再說，他們也是男人，對不對？我們和陳祖義有約定，每年春天，他們可以上島來，跟自己喜歡的姐妹生活一百天。」鄭和驚叫起來：「你們豈不成了海賊的女人？」女酋長搖頭：「他們從不在島上作惡。每次來，他們都不帶兵器，卻給我們帶來很多財物。」鄭和恍然大悟：「哦……難怪你們能這麼太平啊，原來魯古里是陳祖義的半個家啊。」

女酋長拈起幾片花瓣貼到鄭和臉上，親切地撫摸他：「不。我們和他們不一樣。他們的家是海船，我們的家是海島。海船漂泊四方，海島永遠不動。男人們只要不在島上作惡，只要乖乖的聽話，我們就喜歡。對不對？」

鄭和的身子直朝後縮，顫抖地說：「閣下……我是太監。」女酋長不解地問：「太監？太監是什麼？」鄭和窘迫地說：「太監就是、就是……就是不能跟任何女人相親相愛。」

女酋長心下深深疑惑，直截了當地問：「你是不是男人？」鄭和有口難言：「……我……不。」女酋長驚訝極了：「你也是女人？」鄭和大聲道：「更不！」

女酋長奇怪地看著鄭和，手臂在水中突然伸向他的身下。鄭和被針扎了似的直跳：「喔！你、你……放肆！」

女酋長爆炸般咯咯大笑：「我知道了！你不是男人，也不是女人，你什麼都不是！」鄭和深受屈辱，憤恚道：「我是人！」女酋長彎腰笑了一會兒，說：「對對！你是人。但你沒有根，只有個人形兒！」

鄭和氣急敗壞地爬出溫泉，逃也似的往外走。女酋長喝令：「不准走，回來！」鄭和回頭道：「我不是你要的人！」女酋長口氣柔軟地說：「回來。坐在這裡，多待一會吧，陪我說說話……」鄭和奇怪地問為什麼，女酋長指點著棚外說：「你要現在就走，屬下們會在背後取笑我，

以為我連個男人都收拾不了……明白了嗎？」

鄭和是個人情練達的人，自然理解女酋長的處境。況且他也有求女酋長幫忙的地方呢，便點頭應允了。女酋長溫和地請求他：「多待一會吧，我不會再碰你。我們可以說說話。」

鄭和慢慢坐回水中，女酋長剝開一隻香蕉遞過去。鄭和接過來謝了，慢慢咬著。泉水是怡人的淡綠色，草棚內靜謐恬適，眼前的女酋長又是出人意料地善解人意，長年孤身在海上漂泊的鄭和彷彿被無邊的溫柔重重包圍了，他迷醉眩暈，一時失落了原先那個謹慎矜持的自我，突然有了強烈的訴說欲望。不過，當他真要開口的時候，心裡還是難為情，「敢問閣下，如果一個男人……又不是男人，女人是不是厭惡他？」他吞吞吐吐地問，眼睛不敢望著對方。

女酋長的大眼睛水汪汪地瞟了鄭和一眼。她感激大明國使對她的信任，就在這一刻，她已經把他當做了朋友，一個知心的朋友，她同他的心貼近了。她的眼睛裡閃動著聰睿的光芒，以一個女酋長，一個女人中的精華，生命體驗中對男人和女人的特殊了解，回答這個問題也許並不困難。但她還是慎重地想了一想，說：「一般是這樣。不過，這種事情也是因人而異的，有許多特殊的情況。那要看你是什麼樣的人，甚至要看那個女的是什麼樣的人。你是個尊貴的人，也許就不一樣了。」

鄭和像一個在森林中迷路的過客，突遇仙女指路，正帶著暈頭轉向的他緩緩往外繞，他緊跟著那個仙女，要求繼續指點：「如果，在下愛一個女人，那個女人也愛在下，但在下一輩子不能同她——那個！那女人會怎麼樣呢？」

女酋長的眼睛明亮而聰慧，她想了一想，輕聲告訴鄭和：「如果，她在同你好之前，沒有同男人——那個，也許，還好些。如果她已經有過嘗試，而你不是男人，她會很痛苦。她可能永遠不說出來，但她心裡會有埋怨。因為你不配愛她。你，從某種意義上來說，永遠對不起她！」

鄭和呆若泥菩，心中是無言的絕望。

幾乎是與此同時，鄭和的部下們已經和魯古里女人在草地上燃著篝火狂歡起來。火光下，大明官兵和魯古里女人們摟在一塊，喝酒，歡笑、嬉鬧。接著，他們一對對起身，相擁著步入密林。

鄭和回到寶船上去。遠遠就見船舷各處支著數十隻火亮的大燈籠。正在甲板上巡查的王景弘看見鄭和，笑著迎上來，羨慕地打趣著：「鄭大人豔福不淺哪！」鄭和做一個沮喪的表情，說：「甭提了！真是慘不忍睹。咦……為何燈火通明？」王景弘笑著告訴他：「各營官兵都上島歡喜去了。在下想虛張聲勢，萬一海上有什麼毛賊，叫他們看了不敢輕舉妄動。」鄭和讚許道：「多虧景弘兄，做得好！不過，你剛才說官兵們都離船了？」王景弘點頭：「是。除了當值守衛。不過，各船的監軍太監都在位。」鄭和沉吟著說：「景弘啊，鳴號吧，召兵勇歸船。」王景弘驚訝地問：「為何？」鄭和說：「一者，皇上嚴旨，不得淫人妻女……」王景弘不服氣地打斷：「得了吧你，再大的皇命也大不過人性哪！何況，兵勇們也不是姦淫，是人家魯古里女主的盛情相

邀！」鄭和不看也不聽王景弘，固執地循著自己的思路說下去：「再者，陳祖義也知道這個地方。每年春天，海賊們都上島來，和這兒女人尋歡作樂。魯古里差不多是海賊的半個家。」

王景弘看看鄭和的臉色，猜不出他對自己剛才的遭遇是高興呢還是不高興。但他還是把自己的想法說了出來：「鄭大人。恕在下直言，官兵們幾年不識女人味了——可謂欲火如熾！為此，好些人已經把各級太監恨之入骨。再一個，如果我們抵岸時就嚴令不准登島的話，那也就罷了。可眼下他們是『暖玉溫香抱滿懷』，樂得昏天黑地！你能召得回來嗎？而且他們都看見了，第一個被女主人抬走的，就是你鄭大人呀！此外，現在是六月盛夏，不是海賊上島的日子。鄭大人哪，咱們還是體諒體諒他們吧。放過他們這一晚吧？啊?!」他幾乎是在代部下求情了。

鄭和看著遠處叢林裡的篝火，對著王景弘無奈地一笑：「罷了。傳命各船監軍太監，嚴加守備吧。」王景弘笑道：「遵命。」想問問鄭和今天的豔遇，卻發現鄭和有點心不在焉。鄭和好像累了，其實他是心煩意亂，走進內艙，不像往日感覺到綿綿的溫馨，一種無邊無際的孤獨感伴隨著他，他望著燭光下的天妃像發呆。他的耳邊再次響起了女酋長的聲音：「……如果她已有過嘗試，而你不是男人，那她會很痛苦。也許她永遠不說出來，但她心裡會有埋怨。因為你不配愛她。從某種意義上來說，你永遠對不起她！」妙雲曾經做過胡誠的女人，天哪……可是，如果她沒有過，那就有可能一輩子不知做女人的樂趣，那不是更殘酷？一切都怪我，我為什麼是個太監呢。我恨自己！恨自己的太監命！鄭和痛心疾首又百般無奈地自怨自艾著，他頹然落座，身體被榻中某物一硌，黑簫！他的另一個密友。他伸手慢慢將它抽了出來，久久地撫摸著它。接著，他吹起了當年陰刀劉吹過的那支哀傷的樂曲，吹了一遍又一遍，直到夜深人靜。他放下黑簫，心裡終究不踏實，來到甲板上，抬頭望見了海上的明月，彎彎的月亮裡面，有影影綽綽的黑影。黑影讓他產生了不祥的聯想，他吩咐吹號手吹響螺號，召喚官兵回船。

草叢中的官兵哪裡捨得離開女人的溫柔懷抱，吳宣探頭朝海船那邊看了看，看破了鄭和的用意，告訴其他官員：「這是假敵情，鄭和想催我們歸船。哼，他自己是個太監，還不許我們痛快痛快？甭理他！」

黎明快到來的時候，一艘海盜船慢慢馳近了魯古里岸邊。陳祖義立於船首，望著遠處燈火通明的寶船。大頭目瞪著兩眼，不安地說：「公子啊，恐怕鄭和已經有所準備。」陳祖義盯著寶船冷冷地說：「未必。傳令，所有弟兄放棄其他目標，集中圍攻這條最大的寶船！」

大頭目傳令下去，海盜船箭一樣馳近寶船。海賊們提刀執劍，沿著舷梯悄悄登上了寶船的甲板。這一晚王景弘沒有睡。船上的官兵都上岸尋歡作樂去了，他又是在鄭和那裡為他們說了話的，所以隔一會兒就要在船上走一遍。此刻他正站在高臺上，一眼瞥見了舷邊的黑影，凝神一看，大叫：「有賊！有賊！海賊登上甲板了！……」一面叫一面奔到吊鐘前，噹噹地敲響那隻銅鐘。頓時，所有的守船兵勇都竄出艙口，與摸上來的海盜混戰成一團。喊叫聲、刀槍相擊聲響成一片。

鄭和提刀衝出大艙，迎面與兩個海盜相遇。他身手矯捷地奮力砍殺，幾個回合下來，終於砍倒了兩人。這才得以抽身大叫：「鳴號報警，快鳴號！」但是，甲板上正在惡鬥，沒有號手應答。鄭和緊張地四處尋望，猛然看見甲板上那一尊尊巨炮。他急步衝上去，抽出炭桶中的銅條一看，萬幸——銅條仍然是半截通紅。他執銅條伸向炮尾部的藥捻子……說時遲那時快，只見刀光一閃，他的左臂被海盜砍中！鄭和忍痛揮舞著燒紅的銅條直刺海盜，將那人燙得哇哇亂叫。再迎頭砸向另一個海盜，另一個海盜也翻倒在地。鄭和毫不遲疑地再將銅條伸向炮尾藥捻子，終於點燃了！半尺多長的藥捻子越燒越短，巨炮猛然一退，發出驚天動地的吼聲：「轟！」炮聲中，鄭和再點燃另一門巨炮：「轟！……」

轟轟的炮聲傳到了密林中、草地上。正緊緊摟著女人的吳宣聽到炮聲猛一驚，迅速推開女人，坐起身朝海邊張望。官兵們已經紛紛從林中竄出，探頭看著，大呼小叫起來：「不好，海賊來襲，快回船！快呀！」大片官兵提著褲子、衣裳、刀槍，拼命朝海邊奔去。吳宣卻在原地未動。他一陣猶豫之後，居然再度摟起了草地上的那個女人，重重地親了一口，然後兩人滾入更深的草木中去了。

其他官兵已經從四面八方衝上了寶船的甲板。甲板上惡戰正酣。守備兵勇和監軍太監正猛烈地攻殺海盜。海盜非死即傷，且戰且退。鄭和倒在舷邊，手裡仍抓著那支已經熄滅的銅條。幾個兵勇奔過來扶起他，鄭和指著海面嘶聲叫道：「快快！海面有敵船，快開炮！」兵勇奔到炮尾，奮力轉動沉重的炮身，瞄準海面。然後他們從炭桶中拔出通紅的銅條，點燃了一尊尊巨炮。轟轟轟！……響聲驚天動地，陳祖義的海船被炮彈擊中，船身頓時破損，陳祖義被掀入大海。

大頭目急叫：「公子！公子！」陳祖義掙扎著從海水裡冒出來，抓住伸近的長槳，重新爬上海船，喘息地怒視寶船。大頭目驚慌地說：「公子，情況不妙啊……扯帆吧！」陳祖義半天不作聲，最後咬牙切齒地說：「扯帆！」

鄭和召集全體官兵集會。船舷四周侍衛林立，如臨大敵！王景弘、吳宣等各級官員整齊地排列在甲板上，垂首不動。

鄭和吊著負傷的胳膊，滿面怒容，在毀壞甚重的甲板上踱來踱去，不時踢開一個廢桶、一枚斷箭，回瞪吳宣等人一眼，再踱步思索。書記官已在案前就座，面前攤放著《航海日誌》。他正慢慢用白綢擦拭雙手，兩眼卻不安地看著鄭和。末了，他執筆在手，凝神待命。鄭和止步欲言，眼角瞥見岸邊黑鴉鴉的一片影子，轉臉望去，那裡佇立著女酋長，她著一襲華麗王服，默默地望著寶船。她的身後，是眾多插著羽毛飾物的部屬，再後面是大片魯古里的女人，她們都擔心地望著寶船，望著那些即將被懲罰的大明官兵……昨夜，她們曾與那些官兵共渡愛河。

鄭和微微嘆口氣，收回目光，沉聲道：「開錄。永樂六年六月二十一日，船隊於歸航中夜泊南洋女國魯古里，驟遭海盜襲擊……」王景弘、吳宣等人緊張不已，那書記官則揮筆如飛，迅速

把鄭和的話記入《航海日誌》。鄭和繼續說：「交戰中，毀損戰船兩艘，亡二十八人。幸得王景弘、吳宣兩副使率官兵奮戰，擊沉海盜船三艘，殺敵數百，轉危為安。查此役之過，概由正使鄭和輕許官兵離船所致，依律記錄在案，待歸航後呈皇上懲處。查此役之功，皆王景弘、吳宣等官員臨機應變，奮勇殺敵。各記大功一次，記錄在案，呈皇上獎拔。」

吳宣鬆口氣，微笑了。王景弘則無聲嘆息。

鼓號聲中，鄭和捧著一隻黃色卷軸慢慢步下舷梯。身後跟著眾多侍衛。鄭和一直走向女酋長。女酋長緊張地注視著他。

鄭和近前立定，展開卷軸高聲宣讀：「大明國使鄭和奉旨宣示，敕封魯古里女主莎娜爾為魯古里王！世襲罔替，同賜魯古里王九鳳盤龍朝服一襲、國王玉璽一方，以為其證。並贈送大明國《大統曆》一套，以示天干地支、春秋四季、日月節氣，皆為千古不易之道也。」王景弘上前，將朝服、玉璽、《大統曆》奉給女酋長。女酋長驚喜地接了過去。鄭和用歡慰的聲音再道：「再賜魯古里國錦緞三百匹，湘繡三百幅，各式瓷器五百套，銅鏡三十面，及茶葉、水銀等物產十船。盼魯古里尊奉大明王朝，世代友好，萬載不移！」兵勇抱著一箱箱、一包包物品過來，放到海岸上。頓時，所有的女人都歡呼雀躍。鄭和在喜慶的氣氛裡上前把卷軸放進莎娜爾懷裡，折腰一揖，輕聲道：「啟稟魯古里王，在下辭駕歸國了。」莎娜爾一時竟然說不出話來，鄭和掉頭欲去，她顫顫地叫了聲：「大哥！」鄭和如遭電殛，慢慢地回頭。莎娜爾再喚道：「大哥，鄭大哥！……」鄭和的聲音也不由自主地顫抖著：「噯！噯！」莎娜爾激動地說：「鄭大哥，我想告訴你。如果……如果你愛那個女人，如果那個女人也愛你……女人只要愛一個人，那麼這個人是不是男人都不要緊，只要、只要你是一個好人！只要你值得她愛，只要你永遠愛她，真心的愛，你們就會幸福！大哥啊，你要知道女人的心思——愛，就是幸福！！」鄭和的淚水奪眶而出，連聲說：「謝謝你，謝謝你！」莎娜爾溫情地說：「大哥。千萬再來呀，你們一定要來呀！魯古里是你們的家，我們會永遠等你們！」鄭和的淚水不聽話地刷刷往下直淌：「噯！噯！我一定來……我們一定來！」莎娜爾深深地彎下腰。同時，所有的女人全部跪地叩首。

鄭和淌著淚走向寶船。他的內心裡，滋生出了一種從未有過的幸福感。他拼命壓抑著自己欣喜若狂的內心感受：我有了妹妹了，我有了妹妹啦！她叫莎娜爾，她是魯古里王！妙雲啊，你聽見了嗎？我妹妹說，我是不是男人都不要緊，只要我是個好人，只要我真心愛你，只要你也愛我！你真心愛我嗎，親愛的妙雲？」

【第二十四章】

朱棣沉著臉在宮道上匆匆走著，他看上去神情沉鬱，臉色也顯得憔悴。太監小溜子手執拂塵側身跟隨，聲音膽怯地稟報著：「皇后娘娘臨睡前還好好的，進了一盅燕窩羹，大半個綠豆糕，還和丫頭們說笑了一陣。可半夜三更，忽感胸悶，轉身就噴出一口血來。」朱棣擔心地問：「太醫怎麼說？」小溜子輕聲道：「太醫們請了脈，出來半天不吱聲。後來吳老醫正說，娘娘舊疾驟發，比先前更為沉重。」朱棣很不滿：「就這幾句？」太監小溜子低頭道：「是。」朱棣氣乎乎罵：「一群廢物！說出話來也是廢話！」小溜子躬著身子附和：「是是！……奴才眼瞅著，太醫們、不，廢物們都嚇壞了，不但身子骨發抖，連口裡的舌頭都在發抖！」朱棣更生氣了：「抖有個屁用！皇后如有不測，朕把這群廢物都當紙錢燒了，給皇后殉葬！」太監細聲驚叫著：「喲！……給娘娘當紙錢，那是他們多大的福氣啊！」聲音唱戲文一般。

邊上來了戶部尚書夏元吉。他立在階前躬身揖道：「臣，夏元吉給皇上請安。」朱棣繼續朝前走，隨口丟下一句：「平身吧。」夏元吉卻跟隨朱棣走著，口裡說：「皇上，皇上，臣有要事稟報……」朱棣不耐煩地擺擺手：「朕現在沒功夫，有事上朝時再說。」

夏元吉只得站住，目送朱棣踏上玉階。他在後面突然高聲說：「皇上，鄭和歸國了！」朱棣一怔，立刻止步回頭：「你說什麼？」夏元吉雙手呈上奏摺：「福建總兵張玉六百里飛馬奏報，鄭和於五天前巡使歸來，船隊已陸續進泊長樂太平港。」朱棣急步奔下玉階，臉上的疲憊一掃而光，他一把抓過奏摺，匆匆看著，頓時滿面是笑：「好，好！好極了！……夏元吉呀，年初時你們說什麼——鄭和船隊毀於風暴了。看看，人家平安回來了！三百多條海船全部帶回來了！哈哈哈。你們哪！」

夏元吉面有愧色，說：「臣誤聽海外傳言，罪無可赦。」朱棣再看奏摺，越發高興。竟拿著奏摺朝原路返回，笑道：「走走，上朝去！這可是個大喜事，得讓朝廷上下人人皆知。還得再議一下海外列國的事……」太監小溜子在後面急得顫聲叫道：「皇上！」朱棣猛醒：「哦……夏元吉，你先去內閣待召處，將此事傳知二品以上大臣，朕稍後即來。」夏元吉遵旨而去。朱棣望著他走，好像夏元吉去的是鄭和那裡，望著他就像是看見了鄭和的影子。待他走遠，這才再次踏上玉階，匆匆進入賢淑宮。

朱棣步入後宮外間，只見一個老太醫領著眾太醫早就跪了一地，敬畏交集地叩首：「臣等叩見聖駕。」朱棣冷視片刻，忽然和藹地笑道：「快起來，起來。吳老醫正，你們守了大半宵，真是辛苦了！……小溜子，趕緊叫御膳房給太醫們送點心來。並告知內務府，皇后患病期間，凡侍駕太醫，加發雙倍餉銀。」

小溜子怔住了，原以為皇上要雷霆震怒的，怎麼反倒對這些無能的太醫施起恩寵來？直到朱棣「嗯？」了一聲，才匆匆應旨奔出。眾太醫則喜動顏色。吳老醫正帶頭深深叩道：「臣等叩謝皇上隆恩！」朱棣這時才問：「皇后怎麼樣了？」

吳老醫正說：「娘娘突犯舊疾，心脈浮亂，肺經躁動，內寒外熱，上窒下阻，並伴有嘔血。

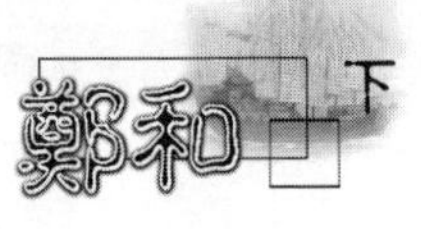

顯然是舊疾再發，越發沉重了。」

朱棣克制著內心的焦躁，平靜地說：「你直說吧，皇后的病，可治麼？」老太醫的聲音忍不住地抖戰著：「這……臣斗膽稟報，世上沒有不可治的病症，也沒有必治的病症哪。」朱棣聽出了太醫的話中話，心裏一沉，艱難地說：「朕知道了……」突然，他猛一跺足，怒聲道：「吳醫正、還有你們都給我聽著。朕告訴你們怎麼治。要給皇后治病，先得治好你們自個的心病！你們哪，每逢皇后犯病，都嚇得戰戰兢兢、膽小如鼠、彼此推諉，說個話也是模稜兩可，誰都不敢拿主張。生怕皇后病亡，朕把你們統統殉葬嘍！是不是？」

朱棣話音一落，眾太醫嚇得都跪下了，在地上簌簌發著抖。朱棣痛心訓斥：「你們自個都神志不清，還怎麼給皇后診治?!從現在起，朕要你們別把她當皇后看，就當是……當人！就當她是個普普通通的女人！你們該怎麼診治，就怎麼診治，該用什麼藥就大膽用，就像給你們自個爹娘治病一樣。啊?朕給你們說白了吧，皇后好起來了，朕必重賞。即使萬一不測，朕也賜你們無罪！」

眾太醫如釋重負，一片叩首，有人竟激動得哭泣出聲。吳老醫正顫聲道出肺腑之言：「皇上天恩！……臣等再無顧慮了，定然放膽診治，讓娘娘好起來。」

朱棣抒了一口氣，換了家常的說話口氣：「唔，趕緊合計個方子吧，朕回頭再和你們說話。」說完往裡去，徐妃滿面病容地躺在榻上，朱棣臉上笑瞇瞇的，親切地說：「愛妃呀，朕瞧你來啦！」

徐妃在香草扶助下勉強坐了起來，無力地笑著：「唉，臣妾這病……又讓皇上操心了。」朱棣在榻邊坐下，晃動手中奏摺：「沒那事，沒那事！愛妃這病哪，是給朕送喜呢！」徐妃嗔道：「這是怎麼說的。」

朱棣抑制不住地興奮著：「朕今晨剛起來就接到兩道急報，一是你病了；二是鄭和回來了！這麼大喜事，還不是你給朕帶來的嗎？你要不病，鄭和能回來嗎？哈哈哈。」徐妃也是驚喜交集，臉上竟有了一點紅暈：「天哪！鄭和回來了！大臣們不是說他死了嗎？」朱棣不屑地揮了一下手，像驅逐一隻小飛蟲般：「流言！——而且說過兩三回了。前年，他們說船隊遭海盜襲擊。去年，又說水手們在南洋死於瘟疫。今年初，又上奏說船隊毀於一場風暴！那幫臣工呀，真是杞人憂天。嘿嘿，到頭來，人家鄭和滿載而歸、平安回來了，真給朕爭氣！愛妃哪，這事也跟你的病一樣，回回履險如夷，到頭來，仍是天大的吉祥！」

徐妃在丈夫歡快的談笑聲中，臉上的紅暈又深了一些，病中的她，聲音帶著脆弱的陶醉：「臣妾恭喜皇上。十幾年來，皇上想做的事，沒一件不成的。」

一聽愛妃誇獎，朱棣更顯出叱吒風雲的氣概來：「就是。從起兵靖難開始，登基，平叛，重振朝綱，《永樂大典》，巡使西洋，朕樣樣都做成了！接下來，還有遷都北平，掃平漠北，收復遼東——當然，還有治好愛妃的病，朕都會大功告成！」

徐妃抿嘴笑道：「臣妾怎麼地也要給皇上爭口氣，讓病好起來，親眼見皇上繼往開來，成一代聖君。」朱棣連聲道：「就是就是。」病中的徐妃，比以往更加細膩，猛然想起什麼來，頓時不安，說：「皇上，鄭和外出幾年了，您說他回來後最想見的人是誰？」朱棣不假思索地說：「當然是朕！」徐妃有些不以為然地笑笑，嘴裡還是附和：「是是。不過，」她的眼珠微微轉動，「除了皇上，總還有別人吧？女人！……」朱棣猛醒，有點不好意思地說：「妙雲！朕差點忘了她。」徐妃微嗔：「您早就忘了！鄭和出洋那年，妙雲就離開了我們。自個拖著個孩子——哦，那還是胡誠的種呢！母子倆在外頭度日。後來，您雖然打聽過她，但聽說鄭和死了以後，您也就不打聽了。現在，鄭和回來了，他要是知道我沒有照看好妙雲，會怎麼想啊？」

朱棣經徐妃提醒，也急了，問：「妙雲現在何處？」徐妃說：「臣妾一直在找她，最近才聽說，她在龍江鎮那兒擺了個攤，勉強度日。」朱棣奇怪地問：「在那偏僻地方擺什麼攤兒?!」徐妃的臉色白了一下，嘆道：「臣妾琢磨著，那兒能望見長江口，望見海外歸船。」朱棣明顯震動了，驀然高聲喚小溜子！小溜子匆匆奔入道：「奴才在。」朱棣吩咐：「傳旨錦衣衛，立刻搜尋龍江鎮及其碼頭，務必找到妙雲，之後，用皇后的鳳輦接她進宮。」小溜子奉旨而去。徐妃喘著氣喚住小溜子：「慢著。這麼接她，只怕她不肯回來。小溜子，你得告訴妙雲，就說我病勢沉重，活不了幾天了，我日夜都在想念她呀！」小溜子聽了這話愣愣的，不知該說還是不該說，朱棣在邊上嗔道：「聽到啦？快去！」小溜子答應著，立刻帶人往龍江那裡去了。

鄭和他們這些海外歸來的人此刻正站在舷邊，望眼欲穿地盯著遙遙在望的南京龍江港。船上所有的鼓號手齊聚在船首的甲板上，鼓聲與螺號一齊轟響！一面面彩旗升向桅頂，幾個水手甚至像猴子那樣攀上巨桅朝遠處眺望。

龍江港越來越近了，已經能夠清晰地看見岸邊侍衛林立，張燈結綵，旌旗飄揚。一尊巨大的明黃色羅蓋傘置於正中。全船官兵、水手全部湧到舷邊，忘情高呼：「龍江碼頭！龍江碼頭！我們到家啦，到家啦！」

鄭和與王景弘等人又站到高臺上去，他們激動地望著天空，兩岸，以及越來越近的碼頭。王景弘眼尖，興奮地指著岸邊對鄭和說：「看，那是皇旗呀！皇上派王子迎到長江口來了！」吳宣自豪地說：「既然王子來了，文武百官肯定是一個不落！都來了。嘿嘿嘿。」

鄭和的笑容卻在眾人熱烈的議論聲中凝固了，欲言又止。過了片刻，他隻身離開高臺，進入大艙。周圍人誰也沒有注意到他的離去。

鄭和悄悄進入內艙，關上門，手忙腳亂地更衣。因為慌亂，他的手竟有些顫抖。他脫去大明國使的官袍，換上了舊日內廷太監的朝服，外面的鼓號聲與歡呼聲一陣陣傳進來，而他卻在一片歡天喜地的慶典面前感到惶恐不安，手足無措。多少年了，在海上他鄭和如同一個帝王，率領船隊征服萬里汪洋。可只要一上岸，他就是個奴才，就得向主子叩頭，向大臣們跪拜，一叩再叩，一拜再拜！唉，在海外這些年，他從沒給任何人叩頭，都是人家給自己叩頭。他、他都快忘了該怎麼叩頭了。

外面的鼓號聲驟然高漲，淹沒了他的思緒。沒有時間再感慨了，他必須先進行模擬覲見。他迅速地調整自己，恭恭敬敬地彈袖，提袍，跪地，面對無形中的主子深深叩首及地。喃喃道：「奴才鄭和拜見皇上！」……

龍江港附近一帶今天也是熱鬧非凡。鄭和的心上人妙雲就在江邊的小鎮上住著。那裡的街口有個小吃店，店門口的招牌上寫著「鴨血粉絲湯」幾個字。歲月無情，已經進入中年的妙雲雖然還是高䠷端莊，但臉上已經少了當初的光澤。她不做修飾，讓細紋家常便飯一樣在額頭眼角處隨意顯擺。她腰繫一條褐色的圍裙，在鍋前忙碌，不時有食客步入，在案上拍下兩銅板，高叫：

——妙姐，來碗鴨血粉絲湯，多擱些辣子。

——妙姐，給我再來上一碗！湯給厚點，外帶個火燒。

妙雲滿面帶笑，端出一隻湯碗：「來啦，來啦。這給您，兩勺辣子。這給您，湯厚，帶個火燒。」

一個漢子望著街面鬧哄哄奔跑的人流，驚奇地說：「咦，今兒怎麼有這麼多人哪？」另一個食客嗔他孤陋寡聞：「你還不知道？三保太監回來了。」漢子不好意思地摸摸頭：「大哥，我是真不知道，三保太監是誰啊？」

妙雲聽著兩人說話，突然呆在了那裡，端碗的手劇烈地發著抖。食客賣弄地炫耀：「嗨！就是當今位極人臣的大太監鄭和啊，出道前渾名馬三保。五年前，奉旨巡使西洋，今兒衣錦榮歸，皇太子都從皇宮趕來，領著文武百官在碼頭相迎呢！」

哐啷一聲，妙雲手中的瓷碗落地摔碎了。她顫聲問食客：「榮哥，你說的是真的？鄭和回來了？」食客認真地說：「可不是，整條長江上塞滿了海船，一眼望不到頭！你瞧，百姓都趕去看熱鬧了呢。」妙雲差點落下淚來，她神情恍惚地望著人潮，步子蹣跚地走了出去。食客在後面大聲喊叫：「妙姐你甭去。江邊都成禁區了，到處是錦衣衛！」

龍江港口的確戒備森嚴，如臨大敵一般。一排排衣甲鮮明的錦衣衛封鎖了各處道口。標營兵勇們則橫著槍杆推趕百姓。一個官員高聲喝叱著：「內廷嚴令，今日辰時起至日落，龍江碼頭劃為禁區。閒雜人等，概不准靠近江邊。違者以擾亂治安論罪！……」

太監小溜子領著幾個錦衣衛從鎮口奔來，他拭著滿頭汗水，急匆匆地搜尋。

妙雲擠在人群之中，踮足看見了江邊的那尊黃色傘蓋，知道鄭和會到那兒，便拼命擠出了人群，朝江邊走去。一個官員大聲喝叱：「那娘們站下，你想幹什麼？」妙雲支吾道：「我、我想看看鄭和……」官員聲色俱厲地打斷：「放肆！鄭大人尊諱是你叫的麼？退下！」妙雲心急火燎，語不成聲地說：「我是……我是……」官員緊逼她：「說啊，你是什麼人？」妙雲隱忍難言：「我是……是他……」

人群裡驀然傳來一聲高叫：「她是賣鴨血粉絲湯的妙姑姑！」頓時爆起大片哄笑。官員怒

斥：「賣湯的跑這來幹嘛？賣你呢還是賣湯哪？快退！」立刻上來幾個兵勇，手執槍杆推搡妙雲。妙雲既羞又憤，默然垂首往後退卻，心中卻是百般不甘。這時候，小溜子突然閃現在妙雲面前，剛才「賣鴨血粉絲湯的妙姑姑」那句喊叫幫了他的忙，他直覺眼前的人就是他要找的妙雲，笑著深深一揖：「敢問妙姑姑，您可就是妙雲？」

妙雲見他身著內廷服飾，心裡便有幾分不悅，她勉強答道：「是。」小溜子大喜：「哎喲妙姑姑！奴才總算是找著您啦，皇上有旨，請您進宮。」妙雲甩頭便走，憤然道：「鄭和不回來，你們也不會想起我來。不去！」小溜子側身攔著：「哎喲，妙姑姑，皇上請您呢！還特命奴才把皇后鳳輦給您抬來了，請妙姑姑登車吧。」妙雲生氣地說：「你把大鍘刀抬來也沒用，我不進宮！」小溜子撲通跪下，悲乞道：「妙姑姑，奴才求您了。皇后娘娘昨夜裡舊疾突犯，轉身就噴出口血來，太醫們正在急救。可娘娘說，妙姑娘在哪兒？我想她……』」

妙雲一聽急了：「娘娘病了?!」小溜子慘沮地說：「病得極沉重。娘娘擔心萬一有個三長兩短……奴才該死（小溜子扇自己耳光），娘娘想看見您啊。」妙雲顫聲道：「我去。我這就去！」小溜子從地上一蹦而起，喜道：「妙姑姑請，請。鳳輦給您侍候好了！」

妙雲突然想起什麼，心神不定地東張西望：「鄭餘呢，我得找找兒子。」

小溜子急忙阻止：「妙姑姑放心。小公子準在人堆裡看熱鬧呢。奴才已經安排了侍衛守著，待會他一回家，侍衛就會把公子接進宮。奴才辦事，姑姑您就放一百個心吧！請吧。請！」妙雲無奈，只得跟隨小溜子而去。

鄭和就在這時候踏上了大明國土。他站穩後，抬眼望去。兩個錦衣衛推動一條長長的紅地毯，一直推到鄭和面前。地毯的另一端是燦爛的傘蓋，傘蓋下站著一位尊貴的中年王子。兩旁簇擁著一班文武大臣，都肅穆地靜立著。

鄭和臉上保持著溫和的笑容，慢慢朝地毯走去，腳下的步子越走越緩。當年，主子就是踏著這條血紅色的地毯進入京城的，如今它竟然鋪到了自己的腳下！可自己是個奴才，再尊貴也是奴才！大臣們都在看著自己，所有人的眼光都望向自己，這種時候更得謹慎小心！他這樣想的時候，就側身讓開了地毯，從毯邊泥地一直走向傘蓋。

簇擁在王子旁邊的夏元吉等臣，見狀不禁露出了笑容。

鄭和步至傘蓋前，一絲不苟地彈袖，提袍，雙膝跪地，深深叩首道：「臣僕鄭和，叩見太子殿下！」朱高熾匆匆上前扶起鄭和，笑道：「鄭和啊，你總算回來了！起來，快起來。哎呀呀……幾年不見，你變老了，滿面滄桑啊！」鄭和鼻子一酸，謹言道：「稟太子，奴才這是……這是想主子想的啊！」朱高熾緊緊挽住鄭和，也是激情難抑：「父皇和我也想你啊。聽說你回來了，父皇高興得連早朝也撂下了，令我領著文武百官到江邊迎候你們。明日辰時，父皇就要大興盛典，召你進宮覲見。」鄭和感動地說：「皇上天恩無限！奴才即使粉身碎骨，也難報萬一。」朱高熾示意身邊大臣，笑著問鄭和：「列位大臣，都還認得吧？」鄭和趕緊迎了上去，朝夏元吉解縉等人深深揖禮：「在下給夏大人請安！在下給解大人請安！在下給劉大人請安！……」大臣們則客氣地拱手回禮：「鄭大人好！鄭大人辛苦了！……」

遠遠的人群當中，擠出一個圓頭圓腦的男孩子，他目不轉睛地注視著鄭和。

寢宮裡，兩個宮女正侍候著徐妃服藥。香草親熱地拉著妙雲站在了房門口，笑著說：「娘娘，您看誰來了？」

徐妃急忙推開藥碗，向妙雲伸出了瘦弱蒼白的手臂，沙啞地叫道：「妙雲！過來，快過來！」

妙雲見徐妃病成這樣，眼裏早含了淚水，匆匆上前折腰道：「奴婢給娘娘請安！」徐妃拍拍榻沿，對妙雲說：「妙雲！來呀，過來，坐榻上說話。」妙雲為難地說：「娘娘……奴婢身上不乾淨。」徐妃嗔她一眼，說：「過來，坐榻上，就坐我身邊！噯喲，瞧你這身打扮，怎麼跟下人似的。這些年，你可好麼？」

妙雲上前坐了，握住了徐妃的手，泣道：「稟娘娘，奴婢好！可娘娘您、您怎麼病成這樣了呢？」

徐妃苦澀地笑笑：「昨夜差點就閉過去了！後來呢，迷怔怔地又醒了過來。我把這輩子待我好的人，恩人、仇人、還有我做過的善事、惡事都過了一遍，沒什麼後悔的。就一件事撂不下，那就是你呀！妙雲，你是不是一直在恨我呀？」妙雲從懷中抽出一道白帕，拭著淚說：「娘娘是好人，娘娘待奴婢恩重如山……」徐妃責怪地說：「那你為何躲著我呢？為何不肯住進宮來？」妙雲的心裡是難言的惆悵，她輕聲說：「皇宮不是奴婢的家，奴婢想有自個的家。」

徐妃注視著她，說：「哦，你覺得在宮裡是寄人籬下，你覺得主子害苦了你，你覺得這身粗布衣裳比綾羅綢緞乾淨！……」說著說著，她劇烈地咳嗽著，喘不上氣來。妙雲急忙為徐妃捶背，泣道：「娘娘，您寬恕奴婢吧。」徐妃慢慢緩過氣來：「唉……誰寬恕誰啊?!」妙雲再也忍不住，伏身痛哭起來。徐妃撫著妙雲起伏的脊背虛弱地說：「過去的事，都不提了吧。鄭和已經回來了，我只想牽著你的手，把你交給他，那我就心安了。成嗎？」妙雲哽咽著點頭，心下不由得想，鄭和此刻在哪裡呢？

鄭和一身便裝走出府邸大門，朝龍江鎮方向走去。在門口待命的眾侍衛立刻跟隨上去。鄭和止步回頭對他們說：「今兒，我想獨自走走，你們不必跟著。」

侍衛們止步回頭，鄭和踽踽獨行。王景弘從門裡追出來，看一眼遠去的鄭和，斥責侍衛：「為何不護衛鄭大人？」領頭的侍衛稟道：「鄭大人吩咐，他要獨自走走，不許卑職跟隨。」王景弘看著鄭和即將消失的背影，既同病相憐，又隱含一點羨慕，畢竟，鄭和還有可以惦念的親人啊！他對著侍衛感嘆：「鄉情故里，魂牽夢繞啊！讓他獨自走走吧。」

鄭和沿街慢慢地逛，小街兩旁擺著各種攤子，叫賣聲此起彼伏，絡繹不絕：「花生茶蛋鹹水鴨啦！……香瓜葡萄甜蘿蔔！……」他的臉上恬靜而愜意。在家鄉小鎮的街市上無所事事地閒逛，一面往家裡走去，這是夢中奢望的情景，眼下成了現實，反倒隱隱產生了斯人仍在夢境裡的擔憂。管他呢，眼下，身心是難得瀟灑，難得逍遙，那就好好享受這個難得吧！走著走著，那個圓腦袋的少年又出現了，他站在街旁盯著鄭和看，而鄭和從他身邊走過，渾然不覺。

鄭和停在一個滋啦啦作響的油鍋前，眼饞地望著老漢炸臭豆腐。看了片刻，伸手往懷裡摸錢，不料摸出一隻虎頭絨帽，那正是小鄭餘當年戴過的。鄭和頓時愣在那裡，強烈地想念起兒子來。老漢見這位氣宇不凡的客人突然神情有異，和藹地問：「怎麼了，客官，沒帶錢？」鄭和吶吶地說：「是，是。」老漢好奇地打聽：「瞧您眼生，不是本地人吧？」鄭和支吾著說：「哦，剛到，剛到。」老漢從油鍋裡取出一串剛炸好的臭豆腐遞過去：「嘗嘗吧。」鄭和感動得一時不知如何作答，拿也不好，不拿也不好。老漢隨便地說：「甭介意，回頭您再照顧我生意就是！」鄭和一揖接過來，口中道：「多謝。多謝！回頭我給您送銀子來。」

鄭和拿著這串臭豆腐津津有味地邊走邊吃，豆腐吃完了，他竟然意猶未盡，將串豆腐的小棍吮咂了一番才拋開。後面不遠的地方，那個大眼睛的圓頭少年仍然靜靜地跟隨著。

走到小街盡頭，鄭和站下了，少年也站下了。鄭和慢慢回身，與少年對視了一會。鄭和溫和地說：「孩子，你跟了我一路了。你沒家嗎？」少年默不作聲，歪著腦袋呆呆地打量鄭和。鄭和莫名其妙，上前蹲下身子細看孩子的臉，漸漸臉色有了變化，聲音也變了：「你、你叫什麼名字？」少年低聲答：「鄭餘。」鄭和頓時欣喜若狂：「鄭餘?!……天哪，真是你！你、你、你長這麼大啦！」鄭餘眼淚汪汪地點頭。鄭和動情地問：「你媽呢？妙雲呢？」鄭餘指著路邊的「鴨血粉絲湯」的招牌，說：「皇宮派來一輛漂亮大車，把媽媽接走了。」鄭和看看小店，明白了。他牽著鄭餘走向小店，坐到木凳上，激動地將他往懷裡摟。忽然想起什麼，從懷裡摸啊摸，摸出那頂虎頭絨帽，就往鄭餘頭上戴，卻根本戴不進去。鄭和傻傻地笑了，眉宇間洋溢著幸福：「嘿嘿，小了，小了，你真是長大了！……孩子啊，你知道我是誰嗎？」鄭餘憂鬱的大眼睛盯著他看，嘴裡說：「知道。」

鄭和擔心地試探：「說啊。我是誰？我是誰？」鄭餘窘迫著，但也有點狡猾，說：「你是……你是鄭和。」鄭和神情癡癡地催促他：「還有呢？還有呢？……快說啊！」鄭餘的眼珠子慢慢掄了一圈，終於輕輕地說：「你是、是……爸——爸。」

鄭和狂喜地摟緊鄭餘，把鄭餘摟得喘不過氣來。他的淚水一滴一滴落下來：「對了！我是你爸爸，是你爸爸呀！……走，孩子，咱不等明天了，咱倆這就進宮，見你媽去。走走！」一面說一面拉著鄭餘的手欲行，鄭餘卻固執地立定在原地不肯動彈。鄭和深感意外地問：「那、那你要幹嘛？」鄭餘伸手指著江邊的寶船——寶船上，高高的桅杆直聳雲天。他乞求地望著鄭和道：「我……我想上船。」

鄭和一怔，轉憂為喜：「成！我領你上船。」

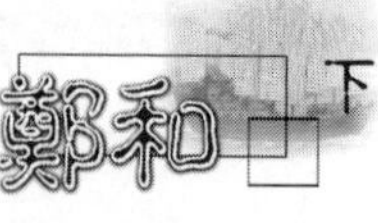

鄭餘立刻撲上前，拉緊鄭和的手，連蹦帶跳地往寶船方向走去。他走在前面，心急火燎，不時倒著走，嫌鄭和走得太慢。幾乎是他牽拉著鄭和在跑。寶船在夕陽中閃閃發光。舷梯下，鄭餘仰望著巨大寶船驚嘆：「啊！……它跟天那麼高哇！」鄭和豪邁地說：「嗳……這寶船哪，就是從銀河開來的！上啊兒子！」

鄭餘蹦蹦跳跳地登上舷梯。鄭和在後面跟隨著，笑著說：「慢點，慢點。兒子呀，你媽要是在這該多好哇！」鄭餘一邊登梯，一邊嘴巴甜甜地說：「爸爸，你老不回來，媽媽天天想你。」鄭和不敢相信似的，輕聲問：「是麼？」鄭餘做出信誓旦旦的樣子，說：「就是的。媽媽老擔心你在海上出意外。一到颳風下雨的時候，她就去廟裡上香，請天妃娘娘保佑你們平安。」鄭和幸福得渾身顫抖：「我知道，我都知道！你爸我什麼都感覺到了。天妃娘娘一路都在保佑我們呀！」

鄭餘一踏上那廣闊的甲板便驚呆了，望著巨帆、銅炮、高臺，竟然駐足不前，膽怯地問：「爸，我、我……我能摸摸它們嗎？」鄭和雙腳輪番跺著甲板大聲說：「兒子，你聽著。今兒這條大船就是你的！船上的一切統統是你的。你愛怎麼折騰就怎麼折騰！」鄭餘狂叫著衝上前，高興地在寬闊的甲板上奔跑、蹦跳、翻筋斗。鄭和激動地看著兒子騎在巨炮上狂呼亂喊；激動地看著兒子跳上高臺揮舞令旗；激動地仰起頭，看著兒子手足機靈地攀上巨桅，並且一直登上高高的瞭望台！

鄭餘在瞭望臺上張開雙臂，朝天空狂喊：「開船嘍！開船嘍！」甲板的一角，南軒公正醉醺醺地臥在纜繩堆裡呼呼大睡，臉上蓋著斗笠。他被驚醒了，掀掉斗笠坐起來，吃驚地看著桅頂的鄭餘，再看看甲板上滿面掛笑的鄭和，奇怪地問：「鄭大人，哪來的野小子？」鄭和自豪地說：「我兒子！」南軒公笑嗔：「胡說八道！你也會有兒子？」鄭和得意地扯著嗓子大叫：「就是我兒子！我兒子！」南軒公眯眼仰望桅頂上的鄭餘，讚道：「甭管是誰吧，這小子天生就是航海的命。您瞧他性子多野，膽子多大啊！」

翌日辰時，明成祖朱棣在奉天殿舉行盛典慶賀鄭和南洋巡海歸國。奉天殿內眾臣排立，氣氛莊嚴。太子朱高熾侍立在龍座後。朱棣屏後步出，踏上丹陛，坐入龍座。眾臣齊齊拜揖：「臣等拜見皇上。」朱棣讓平身，眾臣齊聲道：「謝皇上隆恩！」朱棣微笑地望著眾臣道：「列位臣工，今日朝會稍有不同，皇后要抱病出宮，駕幸奉天殿，和朕一塊臨朝。這雖然不合祖制，但朕念及皇后一片誠意，答應破例一回。有請。」須臾，妙雲扶著徐妃從屏風後緩緩步出，眾臣立刻躬身拜揖：「臣等拜見皇后娘娘。」妙雲攙扶徐妃在龍座旁的軟椅中坐下，侍立於旁。徐妃笑看眾臣，喘道：「多謝了。」朱棣目視小溜子，小溜子立刻朝殿外高喝：「宣國使鄭和、副使吳宣、王景弘進見！」殿外侍衛隨之大聲傳話：「宣國使鄭和、副使吳宣王景弘進見！」

早已在外佇立等候的鄭和與吳宣、王景弘步入大殿。鄭和走近丹陛，猛見朝思暮想的妙雲就立於徐妃身後，倉惶中見她似乎一臉滄桑，不由百感交集，激情難抑，幾乎失神，他全力控制著感情，恭敬地跪地道：「臣鄭和拜見皇上，皇后！」朱棣笑道：「平身。鄭和啊，朕見到你們真

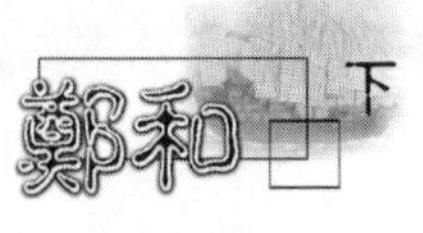

是高興，高興啊！哈哈哈……」徐妃微笑不語，側臉看一眼妙雲，當著滿朝文武的面，妙雲窘迫至極，垂下了目光。鄭和蘊含著感激的聲音自豪而朗澈：「謝皇上天恩！啟奏皇上，臣等於永樂三年九月，率海船三百二十五艘，奉旨巡使西洋。總共行海二萬三千五百餘里，巡使占城、爪窪、馬六甲等海外邦國十五處。敕封列國君王、首領、酋長、總督十二位。並有二十一位海外使臣，奉本國王聖旨，隨船回拜大明國皇帝。願尊奉大明上國，稱臣納貢，永結友好，共用萬世太平。」朱棣肅然聽完，道：「宣列國使臣入朝。」

在殿外侍衛的一片傳叫聲中，一群身著各色奇異服裝的海外使臣步入大殿，原本鴉雀無聲的殿堂內響起了驚奇的議論聲。海外使臣在丹陛前跪下，轟然叫道：「拜見大明皇帝陛下！」朱棣從龍座中站起，笑道：「起來，起來！朕歡迎你們呀！列位辛苦了。你們到了大明，這京城就是你們的家！回頭，朕再好好地款待你們。」

眾使臣齊聲道了謝。鄭和道：「啟奏皇上，臣等此次巡使西洋，所攜中土物產極受歡迎。海外各國君王紛紛貢獻方物，商販與百姓更是踴躍以物易物。臣此次共帶回珍珠、珊瑚、金鉑、乳香、胡椒、觀音竹、龍涎香等海外物產共計八百二十一種，裝運一百三十五船。更有各類奇禽異獸多種，巨象五頭，雄獅五頭，麒麟獸兩頭……」

鄭和說話的時候，侍衛們捧入一座座精美的彩色珊瑚；一盤盤晶光閃耀的珍珠、寶石；一箱箱奇珍異產……大殿裡歡聲驟起，眾臣驚嘆不絕。朱棣高興得滿面紅光，哈哈笑道：「好哇，好！把朕眼都看花了。可見乾坤浩瀚，四海無涯，天下之大，無奇不有啊！朕喜歡這些寶貝。朕覺得呀，比這些寶貝更珍貴的，是海外列國的傾誠向化之心，是天下子民的依依望歸之情！」

夏元吉高聲道：「皇上聖見。今日朝會，可謂百年未見之盛典。足見大明永樂王朝，承前啟後，繼往開來，盛世明君，恩威四海！」朱棣樂顛顛地說：「聽旨。將這些海外珍奇，供奉在午門外，公開展示十日，讓京城百姓都看看。明兒，朕與皇后，還有各位愛卿，一塊瞻仰神獸麒麟去！」

這時徐妃親切地低聲喚鄭和過去。鄭和看一眼朱棣，朱棣微笑點頭，鄭和這才步上丹陛，向徐妃揖禮。徐妃抓過妙雲的手，遞給鄭和。笑道：「我把她交還給你了。」鄭和顫抖地伸出手，一把握住了妙雲的手。

朱棣起身。小溜子立刻高吼：「退朝！」眾臣如潮水般退出殿外。朱棣攙著徐妃也緩步離去。

喧鬧的大殿突然間寂靜無聲，只剩下了鄭和與妙雲。兩人含淚相對，萬語千言在顫慄之中無從說起，恍惚間竟生出一絲難堪的陌生。終於，妙雲像一個奄奄一息難以再支撐的病人，一下倒進鄭和懷裡，聲音哆嗦地說：「我、我我想回家。」鄭和將妙雲小心翼翼地擁抱著，就像擁抱著一隻易碎的細瓷花瓶，一個弱不禁風的嬰兒，一件失而復得的傳世之寶，輕聲哄著她：「噯，噯！咱們回家，回家，回家……」他動作輕盈地從懷裡抽出那條美麗頭巾，披到妙雲肩上。然後

牽起妙雲的手，兩人靠在一起步下丹陛走出奉天殿的時候，感覺身心已經融在了一起。

回到妙雲的小店，妙雲在腰間繫上了圍裙。鄭和說妙雲累了，讓她歇著。妙雲笑著回道：「哪有這麼嬌嫩啊？」一會兒，灶上就有熱氣出來。妙雲叮叮噹噹地在灶上炒菜，鄭和則坐在灶下的小凳上，手揮柴刀笨拙地劈柴。他把一根粗柴棒立於自己面前，揮刀砍下，劈個空，柴禾棒倒地。他豎直它，再一劈，柴禾棒子又不聽話地倒了。妙雲斜眼瞧著他笨拙的樣子，不禁笑嗔：「快擱下吧，等我來！」

鄭和訕笑著說：「不不，我多年不給家裡幹活了，好不容易才有個柴禾棒子劈劈——舒服！」妙雲調侃他：「就你那樣？誰劈誰呀！」話音未落，鄭和已經一刀把柴禾棒子劈成了兩半，他得意地說：「瞧啊，開了！它要再不開，我咬也把它咬開。」

妙雲彎腰看了一眼，笑道：「國使爺，劈細點。」鄭和道聲「遵旨」，揮刀把柴禾劈成一堆細條條，妙雲忙忙碌碌燒菜，卻不忘回頭檢查鄭和的勞作，臉上漾動著幸福的微笑，宛然又是當年那個美麗動人的妙雲姐了。

鄭和劈完一批柴禾，抱著一捧細柴條子走到灶前，向妙雲請示：「擱哪？」

妙雲正忙著，說：「這還問，擱我腳底唄。」回頭匆匆一看，「噯喲，你怎麼劈那麼細啊？都成筷子了！」鄭和不服氣地說：「細還不成啊，劈得細，說明我心細嘛！」妙雲笑嗔：「添把火吧。」

鄭和蹲在灶前把一支支的柴禾填入爐膛，望著那紅通通的火焰，他的表情陶醉癡迷。妙雲上下翻動著鍋裡的炒菜，瞟一眼鄭和道：「想什麼呢？」鄭和神情恍惚地答非所問：「你動鍋鏟的聲音……真好聽呵！」

妙雲突然淚水盈眶。她趕緊別開臉，抬胳膊拭去額頭汗水，同時也拭去眼中淚水。

上岸之後，吳宣就沒有閒著。此刻，他正焦慮不安地在內閣待召處踱來踱去。忽聽門外一陣腳步聲，頓時立定望著大門。門被輕輕推開，小溜子步入，滿面是笑地鞠躬道：「奴才給吳大人請安了。」吳宣趕緊還禮：「萬萬不敢。下官給六公公請安。」小溜子低聲問：「密奏呢？」吳宣從懷裡掏出一幀信封，呈給小溜子。小溜子迅速揣進懷裡，沉吟道：「奴才定然呈給皇上。但皇上什麼時候有工夫看……奴才就不敢說了。」吳宣立刻從腰間解下一隻沉甸甸的皮囊，露出袋口，裡面是滿滿一袋大粒珍珠。吳宣笑著說：「下官差點忘了。這是下官從西洋帶回來的五色珍珠，不成敬意，請六公公笑納！」小溜子眼都笑花了：「哎呀呀，這怎麼成……」吳宣道：「公公要是不給面子，下官寢食不安。」小溜子迅速接過來，揣進懷裡，細聲說：「吳大人請回吧，這事包在奴才身上！」

小溜子果真把這事放在心上了。瞅著朱棣正在伏案閱奏，小溜子朝朱棣深深一鞠，一言不發地將那封密奏擱在龍案旁邊，又靜靜地退了下去。朱棣拿過那信封拆開，抽出密奏，慢慢展開，

豁然呈現一副殘破的告示，正是在舊港時朱允炆留給鄭和的密旨。朱棣默讀：「愛卿鄭和謹知。朕與天齊壽，豈能被逆賊朱棣所傷？朕在海外廣召義軍，不日將揚帆歸國，集天下王師，剿平篡賊，光復大明。朕知道，你雖然被迫屈從朱棣，卻不失忠義之心。朕盼你順天應命，歸附王師。朕駕幸京城之日，即封你為工部尚書，賜護國公。欽此。」朱棣的手顫抖了，他擱下聖旨，起身踱步。忽然低喝：「小溜子！」小溜子開門匆匆奔進來：「皇上？」

朱棣沉吟片刻說：「請鄭和赴宴。」小溜子便遵旨去請鄭和。

而這時候，鄭和的家中，餐桌上已布滿菜肴，鄭和與鄭餘對坐著。鄭餘早餓得等不及了，已經狼吞虎嚥地吃起來。鄭和停箸不動，欣慰地望著兒子，口裡說：「慢點吃，甭急。今天又上哪去了？」鄭餘含著一口飯含糊地回答：「寶船！」

鄭和親切地責怪道：「你一見船，就連家都不要了。」鄭餘自豪地說：「南爺爺教我操舵，還教了我使用浮水羅盤。我現在什麼都會了，就剩下沒開炮！」鄭和笑著開導：「兒子啊，你現在這年紀，最要緊的是好好讀書。爸打算給你請個先生，再專門給你蓋一間書房。紅木桌、紫檀架，經史子集滿牆掛！你只管讀書用功，吟詩作文，做一個滿腹經綸的天子門生，博取科場功名。將來啊，修身、齊家、治國、平天下！」

正在灶間裏盛菜的妙雲側耳聽著，不禁露出了欣慰的笑容。

鄭和繼續對著兒子絮叨：「你爸打小念的書少，東一榔頭西一棒子，三天打魚兩天曬網，沒正經學過。不是爸不想學，唉，爸是沒有時間學哪，也沒有那個條件。後來呢，當什麼官心都虛！特別是，看見經史子集就慚愧，還不敢公開慚愧——偷偷地慚愧！兒子啊，你得給爸爭口氣，把天下的書都讀遍嘍！你爸這輩子，最羨慕的就是讀書人了……」鄭餘脫口而出：「我這輩子最羨慕的就是你！」

鄭和詫異道：「這什麼話?!」鄭餘理直氣壯地說：「那麼多大船都歸你管！你漂洋過海，縱橫天下，把天涯海角都跑遍了……」鄭和打斷他：「誰告訴你的？」鄭餘說：「南爺爺。」鄭和一笑道：「甭聽他的，你爸連天涯海角的邊還沒找著呢。再說了，『書山無路勤為徑，學海無涯苦作舟』。這書山學海才是真正的海角天涯呢！」

妙雲端著一隻罈子入內，擱在桌子當中，滿面春風地笑道：「鴨血粉絲湯來了。別爭了！吃飯。」鄭和伸長脖子深深一嗅，醺然長嘆：「嗳……在下心都要化了。鮮！」妙雲笑著拍他一下：「你呀，就是命賤。這湯兩銅子一碗，做苦力才愛喝它。」鄭和甜蜜蜜地笑著：「好哇，趕明兒請皇上嘗嘗。皇上準保說，『愛卿啊，這湯勝過龍肝鳳膽呢！』嘿嘿。」鄭和豎起兩根手指：「妙雲啊，雙倍辣子！」妙雲笑說「知道」，把加了紅油辣子的湯碗端給鄭和。鄭和接過來，貪婪地往嘴裡送。妙雲望著都在起勁吃飯的父子倆，幸福得聲音有點顫悠：「唉，我們一家三口，還是頭一回同桌進餐吧？這才像個家呀。」鄭和感慨地說：「妙雲啊，我盼這頓飯，都盼五年多了！」

這時候，院外傳來急驟的馬蹄聲。鄭和與妙雲互視著，頓時略顯不安。一個尖銳的聲音響起來：「聖旨到。著鄭和接旨！」鄭和看了妙雲一眼，無奈地匆匆奔向門外。

鄭和見小溜子手執一拂塵站在院子裡，趕緊規規矩矩地跪在了地上。小溜子衝著他高聲道：「皇上有旨，召鄭和入宮賜宴。欽此。」鄭和叩首及地：「奴才領旨謝恩。」小溜子笑著扶起鄭和：「奴才給鄭大人帶來了一匹雪花青御馬，就在院外頭。鄭大人趕緊動身吧。」鄭和一邊謝著起身，一邊小心地打聽道：「敢問六公公，皇上昨天已經宴請過奴才了，今兒怎麼又賜宴呢？」小溜子笑著說：「您功勞大唄！昨兒那場宴，是皇上和六部公卿一塊請您的。今兒這場宴，是皇上單獨請您的。」鄭和若有所思地「哦」了一聲，小溜子在邊上柔聲催著：「皇上等著鄭大人呢，鄭大人抓緊動身吧。」鄭和道：「請六公公回稟皇上，奴才這就進宮。」

鄭和走回屋裡，看著妙雲，一副難言之狀：「皇上恩典，我……」妙雲轉過身，輕聲道：「我都聽見了。你快去吧。」鄭和應了一聲，深深看妙雲一眼，欲言又止，掉頭步出家門。片刻，院外傳來急驟的馬蹄聲。

鄭和走後，鄭餘也放下碗，含著滿口飯說：「媽，我也去了？」妙雲驚叫道：「你到哪去？皇上還請你了不成！」鄭餘理直氣壯地說：「我去寶船呀！南爺爺說了，我今夜可以住船上。就睡我爸的官艙，名叫天元艙。那艙可漂亮了，跟皇宮一樣大。睡那兒，我就成皇上了！」

妙雲呆呆地望著兒子，一絲預感干擾著她，她一言不發。

鄭餘把嘴裡的飯嚥下去，央求道：「媽，讓我去吧。南爺爺喜歡我，我更喜歡他，他有一肚子天方夜譚呢！媽，求您了！」妙雲無奈地點著頭：「去吧。」

鄭餘噔噔跑出家門。轉眼間又噔噔跑回來，抱起那湯罈涎著臉兒朝妙雲笑：「媽，我把這罐子……『龍肝鳳膽』給南爺爺帶去成嗎？反正爸也不喝了。」妙雲說：「帶上就帶上吧，走路上要當心！上了船要小心！」鄭餘興奮地「嗳」了一聲，掉頭又抓起幾個燒餅，噔噔地跑了。

妙雲步履艱難地上前，吱吱關上房門。她背靠房門看著那幾乎一口未動的滿桌菜肴，眼淚在眼眶裡轉。有誰知道她的委屈？剛回來就走了。好了，父親一回來，兒子都不安分了，整天野在那條船上。一個進了宮，一個上了船……家裡要是沒了男人，還像個家麼？難道，這就是我的命?!

鄭和
下

第二十五章

上書房裡，兩個太監豎起長長一個卷軸，再朝兩邊緩緩拉開，原來是一張越來越廣闊的海圖。朱棣佇立在圖前，新奇慨嘆，小溜子入內輕聲稟報：「皇上，鄭和奉旨到來，正在外頭候著。」朱棣道聲「有請」，小溜子應聲而出。片刻，鄭和入內揖禮：「奴才叩見主子。」

朱棣興高采烈地說：「鄭和啊，朕正在看你的海圖。這圖啊，比你剛出海時大出了一大片。真可謂皇天浩瀚，四海無涯啊！」鄭和恭敬地說：「是。奴才在海上航行得越遠，越覺得皇天浩瀚。經歷過的地方越多，越覺得四海無涯。人生苦短，只能見其萬一。但是，海外萬國與大明之鼎盛相比，仍然如同眾星望月，百鳥朝鳳。」

朱棣威嚴地望著鄭和：「唔。如今，海外各國紛紛來朝，足見大明恩威齊天，足見朕遠勝於朱允炆，足見永樂朝遠勝於他建文朝。你說是不是？」鄭和不知朱棣為何突然要拿自己同朱允炆作比較，愕然道：「當然！奴才甚至覺得，主子的功業古今罕見，直追皇太祖洪武朝。」朱棣鷹隼一樣的目光逼視鄭和：「天降大任於朕，朕當然不會辜負天意。朕想做的事多著呢。朕準備遷都北平，之後親征漠北，重築萬里長城，修撰《永樂大典》！……總而言之，不管有誰咬牙切齒、提心吊膽，也不管有誰陰陽兩面、暗中與朕為敵，朕都不懼。非但不懼，朕還要徹底剿滅他們！天意在朕，民心歸朕。朕擎天行道，獨掌乾坤！朕要讓本朝的文治武功逾越千古，朕要讓自個的恩威齊天蓋世！千百年後，世人回首永樂王朝，只怕也得滿懷敬畏，一腔浩嘆！」

朱棣目光如炬，盛氣凌人，鄭和不知究底，畏懼折腰：「我皇乃天賜聖君。奴才有幸侍奉英主，是奴才的再生之福！」朱棣冷冷道聲「是麼」，他的手慢慢伸出，一抖，朱允炆的偽旨垂落在鄭和面前。鄭和驚訝抬眼，剛看幾行，驚得撲通跪倒在地，驚駭叫道：「皇上，這、這是從哪來的?!」朱棣沉聲問：「你不知道？」鄭和惶恐地伏地道：「奴才萬萬不知道！」朱棣追問：「也從來沒見過？」鄭和聲音顫抖地說：「奴才萬萬沒見過！」朱棣讓鄭和起身，告訴他：「你們登陸舊港時，吳宣從一副門板上揭下來的。」鄭和恨恨地說：「吳宣私藏罪證，必有禍心！皇上啊，吳宣根本沒拿給奴才看過……」朱棣道：「他沒拿給你看是對的。朕不是拿給你看了嗎?!」鄭和差點被暗算，心中又驚懼又憤恨，痛心疾首地說：「皇上，這是海賊陳祖義的奸計。此賊四處放風，說朱允炆已逃至舊港，落入他的手中。他盜用聖命，搖身一變，成了建文帝親賜的南洋大元帥！妄圖挾天子自重，獨霸外海。而奴才所率大明寶船，是他恨之入骨又無法抗拒的。為此，他才使用腌臢手段，偽造聖旨，嫁禍於奴才。」

朱棣頓一頓，說出他最關心的事：「關鍵是——朱允炆到底有沒有逃到海外？」鄭和道：「稟皇上，奴才此行二萬餘里，所到之處，凡有漢人居住的地方，奴才都是翻天覆地、一一搜尋，詳情可見《航海日誌》。奴才除了在琉球島上發現建文罪臣之外，沒有再見到任何前朝遺民。」

朱棣又停頓片刻，沉吟道：「你以朕的名義寬恕了琉球島上的罪臣，這件事嘛……」

這件事正是鄭和一直擔心的，他顫抖著再次跪下伏地請罪：「奴才擅權，奴才死罪！」

朱棣默視鄭和片刻，凜然道：「不。這件事做得對，可謂化腐朽為神奇！既然他們已經無害於朕，何不讓他們替大明開闢一塊海外領地呢？」鄭和鬆口氣說：「皇上聖斷。」朱棣笑著扶起鄭和：「起來吧。起來！」

鄭和起身，這些年的酸甜苦辣，艱險委屈驀然襲上心頭，他再也忍不住，失聲痛哭起來，哭得渾身抖顫，幾乎站立不住：「皇上啊！……」朱棣親扶鄭和至椅子上落座，再從袖中抽出一方錦帕遞給他，動情地說：「給你說實話吧，朕每當接到臣下們彈劾你的奏狀，心裡都暗笑不已——你們哪，真笨！笨得找不著北了！竟然在朕面前告鄭和的刁狀，也不想想朕與鄭和是什麼感情？朕信任鄭和就跟信任自個膀子一樣！靖難之役時，朕多次身陷絕境，是你捨生忘死打開了局面。朕甚至懷疑過太子不忠，也從沒有懷疑過你啊！」

鄭和拭淚不止：「皇上啊，您對奴才情逾父母，恩同再造！奴才每念及此，便五內如焚，奴才唯有極盡犬馬之勞，感恩圖報哇。」

朱棣將那份偽旨揉成一團，憤憤擲開，道：「朕實話告訴你。這五年來，朕在雲南、廣東、福建等省統共拘捕了六個建文帝，六個呀！沒逮著的還不知有多少呢。這些建文帝，有的四十歲，有的五十歲，最小的只有十四歲！沒一個是真的。都是前朝遺臣，或者山賊巨盜們竊用建文帝旗號，魚目混珠，蠱惑人心，以求一逞！南軒公有句話說得對，『虛張聲勢也是一種聲勢啊』。現在看來，比朱允炆更重要的是——有人利用朱允炆作亂！就像陳祖義。朕必須剿滅這些禍害！同時，不管是上天入地，也要挖出朱允炆真身，生見人，死見屍，將他公開展示，以掃清流言，安定人心。」鄭和恭敬地聽著，道：「皇上聖斷！」

朱棣笑著說：「朕請你來是赴宴的。沒想到飯沒吃，先讓你吃了一驚！哈哈哈，走走走，平臺那兒早給預備好了。」朱棣竟然上前挽著鄭和，步出了書房。

鄭和不知道，吳宣此刻正呆坐在宮裡的待召處。他已經等了好久，待召處只有他一人，座鐘噹噹敲響的時候，屋裡就顯得格外寂靜。他等得心裡煩亂，起身踱至窗前，偷偷朝外觀望，走廊裡沒人也沒聲音，只有院子裡樹上鳥兒在鳴。終於望見了小溜子匆匆走來的身影，吳宣趕緊回到椅座，正容端坐。

小溜子入內一揖：「吳大人久等了，奴才告罪。」吳宣滿目的期待：「不敢不敢。六公公，皇上？……」小溜子用惋惜的口氣說：「皇上急務纏身，一時抽不出工夫。」吳宣著急地說：「下官可是奉皇上旨意入宮的呀。」小溜子婉轉地說：「是是。可現在皇上又降旨了。皇上說，請你先回去，日後……日後再賞賜你。」吳宣神情愣愣的。片刻後，惶恐道：「下官遵旨。煩請六公公在皇上面前多多美言幾句。」小溜子肅然道：「吳大人放心。奴才要不把吳大人的事辦好，那不成窩囊廢了麼！吳大人暫請回府吧。」吳宣口稱「多謝多謝」，沮喪告辭。

他在宮道上悶悶地走著，迎面碰見了夏元吉，他急忙揖禮道：「給夏大人請安！」夏元吉同他開玩笑：「喲，吳大人啊。您這是進宮呢還是出宮呀？」吳宣不好意思地苦笑笑：「夏公休要

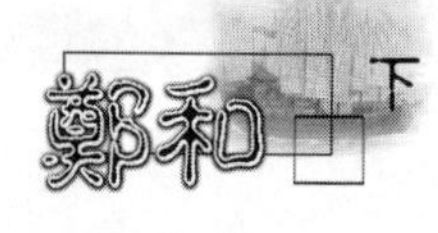

取笑。下官進宮已畢，正在出宮。」夏元吉問：「見著皇上了嗎？」吳宣心存疑惑，遲疑地說：「皇上日理萬機。說回頭再召見我。」夏元吉詫異地說：「皇上正在平臺宴請鄭和呢，為何你沒去呀？」吳宣一怔，心中湧上難言的嫉妒，憤憤道：「皇上說，日後再賞賜我。」夏元吉含蓄地「哦」了一聲道：「吳大人既然是出宮，老夫正好順道，陪吳大人走幾步吧。」吳宣感激道謝。

夏元吉與吳宣並排朝宮外走去，夏元吉說：「吳大人，你們那幾大本《航海日誌》，老夫拜讀過了。果然是『上窮碧落下黃泉』，海外無處不至，無奇不有。看了迴腸蕩氣，嘆為觀止啊！」吳宣冷淡地說：「那都是鄭大人功勞，下官敲個邊鼓而已。」夏元吉又說：「但老夫讚嘆之餘，也有所不解。比如，你們帶去了成千上萬的中土物產，是如何賞賜海外君主的？賞賜多少？賞格是怎麼確定的？再有，該君主回贈多少？貢奉多少？交換多少？均語焉未詳。還有，你們在忽魯謨斯等地大開貿易，諸如傭金稅銀等等也沒個說法。這些事……唉，老夫身為戶部尚書，有些難言之隱啊！」

吳宣滿腹牢騷地說：「夏公只有難言之隱，下官可是滿腹怨屈！貿易的事，您得問鄭大人去。」夏元吉沉吟著說：「鄭大人那兒，老夫是要請教。不過，吳大人要是方便，可否也請賜教呢？」

吳宣向夏元吉望去，夏元吉也正目視著他。他從夏元吉的眼睛裡看出了交談的願望，毅然道：「成！」夏元吉笑了：「那麼，就請吳大人光臨寒舍。老夫家宴侍候。」

朱棣則是在宮中的平臺上設宴招待鄭和。平臺朝著太陽，周圍景色怡人，鄭和待朱棣落座後，才側身坐了下來。正要舉杯敬祝，卻一眼瞥見暗處的一個角落裡置放著一套西洋鎧甲，目光在上面不由多停留了一會。朱棣見了，笑道：「你還記得先帝送我的那套龍首鎖子甲嗎？」鄭和道：「奴才當然記得。皇上曾把它立在王府，日日相看。靖難之役中，皇上又佩甲上身，征戰沙場。」朱棣用筷子指著角落裡的那副鎧甲道：「朕親身試過。這套西洋鎧甲，竟然比先帝的戰甲高出五寸，闊兩寸三分！說明，佩束這副鎧甲的西洋武士，身高臂長，虎背熊腰，他們比大明的武士足足高出了半個頭！還有，他們所使用的兵器也比大明兵器重好幾斤，可謂削鐵如泥的兵器啊！鄭和啊，你明白其中的厲害嗎？」鄭和鄭重點頭道：「奴才明白。否則，奴才也不會花費重金，從萬里之外把它們帶回來了。」

朱棣好奇地問：「這些西洋武士，是海外哪個邦國的人？」鄭和道：「奴才也是聽說，這副鎧甲，來自一個極遠的邦國，名叫英吉利。」朱棣問究竟多遠。鄭和邊想邊說：「從忽魯謨斯前往英吉利，聽說要跨過黑非洲，再穿越一個大西洋。但那個大洋從無人能夠穿越。從陸路前往的話，則有萬里之遙。而大明距忽魯謨斯也有萬餘里。東西兩途相加，奴才估計，近乎三萬里。」朱棣感嘆之餘，又問西洋人是什麼模樣？

鄭和笑著說：「藍眼睛，黃頭髮，白皮膚。設公會，拜上帝，其神靈是一個釘在十字架上的男人，名叫耶穌。這些西洋人生性豪爽，勇猛好鬥。勇於死而輕於生，重於義而輕於利。連吃飯的食具都不是筷子，件件是刀、叉之物，猶如縮小的兵器！」朱棣沉思著說：「朕真正擔心的是這些西洋人。我看他們比什麼陳祖義都更加厲害！眼下，他們雖然遠在天邊，但總有一天會跟咱們照面的呀。到那時，他們也許是友，也許是敵。也許亦敵亦友、亦友亦敵！……鄭和啊，朕要你找到他們。」

鄭和驚訝地問：「皇上的意思……奴才還要再下西洋？」朱棣果毅地說：「當然。朕還要造更多更大的海船，供你巡使四海。不光是西洋，將來東洋、南洋、北洋，你都得去！再說了，你帶回來的海外物產，都是大明罕有之物，樣樣用得著啊。朕今日跟你掏心窩子了，陸地上的敵友，朕來對付。海外的敵友，由你對付！也就是說，朕負責海內，你——替朕管著海外！」鄭和的雄心再次沸騰，他大為振奮地說：「遵旨！」

鄭和回家的時候，已經是滿天星星了。空蕩蕩的家中，點著一盞孤燈。妙雲在燈下呆坐，手中擺弄著那條美麗的頭巾。一陣急驟的馬蹄聲止，妙雲喜動顏色，跳起身打開房門，鄭和的笑臉就出現在面前了：「到家了，唉。總算是到家了！」妙雲口是心非地嗔道：「三更半夜的，怎麼不在宮裡住一宵！路上不危險嗎？」鄭和嘿嘿笑道：「皇上是賜下恩典，叫我在西華宮住下。我半天不吱聲，皇上也就明白了，立刻把那匹雪花青御馬賞了我！」妙雲笑道：「好嘛。吃飽了還捎帶著！」鄭和冤枉地叫：「哪兒呀！我都快餓死了，真快餓死了！妙雲，趕緊賞口飯吃。」妙雲驚訝地說：「皇上不是請你赴宴嗎？」鄭和笑道：「噯，你還不知道嘛，陪皇上吃飯，心都提在嗓子眼上，戰戰兢兢，吃得下麼？滿桌珍饈美饌，我幾乎一口沒動，光侍駕來著。再說了，我還惦著家裡的菜哪！」

妙雲吱吱快活地笑著：「快歇著，喝口茶，我給熱飯去。」說著抓上圍裙匆匆步入灶間。鄭和像個黏人的孩子跟著妙雲進了灶間。妙雲炒菜，他就蹲在爐前燒火。妙雲心裡暖融融的，問：「噯，皇上跟你說什麼了？……對了，你們君臣議事，我做奴婢的不該問。」

鄭和道：「你不問我也得告訴你。皇上問了鄭餘，問了你，好生誇你來著！說你賢慧仁義，相夫教子，把鄭餘拉扯成人，堪為婦道楷模！」妙雲羞澀道：「千萬別誇！皇上誇誰，誰害怕。」鄭和試探地說：「皇上還說，要在京城賞我們一套府邸。」妙雲馬上說：「我有家，這就是我家！我住這裡安逸。」鄭和趕緊說：「我也是這麼說的。我說皇上啊，海船都停泊在龍江港，奴才出了家門就能望見船，踏實！皇上又說，那麼，朕讓人在碼頭邊上給你們蓋一座房子……」

妙雲只得說：「那就蓋吧。你要再推辭，皇上就該生氣了。」鄭和心裡鬆了口氣，順水推舟道：「看看，我也是這麼想的！當時就謝恩了。」妙雲有點不安地問：「鄭和，皇上還會派你出海嗎？」鄭和一怔，支吾著搪塞：「哦……沒有，沒有！」妙雲見鄭和說話不爽快，著急追問：「真沒有？」鄭和索性一哄到底：「真沒有！」妙雲的一顆心這才落下來，笑著說：「這我就放心了。咱們總算能過上正經日子了。」妙雲心情愉快地盛菜，鄭和則望著爐中的火焰發呆。

這一天的夜裡，四周萬籟俱寂，月光從窗外投進妙雲的臥室，睡榻上便塗了一層暖融融的銀光。鄭和與妙雲情不自禁相擁相抱，肌膚相親，無限纏綿。許多年了，兩人心中都深藏著無言的苦楚，相默相契要在有意無意的盡情纏綿之中消融那層看不見摸不著的隔膜。這是遠比一般情欲厚實堅韌的愛情，雖說不上如火如荼，但這是在無窮無盡的思戀與折磨之中提煉出來的親情，沉澱為一種渴望付出想不到回報的溫情，兩人在這樣的愛情加親情之中，溫情地說著話，擁有著對方的身體和意識，極盡溫馨柔馴之性情，如魚得水，難捨難分，直到夜很深的時候，才分被而眠。儘管已經筋疲力竭，起先，兩人還是相向而臥，戀戀不捨地從被中伸出手來相握，直到濃濃的睡意襲身，眼皮再支撐不住，才暫時分手進入夢鄉。可不一會兒，鄭和就睜開了眼睛，一看妙雲睡在他的身邊，神態安詳而甜蜜，似乎一個長途跋涉在沙漠裡的人，終於到了目的地，卸下了身上的重負，睡得很香很沉。他幾疑自己是在夢中，目不轉睛地端詳著善良端莊的妙雲，表情複雜。看了半天，他躡手躡腳地起身，輕輕開門出去。

長江正在漲潮，嘩嘩的濤聲傳來。鄭和側耳諦聽，隨即打開院門眺望。月光像一隻透明的網，天地間所有景物都被它網絡其中，江邊寶船的桅杆也清晰可見。鄭和呆呆地看著，東想西想，忽聽身後妙雲的問話聲：「怎麼了？」鄭和趕緊關上院門，稍稍不安地說：「睡不著，到院裡走走。」妙雲上前把衣裳披到鄭和肩上，嗔道：「想船了？」鄭和不好意思地說：「這幾年，我每夜都睡船上，習慣了風吹海浪，飄搖不定。可回到陸地上，這床榻一動不動，四周安安靜靜的，反而睡不著了。」妙雲點頭笑著說：「那你就在院裡這張躺椅上睡睡吧。」鄭和應聲走向院中搖椅，真的躺了下去。妙雲在旁邊坐下，輕輕地晃動躺椅。鄭和陶醉地閉了一會眼，再睜開時，神情就有些異樣：「妙雲啊，我和你在一起，覺得又幸福，又對不起你。」妙雲預感到鄭和要說什麼，她的心情很複雜，想讓他不說又想聽他怎麼說，不自覺地問：「怎麼了？」鄭和低沉地說：「我巡使海外時，有個女皇告訴我，如果一個男人……他又不是男人，終生不能和他愛的女人……那個，那麼那個女人會很痛苦。因為我不配愛她。我永遠對不起她！妙雲啊，你跟了我，是不是很痛苦，很苦悶？」

沒有一個女人不渴望男人關心的，妙雲見鄭和問她，心中頓感安慰，故意嗔怪道：「這麼多年了，你現在才想起來問我！」

鄭和緊張地口吃起來：「我、我……」妙雲深情地注視著他，推心置腹地說：「鄭和啊，你是個好人。而且，是個建功立業的男人，我跟了你，又苦又甜，這就是我的命唄！再說了，男女之間那回事，也是因人而異。你看男人，情欲也是有弱有強的，更不用說女人了。女人比男人……怎麼說呢，更注重一個人的內在，對於不喜歡的人，根本就沒有情欲，弄不好還會產生厭惡。同那樣的男人，即使在一起，也比不在一起要痛苦得多，比如我同胡誠，每次他要我，我都會感到噁心，簡直是活受罪……當然，我不知道是不是有同我不一樣的女人，不過，我想，女人多數應該是大同小異的。我覺得，關鍵是兩人相愛，有了愛，就有了情，就有幸福……我相信，

男女之間那件事，對於許多人來說，不僅不是唯一的，也不是決定性的……鄭和，我說的是真的。就像今晚，當你擁抱我愛撫我的時候，我就很幸福。雖說還留有一點缺憾，但那缺憾也是可以克服的。人生為什麼要這麼圓滿呢？在這個世界上，又有幾個人的人生是圓滿的呢？我想我應該知足了……」

鄭和幾乎要在激動加感動的情感世界裡融化。他喃喃地說：「那女皇也說過的。她說，愛，就是幸福。」妙雲道：「她說得對。那人她不光是皇上，首先是個女人哪！」鄭和連聲道：「對呀，對呀。女人哪，比男人更懂男人。嘿嘿嘿……」

他傻笑著，側身攬過妙雲，兩人依偎著，手攥在一起。

朱棣合眼躺在上書房裡的榻上，兩個宮女跪著為他捶腿。屋角有個揉皺的紙團。過了一會，朱棣睜開眼，眼光找到了屋角的紙團，抬手示意：「唔……」一個宮女趕緊過去，取回那個紙團，呈給朱棣。朱棣緩緩打開至一半，手裡的動作停了下來，對宮女說：「你們下去吧。」兩個宮女應聲退下。朱棣這才完全打開紙團，湊向燈光，憂心忡忡地再次觀看。稍頃，朱棣招呼小溜子。小溜子推門而入，躬身候旨。朱棣沉思片刻道：「傳旨，召——」小溜子靜心聽著，朱棣卻緘口無言。小溜子詫異地問：「皇上，您讓奴才召誰？」朱棣手執偽旨一動不動地沉默著，許久一聲微嘆，說：「沒事了。你退吧。」小溜子惶恐地退下。朱棣再次將偽旨揉成一團，再次擲開。那紙團也再次滾回屋角。

鄭和自然對此一無所知。日上三竿，他還在熟睡。還是四周傳來的響亮鳥鳴聲喚醒了他。他掀掉身上蓋著的毯子，坐起來舒服地伸了個懶腰。驀然間呆住了，他看見椅邊有一隻翻倒的小竹凳。這是妙雲昨晚坐的小凳。不祥的預感襲來，他扶起小凳，擺好了，不安地進入屋中，一眼就望見爐上的一隻蒸籠，妙雲坐在灶前燒火，表情沉悶。鄭和滿面歡笑地走到妙雲身後：「噯呀！這一覺睡得香，日上三竿不覺曉，多年沒睡過這麼好的覺了。還是家裡的床好！……」妙雲沉著臉打斷他：「你什麼時候出海？」鄭和驚訝地問：「什麼？」妙雲悲傷地說：「雖然你瞞著我，可你在夢裡說出了真情。皇上要造更大的海船，讓你巡使西洋。你還說，皇上管著海內，你管著海外！」鄭和愕然，說出來的話結結巴巴：「我、我……妙雲，你聽我說。這事還遠著呢，起碼得三五年之後！啊？最少也是兩三年之後。況且，皇上會不會改變主意，都還難說呢。咱們的太平日子，長著呢……」

妙雲聽而不聞，任鄭和絮叨，兩眼始終望著爐膛裡的熊熊火焰，傷感沉默。

其實，妙雲的擔憂是有道理的。皇上要造更大的船派鄭和巡使西洋的事情在朝廷大臣之中，幾乎已是盡人皆知，私下裡，說各種話的人都有。這一天，解縉來到夏元吉府上拜訪，兩人在書房裡對座，僕人上茶畢，恭敬地退下。解縉舉盅略啜一口，就開門見山地說：「夏大人，聽說皇上又要大造海船，令鄭和再度巡使西洋。這事，您知道麼？」夏元吉抿著綠茶，微笑道：「豈能

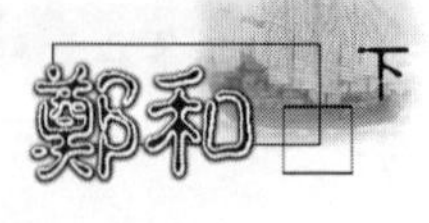

不知。鄭和歸國的那天，帶回那麼多海外使臣朝拜，我就猜到皇上的心思了。」解縉憂慮地說：「夏大人啊，各部大臣得知此事，都要冒死上奏，請皇上停止巡洋。」夏元吉「哦」了一聲，問解縉他們想怎麼說。

解縉沉重地說：「鄭和巡洋，僅造船一項，就耗去了白銀上千萬兩。如果還要二巡、三巡的話，國庫如何支撐？再者，每次巡洋，都要調用無數絲綢、瓷器、金銀器物，賞賜給海外番邦，這又是七八百萬！所得呢，卻是一群奇珍異獸、胡椒香料等等。這些貢物所值，不及皇上賞他們的三分之一！其三，朝廷還籌備著遷都北平，急需大興土木建築皇城宮殿；此外，皇上還要親征漠北，修復長城，以固國防；還要修撰《永樂大典》等等……唉，這些浩蕩工程，哪個不得千百萬的銀子啊？其四，大明富甲天下，萬物皆備於我，根本無須跟海外番邦搞什麼貿易。海外那些不堪教化的土著，可謂蠢如牛馬，貧如沙丘，根本不可能對大明王朝造成任何威脅，理它做甚？其五，洪武先帝曾立過『海禁』國策，寸板不得下海。當時臣工們都不理解，如今看來，真是個好王法！盼皇上遵循祖訓，停止巡洋。」解縉滔滔不絕地說罷，自覺理由充沛，氣壯如牛，得意地頻繁品茶。夏元吉贊道：「說得好，說得對。聲聲有慷慨之氣，句句是忠義之言哪！」解縉道：「大臣們的意思，想推夏公為首，共同向皇上進諫。」夏元吉微笑道：「老夫不敢為首。嘿嘿，為首者，首級就掉了。」解縉不悅地說：「夏公為何如此膽怯？」

夏元吉正色道：「並非膽怯，而是你們剛才那五款奏辭，沒一句說到要害上！可要害之言呢，往往又是如鯁在喉，想說又不能說。」解縉吃驚，探身請教：「請夏公賜教。」夏元吉侃侃而談：「皇上之所以巡使西洋，真實用意有二。其一，揚威海外，令所有海外番邦俯首稱臣。皇上呢，超越秦皇漢武，成為千古一帝！嘿嘿，說穿嘍，就是用寶船揚大明的天威，用銀子買聖君的虛名！」解縉驚嘆道：「天哪，夏公一語，道破天機啊！」夏元吉繼續往下說：「其二，是搜尋建文帝朱允炆，他已經成為皇上的心中塊壘，此害不除，皇上永無寧日。可朱允炆早已是水中月鏡中花，似有實無。搜尋此人無異於望風捕影。解大人哪，這兩條您敢說嗎？」解縉難堪地搖頭道：「不敢。」夏元吉再問：「那我敢說嗎？」解縉默然。夏元吉坦率地說：「自然也是不敢！但是，巡洋之弊，總得有人說啊。」解縉愕然說：「是啊，總得有人說。可讓誰說呢？」夏元吉看了一眼屋角的座鐘，自信地說：「等著吧。」

這時鐘聲噹噹敲響……響聲中，僕人入內折腰稟報：「稟主子，吳大人前來拜見。」夏元吉吩咐：「請入客廳待茶。」夏元吉說著起身朝解縉微笑：「瞧啊，說話的人來了。解大人，勞您在此寬坐，老夫先會會吳大人。」解縉敬佩地笑了：「夏公請。」

夏元吉匆匆步入客廳，朝吳宣揖道：「哎喲吳大人！老夫怠慢了，請吳大人恕罪。」吳宣趕緊起身回去禮：「不敢。下官又來向夏公討教了！」夏元吉客氣地說：「快請坐。老夫庸祿之人，豈敢言教。吳大人如有用得著老夫的地方，只管說話。」吳宣興奮異常：「正如夏公所料，皇上降下旨意了。明天上午，皇上要去方山行獵，召我侍駕。」夏元吉驚訝地說：「方山行獵？

好啊！皇上兩年沒出去狩獵了，這可難得之至。老夫斗膽猜想啊，皇上有煩惱了，想出去散散心。吳大人哪，你得了樁美差！」吳宣環顧左右。夏元吉示意僕人退下。吳宣從懷中掏出一份奏狀，低聲道：「下官擬了個摺子，把鄭和在海外的種種罪狀統統寫上了。想趁便呈給皇上。敢請夏公過目，看看是否妥當。」夏元吉聽得心驚，直擺手說：「給皇上的奏摺，老夫萬萬不敢看。您想啊，皇上還沒看，老夫先看了，那不是欺君違法嗎？」吳宣聽夏元吉如此說，不禁為難地道：「那……夏公不看也罷。我把內容給您說說？」夏元吉阻止：「也甭說。老夫還請求吳大人，連到我這來過都別說！」吳宣捧著那疊奏狀，不知如何是好：「那、那這怎麼辦？」

夏元吉沉聲道：「燒了。帶回去燒了！皇上不是讓吳大人侍駕行獵嗎？您好好地陪著皇上打獵就是了。」吳宣頹然落座，表情茫然。夏元吉看著吳宣的呆樣，不禁搖頭苦笑：「吳大人，您拿著這麼厚一搭子狀紙，老夫瞧了都怕。」吳宣氣餒地說道：「連夏公都怕鄭和，可見朝廷上下沒人敢惹他了。」

夏元吉搖頭道：「哎——老夫不是怕他，是怕你！老夫替你害怕呢！你手上那東西，不說我也知道寫的啥。不信的話，我說你聽聽。諸如，琉球島上私縱建文遺臣；忽魯謨斯濫開貿易；對孛尼國以恩報怨，沽名釣譽；哦，還有，錯把陳祖義當成海外書生，請上寶船作客……等等吧。總有個十款八款的。」吳宣被說中，窘迫地承認：「一十六款。」

夏元吉不得不告誡他：「語多必失，罪款越多越沒用！老夫三尺開外，就聞得出您那奏摺的用心。什麼『心』啊？野心！皇上不是還要派船巡使西洋嗎？你想在出海之前扳倒鄭和，取代他成為大明正使！」這豈非司馬昭之心，路人皆知嗎？吳宣大驚失色，愧不能言：「這、這……」夏元吉寬慰他說：「甭解釋了，誰沒點野心呢？沒野心的人哪來的雄心啊！但你得明白，像老夫這麼昏昧的人都能看出你的心思，皇上何等聖明，豈不一眼就看穿了你嗎?!」吳宣心悅誠服：「下官愚蠢之至啊！」

夏元吉微笑著開導：「其實，老夫昨天宴請你的時候。聽你說過兩句醉話，令老夫提心吊膽。那兩句醉話厲害啊，比你這一搭子狀紙都厲害……」吳宣迫不及待地問道：「下官不記得了，下官說的什麼話？」夏元吉嗔道：「不是『話』，而是醉話！」吳宣連聲答：「對對，醉話，醉話。」夏元吉說：「你的醉話是，在茫茫大海上，萬事都由鄭和專斷，寶船、艦炮、兵馬、錢糧統統攥在他手裡，他形同天子，獨掌乾坤。」吳宣恍然道：「是，是！他就是這樣！天天這樣，始終這樣！」夏元吉進一步提醒他：「你還說過一句——海外的番邦百姓啊，只知鄭和，不知大明皇帝。他們在島國上給鄭和刻石豎碑，廣為稱頌。甚至還要給他修建什麼三寶廟，世世代代，焚香祭祀！」

吳宣道憤憤地說：「一點不錯！還有土著以為，鄭是大明的國姓，他們想把自個兒子改姓鄭呢！」夏元吉微笑著說：「行獵的時候哇，皇上不問，你什麼也別說。皇上如果問你海外的事，那麼問你什麼你就說什麼，不必加油添醋。」吳宣凝神一想，終於明白了，大叫：「皇上會想，

在海外誰是大明皇上啊！」夏元吉趕緊勸阻：「你看你，又醉了不是？皇上的心思讓皇上去想，用不著你替皇上想！」

吳宣敬佩得五體投地，連聲稱：「是是是……下官有幾顆腦袋？敢替皇上想事！」夏元吉滿意地說：「唔。這才是臣子該說的話。」

翌日，吳宣果然奉召隨駕，陪朱棣去方山打獵。朱棣騎著駿馬在山間馳騁，吳宣及大群錦衣衛策馬或遠或近地跟隨在後。突然一隻獵豹竄過。小溜子在朱棣身後急叫：「皇上，豹子！」朱棣在馬上張弓搭箭，嗖地一聲射去。小溜子又大叫：「中了，中了！」朱棣哈哈笑著令小溜子去把豹子取回來。

小溜子應聲奔開去，吳宣上前讚道：「皇上箭法如神，開弓必中。」朱棣得意地含笑道：「吳宣哪，別提著弓不動彈，你也射幾隻獵物吧。」吳宣口應「遵旨」，策馬跑開，邊跑邊朝草叢中張弓射去……朱棣注視著吳宣背影，若有所思。

太陽越升越高了，已經渾身是汗的朱棣馳到一片林地，跳下馬來。錦衣衛立刻奉上一尊銀壺。朱棣接過，仰面大飲。飲罷，看見吳宣策馬而過，高叫一聲：「吳宣。」吳宣掉轉馬頭，急馳近前，跳下馬鞠躬：「皇上。」朱棣隨意問：「有何斬獲呀？」吳宣指著馬鞍上的死兔子道：「稟皇上，末將射得兩隻野兔。」

朱棣不以為然地嗔怪：「為何不射些虎豹？」吳宣笑答：「虎豹獅像是皇上的獵物。下官只配射點野雞野兔的……」朱棣笑斥：「矯情！」吳宣諾諾道：「是是。末將要是再碰到虎豹，必然不放過牠。」朱棣將手中銀壺遞給他，吳宣受寵若驚道：「謝皇上！」言罷，接過大飲。再交給錦衣衛。朱棣起身，朝山林深處走去，招呼吳宣：「隨朕走走。」吳宣按捺著激動之情，隨朱棣走入林間。朱棣隨口問：「吳宣，海外列國，比大明如何？」吳宣慨然嘆道：「那真是天地懸殊，沒法相比。海外各國的衣食住行，農工百業，都比咱大明落後許多。有些島國，至今還是刀耕火種，結繩記事。那些土著們看見大明寶船，以為是天兵天將下凡來了！還隔著二十海里，他們就直叩頭。」朱棣笑道：「西洋人造的兵器、戰甲，就比大明強悍些。」吳宣不屑道：「下官以為，那只是匹夫之勇，根本無法與天朝王道相比。」朱棣頷首：「這話說得是。王道者，絕非霸道。西洋人尚武，咱大明除了勇武之外，更崇尚天道，仁義。」吳宣道：「皇上聖斷。在忽魯謨斯時，那些洋人也曾登過寶船，看見船上每樣東西都驚嘆不休。特別是浮水羅盤、過洋牽星圖，更讓他們嘆為觀止。說什麼是『上帝的寵物』！意思是——天意啊。」朱棣問：「你們飄洋過海，離國萬里，一去就是好幾年，兵勇們可感到厭倦，軍心是否渙散？」吳宣道：「稟皇上，在茫茫大海上行船，日子長了，確實有點厭倦。天呀海呀，始終一陳不變，永遠望不到頭。但水師有嚴格軍紀，無論誰，萬不敢有絲毫懈怠。只要一上船，鄭大人便是最高統帥，萬事都由他專斷。寶船、艦炮、兵馬、錢糧，還有航程、航向統統操於統帥之手。他如同天子，獨掌乾坤。」

朱棣輕輕地「哦」了一聲：「了不起，無上權威啊！」吳宣繼續道：「稟皇上。船隊在大海

行馳，全靠著軍紀嚴格。所有戰船、馬船、貨船、水船，都必須遵照鄭大帥所在的寶船命令行事。日觀旗語，夜看燈信。違令即斬！總旗官可斬千戶，監軍太監可斬總旗官，鄭大帥可斬末將。」朱棣又「哦」了一聲：「真是如同天子，獨掌乾坤哪。」吳宣見朱棣仍然不動聲色，心中有些急躁，他也是不達目的誓不罷休：「所以，船隊到了海外邦國，那些土著無知，不但把船隊當成天兵天將，竟然也把鄭大帥當成大明皇上了。啊……末將失言，皇上恕罪。」

朱棣心中不是滋味，他克制著，勉強笑道：「沒事，朕理解。朕又不在船上，他們當然只知鄭和，不知朕了！」吳宣索性添枝加葉：「皇上聖見。那些化外土著，不學無術，粗蠻無知。他們受了大明的恩典，卻不知道該怎麼報答皇上，就在島上給鄭大帥刻石豎碑。下官還聽說馬六甲等國，要給鄭和修建『三寶』廟，為他塑造一尊丈八金身，供在廟裡，世世代代，焚香祭祀。」朱棣臉色突變，吳宣見狀，知效果已達到，便做出膽怯狀，不說話了。朱棣卻沙啞地催促他：「繼續說。朕聽著呢。」

吳宣放緩了語調說：「海外土著們以為，『鄭』是大明國姓。他們為了崇尚大明，竟把自己的兒子也改姓『鄭』了。」朱棣心中翻江倒海，低聲怒罵：「無知！……僭越！……擅權！」小溜子猛然從林間鑽出來，滿頭碎草，喘道：「皇上，那隻豹子……奴才怎麼也找不著。」朱棣狠狠一鞭擊去，打得小溜子脖子一道血痕，栽在地下。朱棣怒吼：「找不到，扒你的皮！」小溜子嚇懵了，捂著臉泣道：「奴才找，奴才找。奴才一定找著牠！」未說完就抱頭鼠竄，重新鑽進草木間去了。

朱棣鐵青著臉，大步朝林子外走。錦衣衛們在林外佇立著，他一把從侍衛手中奪過馬韁，翻身上馬。於是，吳宣與所有侍衛同時翻身上馬。朱棣正欲揚鞭，看見小溜子扛著一頭血淋淋的死豹子跑來了。小溜子劇喘著說：「皇、皇上……奴才找著了！」朱棣滿意地「唔」了一聲，擰頭衝吳宣道：「吳宣，你是忠義之臣。這豹子賞你了。」吳宣大喜過望，歡喜道：「謝皇上天恩！」

朱棣猛擊一鞭，疾馳而去。

回到京城，已是傍晚。送走皇上，吳宣在馬背上馱著豹、兔等獵物，縱馬由韁，得意洋洋地緩行在街道上。路面上出現了十幾個僕從，舉著旗牌等物，護著一頂官轎迎面抬來。當吳宣與大轎相遇時，轎窗簾子扯開了，探出夏元吉的眼睛，他打量著吳宣，笑道：「呵！吳大人好神氣，滿載而歸嘛。」吳宣一見，趕緊跳下馬，朝大轎深深揖首：「下官有眼無珠，不知夏公駕到。」夏元吉仍坐在轎中，意味深長地說：「不知道好。知道多了添煩惱。」吳宣說：「下官陪皇上行獵，剛剛歸來。」夏元吉低聲問：「怎麼樣啊？」吳宣喜笑顏開：「您看，皇上把親手射獵的金錢豹賞了我！」夏元吉瞧牠一眼：「不錯。有了牠，你就可以披上一件豹皮褂子了！嘿嘿……起轎。」眾轎夫齊聲吆喝「起！——」大轎氣勢不凡地升起，緩緩朝宮廷而去。後面，吳宣恭敬地朝大轎折腰揖禮。

夏元吉的轎子停在宮門處，小溜子提著燈籠早就等候在那裡。一看見夏元吉走來，趕緊提燈上前引路：「夏大人，您可來了，皇上正等著您呢。」夏元吉道：「有勞六公公了。敢問，皇上夜召下官，有何急事啊？」小溜子苦著臉道：「奴才不知道。就是知道也不能說啊。」夏元吉點點頭：「是啊。」他看見小溜子脖子上裹著紗布，玩笑道：「六公公，您脖子上怎會帶傷啊，這也不可以說說？」小溜子沮喪地說：「甭提了……好在奴才脖子粗。要不然，皇上那一鞭子就把奴才脖子劈掉了！」夏元吉也不由一驚：「哦？皇上今天發了這麼大的火！」小溜子低聲道：「奴才可什麼也沒說噢。」夏元吉立刻明白了，微笑道：「非但公公什麼也沒說，下官也是什麼都沒問。」快到上書房的時候，小溜子回頭看夏元吉一眼，夏元吉立刻止步，立在玉階下。小溜子則快步踏上玉階，立於門外，不急不慢地說：「稟皇上，夏元吉奉旨進見。」書房內傳出朱棣的聲音：「進來吧。」小溜子朝夏元吉示意。夏元吉整衣、正冠，迅速步入上書房。只見朱棣隨意地靠在榻上，正憑燈觀書。夏元吉上前行禮問安，朱棣把書頁折疊一下，擱在榻上。示意夏元吉坐在榻前的錦凳上。

夏元吉道謝落座，朱棣就嘆著氣道：「朕睡不著，想找個人說說話。想來想去，就把你召來了。」夏元吉連忙說：「臣也睡不著，正好陪皇上說話。」朱棣沉吟著說：「朕聽說，有幾位大臣醞釀著給朕上摺子，請求罷撤巡洋之舉。有沒有這事啊？」

夏元吉毫不猶豫地回答：「有。解大人還光臨過寒舍，希望推臣為首，共同向皇上進諫。」朱棣「唔」了一聲，望著夏元吉：「那麼，你所持何意啊？」夏元吉平靜地說：「臣贊同罷撤巡洋之舉。但臣不願意聯名上書。」朱棣問為什麼。夏元吉道：「巡使西洋之耗費巨大，皇上都明白，無須臣多說。但是臣知道，皇上一旦下定決心，便是百折不撓。臣不願意在不可能改變的事情上，再給皇上增添煩惱。」朱棣沒想到夏元吉如此回答，不禁笑道：「你這人哪，就是直率！有什麼說什麼。」夏元吉道：「上有聖君，下才有直臣。」

朱棣心中稍稍寬暢，推心置腹地說：「今兒，吳宣給朕說了兩件事，朕略感不安哪。一個，鄭和在海外如同天子，獨掌乾坤。戰船哪、艦炮哪，還有兵馬錢糧航程航向全部控制在他手裡，殺伐決斷，集於一身。再一個，海外只知鄭大帥，不知朕。土著們甚至把鄭和的鄭，視為大明國姓。還為他刻石豎碑，蓋三保廟，塑丈八金身……唉，朕懂吳宣的意思，他是在轉彎抹角地彈劾鄭和，擅權，僭越！不忠不臣！夏元吉，你怎麼看？」夏元吉沉思著說：「鄭和是皇上家奴出生，皇上對他恩重如山。他跟隨皇上出生入死多年了，豈能不忠？臣以為，吳宣的話不可信！」朱棣大感欣慰：「朕也是這麼想的。吳宣所言，都是莫須有之詞！」夏元吉卻又說：「稟皇上，吳宣說鄭和不忠不臣，臣確實不信。但他所說鄭和『擅權，僭越，獨掌乾坤』，還有『海外只知鄭大帥，不知大明皇上』等語，臣倒是將信將疑。」

朱棣皺著眉頭：「哦？說下去。」夏元吉道：「敢問皇上看過《航海日誌》沒有？」朱棣微微搖頭：「那十幾大本子，足有兩百多萬言，朕看得過來麼?!朕讓國子監整理了一下，他們歸攏成一個兩萬多字的摺子，呈給朕看了。」夏元吉道：「稟皇上，那兩百多萬言，臣倒是一字不落地全部拜讀過了。《航海日誌》是由欽命書記官逐日、逐事據實記載的，每頁加蓋印章，任何人不得更改。在日誌裡，多處細節可以印證吳宣所言。比如……」夏元吉追憶著：「日誌中記載著，『永樂五年六月十日，忽遇風暴，寶船發令南行，各船如奉皇旨，敬遵無誤。』再比如，日誌中還記載，『敕賞之後，馬六甲百姓歡慶，築廟塑像，以頌大明國使之恩』。此類記載還有多處。皇上啊，國子監把兩百萬字的日誌濃縮成兩萬字的摺子，刪繁就簡，便成為一摺大事記。各種細節嘛，自然不會再有。」朱棣發怒：「你既然看出疑端，為何不稟報給朕？」夏元吉鎮定地說：「臣也是剛剛聯想到的。要不是皇上提起吳宣之言，臣並不會在意。」朱棣卻是餘怒未消似的：「那麼，你還有什麼聯想——不管是什麼，都說出來。朕想聽。」

夏元吉正色道：「恕臣冒死直言。臣以為，吳宣所言雖不可信，卻不可不防。鄭和所率這支巨大船隊——戰船三四百，精兵兩三萬，舉世無敵。任何人掌控了這支船隊，便足以在海外任何一處，占山割島，另立邦國。」朱棣聽得更加心煩意亂，驚怒道：「你是說鄭和會造反？」夏元吉肅容道：「不。鄭和不會造反！但臣說的是，鄭和有沒有造反之心並不重要，重要的是，誰擁有這支水師戰船，誰就有了獨行天下的實力！想當年，朱允炆強行削藩，也並不是由於皇上您要造反，而是由於皇上您有天下無雙的燕軍。皇上啊，臣冒死直言，巡洋之隱患，您不會不知道。」朱棣長長嘆息：「你呀，把朕的苦惱都說出來了……」夏元吉離凳跪地：「臣叩請皇上暫停巡洋。重於內，輕於外。集中國力，建造北京宮城。巡洋之事，待國庫充盈之後再定。」

朱棣沉默許久，道：「你回去歇息吧，朕要再想想。」夏元吉叩首離去。

而飽經風霜的鄭和對此好像有一種本能的預感。他明白許多事情防不勝防，他不願意為一時的得失浪費自己的精力和時間，人生苦短，人心叵測，能超脫時且超脫，睿智如他，已形成了一個獨立的內心世界，這個世界很少受外在力量的羈絆，真正地寄情於一個真實的不斷完善的自我。

他去了靈谷寺。一路上，山清水秀，松林茂盛，靈谷寺氣宇軒昂。

他坐的官車馳近寺門，停了下來。僕從開門，他抱著一隻藍布包裹下車，頓覺神清氣爽，身心俱迷。他且走且看，步入寺門。

大雄寶殿中，一大片僧人盤腿坐在蒲團上，正在誦經禮佛。佛像金蓮之側，一位鬚髮皆白的老僧閉眼合十默誦著，他正是姚廣孝。在他身畔，一位枯瘦得如同一個樹樁的中年僧人篤篤地敲著木魚。相貌似曾相識。鄭和立於寶殿門側，感慨不已地看著。驀然，誦經驟急，木魚聲驟響。姚廣孝顯然感覺到了鄭和的到來。雪白的壽眉挑動了一下。

誦經禮佛儀式畢，鄭和上前拜見了師傅。姚廣孝將鄭和帶入禪房，師徒兩人盤腿對坐，那位枯瘦的僧人捧著茶盤入內，恭敬地為姚廣孝與鄭和上茶。鄭和再次感覺僧人面熟，不由得多看了他一眼。

僧人退下後，姚廣孝笑著說：「鄭和啊，老衲聽說，此次南洋之巡功德圓滿，你已經名逾海

外，成為大明國海外總領了。老衲極為高興。」鄭和彎腰一揖，謙虛地說：「稟恩師。徒弟薄有小成，均仰賴師傅多年的教誨之恩。徒弟在海外，時常想念師傅。一看見那些山林寺廟、青燈黃卷，就不免心頭發顫哪。」姚廣孝寬慰地哈哈笑道：「你慧根深厚，佛緣未了，菩薩自然會照應你。」鄭和打開藍布包裹，現出幾冊佛經道：「恩師，徒弟從海外帶回一部《三覺經》。請師傅鑒賞。」姚廣孝大喜：「哦喲！這《三覺經》乃佛藏之密！我自幼聽說，可從來無緣相見。今日託你的福，總算是開眼了，善哉善哉！阿彌陀佛。」姚廣孝衝著經書深深一拜，顫抖取過，欣喜翻閱。

鄭和安靜欣慰地望著師傅翻閱，等師傅合上經書，他才緩緩說：「徒弟此次拜門，除了向師傅稟報海外風情之外，更想請師傅開疑解惑。徒弟滿腹苦惱，不敢跟皇上說，也不敢跟妙雲說，只能跟恩師說說。」姚廣孝瞇眼微微笑著：「人生在世，便與苦惱相伴。但苦海無邊，樂在其中啊。你已經見識過千山萬水，成為朝廷棟樑之材。如今的苦惱，老衲只怕解不了啦。」鄭和深深一揖：「徒弟懇請恩師開悟。」姚廣孝一嘆：「那你就說說吧，老衲與你分享苦惱。」鄭和這才收禮抬頭道：「恩師啊，徒弟身處茫茫大海時，想家，想得是心痛欲裂；可等回到了家，徒弟又想大海，想得是神不守舍，夜不能寐。」姚廣孝哈哈笑道：「好嘛，你已經成為一隻候鳥了，北去南歸，春去冬來，以天涯為家。如果拘在一地，只怕會被拘死。這等苦惱，老衲非但解不了，還好生羨慕你哪！」鄭和口吐肺腑之言：「恩師啊，徒弟在海上如同一個帝王，獨領萬軍，叱吒風雲。可一回到陸地，徒弟就又是一個奴才了，處處戰戰兢兢，如履薄冰。」姚廣孝點頭道：「老衲明白你的處境。人哪，聲名鼎盛時，往往也就是危機四伏時。這苦惱老衲也解不了。」鄭和道：「還有，皇上風聞建文帝逃到海外，嚴令我搜遍海角天涯。可徒弟在海外苦苦搜尋幾年了，根本不見他的影子！徒弟懷疑，建文帝潛行海外只是民間流言，他極可能早就死了。即使沒死，皇上早就鼎定天下，區區朱允炆已成無害之人。但徒弟不敢跟皇上說，只能奉旨搜尋。就算是永遠搜尋不到，也得永遠搜尋下去……」姚廣孝笑著插言：「有便是無，無便是有。鄭和啊，你這個苦惱，老衲還是解不了！這樣吧，老衲領你上大雄寶殿。你自己求佛祖點化吧。」

鄭和起身，扶起師傅，口中說：「好。徒弟進了寺門到現在，還沒參拜菩薩佛祖呢。」

鄭和攙扶著師傅來到大雄寶殿。佛像莊嚴。鄭和跪在像下，閉目合十，默默祈禱。祈罷，他彷佛感覺到什麼動靜，擰頭望去。大殿的一角，那個枯瘦的僧人端坐在一張案几後面，也是閉目合十，默默誦經。過了一會兒，僧人雙手慢慢搓動起來，掌中竟然出現了一根長長的銀針。他猛地將銀針刺入口舌，舌尖立刻出血。一串鮮血滴落到硯臺裡，僧人擱下銀針，取一墨錠，就著鮮血研墨……墨成，僧人取筆，恭敬書寫經文。案前，已經書成的經文一直垂落到地面。

鄭和看得呆若木雞，半晌，才驚心動魄地起身走近，他心有靈犀，細細端詳……突然間，他滿面驚恐，差點失聲驚叫。他急忙閃開自己的目光，失魂落魄地掉頭奔出了大雄寶殿。

殿外廊下，鄭和四處觀望，不見姚廣孝。他略一思索，便匆匆奔下石階，衝出佛寺，往松林中奔去。前方是一片青松蒼柏，每株松柏都飽經風雨，歷經千年。姚廣孝拄杖，坐在林中石凳上，似乎早就在此等候鄭和。

鄭和惶恐不安地奔到師傅面前，指著大雄寶殿顫聲道：「師傅，那個和尚……徒弟好生面善，彷彿在哪見過。」姚廣孝慈祥地微笑著：「哦，你說的是文了禪師吧？當然見過。入道前，此人的尊諱天下皆知，名叫朱允炆。」一經師傅證實，鄭和渾身更加顫慄不已：「建文帝?!……像，像！對了，就是他！師傅，他、他、他怎麼在這兒？」

姚廣孝緩緩道：「五年前，老衲赴黃山拜香，在山裡找到了他，那時他已經半瘋半傻了。老衲把他帶回靈谷寺。沒想到他一見佛祖，立刻清醒。從此，便更名『文了』，潛心佛學，研修經書，超渡平生罪孽。每日午時，他都要用銀針刺舌，取舌血為墨，書寫佛經三百字。他已發下宏願，此生此世，要將《磐陀經》全部以血書完，血盡為止！」

鄭和的聲音仍在哆嗦：「師傅，皇上可是滿天下搜尋他呀！萬沒想到，他、他竟然就在皇城邊上，在皇上眼皮底下。」姚廣孝的眼中閃現出深睿的光亮，他說：「人能夠眼觀天下，卻看不見自己鼻端。再說了，世上早已沒有建文皇帝，只有文了禪師，他是老衲畢生所見最虔誠的僧人！」鄭和深深一拜，頓悟道：「師傅啊，您真是大智大慧，佛心如海，無上法量！徒弟如同醍醐灌頂，似大夢初醒啊！」姚廣孝慈眉善目，循循教誨：「鄭和啊。老衲早就說過，有便是無，無便是有。做人要做真人，做事要憑真情。果能如此，即使你有萬千苦惱，都會化作天外浮雲。」

鄭和跪地一叩，無言。他再次回到大雄寶殿。默默望著文了禪師又一次用銀針刺舌，研血成墨。接著，伏案書寫佛經。他面前已垂落下長長紙卷，全部是以舌血研墨寫成的經文。

鄭和告別師傅，離開了靈谷寺。官車篤篤行進，他端坐在官車中，如同一尊佛像。心裡卻是翻江倒海，百感交集。恩師再次點化了他。人生在世，最要緊的是一個「真」字。果能如此，就能達到以苦為樂的境界。

【第二十六章】

吳老醫正在宮女引領下輕步走入賢淑宮內室。他坐於榻前，抽出一方錦帕拭手。軟榻外罩著的一襲紗帳裡，一隻玉腕伸出了帳外。吳老醫正的右手顫抖地伸向那隻玉腕，探出三指按住，全神貫注地合眼把脈。許久，他長吁一口氣，喜動顏色。

帳中傳出徐妃的聲音：「怎樣？」吳老醫正在帳外揖道：「恭喜娘娘。貴恙大有起色。只需照原方子再服用兩個療程，必能五脈皆通，內外皆暢。」徐妃道：「多謝。下去吧。」吳醫正再揖，靜靜退下。他步至外間，兩個正在等候的太醫急忙迎上來，焦急地問：「吳公哇，藥效如何？」吳老醫正搖頭長嘆：「一如往常。」太醫不安地嘀咕：「如果此方都無甚效用，那就難辦啦。」吳醫正沉默片刻，鎮定地說：「不。只要娘娘一如往常，這就是效用！皇后能挨到今天，全仗著這方藥劑撐著。」太醫問：「吳公意思……」吳醫正沉吟道：「加大分量，日服三劑。之後嘛，就要看天意了。」

朱棣大步走過來，輕咳一聲。吳醫正等急忙躬身請安：「臣等叩見皇上。」朱棣打聽這兩日皇后病況，吳醫正故作輕鬆道：「稟皇上，娘娘改服方劑之後，貴恙已大有起色。臣等剛請過脈。脈象日漸吉祥。」另一個太醫跟著說：「今兒早上，娘娘已經能起坐自如了。臣等隔著宮門都聽見了娘娘說話。」朱棣歡喜地說：「好哇，好！朕早就說過，要治好皇后的病，先得治治你們的心病。是不是？」吳醫正恭聲道：「全仗著皇上天恩，臣等方能解除顧慮，放膽用藥。」朱棣道：「皇后大安後，朕要重重獎拔你們。」吳醫正等折腰道：「臣僕叩謝皇恩！」

朱棣快步進入賢淑宮內室。

軟榻上的錦帳已被撩起，徐妃半坐半躺，在宮女侍候下飲藥。朱棣滿面春風上前：「愛妃呀，朕瞧你來啦。」徐妃在榻上彎腰，笑著說：「臣妾給皇上請安。」朱棣近前端詳：「噯呀，氣色好多了嘛！好好。朕要是不把太醫們臭罵一頓，他們就成庸醫了。一罵，嘿，開竅了！」徐妃心疼地說：「皇上氣色可不大好，準是累的！快坐下歇歇。」朱棣落座嘆息：「不瞞你，朕昨夜裡一宵沒睡。要說事吧也沒啥事，就是睡不著。」徐妃擔心地望著他：「太醫就在外頭，讓他們瞧瞧。」朱棣笑起來：「不必，朕沒病。朕這輩子也最怕吃藥。先帝說過，為何自古以來皇上多病呢？就是給太醫嚇出來的。哈哈哈。」

徐妃細細打量著朱棣道：「皇上有心事了，撐著！」朱棣苦惱地說：「不錯，朕確有心事，難以決斷。」徐妃微笑著說：「皇上，如果宮裡解不開您的心事，為什麼不到宮外去呢？」朱棣一時摸不著頭腦，詫異地問：「宮外？」徐妃口氣裡輕含責怪：「靈谷寺，找那個老和尚說說呀。」朱棣猛醒：「姚廣孝！是啊，朕好久沒見他了。」徐妃一撇嘴：「皇上登基之前，三天兩頭地找他排疑解難。現在江山坐穩了，用不著人家了。」朱棣愧赧地笑笑，嘴裡卻說：「也不能都怪朕。這老和尚成天雲遊四方，仙蹤難覓，比朕過得舒服多了！」

朱棣當日就去了靈谷寺。他一身便裝，策馬來到寺門前。跳下馬，把韁繩扔給便衣侍衛，兀

自眺望四周山景，自語道：「不錯嘛。下輩子，朕也找這麼個地方住住！」朱棣大步進入寺門，小溜子跟入。朱棣走上石道，步過香爐，左右環顧，漸漸來到大雄寶殿。他邁過高高門檻，走進去跪在蒲團上，對著佛像深深叩首。起身後，再長長一揖。稍頃，忽然心有感覺，側身尋望，忽見殿角處，枯瘦的文了禪師伏於案後，執筆書經。

朱棣興動，背著手慢慢踱近，打量著文了，再打量那直拖到地的長長經卷。

文了渾然不動，全神貫注地繼續書寫佛經。朱棣拿起經文一端，細看，奇怪地問：「師傅，這墨色為何發紅啊？」文了停筆，對朱棣合十揖道：「稟施主。貧僧是以舌血為墨，書寫佛經，因而墨色發紅。」朱棣驚得後退了一步：「人身能有多少血，經得住如此書寫麼？」文了平靜地說：「貧僧將寫到心枯血盡為止。」

世間真有如此虔誠之人！朱棣震撼，深深一揖：「大師此舉，驚天地泣鬼神，令人肅然起敬。」文了回揖：「貧僧此舉，極為平常。只求皈依佛祖，以贖平生罪孽而已。」朱棣感動得再揖離去。至殿門處，他彷彿想起什麼，回頭再次觀看文了，文了平心靜氣，物我兩忘，聚精會神地書寫著佛經。朱棣看了半晌，反倒把自己看得恍惚起來，此為何人？我為何人？身在何處，來此做甚？他搖搖腦袋，似乎想搖走眼前和心中的幻覺，定了定神，才記起此行為尋道衍而來，開口道：「請問大師，道衍師傅在麼？」文了不抬頭回答：「道衍方丈已前往長江，瞻仰寶船去了。」朱棣一怔，問：「他可留下什麼話？」文了道：「道衍方丈說，如果皇上駕到，請皇上寶船相見。」

朱棣愕然，只得快馬加鞭再去寶船。果然姚廣孝就在那裡。兩人在巨大的甲板上並肩踱步，眺望海天。真人面前不說假話，朱棣道出自己的一腔苦惱：「大師啊，朕近些日子頗為煩惱。內閣眾臣都反對巡使西洋，他們表面上不說，內心卻怨恨這些寶船，覺得這些東西大而無當，華而不實，虛耗國力。甚至連鄭和也一道恨上了，說他在海外擅權自專，狀如君王，有不忠不臣之嫌。」姚廣孝笑道：「大臣們不敢怨皇上，就只好恨寶船，恨鄭和。但是追根尋源，沒有皇上，哪來的寶船與鄭和？因此，寶船與鄭和，都是替君受過，冤枉。」朱棣道：「大師說話，果然一針見血。不過，鄭和在海外也確實恩威齊天哪。有人稟報，說列國百姓，居然只知鄭和不知朕。還說昔日一介家奴，如今竟然揚威四海，比主子鋒頭更盛！當然了，這些流言蜚語，朕只當笑話聽，不值一哂。」朱棣故意作出輕鬆的樣子。

姚廣孝心裡一緊，知道這些流言蜚語朱棣必定聽進了心裡，就像吃多了黏食，堵在胸之一角，那裡必會不舒服的。他為鄭和隱隱擔心，立刻說：「哦？貧僧覺得，這等流言蜚語可比刀槍還厲害。輕搖三寸舌，殺人不見血，於說說笑笑之間，就能讓人頭顱落地，甚至掉腦袋都不知怎麼掉的！恕貧僧斗膽直言——皇上開始擔心鄭和不忠了，擔心他僭越君臣之道。這大概就是皇上既無法言說、又揮之不去的煩惱吧？」

朱棣被道衍狠狠說中，難免生出一抹異樣的情緒。又見道衍句句為鄭和考慮，便不太暢快，忍不住冷冷訓斥：「好嘛道衍！朕才誇你一針見血，現在你要一劍穿心了。穿朕的心！」姚廣孝折腰賠笑：「貧僧這頭顱無足輕重，皇上想摘只管摘了去！但貧僧仍想知道，剛才所言，是不是皇上的煩惱？」朱棣不情願地回答「是」，姚廣孝輕聲道：「敢問皇上知道鄭和的內心痛苦嗎？」此番輪到朱棣一怔：「哦？……你且說說。」

姚廣孝沉聲道：「天地有陰有陽，卻沒有不陰不陽之物；萬獸有雌有雄，卻沒有不雌不雄之獸；世上有男有女，卻沒有不男不女之人。而鄭和身為太監，卻違背了天道，不陰不陽，不雌不雄，不男不女！敢問皇上，這難道不可悲嗎？不痛苦嗎？這是誰之過！」朱棣低低地「唔」了一聲。姚廣孝的聲音更低沉了：「更為痛苦的是，鄭和畢生都想擺脫這種痛苦。結果非但不能擺脫，反而越陷越深，招至更多的痛苦與悲傷。他知道自己在世人眼裡不是人，於是拼命地建功立業，他想用功業來抬高自己，他不但要做人，還想做個人上人，做一個頂天立地的大人物！如今，他成功了，揚名四海，威震八方，卻反而功高震主，成為皇上煩惱了！哦，貧僧冒犯了……」朱棣欲言，竟找不出合適的話來，一擺手道：「接著說吧。不論有多少刺，朕都聽得進去。」

姚廣孝的聲音卻開始平靜下來：「在茫茫大海，鄭和如同君王，恩威齊天，乾坤獨掌！可只要一回到陸地，鄭和仍是個奴才，到處叩頭，戰戰兢兢，如履薄冰。皇上啊，鄭和這種心境，做主子不體諒，誰體諒？再有，鄭和身處大海時，日夜想家，想主子。可是一回到家，又想大海，想念海闊天空的日子。皇上啊，他的心已被剖成兩半了。一半給大海，一半給陸地；兩頭都是家，兩頭又都不是！這種日子難熬哇——光彩其外，痛苦其中，動輒得咎，苦不堪言！皇上啊，貧僧風聞，娘娘患病時，您把太醫們訓誡一頓，說『要想治好皇后的病，先得治你們的心病』，此話真可謂至理名言哪。貧僧斗膽，將皇上的至理名言敬獻給皇上。『要想巡使西洋，先得治好皇上的心病。』然而天子有疾，常人誰敢診治？誰能診治?!只有靠皇上自個把握了。」

姚廣孝說話的態度雖平和，言辭卻是急風驟雨一般。然而具有傑出帝王氣質的朱棣，聽後反倒哈哈大笑起來：「大師這番話，朕聽了神清氣爽，真是痛快！」姚廣孝相契而笑：「皇上痛快了，臣子們才太平。皇上如是不痛快，臣子生死不寧。」

朱棣踱過高臺，巨炮，且行且嘆：「說實在的，朕羨慕鄭和。朕恨不能把自個剖兩半了，一半坐鎮京城，一半揚帆出海，縱橫天下。」姚廣孝深表理解：「皇上說得是。陸地有盡，大海無邊。古往今來，所有的帝王都只是稱霸陸地，不曾征服海洋，唯有皇上打通了陸海之隔，成千古偉業。」朱棣輕跺甲板，感慨萬千：「這一條寶船，比大明國所有疆域都要大啊……朕絕不會放棄巡洋！」

其實，除了朝廷大臣，不希望鄭和再去巡洋的還有妙雲。近日裡一直有風言風雨傳來，說皇上正在做更大規模的巡洋準備，妙雲心事重重，坐臥不寧。她正在縫紉衣裳，針尖突然刺破手指，她痛得縮手吮吸著。

院外馬蹄聲響，到門口停了下來。鄭和推開院門入內，興沖沖叫著妙雲的名字。伸頭看見妙雲在做棉襖，笑道：「嘿……做棉襖啊？好好。我雖然還沒穿，提前就感到暖和了！」妙雲笑嗔：「美得你！噯，今兒怎麼回來這麼早？」鄭和邀功一般，得意地說：「我給鄭餘找了個先生，劉賢一！知道這人不？」妙雲搖搖頭。鄭和彷彿炫耀價值連城的寶貝：「前朝進士，名滿京城的大儒啊。他辭官不做，以詩書為樂。我重金相請，再加上好一通央求，劉先生終於答應收鄭餘為內家弟子了！」妙雲兩眼熠熠閃光：「那好哇！鄭餘自小沒讀過多少書，那先生不會嫌棄咱們吧？」鄭和自信地說：「不會。我跟他說了，咱鄭餘聰明著呢，他要麼不讀書了，要讀就呱呱叫，天下第一！」妙雲斜一眼鄭和，笑嗔：「吹！」鄭和朝屋裡望望：「鄭餘呢？」妙雲抱怨道：「他還能上哪？在寶船上瘋唄！」鄭和生氣地說：「我得給他立個規矩。從今以後，不准他再登船。」

就在這時，院門嘣地被撞開，鄭餘跑了進來，快活得叫道：「爸、媽，你們來看。來呀！」鄭餘一手一個，把鄭和妙雲拉到水缸前，揭開蓋子：「你們看好了！」話音剛落，他一頭扎進水缸，腦袋整個浸在水裡，半天不動。鄭和一把將鄭餘拽起，斥道：「幹什麼呢你？」鄭餘喘著氣道：「南爺爺說了，要當水手必須先會水，一個猛子下去，在水裡憋半刻鐘。我已經成了。你們看！」他再次一頭扎入水中，半天不動。

鄭和與妙雲面面相覷，驚訝不已。妙雲氣惱地說：「看見了吧，都瘋成什麼樣了？這已經是

第三回了。甭動，憋死他！」鄭和則氣乎乎地等待著，許久，鄭餘從水缸裡抬起頭，滿面水花，氣喘吁吁地問：「怎麼樣？怎麼樣？」口氣得意洋洋。鄭和早已繃緊了臉：「把臉揩乾淨！給我站好了，好好聽著！」鄭餘從妙雲手中接過毛巾，揩盡臉上的水。妙雲拿過毛巾，道：「站好嘍，好好聽你爸說話。」鄭和口氣嚴厲地說：「兒子啊，從今天起，你不准再上船了。爸已經給你請了先生——是前朝大儒啊！你得跟著他認真讀書，做一個學子……」

鄭和話未說完，鄭餘已經大叫起來：「我不做學子，我要做水手，跟你一塊，駕船出海！」

鄭和又喜又氣又急，心情複雜地說：「胡說，讀書才是正道！像你爸這樣，是、是……沒辦法才這樣的！」妙雲連忙在一邊幫腔：「鄭餘呀，人怎麼能不讀書呢。不讀書，永遠不成大器！」鄭餘不服氣地反駁道：「爸也沒讀很多書，爸怎麼成大器了？」妙雲一下給問住了，不知如何招架這個兒子。

鄭和的口氣不由自主地緩和下來：「跟你說穿了吧，就由於沒讀過什麼書，你爸直到現在也被大臣們瞧不起，連你爸自個也自卑，想讀書都來不及了！兒子啊，萬般皆下品，唯有讀書高。學子是天子門生吶，修身齊家，出士入相，比你爸強多了！」

妙雲沉鬱地說：「還記得你舅舅麼？他小時候，嗜書如命，就是要飯也揣本書。後來被方孝孺發現，才收進府裡做門生……」妙雲忽覺語失，可已無法挽救，鄭餘大聲道：「可後來，舅舅不是叫皇上殺了嗎？還是爸監斬的呢！讀那麼多書有什麼用？」鄭和臉色驟變，痛苦地轉過頭

去。妙雲大驚，狠狠一掌扇在鄭餘臉上：「你、你給我住口。你、你跪下！」鄭餘狂叫道：「不。我不！」他掉頭奔出院門。

妙雲頹然落座，捂著臉飲泣。鄭和對此也是措手不及，他身心震顫，惱怒地問道：「他、他是怎麼知道的？他怎會知道得這麼多？」妙雲知道這下鄭和被傷得不輕，怯聲泣道：「我從沒跟他說過。可是世人之口，掩不住啊。」鄭和痛苦地說：「這麼說。過去的事……他都知道？」妙雲垂泣點頭。鄭和臉色蒼白，恐懼地問：「連我是個太監？連他是胡誠的兒子……都知道嗎？」妙雲悲痛地又點頭。鄭和仰天長嘆，淚水撲簌簌往下流：「天哪，天哪！……這兒子要恨我一輩子了！」妙雲抽噎著說：「鄭和啊……我對不起你。」鄭和上前摟著妙雲，半天，開口說：「不怨你。這是命呵！」妙雲再也忍不住了，偎在鄭和懷裡嚎啕大哭。鄭和輕輕撫摸著她：「妙雲啊，你放心。你是我的女人，他是我兒子，這是我家……這些永遠不會變。」

鄭和轉身走了出去，他來到江邊找鄭餘。江風陣陣，波濤洶湧，長江正在漲潮。鄭餘隻身坐在江堤上，對著浩瀚的大江發呆。三個黑孩子鑽出了堤後的柳林，他們看見了鄭餘，正要過去找他玩耍，卻見鄭和從另一邊的樹林中走了出來，微喘著問他們：「看見鄭餘了？」歲數大些的黑孩子將堤上的鄭餘指給鄭和看。鄭和重重呼出一口氣，邁步走到鄭餘身邊。鄭餘一動不動。鄭和板著臉道：「站起來。」鄭餘知道父親在海上是統帥，到底不敢造次，起身立在鄭和面前，鄭和道：「兒子，有件事爸要說清楚。我雖然羨慕讀書人，但也知道，大英雄都是九死一生拼搏出來的，從來不是讀書讀出來的！我最後問你一次，你究竟是做學子，還是當水手？」

鄭餘聽出有了轉圜餘地，大眼睛靈動起來，大聲回答：「水手！」鄭和聲音嚴厲：「兒子啊，大海不是那一口水缸，它比你想像得可怕得多，殘酷得多！你爸在海上遭遇過無數過狂風巨浪，經歷過無數次生死存亡！你能行嗎？」鄭餘興奮地說：「能行！」鄭和卻冷笑著：「你給我聽著。你能夠三天三夜滴水不進嗎？你能夠承受饑寒酷暑、暈船暈得死去活來麼？」鄭餘的聲音還是很硬：「我能！」鄭和聲色俱厲地說：「聽著，茫茫大海，能把人逼瘋！枯燥無比的日子，能把人逼成畜生！為了活命，水手們不得不喝下死者的血。為了解渴，他們不得不喝下牲口的尿！你能嗎？」

鄭餘驚恐地呆呆看著鄭和，驀然再叫：「我能！」

這時候，朱棣與姚廣孝正緩緩步下寶船舷梯。朱棣在半道上展眼遠望時，詫異地看見了這一幕，他問：「大堤上那人，是不是鄭和？」姚廣孝瞇眼望去，點頭證實：「不錯，他和他的兒子。」朱棣好奇道：「他們在吵什麼呢？瞧瞧去。」兩人下了舷梯，朝江堤走過去。

鄭和還在教訓兒子，他的聲音冰冷而凶狠，指著江面道：「抬起頭，看見那些死屍了嗎？」鄭餘抬頭望去，看見了長江上飄下來的兩具無名屍體，驚訝地叫了一聲。鄭和道：「好好看看！他們哪，也許是末路英雄，也許是餓鬼冤魂！但他們——就是我們水手的最終命運！在船上，我們幾乎每天都要舉行海葬，把陣亡將士推進大海。兒子啊，你敢接受這種命運嗎?!」鄭餘又呆住了，臉漲得通紅，過了一會，他狂叫道：「我敢！我不怕，我什麼都不怕！」

鄭和心情複雜，兒子不要讀書，情願跟他去海上漂蕩，這可違反了他的初衷，但兒子以他為榮，要以他這個爸爸為榜樣，他又免不了心動情動，他壓下自己紛亂的思緒，下了孤注一擲的決心，冷若冰霜地說：「不怕？好、好、好！……你給我走進大江，一直走下去！」鄭餘驚訝地說：「爸，我還不會水呀！」鄭和狠狠心道：「正由於你不會，我才令你走進大江。我要你一直往前走，永遠不回頭！在海上，誰敢抗命，殺無赦！」

鄭餘咬咬牙，一步步往江水裡走。水越來越深，淹沒了他的腿、腰、胸，直到淹沒他的頭顱！他嗆著了，掙扎著，但他始終沒有回頭，一直往前走。兩具浮屍漂到他身邊，跟著他移動。

鄭和站在江邊凝神觀看，一動不動。旁邊，那幾個黑孩子驚訝萬分，一會看看鄭和，一會看看江中。江堤的柳林之中，朱棣與姚廣孝也佇立著，默默觀看著。

一片大浪打來，鄭餘徹底消失了。水面上只剩了那兩具浮屍。鄭和長嘆一口氣，擺了一下手，那幾個小黑孩立刻跳進大江，拼命朝遠處游去。他們像魚那樣靈敏地游向鄭餘消失的地方。他們幾乎是同時扎進水中，片刻後，他們從水下撈出已經半死的鄭餘，合力托起他，朝岸邊游來。他們把鄭餘抬到堤岸上，拍胸按背地一番急救，鄭餘緩緩醒來，咳出腹中渾水。鄭和朝黑孩子們擺了下手，他們立刻走開了。鄭和似乎餘怒未消，對地上的鄭餘喝道：「站起來！」鄭餘搖搖晃晃地站了起來。鄭和盯著他，聲音不再凶狠：「兒子啊，我再問你一次，你還願意飄洋過海嗎？」鄭餘喘息片刻，嘶啞地說：「我願意，願意，願意！」鄭和終於感動嘆息：「兒子啊……你贏了。你真不愧是我的兒子！」

近處忽然響起哈哈的大笑聲，朱棣與姚廣孝走過來。朱棣朗聲道：「有其父必有其子啊，朕深感欣慰！」鄭和愕然，趕緊躬身道：「稟皇上，這個逆子啊，奴才實在拿他沒辦法了，他非要跟奴才出海不可。請皇上聖斷。」朱棣沉吟著：「你真想讓朕決斷？」鄭和鄭重道：「臣恭請皇上聖斷！」朱棣滿面笑容：「好。鄭餘聽旨！」鄭餘驚慌地看著鄭和。鄭和趕緊示意鄭餘下跪。鄭餘撲地跪下，朱棣沉聲道：「朕特賜你為水師百戶，任寶船二等旗官，隨國使鄭和，巡使西洋。」鄭餘喜出望外，叩頭道：「臣……鄭餘，謝恩！」鄭和也叩首道：「臣謝主隆恩。」朱棣笑道：「起來吧。」

鄭餘起身，朱棣撫摸著他濕漉漉的頭，語重心長地說：「鄭百戶，你得記著，你是奉旨出海。在海上，只有尊卑上下，並無父子之情。自今日起，鄭和不但是你的父親，更是你的統帥，是你的主子！」鄭餘單純地笑著：「我記住了。」

這時，不遠處忽然傳來一聲慘叫：「不！不！……」只見妙雲踉蹌奔來，她一頭撲跪在地，哽咽著道：「皇上。奴婢不想讓鄭餘出海。」朱棣婉言勸道：「妙雲啊，鄭餘的心已經掛在海上，朕想攔也攔不住。再說，父子倆巡使西洋，不僅是本朝美談，更是一番千秋大業呀。」妙雲泣不成聲：「皇上啊，奴婢不想要大業，只想有一個完整的家。奴婢這願望過分嗎？」朱棣窘道：「不過分，不過分。朕……對不起你。」妙雲抽泣著說：「那請皇上下旨，不准他們出海！」鄭和急喝：「妙雲！」朱棣一嘆：「這……妙雲啊，你如果早來片刻，朕也許會依著你。可現在朕已經下旨了。你該知道，天子無戲言哪。」妙雲悲傷地哭泣著：「皇上……」

朱棣勸道：「妙雲啊，你為何不上寶船看看？你只要一上了船，只怕就會喜歡它。它可是古往今來最了不起的船哪，滿載大明恩威，縱橫四海，繼往開來！鄭和他們駕駛此船，就如同一個帝王，足以千古留名。你上去看看吧。啊？朕請你看！」鄭餘興奮地叫道：「媽！我陪你上船。」妙雲卻抬起頭來直視朱棣：「謝皇上恩典。奴婢不想上船。」朱棣問：『哦，為何？」妙雲冷冷地說：「我恨這條船。它早就奪走了我男人，現在又要奪走我兒子，我恨死它了。稟皇上，奴婢永遠不會上這條該死的船！」

所有人都大驚失色。妙雲起身，蹣跚而去。姚廣孝雙手合十嘆息：「阿彌陀佛……天意呀。」

鄭和望著遠去的妙雲，心情格外沉重。妙雲的話，對於他，如同萬劍穿心！家與國，愛與恨，難道永遠不可兼得？上天啊，求你告訴我，我該怎麼辦？該怎麼辦呢？

京城的午朝門兩側，禁衛們依次排立著。來往行人均遠遠避讓，不敢靠近。一個梳著雞冠頭、滿面圖案、身著怪異服裝的赤足大漢，手提一柄叉槍，東張西望地走近午朝門。他望見宮門，臉上露出欣喜若狂的神情，無所顧忌地昂首往裡走。

兩個侍衛立刻橫刀攔阻。頭兒喝道：「嗨！哪來的怪物？快快退下！」漢子鞠個躬道：「請問各位大哥，裡面是大明宮廷嗎？」侍衛頭兒怒視著他：「是又如何？你什麼人哪，不知王法嗎？」怪異漢子說：「我是蘇門答臘國使臣，我要見大明皇帝，伸冤告狀！」頭兒打量著他，懷疑地問：「蘇門答臘是什麼地方？」漢子說：「南洋，離這兒六千多里。我渡海趕路，花了五個多月才來到大明京城。請讓我進宮吧。」頭兒繼續盤問：「誰派你來的？」漢子回答：「國王蘇干剌。」頭兒道：「既然國王派來的，你有聖旨嗎？」漢子搖頭說沒有。頭兒問：「有關防嗎？」漢子先說沒有後來又說有，他突然猛地拉開獸皮胸襟，露出胸膛上的紋身，說：「在這兒，你們看！」

禁衛頭兒上前一看，見他胸膛上畫著一條凶猛的雙頭怪蛇。禁衛們不禁失笑，頭兒瞪著眼問：「這什麼鬼東西啊？邪乎！」漢子說：「這是蘇門答臘王符，我把它刻在胸口上了。有它在，刀槍不入，虎豹不傷！」禁衛頭咯咯笑起來：「滾吧兄弟！大明有王法，不認這個。」漢子急得眼睛都紅了：「大哥，我要見大明皇帝，非見不可啊。求你啦！」頭兒斬釘截鐵地說：「沒有聖旨及關防，概不准入宮！」漢子呆了，過了一會說：「那讓我見鄭國使。他名叫鄭和。」頭兒還是不准，漢子發起怒來，挺起叉槍便往裡衝。禁衛們一齊上前，刀鋒如林，紛紛頂刺到他身體各部。頭兒氣勢洶洶地說：「聽著，禁宮聖地，連隻鳥都飛不進去！你再敢往前一步，殺無赦！還不快滾！」漢子被逼後退，叉槍掉在地上。他氣急敗壞地從腰後抽出一隻大海螺，「嗚嗚」

地吹起來，海螺的聲音淩空飛躍，傳遞到很遠。

鄭和此時正在宮中平臺上陪朱棣觀看海船模型。鄭和指著平臺一角幾艘巨大的海船模型介紹：「稟皇上，這是新打造的海船模型，與永樂初年的海船相比，已做了許多改進。皇上請看，這是戰船，雙層炮臺，每艘配備四寸銅炮三十門，每枚彈丸十二斤，射程可達兩百丈；這是馬船，共有上中下三層甲板，每艘可載步軍五百，戰馬八十匹；這是新設計的四帆寶船，比以前寬出一丈二，長出兩丈四，可抵禦三丈高的狂風巨浪！」朱棣滿意地「嗯嗯」著，問：「這些新船，何時可以打造完畢？」鄭和心算片刻，說：「預計八月中旬下水，再經過十天試航，即可編入船隊。完全趕得上今年信風。」朱棣點頭：「好，好。朕立刻下旨，令戶部、工部調集各項物資，供你做海外貿易之用。」

「嗚嗚」的響聲像一支悲天憫人的樂曲，彷彿從天而降。朱棣皺著眉頭問：「什麼聲音？怪怪的。」鄭和側耳傾聽，頓感驚訝：「稟皇上，這是海螺之聲，用於海上傳令報警。」朱棣也驚奇：「可這是京城哪！」小溜子匆匆奔入折腰：「稟皇上，午朝門禁衛急報，說南洋來了個怪人，他自稱蘇門答臘國使臣，是國王蘇干剌派來的，要向皇上伸冤告狀。禁衛擋下了，他就嗚螺作亂！」朱棣詢問地看著鄭和：「蘇門答臘?你出使歸來，不是帶回一個蘇門答臘的使臣嗎？」

鄭和點頭道：「皇上說的是。奴才帶回的那個蘇門答臘使臣，就在夫子廟四夷館住著。而且該國國王的王號，也不叫『蘇干剌』，叫『卡魯』。」

朱棣奇怪地說：「那怎麼又跑來一個使臣呢？莫非他們有兩個國王，兩個使臣？」鄭和也疑惑起來：「奴才也覺得不可理解。」朱棣對小溜子說：「將那人關押，交刑部審辦！」

小溜子領旨要走，螺號聲恰恰停了下來。小溜子止步，請示地看著朱棣。禁衛頭兒大步奔來，跪地叩報：「稟皇上，那個海外蠻夷嗚螺鬧事，擾亂宮禁。末將把他的螺號奪了下來。不料，他、他竟然搶過漁叉，一下子刺在自個胸脯上。說，皇上如果拒見，他、他就死在宮門口。」朱棣覺得好笑：「蠻夷之輩，真是沒教養。人呢，還活著嗎？」禁衛不知皇上心思，害怕地說：「活著。」朱棣一時想不出該如何處置，沉思不語。鄭和倒已生出惻隱之心，在一邊為之求情：「稟皇上，奴才覺得，此人不遠千里，蹈海而來，實屬不易。只怕真有什麼冤屈……皇上還是見他一下吧？」朱棣沉思片刻，道：「就算見，朕也不能只見他一個，兩個都得見！小溜子，傳旨錦衣衛，叫他們立刻把前蘇門答臘使臣帶進宮來。朕讓這兩個使臣同堂對質，看看誰是真身，誰是贗品。」

小溜子應聲奔了出去，鄭和卻顯得緊張不安起來。

朱棣在奉天殿裡召見蘇門答臘使臣。他高踞龍座，小溜子一聲高喝：「召蘇門答臘使臣入朝進見！」殿外侍衛將喝聲傳下去，兩個使臣便從兩邊走來。他們你望我、我望你，都是又驚又怒。進殿門時，兩人靠攏了。忽然，那個負傷的漢子怒罵了一聲，就朝另外一個使臣撲去，兩人大叫大嚷，廝打起來。朱棣嘆氣，對在下面站著的鄭和道：「朕還沒開口呢，他們倒生死相拼了。住手！」眾侍衛衝入，將兩人強行扯開，拽在大殿兩邊。漢子哭訴道：「陛下。那人是叛逆，他是假王的部下！」後開口的使臣聲音壓過了他：「稟陛下。他才是叛逆！他的主子禍亂蘇門答臘！」漢子咬牙切齒道：「稟報陛下。這人是卡魯的部下。狼心狗肺的卡魯，篡奪了蘇門答臘王位，殺害了老王。我主蘇干剌請求大明主持天道，派戰船剿平禍亂，恢復我主蘇干剌王位！」使臣針鋒相對：「稟陛下，卡魯王是大明洪武皇帝敕封的蘇門答臘國王，蘇干剌才是妖孽。陛下請看，這人胸前的雙頭妖蛇就是明證！請陛下立刻將他斬首！」

朱棣詫異地說：「你兩位使臣的真假還沒鬧清楚，怎麼又出來什麼真王、假王？難道蘇門答臘有兩個國王嗎？」兩使臣同聲叫：「陛下！……」朱棣擺手制止他們：「別爭了。在沒有分清真假是非之前，你們兩位都是蘇門答臘使臣，朕都以禮相待。來人，帶兩位使臣下去，分別安置。日後，朕自有公斷。」

侍衛上前，強行將兩個還在憤憤不平的蘇門答臘人帶走。朱棣起身，踱下丹陛，問鄭和：「你怎麼看？」鄭和回話：「奴才覺得，有一點可以肯定，蘇門答臘起內亂了。這種變亂，在南洋各國屢屢發生。」朱棣無奈地笑笑說：「清官還難斷家務事呢，朕豈能斷得了萬里之外的是非？假如南洋各國政事都要朕來操心的話，朕就是如來佛也顧不過來啊！」鄭和賠笑道：「這也可說明海外各國對大明傾心拜服，尊如神靈。否則，他們也不會萬里遙遙地趕來，求助於大明皇上了。」朱棣滿意地頷首：「是啊！這樣吧，你將這兩人帶回蘇門答臘，查明實情，秉公處置。

其原則有二。一要主持天道，張揚大明恩威；二要謹慎從事，不可自陷泥潭。」鄭和恭敬道：「遵旨。」

朱棣步出殿外，立於玉階上眺望南天，對跟隨在身邊的鄭和說：「昨夜晚，海南鎮守派人遞來急奏，說南洋商旅又遭陳祖義的海盜船襲擊，損失巨大。南洋盟邦上貢給大明的貢禮與貨物，都被海盜搶走了！連船員也被屠殺了！」鄭和一怔，說：「稟皇上，陳祖義知道大明海船早已歸國，這才敢肆無忌憚。」朱棣怒吼道：「更可恨的是，此賊仍然打著朱允炆的旗幟，瞞天過海，禍亂南洋。他竟然說是奉建文帝旨意『巡天靖海』的。鄭和啊，此害不除，大明在海外的恩威，早晚會喪盡。朕實在是忍無可忍了！」

皇上這是含沙射影的責備，怪鄭和沒有能夠制服陳祖義。鄭和驚恐跪地道：「奴才發誓，此次巡使南洋，務必剿滅陳祖義！」朱棣「嗯」了一聲，淡淡地說：「你再歸國時，務必把陳祖義一塊帶來。否則的話，你也不必回來了。」鄭和感覺到了朱棣話中沉甸甸的分量，懍然伏地道：「奴才領旨。」

朱棣轉身而去，回到平臺，獨自一人又細細地端詳起戰船模型來。他伸著頭，目不轉睛地看那層層炮臺，座座巨炮，臉上不由自主地流露出喜愛和自得的神情。這是盤古開天地以來最強大的海上武力了。誰掌握了它，誰就足以割島稱王，開國自立，四海無敵！想到這裡，他的心病又犯了。鄭和對自己確實忠心耿耿，但是，天意自古高難問，人心如井不見底。無論任何人，只要

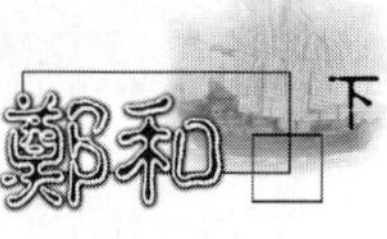

他掌握著這支海上武力，他就不能不防啊……正在沉思，耳畔響起小溜子的聲音：「稟皇上，吳大人到了。」朱棣道：「叫他進來吧。」不一會兒吳宣入內，恭敬揖禮：「末將叩見皇上。」朱棣體恤地嘆了一口氣：「再過些日子，你們又要巡使西洋了。這一去，短則兩三年，長則四五年。唉，人生在世，有多少個四五年呢？」

朱棣關心的口氣卻讓吳宣感到高深莫測，他惶恐不安地附和：「是是。皇上聖斷。」朱棣說：「你們去國萬里，什麼事都可能發生。而朕在萬里之外，既不能目睹，更無法立斷。因此，全憑著你們自個的忠勇之心，妥善處置了。」吳宣還是不知朱棣心思，謹慎地回答：「是。」朱棣不動聲色地說：「朕知道，你與鄭和一直不和。你曾是長江水師總兵，本該統領所有船隊的，卻屈居鄭和之下，難免心中不服。」吳宣心中一凜，說：「末將誓死忠於皇上！皇上令末將服從誰，末將就服從誰。」

朱棣沉聲道：「你曾經說過。在海外，鄭和便如同天子，獨掌乾坤，是不是？」吳宣道：「是。」朱棣道：「你還說過。在海外，水師軍令最為嚴格，抗命立斬，一級斬一級！總旗官可斬千戶，監軍太監可斬總旗官，鄭大帥可斬你。但是，無論發生任何事，卻無人可斬鄭和。是麼？」吳宣更加惶恐不安：「是……是。這軍令就是鄭大人立下的。」朱棣沉聲道：「朕令你——既要服從鄭和，同舟共濟，共同完成巡使大業；又要監控鄭和，不准他有任何擅權悖逆之舉！」吳宣大驚，怔怔地看著朱棣，說不出話。朱棣長長地一聲「嗯」？眼睛緊盯吳宣。吳宣趕緊道：「末將領旨——既服從鄭和，又要監控鄭和！」朱棣道：「對了。朕說過，在海外萬事難料。如果發生鄭和陣亡、病故、失蹤、殉職等事，著你代理國使總兵，統領整支船隊。務必將它們完整地帶回大明。」吳宣大喜道：「末將領旨！」朱棣微笑著說：「回頭，朕會給你一道親筆密旨，授你監控之權。此外，朕封你為大明國第一副使，水師第一副總兵，加兵部侍郎銜，協助鄭和巡使西洋。記著，你首先要服從的，是朕。其次才是鄭和。」

吳宣喜極哽咽，顫聲叩道：「謝皇上恩旨。末將此行，就是赴湯蹈火，也絕不辜負天恩！」

出海的日子臨近了，原本寂靜了多日的甲板上格外的忙碌，兵勇、差役們不停地來回搬運貨物。舷邊的大吊籠上下運行，繼續把一籠籠物資送上甲板。王景弘高聲指揮著眾人：「快快！彈丸全部歸放到炮位，動作輕點！……你們幾個，把糧草搬入底艙！哎！吊車怎麼還不上來？……」正在此時，吊籠升上來了，裡面沒有貨物，竟站著便裝的朱棣和小溜子。王景弘大驚失色：「皇上？……臣王景弘叩見皇上！」

幾個兵勇上前打開籠門，朱棣笑著步出，誇道：「王景弘，這吊車果然上下迅速，不錯，不錯！」王景弘惶恐道：「臣不知皇上駕到，有失遠迎，請皇上恕罪。」朱棣擺手：「甭說這些套話，朕也沒打算讓你們迎！朕今日出宮遛馬，一撥轡就轉到碼頭來了。哦，準備得怎麼樣了？」

王景弘陪朱棣巡視甲板，一面說：「稟皇上。各項物資都已運抵碼頭，日落前就能裝船完畢。」朱棣一路看過去，連聲稱好，又問起鄭和。王景弘說：「鄭和進宮向皇后娘娘辭行，臣這

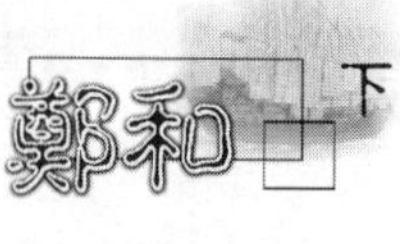

就派人招他回來。」朱棣擺手制止：「不不。讓他忙他的，有你在就行，朕正好和你說說話。」

王景弘忐忑不安地應著，朱棣步上高臺，滿意地四望，隨後進入天元艙，坐在當中的帥椅上，王景弘親自倒茶侍候著，朱棣舉盅緩緩飲茶，王景弘緊張地侍立於側。朱棣一面品茶，一面隨便地說：「景弘啊，你坐。」王景弘謝了皇上，這才側身落座。

朱棣不急不慢地說：「朕知道你是忠心耿耿的人，辦事也穩妥可靠。所以，朕對別人說話，也許只說八分。對你，朕要說個九分九！」

皇上的話並沒有讓王景弘過於激動。他更沒有吳宣那種受寵若驚的感覺，反倒內心惶恐不安起來。他態度恭謹地說：「謝皇上。」

朱棣瞟他一眼，說：「鄭和與吳宣早有嫌隙，互不信任，暗中提防。這方面，你恐怕比朕更清楚。」王景弘深感不安，小心地說：「皇上聖見，鄭大人與吳大人之間確實有嫌隙。臣夾在兩人當中，倍感難處。」

朱棣微笑著望著王景弘那雙不大的眼睛，說：「奇怪的是，他們兩個都認為你正直憨厚，處事妥當。對你頗為讚賞啊。」

王景弘欣慰地鬆了一口氣：「這……恐怕跟臣的性子懦弱有關，臣一貫是與世無爭。」朱棣道：「朕喜歡你與世無爭的性子。你呀，一直是甘為他人副手，恪守中庸之道，沉穩不亂，始終如一。因此，朕覺得，如有不測之事發生，你最靠得住。」王景弘一聽又緊張起來，詫異地說：

「臣愚昧。不明白『不測之事』是什麼，斗膽請皇上明示。」

朱棣明確地說：「鄭和與吳宣既有嫌隙，就會互相監控。為確保萬全，朕要你監控他們兩人！」王景弘大驚：「皇上?!……」這是他萬萬料不到的。

朱棣道：「朕擔心，你們去國萬里，朕又不在身邊，萬一有不測之事發生怎辦？你聽著，鄭和與吳宣之間，如果任何一人矯旨舉兵，除掉了另一人的話，你不必問緣由，立刻將勝者關押，並馬上接掌船隊全權，儘快帶回大明。之後，所有的是非曲折，都交給朕處理！這裡的關鍵是——立刻歸國，船隊不能喪失！」

王景弘顫聲道：「臣明白了……」

朱棣從袖中掏出一枚鐵券遞向王景弘：「這是大明軍權的最高權杖——御林鐵券！朕把它賜給你了。萬急時，你只要出示鐵券，那麼所有戰船的總旗官，都會如見朕面，如聞朕聲，無條件地服從你的命令。只要戰船在你的掌控之中，那麼其他海船、包括天元號寶船都無法反抗。否則，將被擊沉！」

王景弘雙手抖得厲害，接過那枚鐵券，如同接過斬人的權杖：「臣領旨……臣只希望，永遠不出示這道鐵券才好！」朱棣一嘆：「你是厚道人啊，你說得對！朕也不希望發生這種事。因此，朕才要防備這種事啊！」

鄭和自然不知道身後的一切，他已經到了賢淑宮的玉階前，朝侍立於宮門處的宮女道：「請

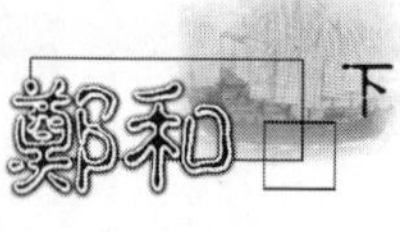

稟報皇后娘娘，鄭和前來辭駕。」宮女不安地對他說：「鄭大人，娘娘突然病重，太醫們正在救治。內廷吩咐了，任何人不准驚擾。」

鄭和驚訝地問：「娘娘不是日漸吉祥了嗎，為何突然病重？」宮女苦著臉說：「奴婢也不明白。」鄭和嘆了一聲，只得說：「待娘娘安穩後，請稟報一聲，就說鄭和祝娘娘萬壽。鄭和在階下給娘娘叩頭了！」說著鄭和跪地，恭敬地朝內宮叩首。宮女在一邊說：「鄭大人放心，奴婢一定稟報娘娘。」鄭和道聲「多謝」，心情沉重地往宮外走。走了一會，忽然後面傳來喊聲：「鄭大人，等一等！」他立定回頭，見一個宮女氣喘吁吁地匆匆奔來，上氣不接下氣地對他說：「娘娘口諭，請您進宮。」鄭和面露喜色：「娘娘病好啦？」宮女搖頭低聲說：「沒有。娘娘病勢更重了。」

鄭和匆匆進入賢淑宮，朝榻上的徐妃叩道：「奴才給娘娘請安。」

徐妃面色蠟黃，看得出是硬撐病體強打精神。她虛弱地說：「鄭和，你來了好，我正想你呢……」一急說不下去了，一陣急咳。鄭和哽咽著道：「奴才也掛念娘娘。前些日子，聽說娘娘日漸吉祥了，奴才高興得不行！可這、這……怎麼又突然沉重了？」徐妃強言：「我這病總好好壞壞的，吉凶莫測……鄭和啊，聽說你又要出海了。」鄭和道：「後天啟航。奴才就是來向娘娘辭駕的。」

徐妃想起妙雲：「妙雲好麼？」鄭和支吾著說：「好，好。」徐妃苦笑笑：「這丫頭，肯定跟你鬧氣了！……我知道她，她越是愛誰，就越跟誰鬧氣。你可得好好地待她呀。」

鄭和心裡一暖，淚就要流下來，他是多麼需要有人對他說這樣的話呀！他動情地說：「娘娘說得是。奴才一定好好地待她。永遠，永遠！」徐妃虛弱地說：「我這病……是好不了了。你這一去，恐怕再難相見。」鄭和悲傷地說：「娘娘，海外無奇不有。奴才一定從海外尋回仙方奇藥，救治娘娘。」徐後顫聲道：「多謝。但我這病，只怕無藥可醫，只能靠佛祖保佑了。鄭和啊……我想求你個事。」鄭和趕緊折腰道：「請娘娘吩咐。」徐妃神往地說：「我聽說，錫蘭山有兩枚舍利子，是千年佛寶。誰得著了，上可佑皇朝國脈，下可治人間奇症。」

鄭和心裡頓時不安，但他附和著徐妃道：「是。奴才也聽說過。那兩枚舍利子是錫蘭山的國寶。」徐妃的聲音發顫，好像她的全身都在發抖：「我求你……不管用什麼代價，也要把舍利子請回來！到那時候，我要是活著，就讓我瞧一瞧，拜一拜。我要是死了，就把它們供在報恩寺。保佑大明昌盛！……求你了。」

鄭和驚愕片刻，重重叩首泣道：「奴才領旨！」

鄭和辭別徐妃出來，宮女提燈為鄭和引路。鄭和呆呆地步下玉階，呆呆地走在宮道上。他的心裡就此壓上了重負：那舍利子是錫蘭山的國寶啊，全國尊若神靈！即使給人家一座金山，錫蘭王也未必割讓。可皇后瀕危遺旨，作為奴才怎敢不遵？皇后一輩子對自己恩深如海啊，我怎麼辦？怎麼辦呢？做人，為什麼總是有一道又一道過不完的難關？

第二十七章

龍江碼頭上皇旗迎風，甲士林立。朱棣佇立在一尊傘蓋下，率領太子朱高熾及眾臣為鄭和等人送行。鄭和與吳宣、王景弘拜伏在朱棣面前。朱棣高聲道：「大明國正使鄭和、副使吳宣、王景弘聽旨。朕令爾等再度巡使西洋。爾等務必稟持天道，恩威四海；張揚大明風範，敕封列國君王；開展海外貿易，剿滅海賊陳祖義，平定蘇門答臘內亂。使海內外子民，共用繁榮昌盛，萬世太平！」鄭和等齊聲應：「臣等遵旨！」

朱棣彎腰扶起鄭和，並在他耳邊低語：「朕還有兩句話——搜尋朱允炆！請回舍利子！」鄭和也低聲答應：「奴才謹記。」朱棣又相繼扶起吳宣、王景弘，笑道：「登船吧。朕祝你們鵬程萬里，一帆風順。」眾臣們齊聲附和：「鵬程萬里，一帆風順！」

鄭和一行登上寶船，一排號手在舷邊吹響了螺號：「嗚嗚嗚——」一群驃悍的水手合力推動長長的絞關木，巨大的鐵錨從水中緩緩升起。總旗官高吼著：「解纜，扯帆！」水手們從各處牽拉纜繩，數面巨帆升上桅杆，寶船起航了。

江面上，百條大船紛紛升帆起錨，駛入航道；岸上則是萬眾歡呼，一片沸騰。鄭和佇立在寶船高臺上，眺望岸邊。身邊的鄭餘也在踮足遠望，看著看著，不禁潸然淚下：「爸，媽為什麼不來送我們？」鄭和哀傷地說：「兒子，你媽不來好哇。來了會傷心的。」鄭餘輕聲道：「我真想看看她。」鄭和也放低聲音說：「我也想啊。現在，家裡就剩她一個人了，不知道她日子怎麼過？唉。鄭餘，有件事，你必須謹記！」鄭餘用手背拭著淚道：「爸說吧。」鄭和嚴格但不失溫和地說：「從現在起，在眾人面前，你不能再叫我『爸』了，你得稱我為『鄭大人』。船上只有軍紀，概無私情。」

鄭餘吃驚地看著鄭和，試著說了一句：「遵命……鄭、鄭大人。」

妙雲在丈夫和兒子走後，感到自己的生活失去了意義。她無所憑依，無所事事，像浮萍，像斷線的風箏，放風箏的人不見了蹤影，那風箏的命運可想而知。對於妙雲，空蕩蕩的不僅是屋子，更要命的是她的心靈，她的心迷失得自己也找不回來了。鄭和走後的第三天，她將屋子整理乾淨，挽了一隻藍布包裹，著一身素服，離開家來到了靈谷寺。寺門前有兩個僧童在掃地，抬頭忽然看見妙雲站在面前，僧童合十道：「稟施主。今日天色已晚，寺門即將關閉。請施主明天再來上香吧。」妙雲漠然地說：「我不是香客，請問道衍大師在嗎？」兩個僧童面面相覷，片刻後道：「大師在禪房打坐。」妙雲說：「請領我去。」僧童只得引著妙雲進入寺門。

禪房內，姚廣孝正合目拈動一串佛珠念經。妙雲上前盤膝坐在他的對面。念完一段，姚廣孝睜開眼睛，親切地說：「是妙雲啊！」妙雲泣聲訴說：「大師，他們父子倆都走了，棄家而去，建功立業去了，這家裡就剩下一個空殼子！我心如死灰，想來想去，總算明白了，人生在世，除了佛祖，樣樣靠不住。最靠不住的就是人，尤其是親人！大師啊，我要剃度出家……」

姚廣孝毅然打斷：「萬萬不可！鄭和與鄭餘早晚要回來的。到那時，老衲如何向他們交代？」

妙雲悲觀地說：「他們即使回來，不是又得走嗎？就算人在家裡，他們心在嗎？大師啊，我出家

之心已定，求您收下我吧。」

「阿彌陀佛。」姚廣孝閉上眼，語重心長地勸說：「妙雲啊，你只是一時悲痛過度，因此才萬念俱滅，想到遁入空門，以求解脫。但是三兩年之後，只要鄭和他們回來，你還會回心轉意，破鏡重圓。妙雲哪，出家之事關係極大，老衲勸你三思。」妙雲卻決絕地說：「請大師相信我。我一旦入寺，就永遠不會後悔！此生此世，我再無他願，只想皈依佛祖，與青燈黃卷相伴終生！大師，求你收下我吧！」妙雲叩首及地，久久不起。

姚廣孝面對徒弟之妻，一時竟也有些不知所措。好久，他終於一聲長嘆：「唉，也罷。這是你的緣分。老衲收你做俗家弟子了。」妙雲拭淚道謝。姚廣孝對妙雲說：「你無須剃度，只可帶髮修行。每日誦經禮佛，灑掃庭除。排除世外一切煩惱，化入佛門淨地。」妙雲深深揖拜：「是。」

這時候，鄭和帶領的船隊排列著整齊的梯形陣列，正乘風破浪地航行在茫茫大海之中。

鄭和在甲板上踱步，巡視眾水手操作。他來到鄭餘待的炮臺，看著兒子熟練地操作，臉上露出了滿意的笑容。他無論如何想不到的是，在甲板的一處隱蔽地方，吳宣正在冷冷地注視著他，而在甲板的另一個角落裡，王景弘又在憂慮地觀察著他和吳宣兩人。

對背後的一切一無所知的鄭和，心裡充滿了對未來的豪情壯志。他漸漸走到船頭，登上那座高高翹起的龍頭狀船首，眺望無邊大海。身下浪花飛濺，海風撲面，他完全沒有意識到，這是他畢生最危險的遠航！他只知道，前方有大盜陳祖義，有舉國皆兵的錫蘭國，有正在內亂的蘇門答臘。在他身後，有孤苦伶仃的妙雲。但他萬沒想到，在他身邊也暗藏心懷叵測的部屬，他們每日每時，都在監視著他的一舉一動……唉，樹欲靜而風不止，即使離開了陸地，在無邊的大海裡，也還是爾虞我詐，殺機四伏！

而遁入佛門的妙雲卻已經遠離了人世間的煩惱。木魚聲篤篤作響，大雄寶殿當中，姚廣孝跪在佛像下，合十誦經。大殿一角，枯瘦的文了僧師將銀針刺入口中，之後微啟舌尖，鮮血滴入硯中。繼之，他研墨，執筆，以血書經。案前垂落下來的經卷，比以前更長了。妙雲就獨坐在這大殿的另一個角落裡，她頭裹禪巾，身著袈裟，輕輕揭開案上的一頁經書，無聲默誦著。

好久，木魚聲停了下來。姚廣孝睜眼，扭頭看一眼文了，再轉臉看一眼妙雲。喟嘆一聲：「佛法無邊，普渡眾生啊！」嘆罷，他朝佛像深深一拜。起身離去。妙雲抬起頭望著斜對面的文了，文了卻渾然不覺，沉浸於忘我的境界中。

妙雲不解地問：「師傅，人血不足兩斗，佛經卻有萬千。你以血書經，怎能書寫得完？」沉默片刻後，文了回答：「書寫不完。」妙雲道：「那你為何書寫？」

文了定睛道：「經就是我，我就是經。貧僧只求書寫，不求寫完。」妙雲呆呆地看著他，若有所思，似有所悟。

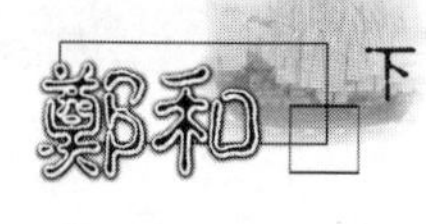

鄭和的船隊越行越遠。這一日，海面上波濤洶湧，船隊按令排成雁字形破浪向前。寶船上，一個總旗官立於高處，揮舞一杆小旗喝道：「發令。信風已至，各船轉舵西南，滿帆行馳！」一陣銅鈴敲響。鈴聲中，一面令旗迅速升上桅頂。號手也向海面吹出轉向的螺號聲。甲板上的水手合力扯動巨帆，使它鼓滿海風。巨大的船首開始慢慢轉向，之後疾速行馳。

天元艙經過改造裝修，較先前更為氣派莊嚴。吳宣、王景弘、南軒公三人環座，鄭和站在海圖前沉思默想。

吳宣說：「船隊兩天後就要抵達蘇門答臘了，而該國正在內戰。船隊是否接岸？亟須定奪。」鄭和問在座各位的意思。吳宣先聲奪人：「恕我直言，下官以為，我們不必接岸，只需派船將該國的兩位使臣送上岸去，令他倆向各自的主子傳達皇上旨意，責其罷兵！我們呢，各賞雙方一些銀兩貨物，即可以揚帆離去。」

鄭和不悅地說：「臨行前，皇上可是當面頒旨，令我們稟持天道，消除蘇門答臘內亂。」吳宣輕藐微笑：「蘇門答臘是個彈丸之國，無足輕重。兩年後，當我們巡使歸來，再上岸也不遲。那時候，該國的內戰肯定已見分曉了。要麼是蘇干剌殺了卡魯，奪取了王位。要麼是卡魯王平叛成功，剿滅了蘇干剌。只要誰取勝，咱們就承認誰、敕封誰！這豈不是上策？」王景弘笑了起來：「吳大人啊，您這是坐視鷸蚌相爭，自取漁翁之利！」鄭和也有些忍俊不禁：「吳宣，這雖然是一個主意，但這主意……似乎太陰了些，有悖於大明王道啊。如果，取勝的是一個弒君奪位者，那我們還是否承認他呢？如果承認，等於認敵為友，同流合污。如果不承認，那時卻沒有另外可以敕封的王了。」吳宣訕訕地說：「那鄭大人有什麼主意？」

鄭和顯然早已深思熟慮，他用果決的口氣說：「我意，既然蘇門答臘兩個王都力請我們主持公道，我等身為天朝國使，奉旨巡洋，就應該登岸，為其排解爭鬥、消除禍亂。如此，才能張揚大明恩威！」南軒公突然嘆氣道：「你們說來說去，其實最關心的仍是大明的恩威、利弊、得失，而不是蘇門答臘禍福！」

鄭和一怔，大窘：「南公……言重了吧。」王景弘卻點頭道：「南公這話，一針見血啊！」南軒公道：「鄭大人，你知道卡魯王從哪來的？如何即位的？你們知道蘇干刺又是從哪來的？他為何要爭位？」鄭和沉吟道：「據那兩個使臣說……」南軒公打斷他：「他兩個各為其主，爭執不下。聽他們說話，恐怕是越說越亂！」鄭和驚訝：「怎麼？南公熟知蘇門答臘？」南軒公說：「略知一二。」鄭和趕緊坐下，拱手道：「請賜教。」

南軒公見大家都感興趣，就把所知道的慢慢道了出來：「蘇門答臘原本是個安寧的海國。國王正直善良，王后美麗賢慧。但是他們西方有個鄰邦叫『那孤兒』。那孤兒國雖然小，人卻非常悍勇好鬥，經常攻伐四鄰。那孤兒王的產生也和別國不一樣，是由全國最強悍的勇士比武決鬥，選出最強者為王的！一代代下來，這個邦國就變得更加凶猛可怕了。那孤兒勇士喜歡把面孔塗滿獸血、脖子圍滿獸牙，四鄰便稱之為『花面國』！十多年前，大概還是大明洪武朝吧，花面國王貪圖蘇門答臘王后的美貌，就大舉進攻蘇門答臘，想奪占美麗的王后。蘇門答臘國王率全國兵力，破釜沉舟，與之死戰，竟然打敗了花面國！但是，蘇門答臘國王卻在戰鬥中中了毒箭，亡故了！花面國王得知，便捲土重來，一直殺向蘇門答臘皇宮。就在國破家亡的萬急時刻，美麗的王后走上了高高的城牆。她當眾剪下頭髮，放進銀盤。她告訴全國男人，誰能夠為她的丈夫報仇，殺死花面國王，她就嫁給誰，並把他立為蘇門答臘國王，執掌國政！立刻，全國上下都激動了，所有的男人都像火那樣燃燒起來了……」

艙內幾個人都聽得有點著迷，鄭和驚嘆道：「真像是天方夜譚哪，世上還真有如此浪漫的故事！」南軒公微笑著說：「海外風俗人情，不同於中土。他們天生浪漫，像海洋那樣浪漫！」王景弘情急地說：「南公，你接著說。快說。」

天元艙內又響起了南軒公的聲音：「這時來了一位勇敢的漁夫。聲稱，他和他的部族可以打敗花面國，為王后復仇。大臣和軍隊都不相信他的話，只有王后相信了這個勇士，命他帶兵出征……後來，這勇士果然打敗了花面國，殺死了花面國王。他帶著仇人的頭顱來見王后。美麗的王后端坐皇位，渾身戰傷的勇士走近，他捧著一個盤子，盤中是一隻被血滲透的包裹。勇士跪到王后腳前，把盤子獻給她。王后呆呆地看著他，慢慢從身邊銀盤中拿起那束頭髮，交給勇士。勇士雙手接過，長吻頭髮……王后感動了，真心愛上了這位勇士，當天就下嫁給他，並宣布他為蘇門答臘國王，執掌國政！可是，朝中大臣和貴族都蔑視這個勇士的漁夫出身，不願奉他為君。沒幾年，蘇門答臘就發生了宮庭政變。詳情不知。我只聽說那個漁夫在政變中死去了，王后悲痛萬分，懸樑自盡。接著，老國王的兒子繼承了王位，成為新的蘇門答臘國王。他名字就叫卡魯。卡魯即位後，馬上向大明派出使者，向洪武皇帝上表稱臣，稟報說老王病故，自己依法繼位，表示要永遠尊奉大明上國，世代修好。洪武皇帝很高興，他立刻下旨，敕封卡魯為蘇門答臘國王，世襲罔替……」

聽到這裡王景弘插言證實：「不錯，那是先帝晚年的事。當時我在宮裡，知道這事。」

南軒公繼續說：「沒想到，那漁夫也有個兒子，名叫蘇干剌。他認為父親是被卡魯王謀害死的，於是起兵爭位，為父報仇，釀成了今日的內戰。」

南軒公說完，眾人沉默許久。鄭和不禁嘆息：「唉，燭光斧影，千古之謎呀！這故事前半截浪漫動人，後半截倒像是我們中土宮廷了。黨爭、政變、奪位，從夏商周秦，到漢唐宋元，屢見不鮮哪！」王景弘道：「在下以為，平定蘇門答臘內亂的關鍵在於，那個漁夫究竟是病故的還是被謀害的。如果是病故，那麼卡魯即位是應當的，因為王位原本就是他父王的。但如果他謀害漁夫，那可就屬於弒君篡位，大逆無道。蘇干剌當然會造反。」南軒公說：「據我所知，蘇干剌仿效大明皇上，起兵時也打出了『清君側』的旗號，也自稱是『為國靖難』。」

鄭和聽了此言一怔，沉吟道：「這事十分棘手啊，等咱們到了蘇門答臘，查明原委，再從長計議吧。」

散會後，鄭和走出天元艙，立於舷邊沉思。南軒公走來，輕聲道：「鄭大人，老夫那段天方夜譚，讓你為難了吧？」鄭和說：「不錯。蘇門答臘內亂，可謂歷史久遠，恩怨糾纏，是非難斷。唉，這世上，只要有王位就會有爭端，古今中外，概莫能免哪。」

南軒公說：「其實，吳大人的話有道理，船隊可以不登岸，避免陷入爭鬥……」鄭和一嘆：「不成啊。皇上有旨，令我們消除蘇門答臘內亂，豈可逃避？」南軒公不以為然，道：「敢問鄭大人，您打算如何消除呢？」鄭和正色道：「責令蘇干剌罷兵，建議卡魯王重重地封賞蘇干剌，以獎其功，以慰其心。兩人盟誓，結為異姓兄弟，化干戈為玉帛，共同維護蘇門答臘安定。這豈不好麼？」

南軒公明白了鄭和的意思：「看來，大人是想讓卡魯仍然當國王，蘇干剌應當放下刀槍，恪守臣道。」鄭和不置是否，道：「南公哇，天下想當王的人多著呢，要是都來爭，只能爭出一片血海。倒楣的還是老百姓。」南軒公沉吟道：「恕老夫直言，鄭大人好像有難言之隱。」鄭和「哦」了一聲，等待南軒公往下說，南軒公說出來的話果然一針見血：「您之所以維護卡魯，是因為大明皇上已經敕封卡魯為王了，天子無戲言嘛！因而，維護卡魯就是維護大明利益，為了保護皇上恩威。」

鄭和心思被揭穿，無話可說。

鄭和當晚在內室的孤燈下，記下航海日記：「南軒公說我有難言之隱，此話雖然不錯，但他不知道，這難言之隱與其說是我的，不如說是我的主子——皇上的！皇上未得天下前，當然要起兵靖難。但他一旦君臨天下，就絕不允許任何人仿效自己、再搞什麼『靖難』！這時候，皇上最提倡的反而是君權神授，萬載不移！我身為臣僕、奉皇上之命成為大明正使，只能言皇上之所言，想皇上之所想，體察天意，維護王道之尊哪。」

一個驃悍的壯士挺立在錫蘭山下的巨石上，他的身後簇擁著一群穿戴熱帶奇異裝束的部下，他們手執各色兵器，每個壯士的胸口上，都畫著一條雙頭怪蛇。壯士威嚴地注視著海面，那裡，大片海盜的戰船正在靠岸，挺立在船首的陳祖義滿面是笑。抵岸時他縱身一躍，跳上岸，手臂按在胸口向壯士折腰行禮：「偉大的蘇干剌，我一接到你的召喚，就像一支箭那樣飛來了！」蘇干剌激動地上前與陳祖義擁抱：「我的朋友，我的兄弟！我知道這天底下最可以信任的人就是你！」

陳祖義笑道：「我是你的臂膀，是你的鋼刀！你可以任意使用我！」

蘇干剌說：「我要向你借五千個弟兄。」陳祖義指著海面上的戰船：「我已經帶來了。不過，你還沒告訴我，你想做什麼？」蘇干剌冷冷地說：「我要從卡魯手中奪回王位，我要做蘇門答臘國王！」

陳祖義愣了一下，隨即哈哈大笑：「這太好了！偉大的蘇干剌，我早就勸過你，蘇門答臘原本就是你的！我非常願意幫你完成大業！哈哈哈……」蘇干剌微笑著說：「我也願意幫助你。知道嗎，鄭和又開始巡使南洋了。」陳祖義臉色突變，焦急地問：「是嗎？」蘇干剌說：「幾天後，大明船隊就會到達這裡。我還知道，這一次，他最重要的使命就是追殺你。混海龍啊，你又要亡命四海嗎？」陳祖義沉聲道：「我明白你意思，你我的生死存亡綁在一塊了！」

蘇干剌笑著說：「混海龍啊，我也是你的臂膀，你的鋼刀。這天底下，你最可信任的朋友就剩下我了。請！」

兩人並肩，邊走邊說話，來到椰林中蘇干剌的營地。已經有人在那裡燒起了篝火，蘇干剌邀請陳祖義圍著篝火吃喝。一邊吃，蘇干剌一邊興奮地告訴陳祖義：「我臥薪嘗膽多年，終於聚集了兩萬多兵馬，現在是我伸張天道，奪回王位，為父報仇的時候了！偽王卡魯根本不是我的對手。」陳祖義奉承他：「你是上天之子，大海之王。卡魯當然不是你的對手。不過，我聽說卡魯受過大明洪武皇上的敕封。因此，在大明人眼裡，他就是君，你就是賊！鄭和肯定會支持卡魯，支持他就是維護大明權威。」蘇干剌生氣地重重「哼」了一聲，說：「卡魯能得敕封，難道我就不會嗎？我早就派人前往大明京城了，向朱棣上報卡魯弒君篡位的大罪，請求大明皇帝維護天道之尊，除惡揚善，將蘇門答臘的王位敕封給我。這樣一來，大明朝廷對我與卡魯之爭，起碼會保持中立吧？」

陳祖義驚喜地說：「喲！蘇干剌，幾年不見，你聰明多了！」蘇干剌斜眼瞥一下陳祖義：「那還不是跟你們這些漢人學的！」陳祖義快活地哈哈大笑：「以漢人之道，治漢人之身，佩服，佩服啊。」蘇干剌說：「我不但想讓鄭和保持中立，我更想在鄭和到來之前，就消滅卡魯，攻占皇宮。這樣一來，即使鄭和上岸，也只能承認現狀，把蘇門答臘王位敕封給我。」陳祖義想了一想提醒他：「據我所知，鄭和恐怕不那麼容易上當。他是個太監呀。身為太監，往往比常人更加奸猾。」

這時候一個部下匆匆奔來向蘇干剌稟報：「王子，東北方開來一片海船。從船型看，像是大明寶船。」陳祖義面有得色：「怎麼樣？這個太監像是猜到了您的心思，趕著來了！」

蘇干剌跳起身，不安地朝遠處眺望。

鄭和的船隊停泊在蘇門答臘海面。大片快蟹船滿載著水師甲士，朝岸邊馳來。佇立在寶船船首那個中等身材神色威嚴的官員正是鄭和，他似乎很入神地在瞭望越來越近的美麗椰林，那裡一片寂靜。已有船首開始靠岸，甲士們紛紛跳下船上了陸地，吳宣一聲大吼：「布陣！」所有的甲士立刻以盾牌護胸，排成戰陣。吳宣再吼：「前進！」戰陣整齊地朝椰林逼近，甲士們手中刀光閃閃。椰林深處卻沒有傳出任何動靜，甲士們警惕地持刀，四下觀望著。

吳宣對鄭和說：「鄭大人，這片椰林不錯呀，又涼快又隱蔽，正可以用來紮營，還可以取椰汁喝。」鄭和點頭同意了：「紮營吧。」吳宣命令總旗官：「東、西、南三面派出哨勇，大隊就地紮營。」總旗官應聲而去，甲士們也四處散開。鄭和在林間踱步，林間除了大明兵勇的聲音，其他任何聲響都沒有，他的心中生出莫名的擔心。

一陣海風吹來，噗嗵一聲悶響！眾人大驚，所有刀劍一齊指向響聲處，看見的卻是那邊的樹上掉下來一個大椰子。吳宣上前，一刀將椰子劈開，遞給鄭和：「鄭大人？」鄭和搖搖頭。吳宣兀自舉起仰天大飲，讚嘆著：「真它媽甜！」

幾個甲士搖晃著一棵椰樹，又掉下兩個椰子。正歡喜爭搶時，那株椰樹噗嗵一聲，樹上掉下一具死屍。他身中數箭，腰間還偽裝著幾片椰葉，其狀慘不忍睹！甲士們頓覺噁心，把手中的椰子也扔了。鄭和張望著叫：「南軒公！」南軒公從林外大步奔入。鄭和問道：「你能認出這是誰的部下嗎？」南軒公仔細看了看，說：「卡魯王的部下。」鄭和不解地問：「為何會死在樹上？」南軒公說：「南洋島民以椰林為家，個個會上樹。打仗的時候，經常藏身在樹上，居高臨下，以弓箭殺人。」吳宣輕蔑地說：「這幫笨蛋，要是被敵人發現，不是無處逃生嗎？」南軒公嗔道：「他們不笨，上樹殺敵是最勇敢的舉動！再說，這人既然上樹，就根本沒打算逃命。在敵人發現他之前，他可能已經射殺好些敵人了。你看，他的箭囊是空的。」

鄭和朝地上望去，死者的箭囊果然空空如也。不由嘆道：「是個勇士啊。看來蘇門答臘人作戰，喜歡與敵同歸於盡。我們得多加小心。」鄭和猛然想起什麼，臉色一變，喝令甲士：「快！詳加搜索，附近肯定發生過惡戰！」甲士們持刀朝四處奔去，不久，椰林遠處傳來驚慌地大叫聲：「鄭大人！鄭大人！……」

鄭和吳宣等急忙循聲奔出椰林，外面是一片荒野。只見無邊無際的死屍，躺在野地裡。許多斷刀殘矛還插在死者身上。顯然這裡不久前發生過一場血戰！所有人都呆了。鄭和痛心地自責道：「我們來晚了，來晚了！唉……蘇門答臘已經血流成河了！」

南軒公尋視著遍地死屍，心情顯然很沉重，他說：「雙方還沒有決出勝負，他們還會再打下去。」鄭和急問：「何以見得？」南軒公說：「如果一方獲勝了，他們會把自己弟兄的屍體搬走，掩埋，祭奠。可您看哪，雙方屍體都在這裡，沒有人來給他們收屍。這意味著，爭鬥遠沒有結束，血流成河還只是個開頭，接下去，說不定血流成海呢！」吳宣抬頭看著鄭和問：「鄭大人，我們怎麼辦？」鄭和發怒道：「傳王景弘，讓他把蘇門答臘的兩個使臣，都帶到這裡來！」總旗官應聲而去。不一會兒，王景弘就領著蘇門答臘兩個使臣匆匆走來，

兩使臣俱向著鄭和折腰：「拜見國使大人。」

鄭和冷視著兩人道：「兩位聖差辛苦。這一路上，你倆歸心似箭，現在總算是到家了！啊？高興吧？」兩使臣參差不齊地說：「高興！……高興！」鄭和諷刺道：「還有更讓你們高興的事呢！跟我來。」他將兩人領到椰林外，指著遍地死屍說：「看！你倆對我大明皇上信誓旦旦，都說自個的主子仁義。睜大眼看哪，你倆的主子就是這麼個『仁義』法麼?!就是這麼迎接大明國使麼?!」兩個使臣呆呆地看著，其中一人突然指著死屍叫起來：「大人請看，他們是叛賊蘇干剌的部下，胸口上紋著雙頭怪蛇。國使大人，蘇干剌起兵作亂了！請大明國使公斷！」另一使臣叫道：「國使大人。這片海灘原本是蘇干剌的屬地。既然在這裡發生過激戰，就說明偽王卡魯偷襲

蘇干剌。他想搶在大明船隊到來之前，把蘇干剌斬盡殺絕！請大明國使公斷。」那一使臣再叫：「是蘇干剌起兵做亂！」另一使臣不甘示弱：「偽王卡魯偷襲蘇干剌，他想殺人滅口！」兩個使臣開始互罵：

——你這奸賊！……

——你這條惡魚！……

——你欺騙上國欽差！

——你嫁禍於人，罪該萬死！

罵聲中，那兩個使臣越逼越近，猛然撲到一起，拳打腳踢，甚至互相撕咬，以命相搏！鄭和勃然大怒地吼道：「住手！拉開他們！」話音未落，衝上來幾個甲士，將兩人分別拉開。兩人還在惡狠狠地瞪視對方。鄭和冷靜地沉思片刻，正色道：「聽令。著卡魯使臣陪同副使王景弘，前往皇宮面見卡魯。著蘇干剌使臣陪同副使吳宣，前去面見蘇干剌。傳大明國使聖命。一、雙方即刻罷兵，停止爭鬥，等候本使公裁。這期間，誰敢再起干戈，便是篡逆之賊！二、明日午時正，請卡魯王和蘇干剌親自來到大明營地——各自只准帶護衛十人，不准帶兵馬，本使將設酒相待。至時，雙方同我大明國正副使開誠布公，說明原委，和平談判，斟酌善後。任何一方如違期不至，便是心懷叵測！」

兩使臣互望一眼，不禁向鄭和折腰道：「遵命。」鄭和朝吳宣、王景弘拱手道：「吳大人，王大人，辛苦二位了。」吳宣、王景弘同揖道：「遵命。」吳宣與王景弘各帶幾個侍衛，隨著兩個使臣分別離去。

兩人走後，鄭和茶飯不香，心中一直牽掛著他們。他想到了陳祖義，蘇門答臘之爭，其中有沒有陳祖義參與呢？如果有，他會利用哪一方？如果沒有，他又藏身在什麼地方？正在苦思冥想，正和侍衛一起席地用餐的南軒公忽然興奮地叫：「鄭大人，王大人回來了！」鄭和急轉身，看見王景弘領著一隊人匆匆而來，隊中還有一頂大轎。鄭和迎上前道：「景弘啊，我正惦記你們呢！」王景弘滿面春風道：「在下順利得很，還沒進皇宮，卡魯王就出城相迎了。他聽說大明國使駕臨，便立刻趕來進見。看，這位就是卡魯陛下。」

一個頗有氣質的中年國王跳下大轎，在兩個老臣陪伴下快步上前，向鄭和單足跪下：「敕命蘇門答臘國王卡魯，拜見大明國使！」鄭和急忙跪地回禮：「不敢不敢！鄭和拜見陛下。」

雙方禮畢，鄭和起身，卻見國王跪地不起。鄭和上前扶他：「陛下？……」

國王抬起頭來，已是滿面淚花，痛聲飲泣：「聖使啊，你們可來啦！我和臣民們夜夜焚香、日日翹首，盼了兩年零六個月，總算把你們給盼來啦。嗚嗚……」

那腔調就像是孩子受了冤屈在向父母哭訴。鄭和感動地說：「陛下快請起來。咱們這邊說話。」

鄭和將卡魯迎到竹席邊。南軒公已吩咐侍衛採來幾片芭蕉葉。鄭和與卡魯就以蕉葉為座，一

人一片。王景弘侍立於鄭和身側，那兩個大臣則跪在卡魯身旁。卡魯悲憤訴說：「十一年前，蘇干剌的父親因護國有功，不但娶了王后，還繼承了王位。但他畢竟是漁夫出身，對朝政一竅不通，只知道縱酒尋歡，漁獵為樂，根本不會治國理政，把我父王留下的江山，敗落得一塌糊塗！」

鄭和斟酌著說：「這個……想來也是。君王嘛，絕非人人可為。凡人即使登上龍座，也未必坐得住。」卡魯道：「沒多久，我母后也後悔了，兩人整日爭吵不休，宮廷大亂！多虧上天有眼，那漁夫、哦不，先王！不慎得了熱病，高燒三十天，不治而亡。眾臣群起入宮，強把我推上了王座。」

邊上跪地的一老臣叩道：「稟大明國使，卡魯王即位，是按照蘇門答臘律法施行的。上合天意，下合民心。同時，我們還派出專使稟告大明洪武皇帝，得到了天朝的敕封。」鄭和頷首：「確有此事。」老臣接著說：「但是漁夫的兒子蘇干剌不服啊。他竟造謠說他父親是被後宮害死的，煽動百姓叛亂。還聚集成千上萬的海賊、罪犯、賤民，起兵謀反，屢屢攻打皇宮，以求篡奪王位。那邊的死屍──」老臣指向椰林道：「就是蘇干剌起兵謀反的證據。」鄭和沉吟道：「我已經看過了。你剛才說，蘇干剌聚集了海賊、罪犯……他們是些什麼人呢？」卡魯怒沖沖地說：「還有誰，就是混海龍陳祖義！蘇干剌和他是結義兄弟。」鄭和心裡一格登，急問：「蘇干剌勾結陳祖義？」卡魯道：「千真萬確！要不然，本王早就剿滅他了。何以如此被動？」兩位老臣重重叩首齊聲請求：「恭請大明國使主持天道，相助我王，平定蘇門答臘禍亂！」鄭和沉著地說：「這樣吧。我已經約定，明天午時整，陛下、蘇干剌，還有我們大明正副使三方，一塊到此相會，查明原委，分清是非，明天理、求公斷！陛下以為如何？」

卡魯高聲道：「遵命。本王願在這裡坐等到明天午時！」鄭和笑道：「不必。此地簡陋，本使萬萬不敢委屈陛下。陛下還是請回皇宮吧，明日，本使在此恭候。」卡魯笑著四下看看，道：「唉呀，這裡確實太簡陋了，請恕本王怠慢之罪！本王叩請聖使入宮歇息，以盡貴賓之禮。」鄭和謙慎地說：「那就更不敢了！如果讓蘇干剌知道了，會以為我和陛下早有密約，斷事不公啊。」卡魯一想鄭和說得有理，道：「那麼，本王還帶來了十駝酒肉，十駝糧米和水果，犒勞大明水師。本王知道，你們在海上漂泊多日，太需要補充飲食了。敬請聖使收下。」

鄭和猶豫片刻，終於揖道：「多謝陛下恩典。」

夜晚，海岸升起一堆堆篝火，兵勇們圍著火堆吃喝，笑聲不斷。鄭和與王景弘也坐於篝火前晚餐，鄭和問：「景弘啊，卡魯所言你都聽見了。你認為他的話是真？是假？還是半真半假？」王景弘的眼睛在火光中閃著光，他認真想了一想說：「我認為他的感情是真情，話不一定全是真話。不過，倒是你鄭大人的一句話打動了我。」

鄭和深感意外，想不起自己說過什麼振聾發聵的話，笑問：「我說過什麼令人動心的話麼？」王景弘認真地說：「你說，『君王絕非人人可當。凡人即使登上龍座，也未必坐得住。』這話說

得對啊！那漁夫雖然當上了國王，卻並沒有治理好蘇門答臘。否則的話，怎會丟失王位，怎會惹出今天這些內亂？」鄭和舒出一口氣，深深點頭道：「我現在最擔心的，就是蘇干剌與陳祖義勾結到一起，那可就麻煩了。」王景弘道：「敢問是誰麻煩？」

鄭和說：「當然是蘇干剌！」王景弘笑：「如果在下所料不錯，鄭大人的心思是——任憑蘇干剌有萬千道理，但他只要和陳祖義靠上了，那就是大明死敵。」

鄭和哈哈大笑道：「景弘啊，和你共事真是愉快！話無須多，一點即通。」王景弘含蓄地提醒：「鄭和，你不光是和我共事，還有吳將軍呢？」鄭和微怔，談興正濃，倒確實把吳宣給放腦後了：「是啊……都這麼晚了，吳宣還沒有消息。唉，也不派人捎個信來！」王景弘抬頭看看天空，月亮已經閃進了雲層，黑煙一樣的雲塊飛快地繁殖著，他擔心地說：「但願不要發生意外。」

再說吳宣，隨身只帶兩個護衛，跟隨著蘇干剌的使臣在夜色中穿行。他看看兩旁山野，黑黢黢的，像有許多秘密深藏其中，心中漸生不安。嗔怪使臣：「你想把我帶到哪去？為何還不到？」使臣躬身笑道：「快了快了！這就到。」

吳宣悄悄拔出戰刀，繼續朝前走。稍頃，前面出現一行燈籠。使臣喜道：「看，蘇干剌就在營地內！」吳宣望去，只見土院中，有一個粗短壯漢聳立在燈火中，威風凜然。使臣先行匆匆跑入，拜倒在蘇干剌足前：「稟王子，我把大明國使帶來了。」蘇干剌扶起使臣，注視著吳宣，冷冷地問：「哦，你就是鄭和？」

吳宣不悅，傲慢地說：「不！我不是鄭和。我嘛……我就是我！」蘇干剌不耐煩地說：「漢人說話就是麻煩！你到底是誰？」吳宣道：「大明副使吳宣。」

沒想到蘇干剌更不高興了，用責備的口氣說：「副使？……正使為什麼不來見我？」吳宣心中也更加不爽，冷笑著說：「我來了，就是您天大的面子！國使大人有令，卡魯和蘇干剌立刻停止爭鬥，抗命者，便是篡逆之賊。此外，明天正午時分，請雙方一齊到大明營地相會，各訴原委，共商善後事宜。至時如果不到，便是無視大明天威，心懷叵測。」

蘇干剌乾咳兩聲，威嚴地說：「你聽著，我蘇干剌起兵絕不是篡位，蘇門答臘王位原本就屬於我。卡魯才是弒君篡位的惡賊，我一定要為父王報仇！」吳宣道：「不管你有什麼冤屈，請明天正午跟鄭和去說。對不起，我可要走了。」

說著掉頭欲去，蘇干剌高傲地回答：「轉告鄭和，蘇門答臘是我們的國家，不是大明！在這裡，我是主，你們是客。叫鄭和來拜見我，我絕不去拜見他！」

吳宣上下打量著他，冷蔑地笑了笑，說：「蘇干剌呀，您要明白，數百艘大明戰船就停泊在海面上，上萬精兵正在營地枕戈待旦！……」蘇干剌火了，大喝：「你嚇不倒我蘇干剌！不管是誰，膽敢幫助卡魯，阻止我復仇，我就和他血戰到底！」吳宣與蘇干剌虎視眈眈，各自按定腰刀，氣氛僵住了。

就在這千鈞一髮的時刻，一位士子模樣的人忽然一陣風似飄進來，彬彬有禮地微笑著說：

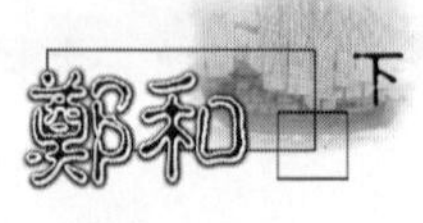

「這位是吳宣將軍吧，果然氣宇不凡，一副龍虎之象啊！」吳宣警惕地問：「你是誰？」來人揖禮道：「在下陳祖義。」吳宣驚詫道：「混海龍？」陳祖義淡淡地說：「在下混海為生而已，豈敢稱龍！」吳宣不禁渾身顫抖，突然拔出戰刀！那個老盜首大頭目一聲怒叫，領著幾個海盜衝上前，他們奪下吳宣戰刀，並把他死死押住。一個海盜還啪地一掌擊到吳宣臉上！誰也未料到，陳祖義卻勃然大怒地衝海盜們喝叱：「放肆！他是吳將軍，昔日長江水師的總兵，名滿天下！放開他。」

海盜們遵命退開。陳祖義從大頭目手中接過戰刀，上前插回吳宣刀鞘。只見吳宣揉著自己的臉，滿面怒容。陳祖義便轉身望著那個海盜，厲聲道：「剛才，是你碰了吳將軍的臉？」那海盜戰戰兢兢地乞求：「公子，我、我……」

陳祖義面無表情地說：「雖然吳將軍不會在意——可我在意！剁手吧。」那海盜顫抖地伸出一隻手，大頭目一刀砍下，那隻手掉到了地上。海盜慘叫不止。大頭目喝道：「不准叫！」那個海盜立刻噤聲，彎腰拾起自己的斷手，抱在懷裡搖搖晃晃地出去了。

吳宣看得口瞪口呆，陳祖義卻朝吳宣輕鬆地微笑著：「吳將軍啊，其實你我早就打過交道。你當水師總兵的時候，經常把中土的流犯，趕到海外，成為我的部屬。我呢，也經常把海外的金銀珠寶，送給你們水兵弟兄。因此，你我是有緣千里來相會呀！現在，你我為何不能再合作一次呢？」

吳宣心一跳，這話豈非赤裸裸的陰謀？但這話對他卻具有莫名其妙的誘惑力，他欲知其詳，試探地說：「本將不明白你的意思。」陳祖義目光朝部下示意，所有部下立刻退出，院內只剩蘇干剌和陳祖義、吳宣三人。

陳祖義把吳宣按在椅子上，笑容可掬地說：「吳將軍請坐。我就直說了吧。你這麼一條英雄漢，為何要屈居一個太監之下？為何你不能像當年掌管長江水師那樣，把大明海船掌管在自己的手中？鄭和是什麼東西？不陰不陽，不雌不雄，人不人鬼不鬼，他配當統帥嗎？他只不過是皇宮裡的一個狗奴才罷了！」

吳宣顫聲道：「我並非忠於鄭和，我是忠於大明皇上！」陳祖義淡淡一笑：「皇上？皇上遠在萬里之外呢，而鄭和卻近在眼前，他天天按著你的脖子！吳將軍呀，如果你掌握了大明戰船，你就足以縱橫四海，開國自立，你甚至可以繼承建文帝的皇統，做一個繼往開來的海上帝王，流芳百世。」吳宣似有所動，欲言又止，表情猶豫不決。陳祖義捉住他的心理，因勢利導：「我知道你對朱棣忠心耿耿，我也不要求你背叛朱棣。你只要把鄭和引到蘇門答臘內地，引到一條叫做『二龍溝』的地方就可以了。至於什麼時候引他上岸，到時候你自會明白。我呢，會替你殺掉鄭和。事後，你回報我們兩樣東西。一、敕封蘇干剌為蘇門答臘國王；二、把天元號寶船讓給我。從今往後，你繼續統領你的大明船隊，巡使天下。我照舊當我的混海龍，你我永不為敵。」

陳祖義的設計，對於吳宣，幾乎不可抗拒，這不是正可以圓自己的夢嗎？他內心掙扎著說：

子孫，永遠歡迎你！」

「你想利用我？」陳祖義坦然相對：「不錯，我是想利用你，但我更想被你利用！」蘇干剌在邊上說：「吳將軍，如果你願意的話，從現在起，蘇門答臘就是你的家園，全國的女子都可以任你挑選。將來，不管你是榮是辱、有福還是有難了，都可到蘇門答臘來。我蘇干剌、還有我的後世子孫，永遠歡迎你！」

吳宣緊張地思考著，這是多麼難得的一個機會啊！然而萬一……一想到萬一，他一言不發。蘇干剌著急地催促：「吳將軍，你倒是說話呀！」吳宣倒吸一口冷氣，開口道：「你們說的一切，我什麼也沒有聽到。既然什麼都沒有聽到，自然也什麼都不會稟報給鄭和。你們愛做什麼就做什麼吧。」蘇干剌瞪著兩眼，不解地說：「漢人說話就是麻煩！你到底是什麼意思呀？」陳祖義卻高興地哈哈大笑起來：「殿下，吳將軍的意思太明白了。在下多謝吳將軍！」吳宣微笑著，朝蘇干剌一揖道：「陛下，在下告辭了，後會有期。」說完掉頭步出土院。蘇干剌傻愣愣地回味著：「他剛才喊我什麼……『陛下』？」陳祖義笑嘻嘻地說：「不錯，陛下！明白嗎？吳將軍已經承認你是蘇門答臘國王了。」

陳祖義邊說邊竄出土院，追趕吳宣去了。

夜色中，陳祖義親自送吳宣離開，後面跟著兩個大明侍衛。走著走著，吳宣的步子明顯慢了下來，低聲對陳祖義說：「混海龍，你還得幫我一個忙。」陳祖義也低聲道：「請講。」吳宣回頭看了一眼自己的隨從侍衛，又朝陳祖義使了個眼色。陳祖義馬上明白了，他手指插入口中，猛地打響呼哨，黑暗中立刻撲上幾個海盜，衝向吳宣的護衛。一番短促惡戰後，兩個侍衛迅速中刀倒地。在他們一陣陣的慘叫聲中，吳宣頭都不回，隻身走入茫茫黑夜。他一邊走，一邊擲掉頭盔，扯碎身上戰袍。他的身後，陳祖義微笑著目送著他，直到消失。正欲轉身往回走，忽聽林中發出一陣動靜，他沉聲喝問：「誰在那？」林子裡的聲音又消失了。陳祖義朝正在張弓搭箭的部下們揮手示意。眾部下立刻放箭，一片利箭射入林叢，那裡仍然了無聲息。陳祖義還是不放心，拔刀步入林中搜尋，部下們緊跟著他，刀、矛紛紛朝林叢中亂砍亂刺……突然間，一隻受驚的大鳥噗噗飛走了。大頭目鬆了口氣道：「公子，是隻貓頭鷹。」陳祖義這才放下心來，在部下簇擁下離去。他們走後不久，草木間悄悄浮現出一個人影，從服式上可以看出是一名卡魯的侍衛。他肩部已中箭，站起來又摔倒在地，痛苦呻吟著，帶著箭一步步朝林子深處爬行。

陳祖義回到土院，蘇干剌面前已經排立著許多部下。陳祖義走上前輕鬆地笑道：「陛下，一切都妥當了，您就下令吧。」蘇干剌大喝：「聽令，偽王卡魯以為有鄭和護駕，他就平安無事了，防守鬆懈。我們立刻出發，夜襲皇宮。明天天亮前，一定要拿下皇宮！」眾部下一片聲呼應著，蘇干剌揮動手中大刀：「跟我來！」

所有部屬都跟隨蘇干剌奔出了土院，漸漸的，院中只剩下陳祖義和那個大頭目。陳祖義道：「二叔啊，召集所有弟兄，帶上乾草、火藥，進入二龍溝。」

大頭目喜滋滋地說：「曉得！」

吳宣回到大明船隊的營地時，已是深夜。海邊的篝火漸成灰燼，大明兵勇們在火堆四周臥地熟睡，懷裡都抱著刀槍。鄭和還沒有睡，他在營地內走動、查巡。剛才，他在一片熟睡的兵勇前，看見鄭餘縮成一團沉浸於夢鄉之中，他就脫下自己的外衣蓋在了兒子的身上，坐在他身邊，動情的端詳著他。他聽見鄭餘在夢中呢喃：「媽媽，媽！……」他聽得心酸，抬頭北望，呆呆地看著無邊的夜空，強烈的思念情緒便乘虛而入。忽然哨子厲聲在喊：「站住，什麼人？」

黑夜中傳來吳宣的回話：「是我，吳宣！」鄭和趕緊起身，驚喜地迎上去：「吳大人，你可回來了！情況如何？……噯呀，你這是怎麼了?!」

眼前的吳宣渾身是血，戰袍破碎，他踉踉蹌蹌，搖搖欲墜，走到鄭和面前，再也不支，癱倒在地。鄭和扶起吳宣，急問：「出什麼事了？」吳宣氣息奄奄地說：「鄭大人……蘇干剌那惡賊，根本不把大明放在眼裡！他、他罵你是條閹狗，要你爬著去拜見他……」

鄭和怒髮衝冠道：「可恨！噯？……蘇干剌先前不是這樣的啊，他還特意派使臣進見皇上呢。」吳宣連連搖頭：「可他現在對你恨之入骨了。」鄭和納悶道：「為什麼？」吳宣喘息著說：「蘇干剌得到消息，說你一登岸就召見了卡魯王，雙方私下裡密謀定約……他還說，你已經站在卡魯那邊了。」鄭和又氣又急道：「這、這是從何談起！」吳宣道：「在下與蘇干剌爭吵起來，他竟然拔刀！……侍衛抵擋不住，都被他殺了。在下也是僥倖才得以生還。」

鄭和從部下手中接過一碗水，遞給吳宣，皺著眉問：「還有什麼情況？」

吳宣喝下幾口水，無力地說：「蘇干剌不肯罷兵，他要攻占皇宮。」鄭和怒吼：「他敢?!我說過，誰再起干戈，誰就是篡逆之賊！」吳宣卻擔心地搖頭道：「我逃離那兒的時候，看見幾千人正在集結……」鄭和急問：「有陳祖義的人嗎？」吳宣一怔，道：「看不清……沒有。」鄭和追問：「到底是沒看清還是沒有?此事關係重大呀！」吳宣肯定地說：「沒有，確實沒有！」鄭和道：「吳大人，辛苦你了，來人哪，扶吳大人下去療傷！」

兩個侍衛上前扶走吳宣。鄭和對王景弘道：「景弘啊，蘇干剌很可能要起兵，我們已經沒有選擇了，只能以武力制止雙方爭鬥。你召集各營，準備出戰吧。」王景弘問：「請國使明示，征戰誰?卡魯還是蘇干剌？」鄭和怒氣沖沖地說：「誰先動手就征戰誰——蘇干剌！」王景弘躬身道：「遵命。」話音剛落，遠處黑夜中突然傳來一片殺聲和鼓號聲，天邊火焰竄動。兩人不約而同朝聲響處望去，王景弘先驚叫起來：「鄭大人，那兒是皇宮啊！……看來，蘇干剌夜襲卡魯，雙方已經開戰了！」

鄭和凝視遠方，心中恨恨地說：「蘇干剌呀，你仇恨卡魯，這我不怪你。但你要是連大明天朝都不放在眼裡，那就是你自尋死路了！」

鄭和
下

【第二十八章】

蘇門答臘國的皇宮內，皇宮衛士們正和衝來的蘇干剌部下拼殺，叫喊聲與刀槍聲此起彼伏。不遠處，更多的兵勇正在翻牆而入，朝皇宮衝來。

一個內臣奔進來一看，大驚。急忙衝到宮門吊鐘下，噹噹地敲鐘示警。同時聲嘶力竭地喊道：「蘇干剌攻城了，蘇干剌攻城了！……」正喊著，忽有一箭飛來，穿胸而過，內臣拽著鐘繩倒地死去。

蘇干剌身先士卒，凶猛地射殺著。他殺得興起，扔掉硬弓，拔出長刀，撲進人堆裡，連連砍倒幾個侍衛，然後舉目朝皇宮望去，只見宮門大開著，趕緊朝部下們大喝：「快！快！衝進內宮去！」

然而就在這時，皇宮裡的幾個內侍拼命推動沉重的宮門，宮門隆隆作響，即將關閉。蘇干剌猛衝上前，一刀插入那道門縫。只聽裡面一聲慘叫，有人中刀了。但是宮門仍然死死地合攏了。

蘇干剌用力抽刀，長刀卻嘣地一聲斷裂，他朝巨大的宮門怒吼：「卡魯，你這個惡賊，給我滾出來！……」身後的部下們已經砍死了外面的衛士，幾個人抱著一根木柱，合力撞門。「嗵嗵嗵！……」宮門不為所動，蘇干剌喝令：「加長梯，放火箭。攻城！」部下們紛紛拔出弓箭，這是一種特製的箭，箭頭上綁著小小的火藥包。一個兵勇點燃了一支火把伸過來，所有的箭頭都伸進火裡。箭頭上的火藥被哧哧點燃了，部下紛紛將火箭射向宮城。

此時天已微亮，朦朦朧朧的皇宮內早已一片大亂，內臣與宮女們在其中抱頭鼠竄。不時相互撞在一起。卡魯手提寶劍，衣衫不整地奔走著。一個老臣驚慌奔來報告：「陛下，陛下。蘇干剌夜襲皇宮，外城已經被他攻占了！」卡魯狂怒地叫道：「把宮內所有人都召集起來，不分男女，一起上陣殺賊！一定要死守宮門！」

老臣憂慮地說：「陛下，蘇干剌人多，把整個皇城都包圍了，我們可能抵抗不了多久。」

卡魯雙眉緊鎖，沉思片刻，驀然叫：「哈里爾！」旁邊一位靈敏的勇士應聲跪下，卡魯將手中長劍遞給他，顫抖的聲音裡滿懷著希望：「你設法衝出皇城，去大明營地，向鄭和求援。哈里爾，我和蘇門答臘的命運，全靠你了！」

哈里爾接過劍，信誓旦旦道：「陛下放心，哈里爾一定能衝出去！」說著口中叼著長劍，悄悄地從高高的城牆上縋繩而下，但他雙足剛剛落地，便被幾個兵勇發現了，他們叫喊著衝來，哈里爾揮劍廝殺，但他不敢戀戰，邊走邊退，他砍死了兩個兵勇，自己也中刀帶傷，退到人稀處，他瘋狂地衝出包圍，直奔海邊。

海邊營地上早已鼓號聲大作，大明甲士們正在披甲、執刀、奔跑、列陣，一片忙亂的景象。幾艘快蟹船從海面駛來，靠近，更多的兵勇跳下船，也加入戰陣。一艘馬船抵岸，船上滑下寬闊的搭板，許多披著胄甲的戰馬被人牽下船，涉水登岸。侍衛捧過一副戰甲遞給鄭和，鄭和一面束甲，一面注視著周圍的備戰狀況。這時候，哈里爾踉踉蹌蹌地奔來，他跪倒在鄭和面前，橫舉長劍，劇喘不止，卻一句話也說不出來。鄭和急著催促：「快說啊！」哈里爾喘道：「皇宮……

快、快！……」話未盡，鮮血從口中噴出，他倒地死去。

鄭和慢慢拾起長劍，對身邊的王景弘說：「景弘啊，你想過沒有？如果蘇干剌已經攻破皇宮，殺了卡魯，那就難辦了！」王景弘有點氣餒地說：「果真如此，那就意味著，蘇門答臘只剩一個王位繼承人了，無論您喜歡不喜歡，都得立他為王。」

鄭和頷首無語。

甲士們列陣完畢，千總與總旗們紛紛跨上戰馬，準備出戰。這時候，吳宣意想不到地披著戰甲出現了，他彷彿全無傷痛，換了個人似的，大聲向鄭和請戰：「鄭大人，請准許在下率軍出戰！」鄭和訝然道：「咦，你不是負傷了麼？」吳宣慨然道：「些許小傷，無足掛齒。」鄭和擔心吳宣體力不支，猶豫著說：「吳大人，你還是留守吧，由我率軍就成。」吳宣高聲說：「大戰在即，在下身為武將，豈能畏縮？鄭大人，此戰我非打不可！」鄭和心中感動，說：「那好！你我一塊統兵吧。王大人，那就勞你留守了。」

吳宣聽鄭和說完，跳上一匹戰馬，迫不及待地說：「鄭大人，在下先行一步。」不等鄭和回答，他就拔刀高喝：「各營聽令，向皇宮進發！」說著策馬率先奔向前方，甲士們跟隨著他奔湧而去。

鄭和在後面詫異地看著吳宣，若有所思。他沉吟片刻，對王景弘道：「景弘啊，在我歸來之前，船隊統歸你掌管。你要將所有船隻，都帶到距岸邊十里外的洋面，在那兒待命。等看到我們的號旗，再靠岸接載我們。」王景弘不解地問道：「為什麼要離岸？」鄭和肅容道：「以防不測呀。大部分兵勇都讓我們帶走了，船上只剩水手……我一直擔心，這次蘇門答臘的變亂，會不會有陳祖義的參與?他可是一直在挑撥南洋各國對抗大明啊！更何況，我們一直不知道他藏在哪裡?這就意味著，他可能會在任何一個地方出現！」

王景弘點頭贊同，忽見鄭餘身著一套小戰甲從他身後鑽出來，後面還尾巴一樣跟著三個黑孩子，他們也是各執刀弓等兵器。鄭餘興奮地叫著：「王大人，鄭大人，末將和幾位黑弟兄，請命出戰！」王景弘為難地望著鄭和：「這……」鄭和心情複雜地說：「鄭餘……刀槍無情，你不害怕麼？」鄭餘揮動戰刀，坦然叫道：「不怕！末將盼打仗盼了好久了，末將什麼都不怕！」鄭和藏起心中疼愛，同意了：「讓你見識一下也好。聽著，你必須緊跟著我，寸步不准離開。」

鄭餘興奮得臉通紅，說：「遵命。」鄭和叮囑那幾個黑孩子：「你們幾個人，就緊跟著鄭百戶，不可隨意亂跑！明白了嗎？」黑孩子一片聲叫著：「嘿！……遵命！」鄭餘偷扮一個鬼臉：「鄭大人王大人放心吧。他們幾個可厲害了，弓箭射得比我還準！」鄭和王景弘相視一笑，鄭和搖頭笑著：「這孩子……上馬吧。」侍衛牽來兩匹馬，鄭和與鄭餘各蹬一匹，策馬進入椰林，黑孩子們說說笑笑地跟在馬後。

吳宣此時已身在椰林深處，身邊的甲士們分列向縱深穿行。吳宣駐馬，向左右看了一眼，兩個副將立刻迅速地靠攏他。吳宣低語道：「聽著，此次交戰，極為險惡。不管發生什麼情況，你

們都要絕對聽從我的命令！」兩位副將心領神會地低聲說：「末將明白。」三個人正在商量，鄭和鞭馬趕了上來：「吳大人，為何停下了？」

鄭和的聲音使吳宣冷不防一驚，但他馬上反應快捷地指著前面道：「鄭大人請聽，殺聲如此之近！估計皇宮就在前方，請鄭大人示下。」鄭和拔出佩劍一舉：「準備交戰！」吳宣應道：「遵命。」

鄭和一人策馬先行，朝霞在林間映出一道道美麗的光柱，頭上有霧氣若有若無地游走。鳥兒啼鳴，昆蟲鳴唱，若非人為的爭鬥，這裡便是人間仙境。但椰林很快消失了，出現了一片開闊山野。蘇門答臘皇宮展示在前面的晨曦之中，那裡現在是血腥的戰場。一群壯漢合抱巨木還在那裡猛撞宮門，「轟！轟！……」厚實的紅色宮門吱呀作響，搖搖欲墜。蘇干剌與部下個個執刀挺槍，正虎視眈眈地盯著大門，猛烈的金鼓之聲突然在他們身後響起，上千個大明甲士排著整齊的戰陣，踏著戰鼓的節驟正在步步逼近。只見盾牌相連，狀如鐵桶，又像無邊的岸堤，蘇干剌所部被四面包圍了！

大明甲士每前進兩步，都會發出震天動地的怒吼：「殺！……殺！……殺！」眼瞅著戰陣越逼越近，蘇干剌與部下們看得目瞪口呆，不由得步步往後退去。蘇干剌好容易回過神來，突如其來大吼：「放箭！」部下們也像剛被催醒一般，忙不迭地開弓射箭，沒想到雨點般的竹箭射出去，都扎在獸面盾牌上，大明甲士躲在盾牌後面，竹箭絲毫傷不著他們，戰陣一如既往，以無可阻擋之勢步步逼近。蘇干剌與部下們已經無路可逃了！

蘇干剌決定背水一戰，他扔掉長弓，從地上拾起兩把戰刀，瘋狂叫道：「勇士們，大神保佑著我們！跟我來，殺光這些漢狗！衝啊！……」蘇干剌揮刀猛撲上來，所有的部下都像惡獸般吼叫著，瘋狂地撲向大明戰陣！那根撞擊宮門的巨木，現在被掉轉頭來撞擊戰陣了。戰陣立刻被撞出一個缺口，蘇干剌順勢跟著巨木衝進戰陣缺口，朝兩邊狂劈亂砍。幾個大明甲士立刻被他砍倒在地。他的部下也個個如狼似虎，前仆後繼，與大明甲士展開短兵激戰。

吳宣的棕紅戰馬迅速趕了上來，在鄭和的銀白馬邊上踱步，他驚訝地對鄭和說：「鄭大人，這些蠻人根本不會打仗，完全是胡亂拼命。瞧啊，他們毫無戰法，就是想和我們同歸於盡！」鄭和卻讚嘆道：「越是蠻人，越是不怕死。死而無懼，就是戰法！唉，可惜的是，這一仗下來，蘇門答臘的男人，恐怕剩下不到一半了……吳宣哪，令第二陣參戰！」吳宣高聲喊著「遵命」，策馬跑開，向等候在周邊的另一個戰陣吼道：「前進！」

第二個戰陣啟動，他們和第一戰陣一樣，甲士們手持盾牌相連，緊密銜接，沒有縫隙。他們踏著鼓聲發出震天動地的怒吼：「殺！……殺！……」戰陣勢不可擋，步步朝宮門逼近。

殺得渾身是血的蘇干剌湊了個空子喘息抬頭，看著越逼越近的戰陣，恨得咬牙切齒。再看四周，部下仍在惡戰，但人的肉身怎敵得過大明武士的鎧甲與刀槍，英勇的部下們也只能且戰且退。蘇干剌忍著錐心之痛，扔掉手中殘刀，從腰間解下一隻葫蘆，仰面狂飲，飲罷擲開，再從屍

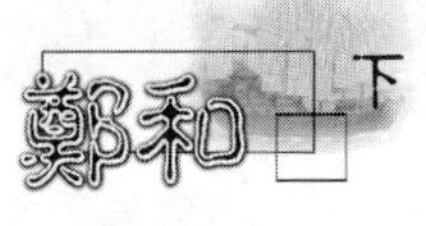

體堆裡拾起兩把戰刀，怒吼著衝上前，繼續拼殺！但令他雪上加霜的是，原本緊閉著宮門突然間轟轟地拉開了，身著戰甲的卡魯王領著大群衛士奔出來，他聲嘶力竭地叫著：「衝上去，殺掉蘇干剌！快，殺掉蘇干剌！……」衛士們大喊大叫著向蘇干剌背後衝去。蘇干剌前後受敵，眼看實難招架，終於恨聲叫著：「退兵！跟我衝出去！」

蘇干剌率領殘餘部下，拼命衝殺突圍，漸漸地消失在椰林之中了。

宮城外的地上，橫七豎八地躺著大片屍體，鮮血仍在汩汩流淌。鄭和下馬，邁過一具具屍體，走向宮門。卡魯王急步上前，撲地拜倒在鄭和足下，流著淚說：「恩人哪，您救了我，救了蘇門答臘啊！」他的身後，所有的宮人和衛士都跪拜在地。

鄭和趕緊扶起卡魯：「陛下請起，快請起來！只要您安然無恙，本使就放心了！」卡魯起身請鄭大人入宮歇息。鄭和沉吟了一會卻對卡魯說：「陛下啊……事情到了這個地步，就必須把後患徹底消除才行。否則的話，窮寇再生，恩怨不斷，蘇門答臘將永無寧日了。您說呢？」

卡魯喜出望外：「是啊，是啊，恩人說得是！蘇干剌非死不可，要不他還會作亂！」鄭和說：「請陛下回宮歇息，本使繼續追拿蘇干剌。」卡魯興奮地說：「我跟你一起去！」沒想到鄭和另有想法：「不。恕本使直言，此事還是由我們來辦為好。我擔心，蘇干剌一旦看見陛下，只怕還會拼命。請陛下到此為止吧。」卡魯臉上反映出失望的情緒，但也是稍縱即逝，他順服道：「那……本王預備好酒肉，恭候恩人得勝歸來！」鄭和謝了卡魯，轉身命令部屬們追擊。

他與吳宣率領著大群甲士衝入另一片椰林。

卡魯目視著他們離去，臉上的笑容突然消失，他低沉有力地命令身邊兩個宮衛跟著鄭和他們，兩個衛士立刻朝那片椰林竄去。

再說鄭和等人策馬奔到一處三岔口，一時沒有了方向。他們駐馬左右打量著，不知蘇干剌他們走的是哪條道。鄭和只得命令手下人先搜索蹤跡，再行定奪。吳宣策馬衝上右邊一條岔道看了看，揮鞭指著路邊折斷的草木道：「鄭大人，蘇干剌循這條道跑了！」鄭和上前細細察看，謹慎地問：「這路通往哪里？」

吳宣說：「二龍溝，在下昨天到過這裡。前面不遠，就是蘇干剌的老巢。」鄭和喝令甲士們往右路追擊。自己則一馬當先地衝入那條岔道，鄭餘和眾甲士紛紛跟進。

吳宣此時落在後面，他慢慢朝前走了一會，悄悄地勒馬止步，回頭張望著。片刻，他的兩個副將領兵過來了。吳宣猛地朝空中鳴鞭：「啪——」兩個副將驚愕回首，望著吳宣。吳宣執鞭朝左邊岔道一指，兩個副將立刻低聲喝令甲士：「這邊來，快，快！」甲士們立刻衝入左邊岔道。

而走右邊岔道的鄭和他們的面前豁然出現了一片山谷。蘇干剌與殘餘的百多個壯士已經在那裡圍成了一個大圈，人人執刀端槍，擺出了決一死戰的架勢。蘇干剌怒目圓睜，手執雙刀，挺立在最前方。那束粗黑的髮辮死死咬在口裡。

鄭和眼睛盯著蘇干剌，嘴裡喚吳宣。然而無人應答。鄭和奇怪地回首：「吳宣！……吳宣

呢？」眾部下四處張望，一個副將驚回道：「稟鄭大人，吳大人不見了。」鄭和心裡一緊，壓低聲音問：「我們有多少甲士？」副將回頭看看，估計一下道：「大約……一百上下。」鄭和驚怒道：「怎麼就剩這些了?!」

副將吞吞吐吐地說：「估計……被吳大人帶走了。」鄭和按捺著內心憤怒，緊張地思索著。副將猶豫地問：「鄭大人，是不是暫時退兵？」鄭和說：「不！面對亡命之徒，退兵只會更加危險。布陣！」

副將立刻指揮甲士衝入谷地，排成一方戰陣。人人手拿盾牌刀槍，直逼蘇干剌的人圈。鄭和回頭叮囑鄭餘：「兒子，無論發生什麼事，都不要驚慌，一定要緊緊跟著我！」鄭餘還是初生牛犢不怕虎的氣概，他揚起手裡的刀叫道：「爸，您放心吧！我和黑兄弟給您護駕。」

鄭和心中一暖，拔刀踢馬上前。這時，甲士戰陣已經逼近了蘇干剌人圈，雙方刀槍相對，近在咫尺。鄭和在戰陣後發令：「停。」

戰陣立定，紋絲不動。

鄭和跳下馬，開始對蘇干剌勸降：「蘇干剌，你已經被我們前後包圍了，插翅難飛。放下兵器吧。」

蘇干剌一張口，髮辮從口中滑落，他怒火中燒，大聲吼道：「我是大神之子，蘇門答臘國王，這裡的山川草木都屬於我們。你這個狗太監，滾回大明去吧！」

鄭和渾身的熱血直往頭上湧，他盡力克制著自己，冷靜地說：「蘇干剌，我並不想傷害你，更不會占領蘇門答臘。我只是奉旨前來，消除王位之爭。你聽著，本使再重覆一遍昨天的敕令：你和卡魯停止爭鬥，前往大明營地談判，各訴原委，由本使秉公裁斷。」蘇干剌沉默著。

鄭和繼續道：「如果天理屬於你，本使會支持你。如果天理屬於卡魯，本使將敕封你一塊領地，讓你離開蘇門答臘，另立邦國。雙方和平共處，永不相犯。」

蘇干剌聽了此話並不動容，反而冷笑不止，他吩咐身邊一個部屬吹號。那個部屬舉起一隻古怪的海螺，朝林中吹起短促的號聲：「嗚嗚——嗚嗚！」然而林中沒有出現預料的回應，蘇干剌奇怪地舉目望去，似乎在尋找什麼。

鄭和疑有伏兵，不禁緊張四顧。

密林深處隱隱閃動著刀光劍影。陳祖義與大片海盜就埋伏在林子裡。他正在暗中密切注視著諦聽著這裡的一切。大頭目低聲對他說：「公子，蘇干剌嗚號了，出擊吧？」陳祖義阻止了他：「不。等他們打起來再說。」頭目著急地說：「公子，蘇干剌不是大明甲兵的對手啊……」陳祖義怒色打斷他：「所以，要等他們雙方拼得兩敗俱傷，我們再突然殺出。明白了嗎？」大頭目吶吶地說：「曉得！」

螺號聲無可奈何地停了下來，等待中的任何動靜都沒有出現。蘇干剌的臉上充滿了絕望。鄭和平靜地微笑著說：「蘇干剌，你已經四面被圍，不會有救兵了。放下兵器吧。我不但保證你的

安全，還會保證你的尊嚴，本使言而有信！快，放下兵器，跟我一塊去見卡魯。」蘇干剌乾嚎道：「卡魯殺害了我父親，篡奪了王位。我絕不和仇人談判！」

鄭和淡淡地說：「這只是你的一面之辭。而卡魯卻說你父親是病亡的。我要你們雙方當面對質。」蘇干剌雙手一擲，兩把刀插進面前土中。他從懷裡摸出一隻小包裹，打開，豁然呈現出一根乾枯的手指頭！他舉著它，聲音嘶啞像個正在發火的絕症病人：「你看看，看看！狗太監，你睜開眼睛看哪！……這是我父王的手指頭啊！他被卡魯關在地牢裡，臨死前，他、他咬下了自己的手指頭，叫人帶給我！……鄭和啊，你要是個人，就仔細看看它，我父親是病死的嗎?!」

鄭和大驚，無言以對。

那兩個暗中跟蹤的宮衛因為熟悉地形，不僅未被發現，而且已經潛回宮裡，引領著卡魯順道而來了。卡魯還帶來了大群兵勇。他們悄悄摸到蘇干剌後方，一個宮衛指著谷地內的人圈讓卡魯看。卡魯引頸前瞻，看見蘇干剌正在向鄭和控訴自己的罪惡，聲聲入耳。他兩眼冒火，低聲命令兵勇：「聽命，絕對不能放走蘇干剌！誰砍下他的頭，賞誰一千兩白銀，兩百頭牛！」兵勇們興奮得臉上放光。卡魯一揮手，眾兵勇張弓執刀，繼續悄悄向前摸去。

蘇干剌的控訴更清晰了。他聲淚俱下，捶打著自己胸口：「十幾年來，父親的手指頭一直戳在我胸前，戳在我心裡啊！鄭和，實話告訴你，我根本不在乎王位。我、我的要是卡魯的頭！」

蘇干剌瘋狂地叫道：「在蘇門答臘，報仇雪恨是天經地義的！」

面對幾乎失去理智的蘇干剌，鄭和也有點手足無措。

突然，蘇干剌陣後響起一片令人恐懼的吶喊。卡魯率領大群壯士氣勢洶洶地衝殺過來。他大喝道：「衝上去，砍掉蘇干剌頭！」卡魯的部下直撲蘇干剌後路，與蘇干剌部下拼死格殺起來。

蘇干剌瞪圓被仇恨燒紅的雙眼朝鄭和怒罵：「狗太監，你騙我談判，暗中偷襲！你和卡魯一樣，都是惡賊！」蘇干剌拔起地上雙刀，朝後面衝殺而去。鄭和朝陣後張望，一時難辨實情，驚訝道：「怎麼？難道吳宣繞到蘇干剌背後去了？」副將稟道：「鄭大人，那些人好像是卡魯王的部下！」鄭和聽了心裡一格登，厲聲道：「快！令他們雙方罷兵，各退二十丈！」副將立刻高喊：「聽著，國使大人有令，雙方罷兵，各退二十丈！」

正在廝殺的雙方根本不予理睬，仍在拼死惡鬥。而隱蔽在林中的陳祖義冷冷地觀察著谷地形勢。大頭目在旁邊焦急地說：「公子啊，蘇干剌敵不住了，我們快動手吧？」陳祖義陰冷地搖著頭：「不，還不夠熱鬧。等他們三方打起來再說。」

卡魯的部下與蘇干剌的部下血戰不休，戰團中刀槍鏗鏘，慘聲不絕。陣前，鄭和的副將仍在拼命喝叫：「住手！國使大人命你們罷兵，各退二十丈！」但他的喊聲被淹沒在經久不絕的廝殺的聲浪裡了，倒是戰團外，卡魯舉劍遙指蘇干剌，連聲喝令部下「快，快！殺死他，砍下他的頭！把他碎屍萬段」的喊叫聲時斷時續地傳進酣戰雙方兵勇的耳朵裡。

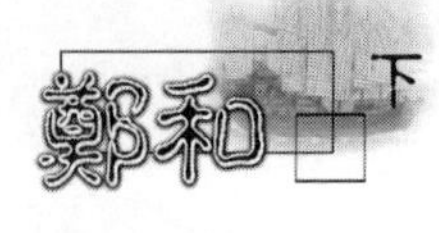

蘇干剌像頭暴怒的猛獸，揮雙刀朝卡魯衝去。十幾個宮廷侍衛上前迎擊，他們層層裹著蘇干剌，連番砍殺！鄭和眼花繚亂，只能朝卡魯叫：「卡魯，住手！」卡魯這個時候根本就不理睬鄭和了，他不僅佯裝沒聽見，反而更急促地命令部下：「快，殺死他！殺死他！」鄭和再也忍不住，朝甲士喝令：「衝進去，把他們分開！」

兩排甲士手執盾牌與長矛衝進了戰團。左邊甲士抵擋蘇干剌部下，右邊甲士迎擊著卡魯部下，強行分隔血戰的雙方，然而，蘇干剌已身中數刀，搖搖晃晃地衝向卡魯，猛地把刀擲去。卡魯閃開了，蘇干剌自己倒在地上。卡魯手下的幾個宮廷侍衛挺著刀矛，戰戰兢兢地上前探看。卡魯催促他們：「殺！殺！……」

幾支刀矛凌空刺下，扎進蘇干剌的身體！鄭和狂叫著奔來：「住手！住手！」宮廷侍衛這才退開了。

蘇干剌臥地顫抖，渾身是血。鄭和輕輕把他翻過身來，摟在臂中，顫聲低喚：「蘇干剌，蘇干剌……」蘇干剌無力地微睜著眼，他的手伸向胸口，欲掏什麼，卻突然撒手死去。

鄭和把手伸進蘇干剌的胸襟，掏出那個小布包，拿出乾枯的手指頭，戰場突然變得死一般寂靜！所有人都盯著那根乾枯的手指。忽然一聲慘呼：「天神啊！」鄭和循聲望去，只見蘇干剌的殘餘部下全部跪下，向屍體哭泣。鄭和痛心地說：「你們無罪，都回家去吧，過自己的太平日子。永遠不要相互殘殺了！」

那幾個殘餘部下神情呆癡，突然，一個首領模樣的人仰天發出淒慘的長嘯：「嗚哇——」接著，所有部下都仰首向天，雙手也伸向天空，發出同樣長嘯：「嗚哇——」這呼嘯聲像垂死的狼的悲鳴，無限淒涼。他們那變形鼓脹的容貌，更令人毛骨悚然！嘯畢，幾乎是同時，所有人都把刀刃猛插入自己胸膛，全部自盡了！

實在是慘不忍睹，鄭和垂下了頭。過了一會兒，他拿著手指頭站起身，怒視卡魯，步步逼近，聲音發顫：「你、你！你！……」卡魯窘迫後退，後退，他突然大聲叫：「鄭國使，蘇干剌勾結陳祖義，罪該萬死！」鄭和怒沖沖道：「住口！蘇干剌已經死了，沒人跟你爭奪王位了。現在，不管你栽給他什麼罪名，他都無法反駁！」卡魯急匆匆道：「鄭和，請聽我說。蘇干剌確實勾結陳祖義！不光是他，你們的大明副使吳宣，也暗通陳祖義！」鄭和一怔，卻冷著臉斥道：「胡說！」卡魯隨即回頭叫了一聲：「過來！」那位肩部中箭的宮衛裹著傷上前，一頭拜倒在鄭和面前。

卡魯指著他告訴鄭和：「他是我的宮廷侍衛。昨天夜裡，我派他潛入蘇干剌營地打探。快，把你看見的稟報給鄭國使！」那人叩首道：「昨天夜裡，在下親眼看見陳祖義送吳將軍出來，他們兩個人可親熱呢。半道上，吳將軍還讓陳祖義殺死自己的隨從。」

鄭和大驚，他努力克制著自己，聲音還是異樣：「哦，我知道了。我都知道了！」鄭和說著尋望谷地四周的密林，喃喃地說：「卡魯，也許我們已經陷入陳祖義的埋伏了。」話音剛落，一

支燃燒的利箭嗖地飛來，扎進近處土中，那片土壤立刻燃燒起來。接著就聽見陳祖義揮刀大聲喊叫：「衝上去。殺光他們！」大群海盜們從林中現身，海潮般衝向谷地。海盜們早已養精蓄銳多時，個個凶猛無比。而卡魯部下和大明兵勇卻已經筋疲力竭，已不是其對手。谷地中的人群開始混亂，往後退卻。鄭和一言不發，冷靜地觀察海盜情況。卡魯怕損失加重，在旁急勸：「鄭國使，海盜人多。我們退兵吧。」鄭和冷峻地布置：「不可！結陣迎敵。大明甲士在前，陛下的兵勇在後。快！」甲士立刻盾牌相連，結成一排鐵桶陣，迎擊著海盜。這時，數支燃火的長箭連續射來。海盜不射人，而是射地面。鄭和四周的土壤竟然跳起一片火焰，並且朝各處蔓延！鄭和大驚失色。卡魯抓起一把土沫，擱至鼻端聞了聞，驚叫：「硫黃！……鄭國使，陳祖義早有布置，他們在谷地埋下了硫黃！我們、我們是站在一片火藥上啊！」頓時，所有甲士都恐懼地望著腳下地面，抬起左腳，又抬右腳，簡直不知如何是好！四周的火焰越燒越猛，不時發出爆裂之聲，谷地很快變成一片火海。許多甲士立刻被火焰纏身，鐵桶陣隨即崩潰了。鄭和見情況危急，拔刀大叫：「衝出去！」剩餘的大明甲士們奮勇衝出谷地，與海盜死戰。鄭和連連砍倒幾個衝來的海盜，回頭朝鄭餘叫：「緊跟著我！」

鄭餘顧不上回答，他和一個黑孩子正合鬥一個海盜。另外兩個黑孩子則張弓射箭，他們箭無虛發，連連射倒幾個海盜。這時候，卡魯卻領著部下且戰且退，竄入林中。立刻有眼尖的跟上去追殺。陳祖義卻喝令追殺卡魯的海盜立刻返回，不管卡魯，他命令所有部下合擊鄭和，務必生擒！

海盜們一起朝鄭和衝來。副將領著甲士們迎上前，與陳祖義血戰。副將一邊拼殺一邊急叫：「鄭大人，你快走！快走啊！」鄭和已經帶傷，眼見不走不行，朝鄭餘大叫：「走！」幾個侍衛立刻匯攏來保護，奔入了密林。陳祖義看見了，揮刀大喊：「快追！快！」身先士卒，率領一群海盜跟著衝進密林。

鄭和與鄭餘在林中奔走，身後馬蹄聲急，人聲鼎沸，陳祖義與海盜們正窮追不捨。鄭和突然立定，拉著鄭餘藏身在一堵叢林之中，屏息縮身。陳祖義領著海盜們從近處奔過，往叢林深處追趕。鄭和抬起頭，望望消失了的海盜，鬆口氣道：「兒子，怕嗎？」鄭餘心裡還在後怕，嘴裡卻硬著：「不、不……不怕！」鄭和親切地說：「只要你不怕敵人，敵人就會怕你！記著，你是男子漢，是個英雄！」鄭餘激動地重重點頭「嗳」了一聲。這時候，四周靜悄悄的，正午的陽光從樹葉的縫隙中照下來，泥地上搖晃著斑駁的樹影，鄭和與鄭餘靠得很近，鄭餘的頭髮無意間摩挲著鄭和的下巴頦，鄭和的胸口泉眼一般湧出父愛的溫情，他輕聲問：「還記得海岸方向嗎？」鄭餘茫然地搖頭。鄭和點撥他：「唔。你看看這些樹木，它們都朝一邊彎曲，這是被海風吹的。你再看那個石坡，向陽面乾燥，背陰面潮濕……兒子啊，山川草木是有靈氣的，它們都能指明方位。現在你告訴我，海岸在哪一邊？」鄭餘興奮地指向一方：「這邊！」鄭和高興地說：「完全正確！走吧。」父子倆鑽出叢林，朝海岸走去。

狡猾的陳祖義其實並沒有走遠，他判斷往海岸這條路是鄭和的必經之道，往前奔跑不見鄭和，又返身趕了回來。他遠遠看見鄭和，趕忙對邊上叫：「快來人，他們在這！」鄭和聽見陳祖義的說話聲，立刻牽了鄭餘，狂奔而去。陳祖義與海盜在他們身後面緊鑼密鼓地追趕。

捷足先登的是吳宣與部下。他們人已在海岸邊上，正望著遠處海面上停泊著的寶船。吳宣沉思片刻，舉手喝令：「發信火！」一個部下從腰間解下一支竹筒，插進沙中。那竹筒頂端有一支藥拈兒。另一個部下從懷中掏出一支竹管。他拔去上半截，便出現了一支粗粗的、微燃的香炷。他朝香炷輕吹幾下，香炷立刻變紅，慢慢燃燒起來。部下把香炷湊向竹筒藥拈，藥拈子哧哧地點燃了。所有人都退開數步等待著。一聲令人振奮的劇響之後，竹筒迸出一道火舌，它帶著嘯音直衝藍天——天空炸起一團紅色火焰。

正焦急佇立船舷邊的王景弘看見天空信火，繃緊的表情鬆弛下來。他速令身邊部下：「快蟹船出發，儘快接岸，把鄭大人他們接回來！」立刻有兩艘快船在海面急馳，眾水手整齊地劃動長槳：「喔——嘿！喔——嘿！……」快船迅速接近海岸，吳宣不等快船抵岸，就迫不及待地踏水登上快船。

快船向寶船馳去，王景弘與部下在舷邊肅立，迎候鄭和登船。快船馳到寶船邊上，卻只有吳宣與兩個副將從舷梯上來，踏上甲板。王景弘詫異地問：「噯？鄭大人呢？」吳宣痛苦地說不出話來：「唉！……」王景弘情急地問：「出了什麼事？鄭大人在哪?!」吳宣做出悲痛哽咽狀：

「鄭大人……陣亡了。」王景弘頓時大驚失色：「什麼！」吳宣顫聲道：「陳祖義勾結蘇干剌，在谷地設下了埋伏，兵勇比我們多出好幾倍！鄭大人和我血戰兩個時辰，還是不能取勝……後來，鄭大人身負重傷，我親自背著他突圍。陳祖義趕上來了，我放下鄭大人，迎戰陳祖義。鄭大人倒在地上，連聲令我『快走，快走！』唉，我雖然殺退了陳祖義，卻看見、看見海盜們把鄭大人給拖走了！」

王景弘感到一陣冷意，牙齒顫抖地問：「什麼？鄭大人被俘啦！」吳宣說是。王景弘說：「這、這麼說，他很可能還活著！可你剛才說他陣亡了呀？」

吳宣知道自己胡編亂造之中一不小心說漏了嘴，他頓了一下，鎮定著自己，然後改口道：「鄭大人傷勢極重，難以支持啊……再說，以鄭大人的心性，絕不願落入陳祖義之手。」王景弘呆住了，淚水直落，吶吶地說：「是啊，是啊……」許久，他醒過神來：「鄭大人可有什麼交代？」吳宣沉痛地說：「鄭大人令我接掌船隊，立刻起航，離開蘇門答臘，前往魯古里國休整。日後，回航殲滅陳祖義！」

王景弘心存疑竇，但他不能表現出來，只得一言不發。吳宣反過來勸戒：「王大人，事到如今，我們當以大局為重，稟遵鄭大人遺命，馳離險地，前往魯古里。」沒想到王景弘固執地說：「不。鄭大人生死未定，我們不能就這麼走了！」吳宣臉上布上了誇張的驚訝：「岸上到處是敵人，我們哪有力量再戰？再說，陳祖義可能乘虛來襲。」王景弘不為所動，堅定地說：「吳大

人。我意——派些人摸上岸去，探聽消息。船隊原地不動，提高警戒，等候三天。」吳宣心裡不情願，但也懂欲速則不達的道理，於是做了退讓：「也好。不過，三天之後，如果沒有鄭大人的消息，船隊必須啟航南下。」王景弘頷首同意。

這時候，鄭和牽著鄭餘還在密林中踉踉蹌蹌地奔逃。畢竟人到中年，他的體力漸漸不支，後面，海盜們大叫大嚷地追趕著，聲音已經越逼越近。鄭餘也不行了，身體搖搖晃晃地隨時可能跌倒。鄭和喘息著鼓勵：「兒子，堅持著！海岸快到了。快，快！」他們互相攙扶，終於奔出密林，終於，眼前展現出一望無際的大海。然而面對開闊的大海，鄭和反而軟了下來，因為遠近海面，根本不見船隊蹤影。他無力地靠在樹身上，絕望地喘息。鄭餘驚慌地問：「爸……船隊呢？」鄭和說：「也許離開了……不！他們不會離開，是我們跑錯海面了。」

但一切已經無濟於事，身邊突然響起一陣令人毛骨悚然的冷笑，陳祖義領著幾個海盜，兩面包抄過來。鄭和一把抓住鄭餘，欲跑，卻被兩個海盜攔住了去路。於是他把鄭餘緊緊地摟在胸前。

陳祖義提一把寒亮的長刀，微笑著步步上前，得意地說：「國使大人，久違了！您還認得我嗎？」鄭和冷冷地說：「這怎麼忘得了，你不就是那個『赴考書生』嘛。」陳祖義放肆地大笑：「哈哈，讀書哪有殺人快活呀！啊？我這個狀元，不是考出來的，是殺出來的！」鄭和悔恨交加：「陳祖義，你惡貫滿盈！大明將士，早晚會把你正法！」陳祖義油滑地說：「那是將來的事。現在嘛，你可是在我手裡，我要用你換幾條巨船。哦，大明的寶船確實不錯。簡直就像是為我混海龍打造的。」鄭和咬著牙道：「休想！」陳祖義橫刀上前：「跟我走吧。」鄭餘跳上前護在鄭和胸前，口中罵道：「狗海盜，你滾開！滾開！」

陳祖義問：「這臭崽子是誰？」鄭和不語。鄭餘大叫：「我是皇上親封的鄭百戶。是鄭和兒子！」陳祖義樂了：「太監也有兒子？哈哈……樂死我了！不過，留你沒用。砍了！」

海盜執刀逼上前。鄭和緊摟著鄭餘怒叫：「陳祖義，你要殺就殺我，放了我兒子！」陳祖義再喝：「砍了！」

就在這千鈞一髮之時，空中突然落下一隻巨大的椰子，狠狠地砸在陳祖義頭頂，他搖晃幾下，昏然倒地。海盜們大驚，朝樹上望去。樹上連連射出幾箭，直中海盜胸前，他們慘叫著，非死即傷。鄭和驚訝地抬頭尋找。眼尖的鄭餘大叫道：「是我黑兄弟！嗨，哈魯，扎克，亞嘎爾！」周圍樹上靈猴般跳下三個小黑孩子，他們顧不上說話，齊心協力揮刀猛砍剩下的兩個海盜，那兩個海盜掉頭狂奔而去。為首的黑孩子對鄭和道：「哈烏兒，快上船。」鄭和詫異地看著洋面，水面上什麼也沒有，他奇怪道：「船在哪？」扎克指著海邊告訴鄭和：「礁石下面，有一條小船，快呀！」

鄭和拉著鄭餘朝海邊飛奔，一群海盜從林中衝出來，瘋狂地往前追。鄭和他們動作迅捷，在海邊和黑孩們一起，把一條小船推進海水。海盜們追來了，為首的黑孩大叫一聲，迎上去揮刀抵

擋。其餘的兩個黑孩子再次射箭，又射殺兩人。鄭和與鄭餘則全力以赴地拼命推船，終於把船推進了海水。他朝黑孩們大叫：「快來！快來！」三個黑孩卻陷入了惡鬥之中，他們左右招架，無暇脫身。遠處，更多的海盜從林中趕來了。

鄭和只能無奈地呼喚鄭餘上船，鄭餘痛苦猶豫：「爸……他們呢？」

鄭和怒叫：「上船！」鄭餘只得踏進小船。父子兩人抓起木槳，拼命朝深海划去。後面，三個留在岸上的小黑孩子像靈猴一樣，在海盜中間跳來跳去，拼命抵擋，他們想方設法糾纏著海盜，不讓他們接近海面。

小船在海面上行進，岸上的殺聲陣陣，傳進鄭和鄭餘的耳朵。鄭和咬緊牙關，面如青鐵，奮力搖動長槳。而鄭餘一面划槳，一面望著岸上，哽咽垂淚。

岸上的陳祖義醒了過來，他搖搖晃晃來到廝打現場，朝海盜大罵：「笨蛋！跟這些黑崽子鬥什麼，快去抓鄭和！」但他們的船沒有停在這裡，他們只能跟著陳祖義衝進海水，嘴裡呱唧呱唧地胡言亂語著，拼命游著追趕遠去的小船。然而小船已經距陳祖義越來越遠，它像一片椰樹的葉子，一陣浪來，就隨波逐流，瀟灑地漂向遠方。

筋疲力盡的陳祖義終於往回游了，他望著遠去小船破口大罵：「鄭和，你等著，咱們還會見面的！」

鄭和面色冷峻，發出低低的鏗鏘之聲：「當然！」

第二十九章

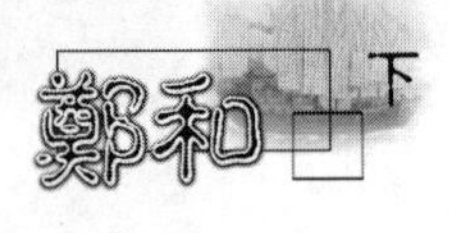

鄭和與鄭餘在小船上吃力地搖槳，動作越來越慢，體力漸漸不支，但他們別無選擇。四周是海天茫茫，沒有一片帆影，而且天色也正在暗下來。晚霞緩緩後退，像後宮那些爭寵的佳麗從皇上身邊離開那樣戀戀不捨，但它與燦爛的白天終有一別，而繼之而來的夜幕，又像一張大網那樣不動聲色地籠罩下來，因為知道自己無可抗拒，所以它顯得舒緩自在。

終於，天完全黑了下來，海面上只有黑綢緞般的光澤隨波濤閃爍。鄭和知道再費力就是盲目了。他扔了船槳，對鄭餘說：「兒子，不必划了，休息吧。」

他那努力鎮定的聲音含有絲綢般的質地，在夜晚空曠寂寞的大海上顯得既威嚴又慈愛。鄭餘聽話地放下木槳，打量動蕩飄搖的洋面，眼裡生出一絲恐懼。他輕聲問：「爸，這是哪裡啊？」

鄭和沉默片刻，決定還是把真相對兒子說明，他沙啞地回答：「我們陷入了海流，離陸地已經很遠了。」鄭餘驚慌地問：「船隊在哪？」鄭和溫和地說：「現在，兒子……我也不知道了。」

一陣海風吹來，鄭餘打了一個寒顫：「那、那我們趕緊划槳，找船隊去！」

鄭和心疼地望著鄭餘，告訴他：「兒子啊，我們是在海流裡。光靠兩支槳，是划不出去的。甚至可能越划越遠。」鄭餘驚慌地問：「那我們怎麼辦？」鄭和沒有回答，而是一招手：「坐到我身邊來。」

鄭餘跨過船上橫檔，坐到鄭和身邊，緊緊依偎著他。鄭和慈愛地拭去鄭餘臉上的鹽斑，低聲道：「兒子啊，現在我們什麼都不必做，只能隨波逐流了。我們可能會漂很久，兩天、三天，也許五天、十天，直到有人發現我們。」鄭餘在鄭和懷裡打了一個哆嗦：「要是永遠沒人發現我們呢？」

鄭和再說不出話，只能摟緊鄭餘，他的眼中已經盈滿淚水，卻不是為了眼前的處境，而是因為，在這樣的處境中，他有一個信任他、依靠他，以他為榮的兒子，和他待在一起。他對命運，竟然產生了一種感激的心情，他的眼眶裡，盛的是感激的淚水。

鄭和失蹤後，王景弘一直站在舷邊，心急火燎地凝望遠處的海岸。他站得幾乎麻木，在期盼中備受煎熬，因為吳宣一直在注視著他。吳宣看似在甲板上來回踱步，其實他不時地偷偷側目王景弘，兩人都知道對方在注意自己的一舉一動，各自忍受難堪一言不發。

總旗官領著兩個哨探快步走來稟報，王景弘急忙問：「怎麼樣？有鄭大人消息嗎？」哨探道：「稟大人，在下深入內陸五十餘里，沒有發現鄭大人任何蹤跡，也沒有打探到鄭大人的消息。」緊張不已的吳宣，暗中鬆了口氣。王景弘沉聲問：「那麼，陳祖義及其海盜呢？」哨探說：「卡魯王集重兵大舉攻殺，海盜們都被殺出了境外，陳祖義生死不明。」王景弘擺手道：「歇息去吧。」

哨探退下，王景弘緊張地思考著。吳宣因為拼命壓抑著內心的激動，臉上竟有些酡紅。他上前道：「王大人，今日已經是第三天了。事到如今，我們再守在這裡毫無意義了，還是起航吧。」王景弘失神地說：「就這麼走了，怎麼對得起鄭大人呢？」吳宣正色道：「王大人，我是皇上欽命的第一副使。鄭大人臨終前，也對我留有遺命，令我接掌船隊，繼續巡使西洋。難道，你對此有什麼疑慮嗎？」

吳宣的聲勢令王景弘一怔，他別無它法，只能說：「沒有。」吳宣斷然道：「那好。我決定，船隊即刻起航！」但王景弘找到了一個藉口：「吳大人，請看看天色——太陽就要入海了，為何不等到天明再決斷呢？」

吳宣看一下變暗的天色，知道自己急迫得失態了，微窘道：「哦，那就明天起航吧。」說罷掉頭離去。王景弘望著他的背影，心情越發沉重。他轉過身問侍衛南軒公在哪，侍衛指指船尾，王景弘來到船尾，看見南軒公正坐在那裡獨自飲酒，一碗接著一碗，已經喝得醺然大醉。

王景弘從南軒公手中奪過酒碗，自己仰面飲盡。之後長吁一聲，沮喪落座：「南公，你都聽到了吧？」南軒公沙啞地說：「聽到了。鄭大人不在了，他吳宣就大權在握，想獨掌船隊！」王景弘失魂落魄地說：「船隊也不能再等了，明天必須起航。」南軒公醉醺醺道：「哼！照我看，活要見人，死要見屍。既然人和屍都沒找到，鄭大人就是生死未卜！」王景弘也有此意，但他很為難：「可是……如果我跟吳宣翻臉，水師上下就可能激起動亂，甚至是兵變。」南軒公嘆了口氣：「只要吳宣獨掌大權，您以為還會有太平麼？」王景弘低聲道：「還有一策，南公，臨行前，皇上賜我一道御林鐵券密旨，船隊如發生意外，我可以出示此券，令船隊即刻歸國。」

真是天外有天，山外有山，螳螂捕蟬，黃雀在後。南軒公深感意外，他愣怔一下：「哦？不過，你們現在是離國萬里。將在外，君命有所不授。他吳宣會聽從你的命令嗎？」王景弘發怒道：「這是聖旨，他敢不從?!」南軒公搖頭道：「但願如此。王大人，老夫也有一事稟報。船隊歸航後，恕老夫告辭了。」王景弘大驚：「南公。你？……」南軒公心灰意冷地說：「我本來就是衝著鄭大人上船的。鄭大人不在了，我也不想在船上待了，我老啦……」王景弘焦急地挽留：「南公，請您千萬別走，您得助我一臂之力啊！歸國後，我將奏請皇上，重重地獎拔您！」南軒公絲毫不為所動，他淡然道：「抱歉了，王大人。我並不認識你們的皇上，我只認識鄭和。」

王景弘呆怔無語。

鄭和與鄭餘互相依偎著，躺在隨波逐流的小船內，臉朝著無邊的星空。鄭和問：「想什麼呢？」鄭餘指著天空癡癡地說：「北斗星下面，就是我們家吧？」

鄭和就睜大眼睛望著北斗星，說：「是啊，無論我們漂到哪裡，北斗星都會跟著我們，家也在跟著我們。」鄭餘的鼻子酸酸地想流淚：「我好想媽媽……」

鄭和馬上安慰他：「你媽也在想我們呢，她在等我們回家。兒子啊，相信我，我們一定能回去，全家團圓！」鄭餘拭去終於滾落下來的淚珠，重重「嗯」了一聲。

鄭和沉默片刻，又開口了：「兒子，爸以前跟你說過，水手們在最艱難的時候，為了活命，甚至不得不喝自個的尿，喝死亡弟兄的血……這事，你還記得嗎？」鄭餘說：「記得。」鄭和顫聲道：「爸命令你。如果爸死了，你就咬開爸的血管，喝下爸的血！千方百計活下去……」鄭餘

驚恐得一把拉住鄭和，尖叫：「不——」那聲音不像是從他的體內發出來的。

在這樣的生死關頭，鄭和無法顧及兒子的情緒了：「這是命令！你必須這麼做，你必須活下去！你只要喝下爸爸的血，爸也就活在你身上了。我們永遠不會分離……」

鄭餘猛地坐起——卻不慎將木槳碰落，但兩人誰都沒有察覺。鄭餘怒氣沖沖地朝鄭和發火：「不！絕不！那不是人，那是野獸！我寧死也不當野獸！」他從來敬畏父親，這是他一生中第一次對父親真正發火，也許是唯一的一次。

鄭和呆呆地看著鄭餘，心中是沉甸甸的感情，自己無法生兒子的他，真的愛這個兒子，如今更愛了。那是一種難以描述的感情，用任何語言來形容都會感到欠缺。他忍不住用親昵的語氣說：「爸的寶貝兒子，你說得對，那確實是野獸行徑。唉……大海無情，經常把人逼成野獸哇。」

鄭餘一頭扎進鄭和懷裡，失聲痛哭：「爸呀！爸……嗚嗚。」鄭和含淚撫摸著鄭餘，向兒子檢討：「好了，好了。爸剛才說錯話了，爸請你原諒。爸發誓，一定把你帶回家。」說著也坐了起來，他的頭一偏，忽然，看見海面上有燈光！他指著海面驚喜地叫：「兒子，你看！」

遠處，黑黝黝的海面上浮現著數盞燈火。鄭餘拭淚，不解地問：「是星星嗎？」鄭和激動地說：「那不是星星，是船桅上的信燈！兒子啊，船隊把所有的信燈全部點亮了，他們希望我們看見，他們在等我們回去呀！快划槳！」鄭和抓起身邊槳葉，拼命划起來。鄭餘趕緊抓自己的槳，卻一把抓空。他四下裡望望，沮喪地告訴鄭和：「爸，我的槳被海水帶走了……」

鄭和心裡一驚，這種時候再丟了工具，不啻雪上加霜。但他只有安慰兒子：「有我呢！」他忽然渾身是勁地拼命划槳，鄭餘則站在他身邊朝遠處喊：「噯——我們在這！噯——把船開過來！」鄭和笑著制止他：「別喊了。他們聽不見。」鄭餘也來了勁，臥到船舷邊，把手伸進海水，猛烈地划動著。同時激動地叫：「爸，快呀，快呀！」

鄭和掉換手臂，拼命划動槳葉，船邊浪花四濺！猛聽咔嚓一聲，木槳竟然斷了。鄭和拿起半截木棍看了看，憤怒地扔掉。兩人雙雙發呆，誰也不說話。

過了一會，鄭餘再看看遠處燈火，發現它們竟然消失了。他四顧驚叫：「爸，船開走了！」鄭和搖搖頭：「不。它們沒有開走。海上起霧了。」

鄭餘看看夜空，連北斗星也消失了。他顫聲問：「我們怎麼辦？」鄭和平靜地說：「我們沒有方向，也沒有槳，那都動不了啦，只能等待天明。」

天亮了，海面上仍是一片霧靄。

寶船甲板各處，密布甲士，如臨大敵。一排號手在舷邊吹響海螺。一個總旗官高聲喝道：「奉吳將軍令，各船總旗以上文武官員，齊至寶船聽命！」吳宣精神抖擻地挺立在甲板中央，注視一個個水師部下登上舷梯，在甲板上聚集列隊。他們依次向吳宣參拜：

——水師副將陳國忠，拜見吳將軍。

——水師千戶劉大明，拜見吳將軍。

——戰船總旗宋二虎，拜見吳將軍。

——馬船監軍侯景山，拜見吳將軍。……

王景弘立於吳宣側後，表情沉重地觀看著。南軒公則在總舵艙中打點行裝，甲板上的傳報聲隱隱入內，他側耳傾聽片刻，失意嘆息。他走到那尊浮水羅盤前，想要拿，卻又猶豫著放棄了。他回到行李前，脫下大明官服，開始更衣。他望著地上的官服，這還是鄭和給他的！於是錐心地想到，這輩子，也許再也見不到鄭和了。其實這時的鄭和正在小船裡摟著昏昏睡去的鄭餘，呆呆看著四周大霧。海浪聲輕輕拍響，彷彿與世隔絕的雲山霧海當中，傳來陣陣螺號聲！鄭和猛推鄭餘：「兒子，快醒醒……你聽！」鄭餘驚醒，人卻朦朧著：「螺號！」鄭和顫聲道：「聽見了吧，他們就在前面，不到二十丈，快划！用手划！」父子倆撲到舷邊，用手掌拼命划水。

大約一頓飯的工夫，大霧突然消失，小船從雲山霧海之中脫穎而出，而巨大的寶船船身彷彿從天上掉下來的，赫然出現在他們面前，相隔僅數尺！小船哐地一聲撞在寶船船身上，隨即又彈開了。鄭和一把抓住船身垂掛的繩索……

寶船甲板上，已漸衰老的書記官捧著一隻黃綢包裹蹣跚地走到文案前坐了下來。他還是一絲不苟地從懷中抽出淨帕，象徵性地揩拭右手，再揩拭左手。最後恭敬展開黃綢包裹，現出那幀厚厚的《航海日誌》，提筆待命。

吳宣趾高氣揚地說話：「開錄。永樂十二年三月初三，大明正使鄭和率船隊抵達蘇門答臘，平定該國內亂。逆賊蘇干剌勾結海盜陳祖義，伏擊大明水師。鄭國使及副使吳宣，率軍奮勇交戰，斬殺盜賊惡寇無數。血戰之中，鄭國使傷重而亡，壯烈殉國！」

口授聲中，書記官揮筆如飛，迅速記錄。

口授聲中，南軒公著百姓服色，提著藍布包裹步出艙門，獨自朝舷梯走去。他一眼也不看甲板上的莊嚴陣勢。王景弘看見南軒公離去，欲言又止，無奈而嘆。

吳宣繼續說道：「大明第一副使吳宣，謹遵皇上預定旨意，繼任大明正使之職，接掌船隊。本使誓將剿滅逆賊，為鄭大人報仇雪恨。同時，稟承鄭大人遺命，繼續巡使西洋。盼各級文武，和衷共濟，萬眾一心，不負皇恩，完成巡洋大業。此命！永樂十二年三月初八。」

所有的官員齊齊折腰，大聲說：「拜見吳國使！」

寶船下，鄭和抓住船身繩索，用力拉扯著，使小船靠上了舷梯。他一步跳上舷梯，回頭把鄭餘也拉了上去。鄭餘緊緊抱住鄭和，這時他的眼淚嘩嘩往下落，哽咽難言。父子兩人完全癱瘓了，歪倒在舷梯上，一步也動彈不得。歇了一會，鄭和沙啞地呼喚鄭餘上船，他扶起鄭餘，步履虛弱地登上舷梯。剛剛上前兩步，猛見南軒公出現在面前。雙方目瞪口呆！

南軒公立刻擲掉包裹……包裹落進海裡，轉眼就不見了蹤影。他一把抱住鄭和，欣喜若狂：「鄭大人……你回來了！你可回來了！」鄭和也緊摟著南軒公，恍若在夢中：「我回來了，回來了……」南軒公激動地說：「真是天意呀。天意呀！」

鄭和聽見甲板上隱隱傳來吳宣的聲音。頓時警惕地問：「南公，船上在幹什麼？」南軒公急忙告訴他：「吳宣召集眾將，宣布皇命……」鄭和吃驚不小：「什麼皇命？」南軒公氣呼呼道：「他說你死了，壯烈殉國，由他繼任大明正使！鄭大人啊，吳宣在奪你的權！」

鄭和疑定，眼中慢慢蒙上一層冷森森的光澤。

而舷梯上方的吳宣哪裡知道底下發生的事情？他以為大局已定，莊嚴地朝部下道：「本使仍將厲行鄭大人生前所立的水師軍紀。抗命者，副將可斬千總，千總可斬總旗，總旗可斬百戶。一級斬一級，概無寬容！」所有官員聞言凜然，齊應「遵命」。吳宣發布命令：「聽令。各部速回本船，整頓航具器械。起錨升帆，待命出航。」吳宣話音剛落，王景弘上前高聲阻攔：「慢著。」吳宣畢竟心虛，如驚弓之鳥一驚，盯著王景弘：「哦？王大人還有話說？」王景弘沉聲道：「有。但不是我的話，而是皇上的密旨！」吳宣一怔，冷冷地開口：「請。」王景弘解開胸襟，從懷中掏出御林鐵券，高舉著朝官員們叫道：「看！」幾個官員抬頭一看，驚得脫口而出：「御林鐵券……」王景弘高聲說：「皇上有旨，『見鐵券者，如聞朕聲，如臨朕面！』」

幾個文武官員情不自禁地跪下了。王景弘又對吳宣說：「吳將軍，列位官員。臨行前，皇上曾親至天元艙，當面賜本職一道密旨，『船隊如發生意外，立刻出示御林鐵券，統領全部戰船，即刻歸航，把船隊帶回大明。』現在，本職奉旨發令，解除吳大人所頒布的所有航令！由本職暫理水師總兵官之職，統掌所有船隊，返航歸國。各級文武，必須嚴守此令。抗命即是抗旨，斬無赦！」

官員們惶恐地看看王景弘，又看看吳宣，不知如何是好。吳宣則緊張地思考著。王景弘怒喝一聲：「聽見嗎？」大部分官員參差應道：「遵命。」吳宣卻冷冷一笑，問王景弘：「王大人哪，敢問這枚御林鐵券從何而來？」王景弘正聲道：「皇上親手交付本職！」吳宣說：「可是，本使從未聽說過此事。」

王景弘微笑道：「自古天意高難問。你當然不會知道！」吳宣憤怒地問：「那麼鄭大人知道麼？」王景弘渾身一顫，難言地答：「他……他也不知道。」鄭和其實已上了舷梯，掩於炮臺後面傾聽著，王景弘的話使他一陣暈眩，人搖搖晃晃起來，南軒公趕緊扶住了他。

吳宣卻是抓住了見不得人的把柄一樣，厲聲斥責王景弘：「鄭大人是皇上欽命的大明正使，水師總兵官。二十多年來，他跟隨皇上出生入死，皇上視他為心腹膀臂！而如今，你竟敢狂言，說皇上根本不信任鄭大人，卻獨獨信任你嗎?!」

王景弘張口結舌，一時竟答不上話：「我、我……我不是這意思。」吳宣見擊中王景弘的要害，口氣如雪上加霜，更嚴厲了：「且不問你是什麼意思，先說你是個什麼東西！人家鄭大人跟著皇上血戰中原的時候，你還是建文宮廷裡的小太監呢，只會替朱允炆倒尿盆。那時你就背叛了自個的主子，暗通鄭大人。後來，又是鄭大人的推薦，你才成為大明副使，跟著咱弟兄們出海。如今，鄭大人殉國了，你突然掏出個鐵券來，把鄭大人也背叛了！王景弘啊，你們當太監的，就這麼喜歡背叛來背叛去嗎?!」

這話揭了太監的短，直接卻是揭了王景弘的短。眾官員聽了這話，好像突然認識到了自己不是太監的高明之處，忍俊不禁，內容豐富地吱吱嘎嘎笑成一片。舷邊暗處，鄭和已經痛不可當。他渾身顫抖，不忍再視王景弘一眼。王景弘自己也是羞憤難當，語不成聲：「你、你……你放肆!你、你……抗旨。」

吳宣圓睜兩眼大步上前，一把扯下了王景弘胸前的御林鐵券。怒喝：「來啊，把這個矯旨欺君、悖主賣友的狗太監拿下了!」立刻衝上兩個副將，親自動手按定王景弘。王景弘掙扎著怒叫：「放開，放開我!」吳宣面朝官員們沉聲宣布：「各部聽令，我以大明正使之名，解除王景弘所有官職，留待日後詳審嚴辦!現在，本使再度頒布航令……」

在此千鈞一髮之時，旁邊傳來沙啞而熟悉的聲音：「好神氣啊吳宣!你要是大明正使的話，那我是誰啊?!」

吳宣轉頭一看，頓時呆若木雞。鄭和不再看他，昂然走上前來。

所有的文武官員如見天神，驚訝萬分，甲板上響起顫抖得不自然的聲音：「鄭、鄭大人?……鄭大人!」官員們湧上前去，激動跪拜：「鄭大人，您不是?……您可回來啦!」

鄭和被激情包圍著，胸中情感悄悄回暖。他衝大家微笑道：「我回來了，回來了!」他幽默地加了一句：「哦，就衝著吳大人那份心意，我豈能不回來?!」

說話時仍然不看吳宣一眼。

孤獨立於一旁發呆的吳宣，聽了這話趕緊滿面堆笑迎上前，深深一拜：「下官拜見國使大人！鄭大人哪，二龍溝一戰，下官以為您……唉，下官曾經翻天覆地尋找您，萬般無奈之下，下官才、才以大局為重……」鄭和憤怒地打斷他：「吳宣，你叛國投敵，勾結陳祖義，將水師弟兄引向絕境。現在，你又趁本使不在，矇騙各部，製造兵變，篡奪船隊大權。你真是心狠手辣，喪盡天良啊！來人啊，將逆賊吳宣拿下！」

一陣風一陣雨，眾官員一時如在雲裡霧裡。他們都待立不動，沒有作出反應。鄭和發怒，再次大喝：「拿下！」

下面立刻衝上來大群侍衛，將吳宣死死按定。吳宣連聲怒叫：「鄭和，我是皇上欽命的副使，你豈敢對我放肆？你、你欺君擅權，皇法不容！」鄭和厭惡地揮手道：「押進底艙。」像驅走了一隻討厭的蒼蠅。

侍衛們將吳宣強行押走，眾文武膽戰心驚，不敢出聲。鄭和從甲板上拾起那枚御林鐵券，默默看著，表情痛苦。王景弘上前深深折腰，顫聲泣道：「鄭大人，我、我……」

鄭和向他伸出手——那枚繫著黃絲索的鐵券垂落，在王景弘面前搖晃不止。鄭和不掩飾自己的冷淡：「拿著。」王景弘顫聲叫：「鄭大人……」鄭和厭煩地說：「拿著！」王景弘跪下，雙手接過去，垂首飲泣。

鄭和掉頭離去，步履不穩。走開沒幾步，便昏倒在甲板上。官員們蜂擁上前，一片聲亂叫著，把鄭和抬進內艙。

鄭和躺在軟榻上歇息。忽然聽到有動靜，側眼一看，王景弘入內，默默跪在榻前，雙手捧著那枚鐵券遞給他：「下官恭請鄭大人，執掌御林鐵券。」鄭和故意不說話，涼他一涼，好一會，才冷淡地說：「皇上是給你的，不是給我的。」王景弘急切地說：「下官懇求鄭大人執掌！」鄭和口含譏諷：「如此聖物，豈能私相授受？那可是悖旨啊！景弘，我已經說過，你繼續執掌鐵券。該出示它時，你只管出示。你可以相信，只要你拿出它來，我定會遵奉旨意。」

王景弘捧著鐵券，哭出聲來：「這件事……我早就應該稟報你。」鄭和重重嘆出一口氣：「不必。我了解皇上的心思。無論多麼忠誠的臣下，皇上也要有所制約。天子之道，恩威並用嘛。皇上之所以選中你王景弘，就是看上了你的厚道。請起來吧。」

王景弘起身道：「既然如此，下官從命。」

鄭和換了平和的口氣：「景弘啊，我已經知道。在我失蹤期間，你敢於對抗吳宣，不讓船隊起航。這件事，做得好。」

王景弘鬆了口氣，說：「請國使示下，如何處置吳宣？」鄭和眼中冒火：「這還有什麼可問的？叛國投敵，當眾正法！」王景弘猶豫地說：「吳宣確實罪該萬死。不過，皇上給在下立過嚴旨……」鄭和讓王景弘快說。王景弘道：「皇上原話是，『只要鄭和與吳宣兩人有一人喪命，則不問緣由，即刻歸航。』」

鄭和心裡輕嘆，但沒有表現出來，問：「那你的意思呢？」王景弘說：「在下的意思是，鄭大人如要繼續巡洋，就不能殺吳宣。」鄭和心裡不痛快，但也只能苦笑笑：「景弘，你可是執法如山哪。」

王景弘垂首愧顏道：「在下無奈，請鄭大人見諒。」鄭和默想一會：「好吧，我不殺他。但我也不能留著他，此人只要在船上就是禍害！哦……我自有辦法了，不讓你為難。」

王景弘放下吳宣之事，又道：「還有一事，要請鄭大人示下。船隊何時起航？航向何處？」鄭和道：「即刻起航，繞蘇門答臘海岸巡視。」王景弘疑惑地說：「稟鄭大人，陳祖義早就逃離開蘇門答臘了。」

鄭和搖頭：「我不是找他，是找幾個小兄弟。」他的聲音充滿了感情。

寶船遵照鄭和的意思，沿著蘇門答臘海岸緩緩行駛。船首處，兩個水手不時往天空射出一支支火箭，向岸上發示信火。鄭餘一直站在高高的桅頂瞭望臺上，焦急地向岸邊觀望。鄭和也支撐著虛弱的身體走出大艙，步上高臺，默默地注視著岸上的密林。密林隱約如一個方陣，但那裡死一般寂靜。

鄭和沉聲問當值總旗：「巡視多久了？岸上可有什麼動靜？」總旗官道：「稟鄭大人，我們已經巡視兩個來回了。沒有發現任何動靜。」鄭和嘆道：「再巡視一次吧。如果還無動靜，就轉航西南。」

船隊繼續巡視，岸上密林中恰在此時冒出一縷細煙。桅頂上，鄭餘指著那處密林，狂喜地大叫：「是他們，他們還活著！嗨，哈魯，扎克，亞嘎爾！」鄭和正欲回內艙，此時趕緊回頭，眺望岸邊，頓露歡容，令總旗官：「快！派船接他們回來。」

總旗官派出的快蟹船破浪前行，直馳岸邊。眾水手齊揮槳葉。鄭餘立於船首，連聲急叫：「快！快！」船快要接岸時，鄭餘一個箭步躍下，朝林中奔去。沿途喊著：「哈魯，扎克，亞嘎爾！你們在哪兒？」隨著喊聲，兩個小黑孩扶著一個重傷的黑女孩，搖搖晃晃，艱難地步出密林。鄭餘大叫著迎上前，抱住其中個子最大的男孩，激動萬分：「扎克！可把你們找到了。」扎克泣道：「鄭公子，我們一直在等你。亞嘎爾說你一定會來接我們的。」

幾個跟過來的水手把三個黑孩背在身上，登上甲板後，輕輕放下。鄭和快步迎上去，一把摟住年歲最小的亞嘎爾，她的髮型和衣服完全像一個男孩。他激動地輕喚她：「亞嘎爾，你們可回來了。好好！回來就好哇！」女孩抽泣著說：「哈烏兒，我好想你。」鄭和沉默片刻道：「孩子們，你們是我和鄭餘的恩人，是大明的英雄！我鄭和發誓，早晚有一天，我要把你們送回家鄉，讓你們和自己的爹娘團圓。我發誓！」

三個黑孩跪下謝鄭和。鄭和吩咐鄭餘，領這些小兄妹們去更衣，療傷，吃飯。從今天起，把他們幾個都換到官艙居住。鄭餘歡歡喜喜地答應了。王景弘匆匆過來找鄭和：「鄭大人，您來看。」鄭和起身快步走到舷邊，看見海面上遠遠馳來一艘宮廷船，王景弘說：「估計是卡魯。」

宮廷船很快馳近了，船首，果然站立身著盛裝、喜氣洋洋的卡魯王。鄭和冷蔑地看著，憤憤迸出一個字──「請！」言罷，他甩袖而去。

鄭和在大艙內接待卡魯王，他端坐在帥位上，兩旁侍衛排立，王景弘立於一側。鄭和身邊的龍案上，擱著一隻小包裹。卡魯王領著一個老臣進來，恭敬地折腰行禮：「蘇門答臘王卡魯拜見大明國使。」鄭和起身施禮道：「陛下請起，請坐。」卡魯落座道：「多謝。」

鄭和望著卡魯，言語中微含諷意：「陛下，蘇干剌死了，再無人跟你爭奪王位了，本使恭喜陛下如願以償！今後，你可以獨掌蘇門答臘了。」卡魯卻是要想含蓄都做不到，他的臉上明朗如春，說：「這都是國使大人的恩典呢！要不是鄭大人主持天道，相助本王剿除叛逆，本王豈有今日的太平？為感激鄭大人對蘇門答臘的護國之恩、救難之德，本王已經下令，在國門前為鄭大人修築一座神廟。從今往後，吾國吾民，世代祭祀鄭大人！」鄭和驚訝道：「神廟？」

卡魯笑著肯定地說：「是啊！」鄭和馬上道：「陛下如此厚愛，本使感動不已！但我只是個奉旨巡洋的太監，是人，不是神，也萬萬不敢被人當成神。陛下一定要建廟的話，只能建永樂廟，以感激大明永樂皇上的天恩。否則的話，陛下就是害我。害得我不但當不了神，連人都做不安生。」他的口氣相當冷淡。卡魯怔了一下，點頭道：「遵命。」

鄭和眉頭鎖著，慢慢掀開包裹，現出那隻乾枯的手指頭，他問卡魯：「蘇干剌的父親到底是

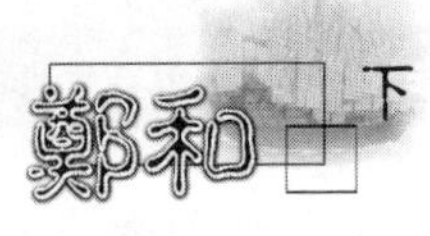

怎麼死的？」卡魯沉吟不語。那個大臣上前叩道：「稟大明國使，蘇干剌父親是病亡的。」

鄭和憤怒擊案，那個斷指竟被擊得跳起來，嗔：「哼，如今還這麼說話，真是令人髮指！」卡魯與大臣俱沉默不語。鄭和逼視卡魯：「陛下，人孰無過？知過便是向善。陛下能瞞得了一時，還能瞞一世麼？能瞞得過世人，還能瞞得過佛祖麼？」卡魯終於喃喃地說：「蘇干剌父親……是被宮廷衛士殺死的。」

鄭和痛心長嘆：「你不但害死了他父親，還殺死了蘇干剌！你斬草鋤根，心狠手毒啊！」

大臣撲地跪下認罪：「國使大人，蘇干剌父親是老臣率領衛士們除掉的，與陛下無關。事後，也是老臣與眾臣一道，強行將陛下推上王位！國使大人如要治罪，請殺老臣。」鄭和恨恨地說：「弒君篡位，天理不容！」大臣顫聲叩道：「國使大人，請您為蘇門答臘想一想。蘇干剌父親是漁夫出身，根本不會治國啊！他在位時，顛覆朝綱，擅改政令，竟然把當朝臣工統統降為賤民，趕出宮廷。卻把僧侶們請入宮來，入主朝政。他自己每日煉丹拜佛，乞求長生不老之術，把宮廷搞得烏煙瘴氣，把國家搞得民不聊生。臣工們為了強國富民，不得已才廢掉他的啊！敢問國使大人，永樂王朝從何而來？不正是因為建文帝朱允炆禍國殃民，永樂大帝萬不得已，才起兵靖難、推翻建文，創建永樂王朝的嗎?!下國之所為，也正是效法大明上國啊。」

此話落地有聲，鄭和無言以答。卡魯嘆息道：「鄭大人，漢人有句老話。『賢者為君，愚者為寇』。一個不配做國王的人做了國王，肯定是誤人誤己誤國。說到底，是王位害死了他！鄭大人啊，本王雖不敢自稱為賢君，但起碼要比蘇干剌父子明智得多。本王絕不會認敵為友，勾結海盜陳祖義；也永遠不會忘恩負義，悖反大明！」

鄭和沉思默想片刻，也只得認可了眼前的事實。他低語道：「取玉牒金冊。」

王景弘親自捧著銀盤上前，盤中放著一幀金冊，一份敕書。鄭和起身接過去，昂然道：「卡魯聽宣。本使奉大明永樂皇帝御旨宣布，蘇門答臘先王因病殯天而去，敕封卡魯為蘇門答臘國王，並傳諭中外，廣告四海。盼陛下行仁義，施德政，洗兵馬，息干戈，創建太平盛世！」

卡魯激動地跪地，接過敕書金冊，大聲道：「本王尊奉大明為天朝上國，永世和睦，共用太平。」

鄭和扶起卡魯，對他說：「本使還有兩事相請。」卡魯忙說：「請國使大人吩咐。」鄭和說：「一、厚葬蘇干剌，寬恕其部屬；二、協助大明消滅陳祖義！此賊不除，四海不寧。」卡魯欣然領命。

葬禮就在寶船上舉行。這是埋葬老王手指的海葬。舷邊兵士再次吹響螺號，炮臺轟轟鳴炮，所有甲士列隊肅立，四個水手扯著一方白布的四角，宛如一方案板，走到鄭和面前。鄭和把一隻黃絹小包裹放到白布上，包裹裡是那隻乾枯的手指。王景弘主持葬禮，高喝：「為蘇門答臘先王行葬！」所有甲士折腰半跪，以拳支地。水手們高舉那方白布走到舷邊，往海裡傾斜。乾枯的手指滑入海中。水手們手一鬆，那方白布也飄入海裡。鄭和默然注視，心中悲愴肅穆。恩恩怨怨誰

能斷？是是非非何時休？多少英雄豪傑葬身於大海，多少離魂幻夢盡付於蒼天。唉，情天恨海，如斯如逝。

同卡魯一行告別之後，鄭和與王景弘回到天元艙，兩人立於大幅海圖前面研究下一步船隊的走向。王景弘從頭上摘下一根銀簪，刺入海圖邊緣處的一個小島上。對鄭和說：「鄭大人請看，就是它。」鄭和端詳著問：「此島叫什麼名字？」王景弘笑著說：「據南總舵說，此島叫莫幹島。方圓幾百里的海域內，就這麼一個島子。從來人跡罕至。」

鄭和踱至旁邊艙壁，侍衛們立刻從兩邊拉開簾子，鄭和面前現出一扇舷窗。窗外的海面上，可見一座海島。鄭和打量著它，說：「好地方嘛。」然後就吩咐侍衛帶吳宣上島。吳宣被帶到快蟹船上，鄭和、王景弘與侍衛們也上了船，小船馳近莫幹島。帶枷的吳宣看上去比先前憔悴了許多，人也明顯消瘦了。他盯著越來越近的小島，神情緊張。

船靠岸之後，鄭和跳上小島，兀自朝前走去。身後，侍衛們把戴枷的吳宣推上岸。走了一程，鄭和立定，回頭望望吳宣，吩咐侍衛將他身上的木枷打開。

侍衛上前解除了吳宣的枷鎖，吳宣面無人色，撲通一聲跪下，顫聲叫道：「鄭大人，小人知罪了，求您饒我一條命，不要殺我……」鄭和怒不可遏地聲討：「吳宣，你勾結陳祖義，叛國通敵，悖主篡逆，此罪萬死有餘，你還指望活命麼?!」吳宣像一條可憐的狗，連連叩首乞求：「鄭大人，鄭大人饒命啊……」

鄭和不說話。吳宣又撲到王景弘面前乞求：「王大人救救我呀！」王景弘退後一步，擰過臉去。吳宣再撲到鄭和面前，狠狠捶打自己：「鄭大人開恩哪！罪將求您開恩……」

鄭和厭惡地制止他：「吳宣，看在你當年率長江水師起義的份上——我不殺你了！」吳宣大喜，連忙叩首及地：「謝鄭大人，謝鄭大人！」鄭和冷笑道：「我不但不殺你，還要賞賜你呢。你不是想裂島為疆、稱王自立嗎？我就把這座莫幹島賞給你了！從現在起，你就是這島上的國王了。全島的虎豹豺狼、龜鱉蛇蝎都歸你管，你和它們原本就是同類嘛！」吳宣驚叫：「鄭大人——」鄭和從侍衛手中接過一支箭囊擲到吳宣面前，氣咻咻說：「此外，我還給你留下一張弓、一百支箭。你要是有本事，就吃虎豹豺狼。要是沒本事，虎豹豺狼就吃你！吳大人好自為之吧。鄭某告辭了。」鄭和說罷掉頭離去，王景弘與眾侍衛也跟著走了。

吳宣跪在地上發呆，突然跳起來，朝海面衝去，一路狂叫著：「別扔下我！鄭大人，求您帶我走吧！」但快蟹船已迅速離岸，在海中如箭行馳。鄭和回頭看去，吳宣眨眼已變得像個瘋子，披頭散髮地在岸上大叫大喊。王景弘心有不忍，為之求情：「唉，吳宣落到這個地步，真是求生不能、求死不成。鄭大人，您還不如殺了他呢。」鄭和不動聲色，微微笑著：「我答應過你，不殺他的。再說了，死算什麼？比死更可怕的是孤獨。永無止境的孤獨！」他想起了他與鄭餘在海上那些個孤獨的日子。是他吳宣，一直對他虎視眈眈，狼心狗肺地想要消滅他，幾乎使他死在陳祖義的手裡，使他和鄭餘差點葬身魚腹。忍讓是有限度的，慈不掌兵，對於掌握著幾萬軍隊的統

帥，他鄭和對對手不能一味地姑息。王景弘在邊上說：「鄭大人啊，恕我直言。有時候，您的心真夠狠的。」

鄭和平靜地說出自己的感想：「不錯。對於狼心狗肺之徒，我就得比他更狠！否則的話，就得被他吃。」

萬里之外的皇宮上書房裡，大明君臣正在談論鄭和和他的船隊。朱棣搖著一柄摺扇，在上書房內踱步沉思。夏元吉恭立於側，稟報著：「本月初十，臣接獲海外商船奏報，說四個月前，鄭和順利平定了蘇門答臘內亂，敕封卡魯為國王。十二日，臣又接獲福建總兵奏報，說蘇門答臘國勾結海盜陳祖義，抗拒大明船隊，水師血戰二龍溝，折損過半。昨天，臣又接獲海南總兵奏報，竟然說大明船隊在蘇門答臘發生了兵變，鄭和不幸遇難。」

朱棣一怔，站定不動了，著急地問夏元吉：「你看呢？」夏元吉說：「臣以為，這些消息互相矛盾，漏洞百出。概屬海外流言，不足為信。」朱棣稍覺寬慰，說：「不錯。任何事情，只要是從萬里之外傳回國內，那還不知傳成什麼樣了！」夏元吉卻又反過來說：「臣還以為，雖然不足為信，卻也不能不察。臣擔心的是，既然傳言滿天飛，鄭和為何始終不派人回奏朝廷，以正視聽？以慰聖上懸望之心？或許，是臣多慮了。」

朱棣對此也是無措，問夏元吉：「你有什麼主意？」夏元吉顯然已有考慮：「臣建議，速派戰船出海，搜尋鄭和及其船隊下落。找到之後，即令其率部歸國。」朱棣深思一番後，更加猶豫不決，對夏元吉的提議質疑道：「唔……也許，等戰船趕到西洋之後，他們又遠去了南洋。等戰船到了南洋，他們又去了印度洋。找來找去，處處撲空。到那時，戰船帶回來的，還不是另外一堆傳言嗎？」夏元吉窘迫地說：「臣……叩請皇上聖斷。」

朱棣有些惆悵，緩緩道：「朕的意思嘛，與其被傳言所惑、搞得牽腸掛肚的，還不如相信鄭和他們。再說了，朕對意外之事，也早有布置。任它風雲變幻，朕不改初衷。朕還是那一個字，等！等它兩年，三年，四年！一直等到大明船隊凱旋而歸。」夏元吉自知別無它法，謹聲道：「遵旨。」

兩人正說著，太監小溜子惶惶奔入，慘淒淒地說：「皇上，娘娘她……她……」朱棣的聲音彷彿在往地下滑落：「殯天了？」小溜子膽怯地說：「不、不……」朱棣斥道：「那你慌什麼？」小溜子拭著眼淚道：「娘娘奄奄一息，不停地喊皇上。」朱棣掉頭奔出上書房，往賢淑宮趕。到了那裡，見太子朱高熾及其內臣、太醫等早就跪了一地在等他。朱棣鎮定了一下情緒，對朱高熾說：「高熾，起來說話。」

朱高熾看見父親反而哭了出來：「稟父皇，昨夜三更起，母后便神志不清。現在，又醒過神來了，兒臣擔心、擔心母后是在迴光返照了。」

朱棣正聲道：「所有人都退出去。高熾啊，你跟我來。」眾臣紛紛退下。朱棣與朱高熾進入

裡間。

久病長期臥床的徐妃已今非昔比。原先豐腴瑩潤的她，如今已是瘦骨嶙峋，她嘴裡無意識地喃喃低喚：「皇上、皇上……」聲音似痛苦又似快樂。

朱棣快步上前，摟住徐妃的肩膀，顫聲道：「愛妃，朕在這。」徐妃睜眼，愣了一會兒，意識才回到身上來，不由滴下淚來：「皇上啊，我要走了……我捨不得你啊。」朱棣動情地說：「朕也捨不得愛妃。咱兩口子風雨患難，過了大半輩子。愛妃啊，你聽著，下一輩子，朕還要娶你！」

徐妃氣息微弱地說：「謝皇上……皇上啊，我走了以後，你要多保重。」朱棣溫情地說：「朕記住了。愛妃，生死在天。你要走，朕是攔不住的，但是朕早晚會去天上找你。在朕去之前，你不要害怕，你不孤單，朕會在心裡天天想著你！」

徐妃含淚而笑：「臣妾……等著皇上。」朱棣道：「愛妃還有什麼話？說吧。朕給你辦。」徐妃轉過臉去望著朱高熾。朱高熾聽著父母的對話，一直在邊上流淚。見母親望他，他立刻跪地，哽咽著叫：「母后。」徐妃的目光又慢慢轉向朱棣：「高熾他？」朱棣明白徐妃的意思，說：「朕已經預立遺旨。朕百年之後，高熾繼位為君。」徐妃欣慰地說：「好啊，好……皇上，臣妾還有個心願。」朱棣輕聲道：「說吧。」徐妃告訴朱棣，自己曾經託鄭和尋找舍利子。朱棣說知道這事。徐妃喃喃地說：「如果他能帶回來，臣妾想、想和舍利子同葬。」朱棣一怔，顫聲道：「朕知道了。」

徐妃竟為此鬆了口氣，一口氣一鬆，聲音就含混起來：「好啊……臣妾沒有遺憾了。」說完合目死去。朱高熾撲地嚎啕大哭：「母后！娘啊！……」

朱棣一動不動，只感覺到自己的身體在往地底下沉陷，他仍然緊握著徐妃的手，好像死去的徐妃會拉住自己。時間彷彿停滯不前，一代明君朱棣就這樣任自己痲木著。直到高熾連連喚父皇，他才腳下不穩地站起來，木然步至賢淑宮外間，大片臣工已經跪了一地，許多人在哀哀哭泣著。朱棣穿過他們，朝宮外走去。忽然想起什麼，沙啞地喚夏元吉。夏元吉從地上爬起身，拭淚應著。

朱棣沉重地說：「速派快船兩艘，出海尋找鄭和。即使找到海角天涯，也要找到他。」

夏元吉口說「遵旨」，走開去，走走又返回來問：「皇上，找到鄭和之後，所傳何旨？請皇上明示。」朱棣顯得有些老態，木木地說：「告訴他，把舍利子帶回來。」夏元吉不禁驚訝：「僅此而已？」朱棣點點頭，蹣跚離去。

大家都在變老。一代人又一代人，依次變老。可以說，這個變化很緩慢，也可以說，這個變化很迅速。靈谷寺的大殿內，坐在蒲團上誦經禮佛的妙雲也顯得蒼老了。她面容清癯，神態安詳，那穩重的神態與年輕時那個輕盈調皮的丫頭判若兩人。殿角另一處，文了禪師仍在以血書

經。兩人都是平靜如水，淡漠無言。

起風了，殿門吱吱地響著。只見一片凋落的梧桐葉從門外吹入，飄飄地來到妙雲身邊，彷彿是一頁天外傳書。妙雲拾起一看，葉面枯紅如血。她的雙手不禁顫抖了。鬚髮皆白的姚廣孝拄杖入殿，他已經老態龍鍾。他顫巍巍地步至佛像前，跪地拜揖。妙雲捧著那片枯葉告訴他：「大師，風兒吹進了一片梧桐樹葉，枯紅如血。」姚廣孝閉著眼告訴妙雲：「哦，那是一隻風信。」妙雲道：「貧尼心神不寧……是不是有禍事發生了？」姚廣孝仍閉著眼說：「是。」妙雲顫聲問：「鄭和遇難了？」姚廣孝睜開眼，搖頭道：「不。皇后歸天了。」

妙雲大驚，垂首飲泣。

姚廣孝起身對兩人說：「內臣傳旨，要我們即刻進宮，為皇后行喪。走吧。」

他支杖吃力地起身，顫巍巍步出大殿。妙雲與文了互望一眼，相繼起身，無言地跟隨在姚廣孝身後。

內宮已成為一座靈堂，身著皇后盛裝的徐妃合眼躺在榻上。朱棣呆呆地坐在她身邊，神情悲痛。

姚廣孝入內，身披法衣坐在榻前地上，雙掌合十誦經。文了與妙雲分別坐在他的左右兩邊。後面，大片僧人盤腿而坐，為徐妃誦經超渡。宮內瀰漫著嗡嗡地祈禱聲與法器敲擊聲。

姚廣孝低聲誦經，口唇漸漸不動。卻仍然閉目端坐著，如同一座雕像。朱棣看看正在誦經的妙雲，微微點頭。再看姚廣孝，低聲喚：「大師，多日不見，朕很是掛念你。」

姚廣孝一聲不出。

朱棣道：「待會，朕要與你靠膝獨對，一訴愁腸。唉，你我多年沒有暢談了，都怨朕抽不出工夫來！」姚廣孝仍然不作聲，朱棣詫異，探身細看姚廣孝，連聲再喚：「大師，大師！」

姚廣孝紋絲不動，聲息俱無。旁邊，文了朝朱棣深深一揖道：「稟皇上，道衍大師已經坐化了。」

朱棣猛然被驚醒一般：「坐化?!」

徐皇后殉命當天。一代名僧姚廣孝也長辭人間。

【第三十章】

無邊的大海上，猛烈的海風鼓起寶船的巨帆，高高的船頭破浪而行。船隊排出巨大的雁行陣。而雁陣之首便是天元號寶船。

鄭和與王景弘並立在船首的高臺上，注視著越來越近的、重巒疊嶂的山影。王景弘指著那座最高的山峰告訴鄭和，錫蘭山到了。從此山開始，往西千餘里，都屬於錫蘭國的海岸線。鄭和眺望著，讚道：「氣勢不凡，有虎踞龍蟠之氣啊。」王景弘說：「該國在南洋各邦國中最為強盛，戰船兵馬也最多。國王亞烈一直以霸主自居，禁止大明船隻接岸。兩年前，船隊就在此被拒，不得不遠航他國。後來查明，是陳祖義暗中搗鬼。」鄭和氣憤地說：「我們每次和海外邦國發生磨擦，都是由於陳祖義在其中挑撥！景弘啊，如果我所料不錯，這一次重訪錫蘭國，我們可能還會遭遇他的影子。」王景弘說：「不過，據南洋商船稟報，陳祖義重挫於蘇門答臘之後，沿海各國也紛紛抵制他，禁登接岸，拒其供給，斷其交往！估計，陳祖義已是窮途末路了。」鄭和因為同陳祖義打過幾次交道，深知他的奸詐，仍然深感憂慮：「但他的實力並沒有大損。只要此賊還活著，我們要處處當心，防備他破釜沉舟，以求一逞。」

甲板上，一個水手在舷邊拋下測深錘，銅錘扯著麻繩迅速鑽入海水中。總旗官緊盯著麻繩上的紅白道，不時高聲報出：「水深兩丈五尺，岩沙海底……水深兩丈二尺，泥沙海底。水深一丈八尺，細沙海底……」鄭和就站在高臺上下令：「降半帆，減速前行。」

甲板上的總旗官高聲回應：「降半帆，減速前行！」一個號手立刻朝海面吹出號令。一串號旗也迅速升至桅頂。同時，寶船上的眾多水手齊聲吆喝著，將主桅巨帆降下。船速立刻變緩。鄭和對王景弘說：「景弘，多派些哨船，詳加探查方圓百里內的海域，搜尋陳祖義蹤跡。」

寶船不知不覺進入了錫蘭國的海岸線。錫蘭是個佛教國家，在錫蘭王宮的佛壇上，盤膝而坐的如來佛像慈悲莊嚴，佛像底下設立著一座祭壇。祭壇上供奉著一隻金質小塔座，塔座上有兩枚黃豆大小、晶瑩發光的寶物，這就是佛珍舍利子。

祭壇前，此刻正跪著白髮蒼蒼的盛裝老太后，她口中喃喃祈禱，朝舍利子虔誠叩拜不止。在她身後，錫蘭國王亞烈率王子、文武大臣叩拜如儀……四周，眾多僧侶手執法器，口誦佛經，焚香祭祀。誦經聲如歌如嘆，裊裊不絕。

老太后緩緩起身，雙手顫巍巍捧起一隻塔蓋，蓋到塔座上。舍利子就被珍藏在小金塔中了。老太后再捧起金塔上前，置於佛像手掌中。那尊如來佛手托金塔，默視眾生，更顯莊嚴肅穆、慈悲大度。老太后再次叩拜。亞烈與王子、眾臣更是叩首及地，一動不動。

老太后拜罷，拄杖起身，對亞烈道：「王兒啊，這兩枚佛舍利自西天降入錫蘭山，至今整整九十九年。這九十九年來，佛舍利護佑了我們三朝四代，祛妖降魔，給錫蘭山帶來了吉祥太平。你可得好好地供奉它呀！」

亞烈上前攙扶著老太后，說：「兒臣牢記母后教導，虔誠供奉佛寶。」老太后說：「明年，就是佛舍利降臨我國百年之慶了。我想在錫蘭山上蓋一座佛恩寺，把佛舍利永遠供奉在寺裡。這

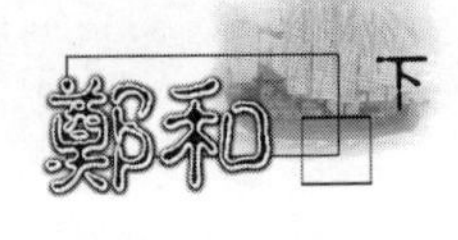

座寺廟呀，你要蓋得跟大明國的靈谷寺一樣氣派！最好，比它更氣派！」亞烈笑道：「母后，靈谷寺是什麼模樣，兒臣沒見過。」老太後坐入寬椅，半合目拈弄佛珠：「那你就派人去大明看看，畫個樣子回來。」

亞烈為難地說：「母后啊，我們跟大明國已經多年不交往了。」老太后睜大眼睛驚奇地問：「為什麼？從你父王開始，錫蘭山就一直跟大明和睦相處，你父王還受過洪武皇帝的敕封呢。」

亞烈沉重地說：「當年大明只駐守中土，不過問海外。現在不同了，他們竟然派出戰船，想把海外各國都變成大明屬國。兒臣絕不屈從！」老太后嘆息道：「外面的事，我不知道，可我希望你不要和大明結仇。他們那個王朝大得沒邊兒，自古就號稱中央之國。惹上他們可就不太平了。」亞烈笑著安慰老母：「母后放心。錫蘭山有佛祖保佑，兒臣無懼天下！」老太后聽後稍稍寬心，過後卻愈加不放心地說：「我知道你比你父王能幹。但是，能者風險也大啊，你要謹慎才好！」言罷，合眼誦經，那虔誠平靜的表情，似乎與俗世已經隔絕。

亞烈恭敬地向老太后跪拜，之後悄然離去。王子跟在父親後面走，加緊趕了兩步，湊近亞烈低聲稟報：「父王，天姥港總領稟報。今日凌晨，陳祖義率領三百多條戰船、五千多部下，悄悄駛入了天姥港。」

亞烈兩道濃眉朝兩邊挑起，驚怒道：「好大膽子，這頭惡鯊竟敢犯境?!傳命……」王子急忙解釋：「不。天姥港總領稟報說，陳祖義是來向父王投降的。」

亞烈訝然，繼之冷笑了：「投降？嘿嘿……這可真是烏賊上樹、石頭開花了！我倒要看看他怎麼個投降法。帶他來！」

兩人進入王宮。宮外佇立著眾多的錫蘭刀斧手，王子立於階前高喝：「父王有令，帶陳祖義！」幾個壯士把綁著雙臂的陳祖義押入大殿。陳祖義居然被綁著還勉力施禮：「拜見國王陛下！」

亞烈心中冷冷一笑，表面上卻故意斥怪王子：「這人好歹也是個亂世英雄，為何把他綁起來了？鬆綁！」壯士上前用刀鋒挑斷繩索。陳祖義微笑道：「稟陛下。不是你們的人綁我，而是我自縛雙臂，前來向陛下請降。」

聽了陳祖義的表白，亞烈反而更加警惕：「哦？為什麼要歸降我？」陳祖義一本正經地說：「在下苦思許久，終於想明白了。如要消滅鄭和，只能依靠錫蘭國。而要想得到國王陛下的信任，只能歸降。」亞烈毫不客氣地揭穿他：「陳祖義，自從你兵敗蘇門答臘之後，南洋各國紛紛追殺你。你已經是窮途末路了，才想起來投靠我吧？」

狡猾的陳祖義順著他的話說下去：「陛下說的是。南洋各國畏懼大明的堅船利炮，所以才對我反目成仇。說實話，他們並不是恨我，而是怕鄭和。我的處境確實不如以前了。」亞烈斜眼瞟他一眼道：「你是鄭和的死敵，而我不是。我要是接受你歸降，豈不是與鄭和結敵了嗎？我何必要這麼做？」陳祖義激將道：「原來陛下也畏懼鄭和了。」亞烈傲然地說：「我不怕他，我從來不怕任何人！但是，我也不想把禍水引到錫蘭山來！」陳祖義故作文雅地輕輕一笑：「陛下這是一廂情願。即使我不來，鄭和也會來的。據我所知，鄭和已經率領全部船隊，馳入錫蘭山海灣了。」

陳祖義的表情使事情顯得更加撲朔迷離，亞烈對他的話難辨真假，迷惑地問：「我怎麼不知道？」陳祖義淡淡說：「等他炮響時，陛下就會知道了。」亞烈不安地看看王子，王子微微搖頭，表示自己還是不相信陳祖義的話。恰在這時，氣喘吁吁奔入一個官員，惶然跪地，嘴裡叫著：「陛下，陛下……」亞烈急瞥陳祖義一眼，怕他笑話自己手下人的膽小，皺眉怒喝：「慌什麼？說！」

官員還是掩飾不住自己的慌張，聲音有點哆嗦地稟報：「東海岸馳來一片巨船，首尾相連幾十里，把整個海面都蓋滿了！」

大殿裡死一般寂靜。亞烈沉思片刻，憤怒地盯著陳祖義說：「我明白了，鄭和是衝著你來的，不是衝著錫蘭山來的。你真是股禍水啊！」陳祖義帶笑微諷：「恕我直言，我知道陛下心裡在想什麼。陛下打算殺了我，拿我的人頭請求鄭和退兵。」亞烈沉聲道：「說得對！我殺了你以後，不但可以讓鄭和退兵，還可以留下你帶來的幾百條戰船！用你們漢人的話說，這叫做『因禍得福』！」

陳祖義聽了亞烈這一番話面色陰沉，但仍然擠出一笑：「陛下英明之至，在下自愧不如。」

亞烈則說出一直耿耿於懷之事：「再說，三年前你也向我借用過古拉爾島，今天就用你的人頭還債吧。」說著示意部下，眾壯士執刀上前，按定陳祖義。陳祖義掙扎著大叫：「陛下。鄭和根本不知道我到了錫蘭山，他是衝著貴國佛舍利來的！」亞烈猛一驚，隨即斥罵：「你又想在用妖言欺世。」陳祖義說：「陛下可以不相信我的話。但是，大明皇帝朱棣說的話，陛下信不信呢？」亞烈急問：「什麼意思？」陳祖義故意慢吞吞說：「兩個月前，部下在爪窪海面抓獲了一艘大明快船，萬萬沒想到，船上竟有個替朱棣傳命的信使。」亞烈臉上露出半信半疑的神色，陳祖義則及時朝宮外示意，微微得意地說：「那可是寶貝，我一直替陛下收藏著。」

亞烈朝手下抬了一下下頦示意。幾個壯士出去，片刻，從外面抬進一隻麻袋。麻袋訇訇亂動。壯士用刀鋒挑開袋口，裡面鑽出一個氣喘吁吁、戰戰兢兢的漢人。亞烈默視他片刻才開口：「喂！你從哪來？」漢人垂首不語。陳祖義怒喝：「閹貨，在陛下面前，你最好實話實說。否則的話，我還會把眼鏡蛇塞進你麻袋裡！」漢人立刻驚恐萬狀：「是、是……奴才說實話。」亞烈厭惡地看著陳祖義：「怎麼，你把眼鏡蛇和他塞在一起？」陳祖義更得意了：「不錯。這小子不怕死，可他怕蛇怕得要死！一看見蛇，什麼都招。」亞烈哼一聲，眼睛盯著那個漢人：「你說吧。」

漢人朝亞烈叩首，因為恐懼聲音顫抖：「稟陛下，奴才五月十日奉旨出海，尋找大明船隊，找到以後，傳命鄭和……」說到這裡，他支吾不言了。亞烈厲聲問：「傳什麼命?!」陳祖義也厲聲催促：「快說！」漢人膽怯地說：「皇上聖旨，要他不計代價，務將舍利子帶回大明，置入皇后娘娘地宮。」

亞烈猛地跳起來，吼叫著：「什麼？朱棣想得到佛舍利?!」漢人嚇得一震，顫聲道：「奴才只知傳命，不知其他。」陳祖義哈哈大笑：「陛下，現在，您應該知道鄭和是衝著誰來的吧？」亞烈憤怒至極，一時竟然說不出話。王子謹慎地對亞烈提醒：「父王，我們並不知道這人是不是朱棣的信使。」

亞烈疑惑地看看漢人，再看看陳祖義，沉吟道：「對啊。你們漢人一向詭計多端。尤其是你！」陳祖義並不在乎，說：「陛下說得我真舒服！不過，這人的身分，我可沒法造假。」亞烈沉聲道：「你可以說他不假，可我如何知道他是真的？」陳祖義的臉色難得的又正經了一回：「這人跟鄭和一樣，也是太監！天下除了大明宮廷，哪還有太監？陛下如果不信，立刻驗身。」亞烈令身邊壯士對那漢人驗身。一個壯漢彎腰一把抓向那漢人襠下。漢人縮身驚叫。壯士起身，驚訝地向亞烈道：「稟陛下，這傢伙真是個太監。」那漢人連聲道：「奴才是太監、是太監。奴才身負皇命，陛下不可褻瀆！」

亞烈跺足怒喝：「押下去！」

兩個壯士上前將太監拖出大殿。那漢人一路連聲說著：「奴才身負皇命，請陛下寬容……」亞烈咬牙切齒，恨聲不絕：「可恨！可恨！朱棣竟想奪我們國寶！」

陳祖義上前半跪，揖道：「陛下，大明的堅船利炮，已遍布國門。鄭和不但想奪您的佛舍利，更要把貴國君臣百姓都變成大明的海外奴僕！陛下啊，錫蘭山生死存亡，將決於今日。」亞烈雙目如火，喃喃不止：「是啊，是啊。」陳祖義激動地說：「在下此行帶來全部戰船與部屬，真誠向陛下請降。從現在起，我陳祖義永遠不再是漢人，我是錫蘭山臣民，是陛下手中的刀劍！陛下指向哪裡，我殺向哪裡！」

亞烈凝神注視著他，沉默不語。

陳祖義顫聲叫道：「陛下啊，鄭和不但是貴國的死敵，更是我陳祖義的天敵啊！大明船隊不亡，你我都永無寧日！」

亞烈輕嘆一聲，終於上前扶起陳祖義：「你說得對。我相信你了！」

鄭和的船隊在登岸前，鄭和在大艙內召集部將訓話。鄭和高踞帥座，王景弘與鄭餘側立於後。兩邊排立著眾將。鄭和發布命令：「永樂開元以來，錫蘭山國王亞烈悖逆其先祖國策，屢屢恃強用兵，掠奪四鄰，稱霸南洋。更可惡者，亞烈暗通海賊陳祖義，視大明為敵，抗拒天朝聖命，斷我南洋海路，襲擊中土商船，其禍已蔓延千里，其害愈演愈烈！至今，神人共憤，天理不容！本使奉旨對錫蘭山實行兵諫，以迫其順天守法，善待鄰國，禮敬大明天朝，共用四海太平。」眾將齊聲應道：「遵旨。」

鄭和詳細布置：「今日午時正，各船對海面發炮一百響，令亞烈知曉天朝兵至。同時，本使親率三千甲士登岸，揚軍威，示兵鋒，寒其心，裂其膽，以促其不戰而降，與本使和談。登岸之後，如遇攻擊，則結陣待命。如無攻擊，各部概嚴禁擅入民宅，嚴禁損毀莊稼，更不准妄斬一人。違令者，即於陣前正法！」

眾將驚訝互視。一將不解地問：「鄭大人，有這麼多束縛，教部下如何作戰呢？」

鄭和說：「所謂天朝兵威，不但在於刀槍劍炮，更在於秋毫無犯！刀槍只能裂其膽，恩義才能撼其心。兩者皆備，便是恩威並用，剛柔相濟，令這些海外蠻民們敬畏交集，傾心向化。諸位可明白這道理麼？」眾將齊揖：「遵命！」各自回船傳命去了。

寶船炮臺上，一個總旗官揮旗高叫：「發炮！」身著戰服的鄭餘從炭桶中拈出一根燒紅的鐵條，湊向炮尾藥拈子。藥拈子頓時滋滋燃燒，片刻，巨炮轟響，炮身猛然一退，炮口噴出一道濃濃的火舌。

幾乎與此同時，船隊所有的艦炮都在轟轟作響，大海被炸出高高的水柱。摔打下來，化為無數大小不一的碎珍珠，落入大海這個碧藍的大玉盤之中去了。

病重的南軒公正躺在榻上昏睡，忽然被隆隆的炮聲驚醒，睜眼努力朝外看著。鄭和走了進來，直接往榻前一坐，親切詢問：「南公，感覺好些了嗎？」南軒公嘆息：「怕是好不了啦。」

鄭和痛心，輕聲問：「為何？」南軒公平靜地說：「老夫這輩子從未生過病。只要一生病，就病得要老命。鄭大人哪，老夫自個心裡有數，活到這把年紀，已經是油盡燈枯，黃泉路近了。」鄭和心一沉，盡力掩藏著內心的焦慮，安慰道：「南公千萬別這麼說。咱倆說好了的，還要揚帆萬里，窮盡天涯海角呢！」南軒公苦笑笑：「人生有盡，大海無涯呀。老夫即使能和大海相爭，也爭不過自個的命。唉，鄭大人不必擔心，老夫生而無憾，死而知足。咳咳……」

鄭和為其一下一下拍背，沉痛地叫著：「南公！」南軒公咳了一陣，聲音虛弱地問：「外面……為何發炮啊？」鄭和遮掩地說：「哦，炮臺正在試炮。」南軒公猶豫一下，還是忍不住說：「老夫有句話，也許不該問。」鄭和道：「南公有何吩咐？」南軒公說：「鄭大人，您如此大動干戈，究竟是為剿滅陳祖義，還是為了得到舍利子？」

鄭和自有難言之隱，他難堪地說：「當然、當然是為了剿滅陳祖義。可是……南公啊，我出海前，皇后娘娘正處在病危當中，她只有一個心願，就是讓我在海外尋求佛珍舍利子，帶回大明供奉。唉，皇后這輩子待我恩重如山。我十一歲那年，就是她牽著我的手，把我從一群小淨生中帶出來，進了燕王府，我才有了今天。娘娘畢生心願，臨危相託。我、我怎能不遵啊！」

南軒公隱隱含憂，問：「怎麼個遵法？」

鄭和深深嘆了一聲，道：「你已經聽外面炮聲了。我想大展軍威，撼其心，裂其膽，迫使亞烈俯首稱臣，主動獻交舍利子。」南軒公懷疑道：「舍利子是錫蘭山傳世國寶，亞烈視如國脈。他肯獻給你嗎？」

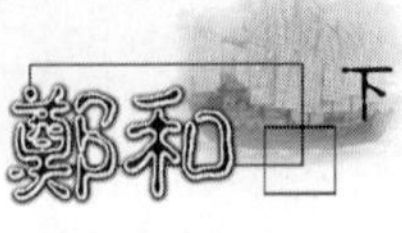

「那我就用金銀絲綢換！他要多少，我給多少！」鄭和口氣斷然，卻透出些許無奈。

南軒公不以為然：「凡是能拿錢買到的東西，都是便宜的！再說了，亞烈要是不肯交換呢？你搶嗎？咳咳……鄭大人啊，如果你們倚仗著寶船巨炮，強搶硬奪，那你們成了什麼人了？海盜！你們跟陳祖義還有什麼區別?!咳咳咳……」南軒公劇咳不止。

鄭和理解南軒公的心情，但南軒公卻似乎不肯體諒他的苦衷。他一面為南軒公拍背，一面在心裡鬥爭著，終於明白他的地位使他無法做出其他選擇。此刻面對著病中憂心忡忡的南軒公，鄭和反而像一個犯錯誤的部下，對著一個偏愛自己的上司充滿了難以言表的愧疚。

鄭和離開南軒公，來到寬闊的岸邊。數千甲士已在那裡執盾拔刀，排出一方戰鬥陣形。鼓號聲驚天動地，刀槍閃閃地發光。

海面上，眾多的戰船排成一個巨大的彎月形，仍在轟轟發炮。致使海、天、地之間殺氣騰騰。而鄭和早已一身戰甲，按劍佇立於高地，凝望著錫蘭山的深處。與他威風凜凜的外表不一樣的是他的內心，那裡沉重如有一塊磨盤壓著，而痛苦則像正在遭受鞭笞。他知道，是他用堅船利炮叩響了錫蘭山國門，用天朝兵威使潛藏的敵人喪魂裂膽。他相信亞烈已經聽到了這雷霆之聲，他就在此等著他來跪拜乞和，俯首稱臣。但是南軒公戳破了他的心思，此戰究竟是為了剿滅陳祖義還是為了舍利子？如果仗勢強取捨利子的話，那自己和海盜又有什麼區別呢?!唉，可這不是自己的心願，而是主子的天命哪！雖然自己手握雄兵、威及天下，可自己也就是主子手中一把刀劍而已，主子要我刺向何處，我就必須刺向何處！

想要的果然來了。

一騎快馬急馳而來，馬上是一位濃眉大眼的英俊青年。他奔至陣前下馬，朝四周昂聲道：「聽著，我要進見大明國使。」鄭和沉聲道：「我便是。」青年撲到鄭和面前單足跪地：「錫蘭王子英格爾，拜見國使大人。」鄭和道：「殿下起來。請問，貴國王亞烈呢？」英格爾起身說：「父王得知大明使船到岸，急忙出宮歡迎。現正在望歸台恭候國使大人。」鄭和朝遠處望望：「望歸台在哪里？」英格爾朝左前方指：「北去兩里。椰林後面就是了。」

鄭和說出自己疑惑：「哦。請問，既然國王陛下已經出宮，為何不到岸邊相見？」英格爾再拜道：「稟大明國使。望歸台是錫蘭山迎接海外貴賓的禮台。而這裡大軍密布，如果在這裡相見的話……有損我國國威。請國使大人原諒。」鄭和微笑頷首：「明白了，我去。」英格爾立刻把駿馬牽到鄭和面前，恭敬地彎腰道：「請大明國使上馬。」

王景弘不安地上前提醒道：「鄭大人務必謹慎……」鄭和笑著大聲道：「王大人，如果我一個時辰不回來，你就進軍吧！」王景弘只得回了聲：「遵命！」

鄭和跳上駿馬，英格爾為其牽韁，直朝北而去。王景弘在後面望著，趕緊悄悄示意四個侍衛跟隨。

英格爾王子很快帶著鄭和來到了望歸台。這是一座三面環海的平臺，這時已布滿鮮花，喜氣盎然。兩尊造形奇特的牛角酒器，置於高案上。亞烈全身鑲金佩玉，氣宇軒昂，滿面是笑地快步迎上前，折腰半拜：「錫蘭山國王亞烈苦奈爾拜見大明聖使。並祝大明皇帝萬壽無疆！」

鄭和折腰回禮：「大明國使鄭和拜見國王陛下。並祝陛下吉祥如意！」

亞烈向左右示意，立刻有兩個部屬捧過彎彎的牛角酒器，高舉過頂，跪獻給鄭和與亞烈。亞烈笑道：「這是我們獻給貴客的三仙酒，大明聖使請。」鄭和說：「謝陛下恩典！」鄭和與亞烈各接過一尊，仰面飲盡。亞烈請鄭和落座。兩人在平臺的寬大座椅上靠近坐下。亞烈的目光望向前方的海面，那裡戰船排列，硝煙裊裊。

亞烈用敬佩的口氣說：「大明的巨船神炮，真是威震天下啊。炮聲一響，我就知道聖使駕到了，立刻出宮相迎。」鄭和歉意地說：「多謝陛下垂愛。稟報陛下，本使奉旨巡洋，冒昧造訪貴國，依海上規矩，鳴放禮炮百響，稍示天朝恩威。」亞烈話中有話地微笑著說：「錫蘭山與大明素來和睦。本王繼位後，更是禮敬大明天朝啊。」

鄭和也是微笑著提醒：「可本使記憶猶新的是，先前大明船隊航經貴國，貴國非但不准接岸，還以炮石弓弩襲擊！」亞烈憤怒地說：「聖使誤會了！大明船隊被襲絕不是錫蘭山人幹的，而是陳祖義所為。這夥惡盜經常假扮成各國水軍，暗中偷襲海船。他們是南洋各國的天敵啊！」

鄭和點頭憤慨道：「陛下明見！本使此次巡海，首要任務就是剿滅陳祖義。這個惡盜是漢族敗類，不但禍害南洋各國，還屢屢搶劫大明商船，無惡不作，是大明的海外巨患！稟報陛下，本使每到一國都奉旨言明，誰與陳祖義相勾結，誰就是在與大明為敵！敢問陛下知道此賊的下落嗎？」亞烈嘆著氣道：「我也正在搜尋他。如果他敢踏入錫蘭山一步，我肯定把他一刀兩段！卻不知道他躲到哪個螃蟹洞裡去了。」

鄭和注視著亞烈，果毅地說：「哦，不管他上天入地，本使早晚會抓住他，押送大明正法。」亞烈歡喜道：「好好。這是為南洋各國造福！不瞞聖使說，大明船隊巡洋以來，我先前還有些提防，擔心大明想恃強欺人，把我們變成海外屬國。可是這些年看下來，聖使處處禮敬海外邦國，每到訪一處，都是佳音頻傳，君臣百姓歡天喜地。除此之外，大明船隊還帶去無數天朝物產，在當地廣開貿易，互通有無，使得海外各國物業繁榮。唉……我真是羨慕啊！」

鄭和也受了亞烈感染，真誠地說：「貴國如果與大明結盟，將會更加繁榮昌盛。」亞烈卻矜持地提出：「錫蘭山是海外大國，如果結盟，我希望和其他國家有所區別。也就是說，錫蘭山與大明不僅是什麼友好盟邦，應當是兄弟之盟！」亞烈說著起身一揖：「稟報聖使，本王決心已定，願與大明結為兄弟盟邦。為表誠敬之意，本王願向大明皇帝敬獻舍利子一顆，以求佛光永照，萬世不移。」

亞烈此語太出乎人意料了！鄭和驚訝地跳起來，禁不住聲音顫抖地說：「陛下、陛下可是真心？」亞烈言之鑿鑿：「錫蘭山王一言既出，天地為證！」鄭和說：「陛下能有結盟之心，就已經令本使感動。舍利子是貴國國寶，本使、本使……不敢妄想。」舍利子來得過於輕而易舉，鄭

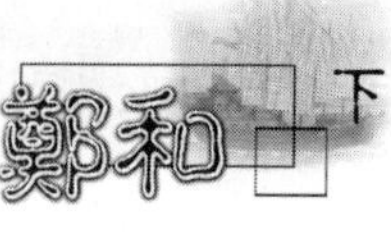

和的內心不能不存惶惑，說的話也就言不由衷。而亞烈則主動打消了鄭和的顧慮：「實話告訴你，錫蘭山有兩顆舍利子。既然是結盟，兩國就應該各執一顆，這才是兄弟嘛！」

鄭和愣怔片刻，激情跪拜。高聲道：「陛下。本使願將十船貨物進獻給錫蘭山。以謝陛下情誼！」亞烈高興地說：「好好，大明國的物產誰都喜歡哪！聖使啊，我想明天就在皇宮裡舉行拜盟儀式，之後當場進獻舍利子。請聖使隨我一塊入宮吧？」鄭和謝了亞烈，但又有些擔心，說：「本使想把貨物備好，以便明天進宮時獻給陛下。只是……不知道陛下會不會改變心意？」

亞烈哈哈大笑：「聖使還是不相信我啊。」轉臉喚英格爾。英格爾就走上前來。亞烈拉著英格爾對鄭和說：「這是我親生兒子、錫蘭山王子。我把他留給你了。如果我有什麼變化，聖使盡可以砍他的頭！」

鄭和心中震驚，連忙表白：「陛下，我不是這意思……」亞烈卻擺手制止鄭和往下說，道：「聖使啊，英格爾不光是人質。我留他下來，是讓他明天給你們帶路！」

鄭和欲語還休了幾番，終於百感交集地說：「那麼……本使遵命。」

一送走鄭和，亞烈立刻換了個人似的。他滿面怒色地步入宮中，抓起一尊酒狂飲。已經等候得不耐煩的陳祖義上前笑道：「陛下，情況怎樣？」亞烈怒氣衝衝地說：「氣死我了！我一提到舍利子，鄭和果然喜出望外，竟然願意用十船貨物交換！」陳祖義露著得意狀：「在下說過，他就是衝著舍利子來的。」亞烈冷笑：「我騙他說，明天在皇宮舉行拜盟儀式。鄭和親自帶著貨物前來。」陳祖義喜道：「太好了！要運送那麼多貨物，鄭和必須出動所有水手，陛下的軍隊就可以在半道上伏擊，把鄭和他們一舉殲滅。而我親自帶領全部戰船，前去攻殺大明海船。這樣一來，我們水陸交擊，鄭和首尾難顧，肯定大獲全勝！」

亞烈難過地說：「為了消滅鄭和，我把親生兒子都獻出去了！」陳祖義做出感動的樣子：「陛下啊，您只要滅了鄭和，就能得到大明船隊。而有了那麼多巨船利炮，您就可以四海為王了！至於兒子嘛，陛下會再有的，要多少有多少。」

亞烈遲疑地點著頭，又抬眼狐疑地注視陳祖義：「可是，你想得到什麼呢？」陳祖義激動地隨口回答：「我只要鄭和的人頭！」亞烈斜睨他一眼說：「別裝模作樣了，你到底要什麼？」

陳祖義突然撲通往地下一跪，說：「獲勝之後，請陛下開恩，將古拉爾群島以南的海面，賞給弟兄們做飯碗。而我將隱姓埋名，帶著半輩子賺來的金銀，到西域國家享福去。」亞烈將信將疑地微笑道：「聽起來，倒像是真的。」陳祖義彷彿受到污辱一般：「陛下如果不信，請現在就砍掉我的頭！」亞烈哈哈大笑地扶起陳祖義，說：「你是鄭和的死敵，而鄭和是我的對手，我不相信你還相信誰呀？明天讓我們共同奮戰。消滅鄭和之後，你愛上哪就上哪去，只要不在錫蘭山就行！」

就在這一天的傍晚，一艘艘快蟹船抵岸，將大堆貨物運送到了錫蘭山的海灘上。

鄭和與王景弘並肩巡視，竊竊私語。王景弘道：「鄭大人，說實話，我還是懷疑亞烈的誠

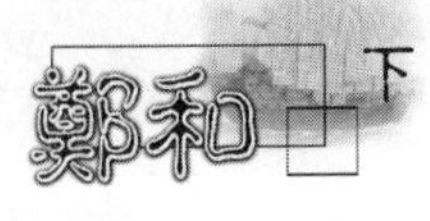

意。以前，此人一直與我們為敵，為何突然要結盟呢？」鄭和也說不出個所以然，只能靠推測：「大概是因為大明戰船密布海上，天威當頭、兵鋒壓境。亞烈身為國王，總得把國家的長遠利益放在第一位吧？所以他不得不屈服。再說了，與大明結盟，對錫蘭山也是有百利而無一害呀。」王景弘微笑道：「鄭大人哪，你一向是謹慎小心的。今天怎麼那麼相信亞烈？是不是因為那顆舍利子啊？」

這舍利子的確是鄭和的心病。鄭和微窘：「這……你說對了！皇上和娘娘令我取回舍利子，這事一直讓我苦惱不堪。此物是人家國寶，取之無理，不取又是悖旨。但我萬沒想到，亞烈主動提出來進獻給大明一顆。言下之意，明明是想交換。這也值啊，只要能換回一顆舍利子，給他多少貨物都值！」王景弘搖頭，認為事情沒這麼簡單，他憂慮地問：「為此你孤軍深入，就不怕發生意外麼？」

鄭和為了安定王景弘，故意顯得胸有成竹：「一者，我手裡有錫蘭山王子為質，亞烈總不能不顧他兒子死活吧？二來，我率五千甲士進軍，足以對付錫蘭山全國兵勇。」王景弘卻仍然憂心忡忡：「唉，我仍然覺得此行吉凶難料。鄭大人，你千萬要當心啊！」鄭和心裡感動，但面對如此巨大的誘惑，他無法抗拒，就說：「景弘兄放心。我走後，由你代理總兵。你要將船隊駛向深海，嚴加防備。」

王景弘唉聲嘆氣，可也只能說：「在下遵命了。」

鄭和和英格爾翌日準時出發。通往錫蘭山皇宮的道路好像很不容易走。他們走在山澗中的一條小路上，大明甲士持兵器警惕地行進著。之後是許多背、扛著貨物包的水手，他們已經累得氣喘吁吁了。

鄭和身披戰甲，與英格爾走在隊伍前方。他打量著四周高山，疑惑地問：「請問殿下，皇宮還有多遠？」英格爾指著前面道：「稟聖使，出了山口，就可以看見宮門了。」鄭和又問：「貴國皇宮為何不建在海港，而要建在群山之中呢？」

英格爾道：「為了防備外敵入侵。聖使請看，這裡的萬丈雄關，就是不可逾越的國門啊！」鄭和抬頭看看，微笑著說：「哦……殿下的意思是，如果兩邊山上設有伏兵的話，那麼，山澗的任何人都插翅難飛了。」英格爾平靜地說：「聖使說得對。」鄭和忽然有一種不祥的預感，沉聲道：「那麼，現在山上設有伏兵麼？」

英格爾折腰：「沒有。要有的話，我不是要第一個被殺嗎？」

這話並不令鄭和寬心，他目光犀利，回頭令千總：「你帶五百兵勇，迅速占領兩邊山口，掩護山下。」千總立刻帶著眾多甲士朝山口登去。鄭和再令侍衛：「傳命，全軍跑步急行。儘快通過山澗。」侍衛立刻朝後面喝令：「傳下去，跑步前行！」後面的兵勇將命令一個個傳下去……大隊的行進速度驟然加快。鄭和親切地對正在發呆的英格爾道：「殿下啊，我們漢人有句老話，『善有善報，惡有惡報。』究竟是善還是惡，本使將拭目以待。殿下，請引路吧。」

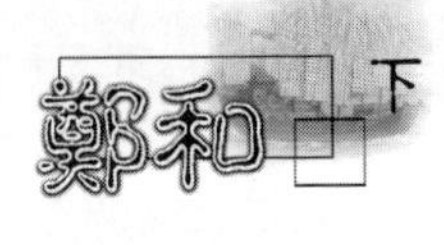

年輕的英格爾顯出些許不安，快步朝前走去，隊伍在繼續前行。突然間，身後的大海裡響起隆隆的炮聲！鄭和大驚，回頭朝大海望去，看見海面已經呈現一派空前未有的惡戰景象！無數隻小型海盜船像螞蟻那樣密布海面，衝向大明船隊。大群海盜在甲板上揮舞著刀槍，瘋狂吆喝！更多的海盜彎弓張弩，朝寶船射去一支支火箭。

陳祖義渾身戰甲，腰懸雙刀，像一座惡神聳立船首高處。一動不動地注視著越來越近的寶船，與沸騰動蕩的海面恰成對照。過了片刻，陳祖義忽然指著寶船對大頭目道：「二叔，你看清了嗎？他們的大炮射程在三百步以外，越近反而越打不著。」首領引頸望著：「看見了！」陳祖義沉聲道：「令各船不顧一切，衝近寶船，和他們接舷作戰！」頭目興奮地應著：「曉得嘍！」他朝搖槳的海盜喊：「衝上去！快啊！衝上去！」舷邊的海盜拼命搖槳，甲板上的海盜更猛烈地射箭！

王景弘火急火燎地奔跑指揮，頻頻大喝：「開炮！開炮！……弓弩手全部上戰台，放箭殺賊！」炮臺處的眾炮手拼命地壓低炮身，瞄準越來越近的海盜船。鄭餘從炭桶裡抽出燒紅的鐵棍，點炮藥拈子，巨炮轟然炸響！一個總旗官奔至王景弘面前，急道：「稟大人，甲士們都被鄭大人帶走了。船上兵勇不足！」王景弘怒喝：「傳命。令所有水手、工匠、伙夫、醫官，全部上甲板作戰！」總旗官應聲而去，片刻，大群雜七雜八的船員從艙中衝出來，奔上戰台。

這時候，海風大作，將高臺的皇旗颳得撲撲響。王景弘注視著海面上的敵船，緊張思索，忽然大叫：「聽令。滿帆起航，衝進海盜船隊，撞翻他們！」

總旗官大喝：「起帆，起帆！快，升起全部風帆！」眾多水手衝向帆繩，齊聲吆喝著拉動繩子，將全部風帆升向桅頂。

巨帆立刻鼓滿海風，寶船像一座大山馭風而行，直衝向海盜船隊。

海盜船上，陳祖義看見寶船筆直衝來，龍頭狀船首猶如泰山壓頂。他跳起來驚叫：「快轉向。避開它！」海盜們趕緊掉轉船首，與寶船擦邊而過。但是，後面的海盜船躲閃不及，被疾馳而來的寶船撞翻了！

海面上這場驚天動地的惡戰，鄭和他們是看不見了，他們只聽得見隱約傳來的轟轟炮響，大家都知道情況不妙，兵勇們紛紛拔出刀來，警惕地護衛著鄭和。鄭和仰面看看山頂，那裡仍然一片平靜。鄭和斷定那裡會有埋伏，同海盜相呼應，就對大家說：「注意，山上有伏兵！各部不准亂，繼續前進，衝出山谷去！」兵勇們奮身向前衝擊，這時山頂上果然不出鄭和所料地響起了吶喊，接著轟轟烈烈地滾下大片斷樹巨石，幾個兵勇躲閃不及，被木石砸倒，慘聲一片。鄭和再抬頭看，山頂上已出現錫蘭山兵勇。而那位大明千總此時正好撲上山頂，立刻率領甲士與之惡戰。

鄭和提劍奔至前方，那裡正是一座懸崖，木橋早就被拆除。因此，這裡已成絕地。鄭和鎮定著自己，大喝：「聽令，拋棄貨包，依次退兵。」水手們拋下貨包，抽出刀劍，跟隨鄭和朝來路退去。幾個甲士緊緊押著英格爾。

但是，當鄭和與部下們返回路口處，卻看見這裡已被斷樹巨石堵塞住了。鄭和一個愣怔，山裡已突如其來響起鼓號聲，兩邊山上殺聲四起，大堆木石又不斷滾下，同時，飛箭如蟥！錫蘭山伏兵開始攻擊了。

鄭和大聲命令：「結陣應敵！」

甲士們立刻在狹小的山谷聚集成陣，所有的盾牌彼此相連，合成一方巨大鐵甲，兵勇們則縮身在盾下。飛箭與亂石擊在盾牌鐵甲上，竟是渾然無傷！錫蘭山兵勇亂獸般衝下山去，狂呼亂喊，越來越近。但鐵甲陣卻一動不動，蓄勢待發。錫蘭山兵勇衝到甲陣前，正欲砍殺。這時，濃縮一團的鐵甲陣像頭暴怒的刺蝟，突然綻開！無數刀劍從盾甲下迸殺而出，直撲那些粗蠻簡陋的兵勇。錫蘭山兵勇哪是大明甲士的對手，片刻間，他們就死傷一片，剩下的慘叫著逃跑了。

鄭和佇立在山壁下，怒視著被甲士們押來的英格爾。鄭和譏諷道：「恭喜啊殿下！你們設下調虎離山計，將我同海船分開。陳祖義偷襲海船，你父王偷襲我。你們妄想在水陸兩處將我們同時消滅！」

不知好歹的英格爾高傲地說：「是的！鄭和，你們完了，快投降吧。」鄭和斥道：「別急！我還記得，亞烈把你留給我時，還留下一句話。如果有意外，我盡可以砍你的頭。」英格爾絕望的聲音顯得慷慨激昂：「你殺我吧！反正你們逃不出去了，我父王肯定會把你們統統砍成肉沫兒……」鄭和猛一揮手打斷他：「你是亞烈的兒子嗎？」

英格爾對鄭和的明知故問感到詫異，他說：「當然！我不但是父王的親生兒子，還是錫蘭山王子。」鄭和輕蔑地說：「呸！在我們漢人那裡，骨肉之情重如泰山。父母為了救護兒子，不惜犧牲自己的性命。為何在你們錫蘭山，做父親的毫無骨肉之情，竟然拿自己親生兒子做誘餌呢？我問你，你們究竟是人還是畜生?!你父親亞烈，究竟是個君王還是頭禽獸?!」

英格爾愣在那裡，目瞪口呆。

鄭和怒不可遏：「為人者不識人道，形同禽獸。為王者不識王道，必遭天譴！英格爾啊，我看你父親既不配為父，也不配為人，更不配為王！你呀，是個禽獸之子，行屍走肉。殺你這樣的東西，我還怕玷污了大明寶刀哪！你走吧。」

英格爾呆若木雞，半天才回過神來：「你、你說什麼？」

鄭和不冷不熱地說：「我讓你走！告訴亞烈：善有善報，惡有惡報。天日昭昭，咎由自取！」

英格爾不相信地問：「你、你真的讓我走？」鄭和輕蔑地說：「滾吧！」

英格爾步步後退，恐懼地望著兩邊甲士。見他們都提刀不動，才敢撒腿狂奔。甲士們驚訝地看著鄭和：「鄭大人？」鄭和不動聲色地大聲說：「放他走。」

等到看見英格爾跑遠，他低聲對甲士說：「跟上去，看他從哪裡脫身。」

兩個甲士應聲跟蹤前去。鄭和步上高處，傾聽遠處的炮聲，心裡為船隊的命運深深擔憂。

大明海船此時與海盜激戰方酣。雙方的炮石、火箭交相射擊，數艘巨大的寶船在海上橫衝直撞，尖硬的龍頭船首撞翻一條條海盜船。許多海盜落水掙扎。場面少見的壯觀。

海盜總頭目陳祖義揮動一隻鐵勾，揮著揮著，猛地朝寶船擲去。鐵勾帶著一條長長的繩索直扎上寶船船舷。陳祖義一把把收緊繩索，身下的小船也迅速與寶船接舷。陳祖義朝海盜們大喝：「上！」幾個海盜口中叼著彎刀，捨命攀上寶船，衝上舷梯。接著，四面八方拋來更多的鐵勾，扎上寶船。海盜船紛紛接舷，眾多海盜瘋狂地攀上寶船。寶船上的總旗官正在指揮水手們放箭射敵，猛見海盜們攀上船舷，大聲提醒大家：「海賊上船啦！」陳祖義與海盜們已從舷邊翻上甲板，揮刀砍殺水手。惡戰在寶船上展開。

王景弘見狀，提刀大喝：「跟我來！」大明的兵勇跟著王景弘衝向海盜，雙方混戰成一片。鄭餘揮刀撲向舷邊，朝一雙剛剛扒上船舷的手狠狠砍去。只聽下面痛叫一聲，海盜掉下海去。鄭餘揮刀沿著舷邊一路砍去，同時興奮地大叫：「你來呀！來呀！……」病中的南軒公搖晃著步出大艙，見狀大驚。他甩去身上的衣袍，從甲板上拾起一杆長槍，毫不猶豫地奮力投入戰鬥。

陳祖義砍倒了幾個水手，直衝向王景弘。兩人立刻交手惡鬥，幾個來回之後，王景弘的體力漸漸不支，戰刀被陳祖義擊掉，不禁步步後退。陳祖義冷笑著逼上前道：「閹貨，你末日到了。下令投降吧?!」

就在這時，有一片漁網迎頭罩下，把陳祖義緊緊纏住——是南軒公拋來的網！陳祖義在網中手舞足蹈，拼命掙扎，但網卻越纏越緊。他抓住刀瘋狂地割漁網。眼看那網就要被割開了。在一邊看著的南軒公抓起那杆長槍，怒罵著：「惡賊！你的末日到了！」他執槍狠狠刺向陳祖義。漁網中的陳祖義竟然雙手抓住刺來的槍尖，死抓不放！南軒公拼盡全身力氣向前狠刺。陳祖義立足不牢，步步後退，一直退到舷邊。但是，他在落海前一瞬間一把抓住了南軒公，兩人同時翻入大海。

王景弘撲到舷邊朝海面痛心疾首叫著：「南公！……」鄭餘也急叫著：「南爺爺，南爺爺！」但見海面上只有一片水花，陳祖義與南軒公都消失了。鄭餘情急之下，大叫一聲，從高高舷邊躍進了大海！王景弘衝部下急叫：「快快！抓住陳祖義，搭救鄭公子！一定救回鄭公子！」

兵勇們正在忙著救人，卻見一股鮮血從水面上泛起，源源不絕——不知道這是誰的鮮血！猛然間，蒙著漁網的陳祖義從水中冒出頭來，拼命呼吸。他朝邊上一看，不由大驚，因為兩艘快蟹船正疾馳而來。陳祖義正要潛游，身後卻冒出了鄭餘，他猛地撲到陳祖義身上，死死扣住他的脖子不放。兩人在水中繼續打鬥。快蟹船伸過幾支勾槍，牢牢地勾住正在掙扎的陳祖義。一個兵勇手中的一根木槳終於將他擊昏過去！船上的總旗官伸手將鄭餘拉上船。鄭餘劇喘著望著起伏的海水，悲痛地大叫：「南爺爺！南爺爺！……」

茫茫的海面上，後浪推著前浪，滾滾向前。南軒公再沒有出現。

半空中降下一副勾索。總旗官與部下把鐵勾穿在陳祖義裹著的漁網上，朝上面大叫：「起！」原本吊貨物的吊索，現在吊著半死的陳祖義，升上半空。

海盜船上的海盜們看見自己的總頭目陳祖義在空中晃蕩著，被吊上寶船，驚恐狂叫：

——那不是公子嗎？

——天哪，公子被抓了！我們完了，完了！

——快扯帆！快快！

殘餘的海盜船朝四面八方逃命，很快就沒了蹤影。

而在鄭和那裡，這時候他放走了亞烈的兒子英格爾。英格爾逃到懸崖處，攀著野藤熟練地溜了下去。落地後，朝皇宮方向飛奔而去。錫蘭山的兵勇們個個手執刀弓，皇宮處於森嚴的戒備之中。亞烈立於高處，心情急躁地凝神四望，忽見英格爾從視野中氣喘吁吁奔來：「父王！父王！」亞烈大喜過望，問：「英格爾，你怎麼回來了？好哇，好哇！……鄭和已經被我們砸死了吧！」

英格爾跪地稟報：「鄭和沒有死。我、我是他放回來的。」亞烈大驚：「什麼？他放了你？他為什麼放你？」英格爾一時不知如何解釋妥當，吞吞吐吐道：「他說……說……」亞烈急著問：「說什麼?!」英格爾聲音顫抖著回答：「他說……善有善報，惡有惡報。天日昭昭，咎由自取！他還說，殺我會髒了大明的寶刀。」

亞烈一震，愣在那裡。

英格爾賠著小心道：「父王，鄭和他們是扛著貨物來的。我看……他是個講信義的人。」亞烈氣憤地說：「胡說。他要攻占我們的國家，要搶奪舍利子！」英格爾猶豫地說出自己的體會：

「父王。我覺得鄭和沒那麼壞。我懷疑，陳祖義挑撥離間……」亞烈打斷他：「別說了。告訴我，鄭和現在是什麼情況？」英格爾低聲道：「他們被堵在山溝裡，進退兩難，無路可逃。」亞烈點頭：「唔。那就好……事到如今，不管他是善是惡，我們都和他結仇了！不殺他，他就會殺我們。」

英格爾心中有些不忍，畢竟鄭和剛剛放了他，給了他一條性命。否則的話，這個世界上現在已經沒有他了。他想規勸父親：「父王！……」但亞烈根本不理睬英格爾，他看看夕陽，命令部下：「天快黑了，明天再戰吧。傳命，多設火把，嚴加守備。不要放跑了鄭和！」

部下齊聲應著，英格爾卻心裡不是滋味，空落落地掉頭離去。

其實鄭和並沒有白白放走英格爾，目前的處境也不允許鄭和發慈悲。英格爾被跟蹤了，跟蹤他的兩個甲士又把他的行蹤告訴了鄭和。鄭和被領到懸崖頂，兩個甲士指著崖下道：「鄭大人，英格爾就是從這攀下去的。」鄭和探頭望望崖下，真是壁立千仞啊，既陡又峭。但他卻說：「很好。他能下崖，我們就能脫身。」千總探頭往懸崖下看，下面黑乎乎地深不見底。他為難地說：「鄭大人，那小子是個野猴，上山下崖如履平地。弟兄恐怕會失手……」

鄭和沉思一會，說：「有辦法了！貨包裡不是有幾百匹絲綢麼？」千總嘴裡說是，表情卻疑惑著，完全不解其意。鄭和點撥道：「把它們擰成繩索，拋下崖去。就能上下自如了！」

千總聽了大喜，傳命手下如此這般，手下動作利索，很快將絲綢擰成的繩索從崖頂拋下去，直垂崖底。緊接著，一串串甲士沿著繩索滑下去，順利落地。更多的甲士聽見谷底報平安的聲音，紛紛從懸崖上滑到崖底，一個個欣喜萬分。千總領著甲士持刀搜尋四周，有人抬頭看見了遠處山口的燈火。就向鄭和報告。鄭和低聲問千總：「部屬們都齊了麼？」千總已查過人數，說：「各營弟兄都已到齊！請大人示下。」鄭和的眼睛一直凝望著山口的燈火，說：「看來，亞烈他們毫無覺察。」千總興奮地說：「鄭大人，我們可以奇襲山口，把他們一舉殲滅！」

鄭和沉吟道：「不必……」千總問：「那我們回援船隊？」鄭和也說不必。他對千總說：「炮聲早就停止，說明戰鬥已經結束。我估計，王大人他們能夠擊退陳祖義。」

千總奇怪了：「那我們如何行動？」

鄭和心裡興奮著，卻用平常的口氣說：「亞烈的兵勇集中在山口，陳祖義的部下集中在海上。現在，最空虛的反而是錫蘭山皇宮。」千總經提醒明白過來，驚喜地問：「鄭大人，我們夜襲皇宮？」鄭和幽默地微笑著：「亞烈想讓我們首尾難顧，我們就讓他自食其果，占他的老巢！再說了，亞烈不是請我入宮拜盟嗎？他可以失信，咱們可別失約！」

鄭和的隊伍悄悄向皇宮方向行進。

第三十一章

黎明時分，錫蘭山王宮的宮門處佇立著兩排執火把的宮衛，英格爾按劍巡查。他正慢慢走著，暗處突然閃出幾個大明甲士，剎那間，刀鋒已直逼他的胸前。英格爾怔在那裡，擰頭望去，只見許多大明甲士已撲到宮衛前，雙方刀槍相恃著。千總朝宮衛們怒喝：「都別動。頑抗者斬！」宮衛們立刻個個噤若寒蟬。

鄭和走到英格爾面前，直視著他：「殿下，整座皇宮都已經被我們包圍了。命令他們投降吧。」英格爾不作聲。鄭和冷冷地說：「聽著，我並不想血洗皇宮。只要放下兵器，我們會以禮相待，一個都不殺！」英格爾顫聲問：「我、我父王呢？」鄭和說：「一樣。」英格爾心裡猶豫的時候，手鬆了開來，劍就落地了。他望望宮衛們，宮衛見王子棄械，也拋下了兵器。

鄭和讓千總去請亞烈。千總立刻領著眾甲士撲進宮門。內宮裡面，半裸的亞烈王正躺在一隻竹榻上呼呼大睡，酣聲震天動地。千總與甲士上前圍住睡榻，亞烈竟然還不醒來。千總伸出長劍，用劍鋒輕拍亞烈的臉，譏諷地說：「陛下，陛下！您該上朝啦。陛下！……」

亞烈猛然驚醒，被刀鋒嚇得縮起身子，驚問：「你、你們從哪來的？」千總戲謔道：「稟陛下，我們是從天上來的。」亞烈左右四顧，驚慌地大叫：「來人！來人哪！……」千總冷冷地說：「別喊了，喊破嗓子也沒用。你的人都投降了。」亞烈驚恐地問：「你、你們想幹什麼？」千總告訴他，鄭大人有請。亞烈更驚恐了：「不，不。我不去！」千總說：「咦？……這不大好吧。陛下請鄭大人入宮拜盟，鄭大人如約來了。現在，鄭大人請陛下相見，陛下倒躲著不見。」

亞烈害怕得打顫，嘴上卻還在硬撐：「不不！……你們出去，都出去，離開我的皇宮！」千總不耐煩了，命令手下：「捲走他！」

幾個甲士上前提起布面四角，一下子就把他提下睡榻。接著，像提個大包裹那樣將他提出房間。亞烈在包裹內踢腿掙扎。甲士們將包裹提到外面的皇宮殿堂裡，扔在地上。鄭和正站在那座空空的皇椅邊等待著，英格爾等垂首立於側。半裸的亞烈從包裡中爬出來，窘迫地朝鄭和拜揖：「聖、聖使……」

鄭和覺得滑稽，用微微誇張的腔調說：「噯呀呀，陛下怎麼成這個樣子？真是人靠衣裳馬靠鞍！沒了皇袍，堂堂陛下也跟個野漢差不多嘛！」亞烈狼狽地說：「誤會，誤會了！請、請聖使原諒……」鄭和冷冷地打斷他：「且慢，陛下先請皇袍加身，本使好依禮拜見。」

一個大明甲士上前，將皇袍扔到亞烈身上。亞烈接過去，手忙腳亂地穿著。鄭和掉轉頭，不看亞烈。亞烈穿好衣裳，口裡訥訥地喊聖使，鄭和回轉身來，莊嚴地一揖，高聲道：「大明國使鄭和，拜見錫蘭山王。」鄭和的聲勢令亞烈一震，他渾身顫抖，不由地折腰道：「請、請聖使恕罪。」鄭和問：「哦？敢問陛下何罪之有？」亞烈痛苦地支吾著：「我、我、我……」突然間，亞烈憤怒地跳起身，指著鄭和狂叫：「鄭和，你仗著堅船巨炮，入侵我國，強占皇宮！你、你才是罪惡滔天哪！錫蘭山雖然不及大明強盛，但我們舉國上下寧死不降！你要殺就殺吧。休想污辱我！」

鄭和用諷刺的語調道：「不錯嘛。皇袍加身後，果然像個國王了！可是，為王者總該言而有信吧。陛下忘了？我們並非強占皇宮，是你昨天盛情相請！你請求大明國和錫蘭山訂立兄弟之盟，還請求本使入宮舉行拜盟儀式！哼，與其說『請』，其實是騙！儘管如此，本使還是如約前來了。」

亞烈語塞：「這、這……」

鄭和的目光中閃著寒光：「這叫做善有善報，惡有惡報。天日昭昭，咎由自取！陛下啊，本使奉旨巡使海外各國，意在懷柔遠人，弘揚天朝恩威。大明絕不會奪取海外一寸土地，只希望敕封列國君王，互通貿易，共用繁榮昌盛！可陛下您哪，以己度人，鼠目寸光。勾結海賊陳祖義，攻殺大明船隊。甚至設下陷阱，妄圖把我們一網打盡，以求稱霸海外。陛下呀，您貴為國君，而陳祖義卻是惡賊。陛下想利用陳祖義，難道就不怕被他利用麼！陛下引賊入國，不但害了錫蘭山，而且將禍滿天下！本使早就說過，誰與陳祖義為友，誰就是在與大明為敵！陛下今日之敗，並不是受大明之辱，而是陛下自取其辱！」

亞烈呆呆地聽著，道：「聖使說得有理。我、我是有糊塗之處。可是……敢問大明聖使，你知道我為什麼要攻擊你們嗎？」鄭和道：「還不是受陳祖義蠱惑，想奪取大明寶船，妄圖獨霸海外。」亞烈反駁道：「不，本王抵抗外侮，是為了護國，是迫不得已而自衛！」鄭和冷笑了：「本使早就說過，大明從不貪圖海外一草一木。對貴國，只有和睦之意，絕無加害之心……」亞烈卻激動地打斷他：「謊話！錫蘭山珍藏舍利子，你難道不是衝它來的嗎？你們大明皇上，難道不是一直對舍利子垂涎三尺、夢寐以求嗎?!」

一提到舍利子，鄭和像被人揭了短處，竟然說不出話來。亞烈卻動了感情，熱淚盈眶地說：「聖使啊，錫蘭山供奉舍利子已經上百年了，它是我們的國寶，我們的佛祖，我們的命脈！不管誰，膽敢仗勢強取，錫蘭山人必定以死相拼！」

鄭和一驚，訥訥地說：「陛下……如此看來，你答應獻給大明一顆舍利子，不是為了十船貨物，而是想以此誘殺我們。」亞烈道：「聖使總算明白了。你們既然貪圖舍利子，那就是錫蘭山的死敵。本王除了消滅你們以外，還能有什麼別的辦法嗎？」鄭和點點頭，心裡有點慚愧，說：「明白了，請陛下告訴我，現在您是怎麼想的，還願不願意以舍利子交換大明貨物？」亞烈對鄭和的問話有點措手不及，他愣愣神，看了看滿堂怒目環立的大明甲士，無可奈何地說：「事到如今，本王還能說什麼呢？唉……」

鄭和心裡也是沈甸甸的，他誠懇地說：「無論陛下怎麼想，敬請實話實說，本使會尊重陛下心願。」亞烈吞吞吐吐，始終沒有明確的態度。

這時候，英格爾扶著老太后走了出來。老太后的手中捧著那尊小金塔，英格爾已將事情的原委告訴了她。亞烈大驚：「母親！您、您怎麼出來了？」老太后沙啞地說：「我來見見大明國使啊。」鄭和恭敬地躬身施禮：「在下鄭和，拜見太后。」老太后打量看著鄭和：「你就是大明國

使麼？」鄭和道：「稟太后，在下就是大明國使。」老太后顫巍巍地將小金塔遞過去：「那麼……你就拿去吧。」鄭和驚訝地說：「太后？……」亞烈在一邊失聲驚叫：「母親！」

老太后衝著鄭和高聲道：「拿著！」

她將小金塔放入鄭和的手中，然後手一鬆。鄭和趕緊接過去，不安地說：「敢問太后，這、這是何意啊？」老太后清晰地說：「兩枚舍利子都在裡面。你拿回去交給你們大明皇帝。就說、就說我們錫蘭山願與大明國世代友好，永遠和睦。」亞烈急切阻止：「母親，兒子只答應交換給他們一顆！」老太后痛苦地擺擺手：「都拿去，都拿去吧！乾乾淨淨，以求太平。唉，兒子啊，還有聖使你，都聽著！我本想蓋個大廟，慶賀舍利子入國百年。可現在我想穿了，看透了！這百年來，舍利子引來多少戰亂哪。不光大明想得到它，先前的大元也想得到它，還有西洋那些鄰國、還有海賊，誰不想得到它呢?!唉，只要有舍利子在，爭鬥就不會結束。舍利子保佑不了錫蘭山，國寶反而成了國禍！……聖使啊，你拿去吧，只求你放過我兒子，讓錫蘭山人安安穩穩地過日子。我們別無所求，只求個太平清淨。」

鄭和聽得心裡不是滋味，他打開金蓋看了看，只見兩顆晶瑩的舍利子閃閃發光。這正是皇上嚴旨取回之物，滿宮人都在緊張地注視著鄭和。突然，鄭和跪下了，將金塔高舉過首，奉給亞烈，道：「陛下，請收回舍利子。」

亞烈被這突如其來的變化弄得不知所措，他惶惑地望著鄭和。

鄭和鄭重地說：「本使說過，大明絕不貪圖海外一草一木，更何況貴國國寶。請陛下收回舍利子！」亞烈凝望鄭和，結結巴巴地問：「你、你……請問聖使這是你自己的意思，還是大明皇帝的意思？」鄭和好像已經深思熟慮，凜然道：「既是本使的意思，更是大明皇帝的天意！稟太后、陛下，本使奉旨宣布，大明願出銀十萬兩，助貴國修建一座佛光寺。將佛珍舍利子永遠供奉其中，以求佛光普照，保佑海內外萬世太平昌盛！」

鄭和這一番話令亞烈震驚。他驚訝地看看老太后，不知如何回答。老太后顫聲道：「聖使啊……就算你們大明不取捨利子，海外也會有人貪圖它呀！你、你還是拿去吧。」鄭和凜然聲明：「大明王朝，絕不會逆天行事！稟太后，佛光寺建好後，請貴國在寺前立一座石碑，刻上大明國皇旨，昭知四海：佛光寺為大明所建，舍利子受大明敬奉。從此碑聳立之日起，誰敢貪圖此物，那他不但是貴國死敵，更是大明之敵！」

老太后與亞烈都被泱泱大明國正使的凜然正氣驚呆了！

這時候，在寶船上生擒了陳祖義的王景弘他們匆匆地衝入宮門。王景弘因為牽掛著鄭和他們的安危，所以不時地催促甲士們「快快」！而陳祖義由鄭餘押送著，在後面跟著走。

千總在王宮外面，與王景弘他們相遇，他高興地迎上前揖禮：「末將拜見王大人。」王景弘也很高興，說：「劉將軍，我看到你們從宮中發出的信火，就急忙趕來了。怎麼樣，上下都平安麼？」千總連忙說：「稟王大人，上下弟兄一切平安！」王景弘問：「鄭大人呢？」千總告訴王

景弘，鄭大人正在宮中舉行拜盟儀式呢。王景弘奇怪地問：「拜盟？和誰拜盟呀？」千總神秘地笑笑：「亞烈王。」王景弘果然更加驚疑，心想，這是怎麼回事呢？

王景弘走了進去。只見一尊金塔擱在高高的祭案上，鄭和與亞烈並肩跪於前面，焚香叩拜，再拜。老太后拄杖端坐於側。鄭和高聲道：「大明國正使鄭和，奉旨昭示天下。大明永樂皇帝應亞烈苦奈爾所請，敕封其為錫蘭山國王，並賜金冊、王印、玉牒，以證其命。世襲罔替，萬載不移。」亞烈接著鄭和高聲道：「錫蘭山國王亞烈苦奈爾，拜領大明永樂皇帝敕命。並在佛祖靈下盟誓：錫蘭山國奉大明天朝為上國之尊，結兄弟之盟，依律進貢朝拜，世代友好，萬載不移！」鄭和再道：「臣僕鄭和叩告西天佛祖。大明將敬奉香火銀十萬兩，為錫蘭山國建造佛光寺，安放佛珍舍利子。祈求佛光永照，保佑天下蒼生，太平吉祥，和睦萬年。」

誓罷，鄭和與亞烈向金塔再拜。

老太后激動得眼睛放光，顫顫悠悠道：「好哇，好哇。今天這事，才是舍利子入國百年來最大的盛事啊！天上有了佛祖保佑，地上有了大明相護，錫蘭山總算是迎來太平盛世了！聖使啊，我拜了一輩子佛，但是今天，我想拜謝一回大明國。」說著，老太后竟顫巍巍地朝鄭和跪拜。

鄭和急忙扶住老太后，道：「太后，在下萬萬不敢！今日盛事，不但是大明恩典，更是佛祖的天意！太后還是拜謝西天佛祖吧。」老太后喃喃地說：「是啊，是啊。」鄭和將老太后扶到金塔前跪下，同她一起叩拜。

千總走來，在一邊候著。見鄭和叩拜畢，連忙湊上去道：「稟鄭大人，王大人他們到了！」王景弘上前揖道：「鄭大人！哦……恭喜陛下了。」亞烈尷尬地回禮：「王大人同喜。」鄭和同王景弘，彼此一直擔心牽掛著，這一日不見，真是如隔三秋哇。鄭和笑問：「王大人，海上情況如何？」王景弘也笑著回答：「稟鄭大人。海上旭日東升，風平浪靜。所有的蝦兵蟹將、烏賊惡鯊，都被我們一網打盡了！」說著就轉身朝宮外叫：「帶上來！」

鄭餘押著被綁的陳祖義進入宮中，並且威嚴地喝叱：「走，快走！」鄭和打量著陳祖義譏嘲道：「陳公子，我們又見面了。如果你真讀過幾本書的話，就早該知道，什麼叫做天網恢恢，疏而不漏；什麼叫做天道有常、善惡必報！」

陳祖義恨恨地望著鄭和，忽然朝亞烈叫著：「陛下，您千萬不要上鄭和的當。您趕緊殺了這些狗太監！他們在利用你，他們要把海外各國都變成大明的奴才！陛下……」

亞烈憤怒地打斷他：「惡賊，欺騙本王的是你！你挑唆各國與大明為敵，禍亂四海，自己從亂中取利！」他轉過頭去喚英格爾，對他發令：「推出宮去，把他砍嘍！」英格爾應著「遵命」，就上來帶陳祖義。鄭和忙道：「慢著，陛下，在下有言相求。」亞烈道：「聖使請講。」

鄭和說：「陳祖義是個漢人，多年來禍害海外，致使大明聲望受損。請陛下把陳祖義交還給在下，本使要在巡使途中，將他展示給海外的君王百姓們看看，肅清各國舊恨，彰顯大明恩威！之後，將他帶回國，交給皇上，依大明國法處置！」亞烈一笑，爽氣地說：「行，就交給聖使了。」

千總示意甲士把陳祖義押下去。陳祖義一路上瘋狂地喊叫：「殺我吧，快點殺了我！亞烈你這個呆子，不得好死！鄭和，你這狗太監……」

鄭和向老太后及亞烈揖禮告別，亞烈笑道：「稟告聖使，明天，本王要在宮裡大開宴席，慶賀大明國與錫蘭山結盟。到時候，王子英格爾會再次前去，恭請聖使及各位聖差入宮。」鄭和微笑揖道：「在下遵命，謝恩。」亞烈躬身還禮，鄭和等恭敬地退出內宮。

出得宮門，鄭和就一把摟住鄭餘，激動地說：「鄭餘啊，你了不起，跟著王大人打了場惡仗！」王景弘在一旁笑道：「豈止是一場惡仗？鄭百戶還跳進大海，和將士們一塊生擒了陳祖義呢！」鄭和驚喜地說：「哦，這可是件大功勞！」鄭餘卻很痛苦，告訴父親：「鄭大人，南爺爺……死了。」鄭和大驚：「你說什麼？」王景弘也十分難過，他低沉地說：「惡戰當中，南公與陳祖義一同落海，再也沒有浮出水面。」

鄭和頓時呆了，他舉目望天，淚水刷刷地流了下來。

鄭和回到寶船，先去了總舵艙。打量著艙內南軒公遺物的時候，他的心頭浮上絲絲孤淒情緒。眼前的浮水羅盤，過洋牽星圖，粗瓷大碗，朱砂酒壺……都還和先前一樣，紋絲未變，如今人去物留，人走艙空。令活著的人好生淒涼。

鄭和正痛苦著，門口響起低聲一咳。鄭和沒有回頭，便沙啞一嘆：「景弘啊，我們對不住南公。他為我們做過那麼多奉獻，而我們卻無法回報他了……」

王景弘輕輕走了進來：「是啊。大恩無謝，大功無報。自古皆然。」鄭和說：「我想在歸國之後，奏請皇上，將天元號寶船更名為南公號，以紀其功。今後，船行四海，仍然要仰仗海神爺的護佑啊！」

王景弘沉吟著說：「在下……極為贊同。」鄭和偏頭看一眼王景弘道：「景弘，你好像有心事！」王景弘承認：「是有心事。在下本不想說，卻又不能不說。」鄭和道：「請講。」

王景弘沉聲道：「鄭大人，迎取捨利子是皇上的旨意。你無權自作主張，隨意放棄！你更無權把亞烈已經答應獻給大明的一枚舍利子，回贈給錫蘭山。」

鄭和一怔，不自覺地挺了挺身子：「還有嗎？」

王景弘說：「有。鄭大人肯定清楚，身為國使，你雖然有臨機自專之權，卻萬不能悖旨行事。你如此專斷，歸國後如何向皇上交代？朝廷裡那些原本就反對巡洋的大臣，又會借助此事鬧出何等是非?!請鄭大人三思。」鄭和低聲問：「說完了麼？」王景弘沉吟道：「還差一句。不過……這句話就算我不說，鄭大人也會明白。」

鄭和自然明白：「那句話大概是——歸國之後，你要向皇上稟報實情。」

王景弘說出想法，像卸下重擔，嘆了口氣說：「正是。在下身負皇上密旨，不得不如此。請鄭大人理解。」鄭和說：「我當然理解。還有什麼話？」王景弘輕聲道：「大致就是這些。」

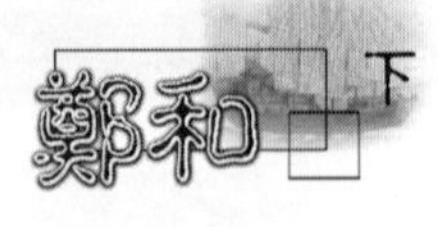

鄭和心情沉重，但見多識廣又喜歡看書的他，這些年在許多事情上已獨有見解，他語重心長地說：「景弘啊，你說的——包括你想說而沒說的，都對。你做的麼——包括想做還沒做的，也都對！但你知道的，我們之所以巡使西洋，歸根到底是為了弘揚天朝恩威，懷柔遠人，使之四海歸心。一言以蔽之，是尋友而不是樹敵！舍利子是人家錫蘭山國寶，假如我們奪人所愛，錫蘭山必將視大明為敵。為了一顆小小的舍利子，得罪整整一個國家，你說這值麼?!再說了，此事一旦傳揚開，海外列國將做何感想？他們會不會風聞導致猜忌？會不會以訛傳訛、草木皆兵？果真如此，那我們十幾年來千辛萬苦的巡使、賜恩、封賞、剿敵，豈不都前功盡棄了麼？」

王景弘對此尚不能理解，道：「你並非強取，而是交換。人家亞烈自願奉獻一枚舍利子，你答應賞給錫蘭山十船貨物。雙方公平交易。上合天理，下合人心。列國有何話說！」鄭和冷笑一聲：「自願奉獻！哼哼！景弘啊，你是不知真情還是假裝糊塗？」王景弘不悅地支吾：「我、我……我的意思是，既然亞烈自願奉獻，我們何不順水推舟?!」

鄭和深深嘆息：「唉。所謂自願奉獻，純粹是被迫無奈！你想想，如果沒有堅船巨炮抵門而立，他亞烈會有自願麼？那老太后會捧出金塔、以換取家國太平麼?!所以呀，逼出來的『自願』，說穿了仍然是以強凌弱，仗勢欺人。景弘啊，南軒公生前留下了一句話，令我一劍穿心哪！」王景弘驚訝地問：「什麼話？」鄭和顫聲道：「南公說，只要我們拿走了舍利子，那我們也就成海盜了。和陳祖義不同的是，他是殺人劫貨的惡盜，我們是冠冕堂皇的皇盜。」

王景弘沉默片刻道：「鄭和。你這些話跟我能說清楚。跟朝廷，卻未必說得清楚！滿朝文武有幾個人會是這樣想的呢？」王景弘說完掉頭離去，鄭和立在原地半晌未動彈。他回過神來以後，嘆息地走到屋角那尊浮水羅盤前，伸手輕輕一撥，水面上的浮針來回擺動起來……他看得走了神。他知道今天交還舍利子的事違背了皇上旨意。歸國後，那些當朝大臣很可能彈劾他的欺君之罪。但自己的此舉，完全是為了彰揚皇上在海外的恩威，是維護天朝與天道啊！即使滿朝大臣不理解，皇上也定會理解我的。皇上不但是我的主子，更是我的知音。這樣想的時候，他再次輕輕一撥羅盤，那浮針卻翻倒了，沉入水中！

頓時，鄭和滿面驚愕，他失神地望向天邊，這，是一個不祥的兆示啊！

遙遠的天邊奔馳而來一匹駿馬，篤篤的馬蹄聲急，騎馬人的身影漸近。身披盔甲的朱高煦騎在馬上，他頻頻揚鞭猛擊，馳騁荒原。後面跟隨著大隊的精壯甲士。奔至一片營帳前，朱高煦飛身下馬，急步奔入營門。營門前的衛士一齊折腰向朱高煦揖行。待朱高煦入門，他們卻迅速列成一排，個個按刀橫立，封住營門，將跟隨在後的甲士們全部攔在門外。甲士們被迫止步，一個副將朝朱高煦高叫：「殿下，他們不准我們入營！」朱高煦回頭，怒視著營衛道：「大膽。沒看見他們都是我的侍衛嗎！」營衛頭兒向朱高煦揖禮：「稟殿下，在下接到嚴令，除殿下以外，任何人都不准進入中軍營帳。」朱高煦斥問：「為什麼？」營衛喃喃道：「在下不知道。」

朱高煦沉默片刻，憤然掉頭往前走。他的侍衛被攔在了營門之外。朱高煦大步來到父皇的龍帳前，只見帳前侍衛環立，如臨大敵。兩個侍衛在龍帳門口上前攔住了他，他們抱拳揖道：「殿下！……」朱高煦朝旁邊一看，只見一邊的木案上放著一堆佩劍與戰刀。他明白了，無言地解下佩劍，扔在那堆兵器上。這時，龍帳門掀開，太監小溜子惶然迎出，折腰泣道：「殿下。您總算來了，皇上……還有太子和大臣們，一直等著您哪！」朱高煦急問：「出什麼事了？」小溜子抽泣著垂下頭，一言不發地拉開龍帳門簾。朱高煦匆匆奔了進去。

帳內早已跪著大片文臣武將，卻像死一般寂靜。朱高煦驚駭地穿過他們，一步步走向父皇。年邁的朱棣躺在龍榻上，看上去已經奄奄一息，身上卻還披著戰甲。榻前跪著太子朱高熾，悲泣無言。朱高煦走到朱高熾旁邊跪下，顫聲道：「父皇，兒臣來了。」

朱棣費力地慢慢睜開眼問：「高煦……戰況如何？」朱高煦道：「稟父皇，元賊完顏達兒被我擊潰，死傷無數，殘部逃入沙漠。兒臣正要追擊，卻被飛馬召回。」朱棣吃力地說：「好啊。傳旨……三軍停止進攻，擇日班師。」朱高煦道：「遵旨。」

朱棣又喚高熾。朱高熾膝行靠前：「兒臣在這。」朱棣喘道：「京城……有什麼情況？」朱高熾含淚回答：「稟父皇，北京城一切平安。」朱棣又問：「南京呢？」朱高熾又道：「剛剛接到南京守備遞來的急奏，說海外傳言，鄭和剿滅了海盜，活捉了陳祖義。」朱棣激動得臉發紅，口道：「好，好！……」忽然一陣巨痛，已經極度虛弱的他，痛昏了過去。高熾高煦撲上前，齊聲呼喚：「父皇，父皇！……」好久，朱棣慢慢又睜開了眼睛，聲音顫悠地說：「聽旨。」高熾高煦互望一眼，立刻屈身跪下。

朱棣喘著喘著，終於道出：「朕如有不測……著太子朱高熾繼位。諸皇子及眾臣，盡心輔佐，務使大明恩威四海，萬世鼎盛！……」言未罷，朱棣身心衰極，合眼長逝。朱高熾、朱高煦撲到榻邊，悲傷地大哭：「父皇！父皇！」後面的文武大臣一起伏地，痛聲哭泣：「皇上！皇上！……」

西元一四二四年（永樂二十二年），一代雄主朱棣病亡於五征漠北的途中，臨終未及解甲。太子朱高熾即位，翌年改元洪熙。

巡洋在海外的鄭和他們對此一無所知。鄭和率領的大小海船排列著壯觀的隊形，在海面上馭風破浪。行進間，各船之間彼此傳遞著陣陣螺號聲。站在寶船高臺上的鄭和，眺望著茫茫海天，若有所思，直到前方浮現出一個小島。

鄭和看清小島後掉頭欲進大艙，但在臨進艙前，他卻猶豫了，終於嘆了口氣，轉回身，眼望著天邊的那個小島，吩咐高臺下的總旗官：「航向西南，半帆行駛。」總旗官高聲應著：「遵命。」王景弘也登上高臺，看一眼遠方小島，微笑了：「請問鄭大人為何改航？」鄭和嗔道：

「景弘哪，你明知故問。瞧，莫幹島到啦，我們總該探望一下老朋友吧。」王景弘道：「鄭大人不忘舊情啊。算下來，吳宣被放逐已經十個月了。恐怕他早就被虎豹豺狼吞吃了。」鄭和沉默片刻，說：「那，我也想看看吃剩下的骨頭。」

靠近島嶼的時候，鄭和他們換乘了快蟹船，船首接岸，鄭和、王景弘及部下跳上島去。他們踩著亂石爛泥慢慢地向前走，眼往四處搜尋。島上萬籟俱寂，隱隱有鳥聲，卻看不見活物的任何動靜。

突然，王景弘停了下來，低聲喚：「鄭大人！」鄭和順著王景弘微含驚恐的視線望去，只見荒草中露出幾根枯骨，一時難辨是人骨還是獸骨。鄭和的表情瞬間沉重起來，令部下：「吹號。」部下舉起海螺，嗚嗚猛吹一陣，大家靜靜等了一會，島上仍無動靜。王景弘嘆道：「鄭大人，我們回去吧？」鄭和沉默片刻，悶悶地往回走。但他剛走出幾步，腳下便嘎嚓一響。他低頭一看，竟然是一支踩斷的殘箭。鄭和興奮地指給大家：「看！他活著，再吹號！快！」部下再次吹響螺號，嗚嗚嗚——

終於，一簇林叢劇烈搖動起來。緊接著林中傳出狂呼亂叫，猶如獸吼：「哇喔！啊喔！」渾身破爛、毛髮披肩、狀如野獸的吳宣從密林中狂奔而出，他一直跑到鄭和面前，撲地而跪，號啕大哭：「鄭、鄭大人，鄭爺爺！……王大人、王爺爺！你們可來了，嗚嗚……」

鄭和示意部下拿點吃的給他。部下從布囊中取出一塊餅子，遞給吳宣。吳宣像猴子一樣快速接過去，立刻貪婪地啃食著。鄭和的目光中，露出了憐憫的神情。他看著他吃了一會，問道：「吳宣，你知罪了嗎？」吳宣連連叩首，泣道：「奴才知罪了，知罪了！求鄭大人帶我回去吧，只要讓我上船，要殺要剮都行！求您了，千萬別再扔下我！……嗚嗚嗚。」

鄭和詢問地看了一眼王景弘，王景弘臉上也有憐憫之意，鄭和便對吳宣說：「上船吧，我們一起回國。」吳宣如蒙天恩，驚喜若狂：「鄭、鄭大人？……」

鄭和上前扶了他一把：「走。上船吧。」吳宣起身，且哭且笑，搖搖晃晃，走向岸邊的快蟹船。

這一天，鄭和在日記中寫道：「我把吳宣帶回船上，帶回了人間。雖然他罪該萬死，但我不願意讓他死。因為我了解皇上，如果我處死了吳宣，下次出海時，皇上會給我安插一個更可怕的助手。與其那樣，則不如留用吳宣。我相信此人已經知恩改過。今後，他將死心塌地忠於我……」

他在裡屋記日記的時候，外屋有部下報告：「稟鄭大人，吳宣帶到。」鄭和駐筆抬頭：「讓他進來。」部下應聲而退，鄭和起身，按一下艙壁，那裡出現了一道秘屜。鄭和將日記放入，再合上秘屜。那片艙壁又渾然一體，看不出任何痕跡了。這時候，內艙的門無聲地推開來，吳宣走了進來。他正好瞥見了鄭和關閉秘屜的動作，不禁心裡詫異，表面上正大光明的鄭和大人，難道也有什麼見不得人的事情？但當鄭和轉過身來時，他已經迅速垂首跪地，彷彿什麼也沒有看見，

口中極恭敬地說：「奴才叩見鄭大人。」

鄭和心情複雜地打量著洗理一新的吳宣，他已經剃去如獸般的鬍髮，換上一身水手服裝，顯得精神了許多。鄭和問：「吳宣，這十個月，你是怎麼過來的？」吳宣臉上的肌肉恐懼地抽動著，彷彿還在擔心突如其來的野獸的襲擊：「稟大人，奴才在莫幹島上真是生不如死，度日如年哪！成天沒人說話，孤獨得快要瘋了。到了夜裡，海風呼號，豺狼出沒，奴才只能鑽進洞裡，縮得跟個土撥鼠似的。」鄭和淡淡地教誨：「哦，人哪，於孤獨苦悶之中，反而有助於反省自察。我問你，你有所追悔麼？」吳宣眼睛睜得大大的，表示著他的誠懇：「稟大人，奴才後悔死了！奴才萬萬不該鬼迷心竅，犯下悖逆之罪。」鄭和目光銳利地盯著他：「除了後悔之外，恐怕把本使也恨之入骨了吧？」吳宣急忙表白：「奴才萬萬不敢！奴才這是咎由自取，大人懲處奴才，完全應當！再說，大人終究把奴才接了回來，大人對奴才恩同再造啊！」

鄭和聽了此話滿意了：「嗯。看來，莫幹島確有令人醒悟之效。莫幹莫幹，就是勸誡世人莫幹惡事，順天理、知善惡嘛。吳宣哪，起來吧，起來！坐著說話。」

吳宣爬起來，側身坐到矮凳上，鄭和心裡還是好奇，又問：「吳宣，你在島上，如何料理吃喝啊？」吳宣回答：「稟大人，奴才除用弓箭射獵之外，再就是採食野果。島上各處生長著許多叫不出名的野果子。」鄭和又提到飲水問題，吳宣興奮起來：「大人哪，莫幹島上有好幾口清泉，終年不斷。那水清涼甘甜，比船上的飲水都好！」鄭和像發現了一塊新大陸，急問：「哦……島上土地多不多？」吳宣的口氣裡居然有點自豪：「山後面有大片平原，足有上千畝。綠草過膝，肥沃無比。」鄭和突然沉默了一會兒，說：「如此說來，我還得再到島上看看。」

吳宣驚恐地又跪下地：「不不，大人饒命！奴才知罪了，奴才再不敢上島了。」鄭和笑道：「不會再請你去了——我去！」

鄭和和王景弘又重上莫幹島。大片綠野中，兩人踏著青草悠悠地散步。鳥兒在頭頂鬧鬧地飛，走獸在身邊驚惶竄過，逃進前面的青山不見了蹤影。鄭和彎腰拔出一簇野草，仔細看看黑油油的草根，再嗅了嗅，滿意地說：「景弘啊，這片土地從來沒被海水淹浸過，跟內陸土地一樣。」王景弘嘴裡應著，人已經蹲到一條嘩嘩流淌的小溪前，掬起一捧水嘗了一口，喜形於色地說：「唔，這水質確實上佳，清涼甘甜得很。」

鄭和站在草地上眺望四周，興奮地說：「景弘，你看看，光是這塊地，只要稍加種植，起碼可以養活幾百口人。再加上捕魚狩獵，差不多能過上富足日子了！唉，這幾年來，我一直在找這麼個島子，今日總算是找著了。」王景弘轉過頭來說：「真是一片海外寶地啊，回頭得向吳宣道聲謝，要不是他，咱們還到不了這裡呢。」鄭和笑道：「我的意思，就在莫幹島上建立一座兵站。既作為大明的海外基地，又是海上貿易的中轉站。你看如何？」

王景弘在小溪邊站起來，聲音裡透著興奮：「從海圖上看，此島位居南洋各國中途，遠近適中，更難得的是。它還是個無主之島，可免去許多領土爭端。鄭大人，咱們為大明開闢了一塊海外國土，功德無量啊！」

鄭和激動得臉都紅了：「定了，定了。就是它！回頭，咱們就選拔將士，駐守莫幹島，屆墾建設。」王景弘卻打起了退堂鼓，他望著鄭和說：「只怕有一個難言之處。將士們出海兩年了，如今個個是歸心似箭。突然要把人留下來，有家難歸，孤懸海外。你想想，誰願意領命呢？」鄭和正色道：「國家大事，皇恩如天。再說了，軍命不可違嘛！」王景弘不以為然：「話雖然是這麼說，但我覺得，此事最好是自願。如果不能自願，就算強把他們留下來，恐怕也會跟吳宣一樣，度日如年，鬱悶如狂。時間長了以後，甚至會在島上激出內亂哪！」

鄭和陷入兩難之中，這時，鄭餘從叢林中奔來，手裡提著一串紅通通的果子，歡喜地叫著：「鄭大人。你嘗嘗，快嘗嘗。」一邊摘下一顆野果就往鄭和口裡塞。鄭和嗔怪道：「鄭餘，這是什麼野果？當心中毒！」鄭餘笑道：「南爺爺告訴過我，這果子名叫草蜜桃，一咬一口蜜，甜死了！你嘗嘗。王大人，你也來一個。」

鄭和與王景弘各嘗了一顆，鄭和笑著連連點頭。王景弘更是讚不絕口：「嗯，不錯！確實不錯！」鄭和打量著興奮不已的鄭餘，含蓄地問道：「鄭餘啊，我問你，喜歡這個島子嗎？」

鄭餘不假思索就說：「喜歡！老在船上待著，都快把我憋死了。我做夢都夢見這麼個地方。」鄭和輕聲說：「哦，那就好。那就好啊……」

王景弘彷彿察覺到了什麼，不禁直瞪鄭和，微微搖頭嘆息。

這一天的晚上，鄭和在天元艙中與鄭餘對坐進餐。鄭和不停地為鄭餘挾菜，口氣親切地說：「兒子，來，多吃點菜。喏，再來塊魚。味道怎麼樣？」鄭餘的嘴裡沒有空檔，滿口努力嚼著，說：「好吃，真好吃。」鄭和心疼地說：「那你就多吃點，使勁吃。喏，這是紅燒牛肉。」說著又給鄭餘挾菜。

鄭餘感覺到今晚父親表現特別，甚至有點討好自己的味道。他不知所以，傻笑著對父親說：「爸，你也吃啊。」

鄭和的眼睛不肯從兒子身上挪開，他飲了口酒，笑道對鄭餘說：「爸看著你吃，這就比吃什麼菜都香！」鄭餘奇怪地問：「爸呀，過去你從不准我進官艙吃飯，今天是怎麼啦？」鄭和訥訥地說：「哦，今兒嘛，爸想和你聚聚，犒勞犒勞你！不光是吃個飯，今夜你還可以睡這艙裡。」鄭餘喜滋滋地說：「太好了！爸呀，你要是有什麼話，不必等晚上，現在就說吧。」

鄭和支吾著說：「兒子，你長大了，也懂事多了……」鄭餘笑嗔：「鄭大人，說話別拐彎！」鄭和舉碗，將酒一飲而盡，表情卻沉鬱起來：「鄭餘，爸想跟你商量個事，你要是不願意，爸絕不會怨你，你仍然是爸的好兒子，大明的好將士！唉……鄭餘呀，爸和王大人決定，要在莫幹島上建立一座兵站，作為大明的海外中轉基地。為此，需要駐守部分將士，為期一年，一年後輪換。這事嘛，必須自願。爸和王大人估計，將士們出海至今，恐怕歸心似箭了。你是爸的骨肉，你要是願意首批留駐的話，將士們必能效法。他們會覺得，人家鄭大人都把兒子留下了，我等還

有什麼可擔心的……」鄭和說著，忽見鄭餘臉色不悅，便戛然而止。

鄭餘顯然有牢騷：「爸呀，官兵們歸心似箭，就不許我歸心似箭了嗎？我不是也是官兵嗎！」鄭和一怔，尷尬地應著：「是啊，是啊。」鄭餘傷心地說：「爸，我們離家快兩年了。我、我想家，想媽媽……」鄭和如遭電殛，斷然道：「回家，回家，咱倆一道回家。唉，這事是爸犯糊塗，不提了，再也不提了。來來，吃菜！」

鄭和又給鄭餘挾上菜，兩人垂首默默地吃著，但氣氛已經兩樣，誰也不敢再看誰了。

這一晚，鄭餘就睡在鄭和那裡。夜深了，他躺在天元艙內室的睡榻上，輾轉反側。忽聽艙門一響，他趕緊閉眼裝睡。

鄭和從外面走進來。他輕輕走到鄭餘身旁，上下看著，溫柔地摸了摸他的腦袋，替他蓋上了被單，順手取走榻旁的的洞簫。臨出門前，鄭和依戀地望著艙壁處的那尊天妃塑像，動情地一嘆。最後，他吹熄了蠟燭，步出內室。他走後，鄭餘又睜開眼，回轉身，望著從舷窗透入的微微月光下的天妃塑像，想像著自己再見不到母親，身心頓時空落落的，身子彷彿漂在水上，隨波逐流。淚水也不禁流淌下來，他忍不住獨自哽咽起來。

幾乎與此同時，艙外隱隱傳入苦澀的洞簫聲。其聲如泣如訴。那是鄭和坐在艙邊吹簫。他神情寂寥，冷峻。

天上是一輪明月，身旁是無邊的大海。

翌日，鄭和將船隊眾官員召集到寶船。眾官員從舷梯處上得天元號，在高臺前依序排立，鄭餘立於末尾。鬢髮斑白的書記官再次捧著厚重的《航海日誌》從艙中步出，他仍然依照誇張而莊嚴的程式——落座，取帕，拭手，開錄。鄭和與王景弘步出高臺，俯視眾官員。眾官員齊齊折腰：「拜見國使大人！」

鄭和道了「免禮」，然後說：「列位弟兄，我等多次巡使西洋，如同候鳥，冬去夏來，經年累月，但在海外卻始終沒有一塊大明的立足之地。現在，本使決定在莫幹島上建立兵站，作為船隊巡洋貿易時的中轉基地。為此，需要駐守三百名官兵，大小海船二十艘，從事屯墾建設……」

此語一出，官員內騷動起來，竊議不止。

鄭和提高聲音道：「本使知道，弟兄離國已近兩年，思鄉心切。但是建立海外基地，乃百年大計，皇上汲汲垂念，我等夢寐以求。船隊如有了一處基地，便如同候鳥有了歸巢，船隊有海外家園。既弘揚了大明國威，更便於日後溝通列國，縱橫四海，恩威天下！我等大明將士，俱深受國恩，心胸浩蕩。建設海外基地，乃千古英雄事業，光照青史啊！」

底下安靜了，官員們凝神傾聽著，王景弘在一邊說：「鄭大人與在下決定，此事請列位自願投報，凡報名者，皆官升一級，發雙倍餉銀，外加兩年的衣食用具。首期駐守一年。一年之後，定期輪換。」一位中年官員不安地說：「王大人哪，海上風雲變幻，世上萬事難料。要是朝廷突然改了主意，或是船隊發生了什麼意外，留駐人員恐怕有家難歸了……」官員之中頓時再起騷

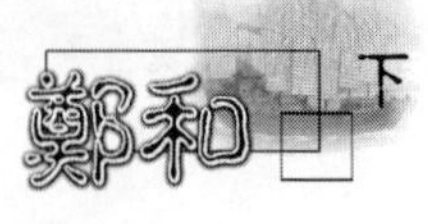

動。

鄭和仰面朝天一揖，高聲道：「本使謹代皇上頒旨：明年此時，船隊必定重回莫幹島，接回駐守官兵，改派第二輪人員入駐。如果有什麼意外，本使即使游過整個大洋，也要游回來接你們！」王景弘道：「歸國後，鄭大人將與在下聯名上奏，請朝廷將莫幹島列做兵部直屬的海外鎮衛。今後，糧餉兵員，均專屬專撥。一茬連著一茬，一輪接著一輪，持之以恆，絕不間斷，直至把莫幹島建成繁榮昌盛的海外基地！」

底下官員為莫幹島的前景振奮著，議論得眉飛色舞，卻無人出列報名。王景弘心裡有些著急，催促道：「列位弟兄，請吧。」底下的說話聲停止，眾人都在猶豫，互視看看，等待別人出列。

鄭和開始不安了，他期待的目光緩緩掃過眾人。這時候，後排響起一個還帶點稚嫩的聲音：「鄭大人，王大人！」這聲音令鄭和一驚，急忙朝後面望去，

只見鄭餘已步出佇列，朝鄭和深深一揖：「百戶鄭餘，請求留駐莫幹島。」

鄭和慌張地說：「你？……不不！」兒子的這一揖與一求，他承受不起。

鄭餘卻在眾官員面前斗膽正聲反問鄭和：「敢問鄭大人，為什麼不准我留駐？」

鄭和有點不知所措，訥訥地說：「你、你年齡尚輕。」鄭餘卻說：「稟鄭大人。我已是成人，從軍已經兩年。水勇當中，現有比我年齡更小的弟兄在冊。末將請鄭大人一視同仁，准我留

駐莫幹。」

官員們都緊張地看著鄭和，鄭和心潮澎湃地望著鄭餘，眼睛有點濕潤。而甲板上一片寂靜，須臾間，人們心中已改換了另外一種等待。終於，鄭和大喝一聲：「准！」王景弘的眼眶也有些濕潤，他朝書記官高聲道：「鄭餘百戶升為副千戶，領雙餉，首批留駐莫幹島。」

書記官口中重覆著，同時揮筆將此事載入了《航海日誌》。接下來的場面就熱鬧了。一個年近半百的老武官出列，高聲道：「末將劉正龍，請命留駐！」鄭和道：「准。」王景弘立刻道：「劉正龍千戶升為指揮簽事，領雙餉，首批留駐莫幹島。」書記官口中重覆著，又將此載入《航海日誌》。一個個的官員陸續出列報名：

——下官伍平發，願意留駐！

——末將宋忠願意留駐莫幹！

——總旗官林洪武，請求留駐！

……

鄭和臉上露出了欣慰的笑容。

留下來的人乘著快蟹船上了島，同船隊分別的時候，鼓號隆隆，留在島上的人將一面龍旗升上了插在島上的高高的旗杆。旗上書寫著大大的「大明莫幹衛」五個字。留駐將士戀戀不捨地望著海面上的寶船。

快蟹船上最後還剩下鄭和與鄭餘。鄭餘起身走向舷邊，鄭和在後面突然顫聲叫：「兒子……」鄭餘回望著鄭和，輕聲應著：「爸。」鄭和強忍著哽咽道：「明年，爸一定會回來接你！」

鄭餘盡量做出歡樂的樣子，笑著說：「我知道。爸，跟媽說一聲，我、我想她，我在心裡給她叩頭了，祝她吉祥如意。祝你和媽……相親相愛。」鄭和心中暖融融的，使勁點著頭說：「嗳。爸記住了。爸日夜惦記著你。」

鄭餘跳上岸，大步離去。鄭和望著他的背影，眼淚終於流了下來。

鄭和回到寶船上。王景弘關心地望著他。他朝王景弘點了一下頭，王景弘便高聲下達航令：「船隊升帆，起航。航向正北。」甲板上的總旗官呼應著重覆：「升帆，起航，航向正北！」主桅下的眾多水手就合力升起巨大的風帆。而船首處，眾多水手吱吱地絞動輪盤。只見沉重的鐵錨帶著嘩嘩的海水升出海面……

鄭和獨立於舷邊，目不轉睛地望著莫幹島。不遠處，一個年青小號手正鼓吹海螺。但他吹了一半號聲卻突然嘶啞了。小號手忍不住悲傷，垂頭抹起了眼淚。鄭和扭頭，詫異地問：「三喜，你怎麼了?」小號手哽咽地說：「稟大人，小人的父親留駐在島上了。他年老體弱，小人怕是再也見不到他了。」鄭和更為驚詫，「本使說過自願留駐。你父親既然年高，就不必留下嘛。」小號手痛苦地說：「大人說得是。……原本是該小人留駐莫幹，可父親他堅決要讓自個留下，讓我歸國。」鄭和便問為什麼。小號手說：「為了二百兩餉銀啊！父親說他餘年無多了，不怕終老海外。而我年青，應該回去照料妻小。父親把銀子全給了我，讓我帶回家。」

鄭和既感動又慚愧，嘆息道：「你有個好父親啊！他把自個留下，讓兒子回家。而我呢，卻讓自個歸國，把兒子給留下了！唉，你的父親，比我這個父親好。」小號手望著鄭和憂鬱的表情，惶恐地說：「大人，小人不是那意思……」

鄭和痛苦地搖頭，不讓他再說下去。

對面島上，所有的官兵都失魂落魄地望著正在起航的海船。鄭餘含著眼淚也在其中，他久久地佇立在岸邊，像一尊塑像。海面上，船隊越行越遠，在船上人的眼裡，莫幹島已化為天邊的一片暗影，最終消失在雲霧之中。

鄭和也佇立在舷邊，凝望不動。他徒勞地眺望著消失的小島，猛烈的海風吹打著他頭髮、袍服，他感覺自己的軀體即將衰竭，正無力地朝海底淪陷。很多年後以後他才明白，自己是個狠心的父親。他已經把自己獻給主子了，為什麼還要把兒子獻出去呢？他早就失去了心愛的女人，現在又失去了心愛的兒子。唉，主子啊，您知道嗎？我為大明皇朝立下了功勛，卻對自己的親人犯下了無可贖償的罪過！

【第三十二章】

船隊離開莫幹島之後，就往國內方向航行了。也許是思家心切的緣故吧，水手們把航船駕駛得飛快，船隊到達國內的日子要比預計的日子提前不少。這一日，海上的五級大風鼓脹著巨帆，幾百面巨帆在風中吱吱作響。眼看大明大陸越來越近，甲板上的水手雖忙碌，卻興奮著。一個小旗在舷邊拋下測量船速的彩色木塊，並且沿舷邊追趕。嘴裏不時叫著：「五丈！……八丈！……十丈！」船尾處，另一個小旗從水中拽起測深錘，他檢視著錘底高叫：「水深兩丈三尺。沙石海底。」

王景弘立在高臺上，注視著各處的操作。總旗官向他走近，興奮地說：「王大人，我們已經接近內陸了。照此速度測算，明晨就可以馳入福建太平港。」

王景弘給一說，越發地煥發了，卻不忘提醒道：「唔，越是接近於歸國，越不可馬虎大意！稍有放縱，事故就來了。」總旗官道：「知道了。」王景弘讓總旗官傳命各船，保持船距，減速行駛。另外，加派雙倍的當值官員，每隔一刻鐘，各船就鳴號聯絡一次。切不可懈怠！

總旗官跑開去傳達命令。須臾，一串信旗升上寶船桅頂。片刻後，海上各船都在相互傳遞短促的螺號聲。王景弘這才放下心來，可心裡還牽掛著鄭和，他扭頭看看天元艙緊閉的艙門，暗暗嘆了一口氣，走過去問門旁侍衛：「鄭大人在艙裡麼？」侍衛折腰回話：「在。」王景弘問：「在做什麼？」侍衛不安地說：「卑職不知道……王大人啊，鄭大人兩天沒出過艙門了。」王景弘想了一想，說：「開艙。」侍衛擔心地說：「鄭大人有話，不許任何人打擾。」

王景弘加重了聲音：「拉開艙門！」兩個侍衛就從兩邊吱吱拉開了闊大的艙門。

王景弘走進去，看見艙內的大案上仍然點著蠟燭，鄭和正在臨案揮筆書寫。突然射入的強光使他一驚，他不禁抬手遮擋，口裡說：「哦，天亮啦？」王景弘微笑走過去，說：「豈止天亮了，外頭早就是紅日當頭！」說話間已將所有舷窗全部拉開，讓大片的日光與海風從四面八方轟轟烈烈地撲進來。天元艙裡頓時燦爛生輝！王景弘笑道：鄭大人，你現在看到的，已經是大明的太陽、大明的風了！船隊就要進入國門，再過幾個時辰，就可以望見福建太平港了！」

鄭和頓時抖擻起來：「好哇，好哇！哦……景弘，船隊情況如何？」王景弘說：「一切順利。將士們個個喜笑顏開，當值也格外起勁。」

「好！」鄭和將手中的筆放下來，請王景弘坐。自己卻站了起來，說：「可不知怎的，越是快歸國了，我心裡頭越是有點慌亂。」王景弘笑道：「可以理解，飄泊萬里望家還。你這是近鄉情更怯嘛。」鄭和想了想，道：「不完全這樣。我們去國兩年多了，孤懸海外，音信不通。這期間，朝廷上還不知發生過什麼事，各部大臣也不知有什麼變動。還有官場上的吉凶善惡、是非榮辱，我們就更不知深淺了！而一旦登岸，就得迅速對接上，方方面面都差錯不得。稍不當心，走錯了一步，那不就跟行船觸礁一樣麼？」王景弘同意：「是啊，如此看來，所謂『近鄉情更怯』，真是不怯不行啊！」

鄭和轉臉望著舷窗外的海面，道：「說句心裡話吧。有時候我覺得，在茫茫大海上行船，反倒比陸地上的宦海浮沈安全！」

王景弘見鄭和如此推心置腹，心下感動，默然頷首。這時候，侍衛端著銅盆入內侍候，鄭和便住口不言，上前洗臉。侍衛退了下去。王景弘起身踱到案前，打量著案上的奏摺，喃喃念道：「《開疆闢海疏》……好嘛，大手筆！」說著就坐下細看起來。鄭和抹著臉笑道：「景弘，正要請你幫著斟酌呢。我們巡使西洋已經六次了，前後十多年。每回歸國，我們都帶回無數的物產、奇珍，卻很少取法海外的優長之處，以助大明富國強兵。」王景弘亦有同感：「說得是啊，幾百年來，列代朝廷都視海外為蠻夷，混沌未開。對他們，最多只是賜恩懷柔，根本不屑於取法。」鄭和道：「這兩天，我把西洋各國的情況仔細思考了一遍，準備給皇上上一道奏疏，建議取海外各國之所長，補大明之所缺，開疆闢海，富國強兵。」

王景弘驚訝而又肅然起敬：「哦，這可是一件大事啊，請鄭大人賜教。」

鄭和目光炯炯，在艙內踱著步，以助思考，一面侃侃而談：「其一，改建一支真正的大明遠洋海軍，它不僅用於護海、巡使、通商和貿易，更要穿越大洋，進入西方世界，找到傳說中的英吉利、法蘭西、地中海。弘揚天朝恩威，與之溝通交流。其二，開闢永久性的海外基地，配備專屬的文武職官，以及戰船糧餉等等，其經費來源於囤墾和貿易。其三，建立海事衙門與學校，培養專門的航海人才，使巡洋大業，代代推進，長盛不衰。其四，逐步開放海外貿易，准予民間與西洋各地物物交換，朝廷可從中收取稅賦，如此，則能富民強國。其五是，禮待海外洋人，只要他們遵守大明律法，就准予其入關，登岸，與內地進行貿易。諸如此類，共計八項十三款。中心意思就是開疆闢海，恩威天下。」

王景弘聽得振奮：「好啊！鄭大人心胸浩蕩，目光遠大，這一道《開疆闢海疏》，款款都是富國強兵之策，嘔心瀝血之言。在下敬佩不已！」鄭和笑著將他一軍：「景弘，願意聯名上奏麼？」王景弘拱手長揖：「在下榮幸之至。但在下……不敢。」

「為什麼？」鄭和明知故問。

王景弘誠懇地說：「鄭大人哪，您剛才說過，朝廷裡深不可測，官場上禍福難料。這一道奏疏上去，斷然讓當朝大臣們振聾發聵，渾身不舒服！敢問鄭大人，這是福還是禍呢？再請問鄭大人，您明明知道官場比大海更危險，為什麼還要冒這個險，您就不怕觸礁翻船嗎?!」鄭和自然也是想過這個問題的，他深謀遠慮地說：「這道奏疏不經過內閣，直接呈給皇上。皇上即使不准，也絕不會懷疑我的忠誠。」王景弘以為鄭和疏忽了，提醒道：「但皇上會批給大臣們看。軒然大波，仍然無可避免！」

鄭和並非不知其中厲害，但他更知道自己的想法不講出來不行。他信口問了王景弘一句：「那麼，你有何建議？」王景弘抬頭望著鄭和的眼睛，目光裡含蓄著兒時和鄭和做朋友時的神情。他貼己地勸道：「收藏起來，秘而不宣。如果皇上雄心如舊，還像以前那樣堅持巡洋的話，那你就呈給皇上。如果……恕在下斗膽，如果皇上的國策變了，你就將它留傳子孫後代吧。鄭大

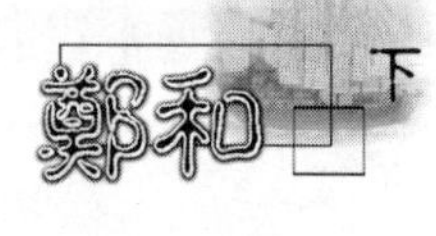

人啊，皇上已經六十四萬壽了，還會像靖難之役時那樣雄心萬丈嗎？再說，你我也快老了……」

雄心勃勃的鄭和一聽這話，熱氣騰騰的一顆心慢慢涼了下去。但他知道王景弘這一番話是為他著想，說得在理。他機械地收起奏疏，心情沉重地說：「你說得對啊，我還是收起它來，留著自個安慰自個吧！唉。」

正在這時，侍衛興沖沖入內道：「稟鄭大人，王大人。哨台報告，已經望見福建海岸了！」鄭和和王景弘立刻把《開疆闢海疏》一事扔在了腦後，忍不住地興奮起來，跟著侍衛步出大艙，一眼就能望見大陸海岸上的一片鬱鬱蔥蔥，正向寶船昂首闊步地靠上來。

這時候，艙內的所有水手都湧到了甲板上，朝岸上眺望著，容光煥發地縱情歡呼。鄭和與王景弘已經登上了高臺，心曠神怡地深情注視著海岸。鄭和深深地吸了口氣，陶醉地說：「景弘，你聞出來沒有，這是家鄉的風啊，稻香之氣撲鼻而來。」

王景弘微笑道：「按農時算，現在正該收割水稻。但願是豐年哪。」鄭和回頭令總旗官：「派快船先行入港。通報港務官員，大明船隊巡使歸來，共有大小海船三百二十三艘，官兵兩萬四千餘人。叫他們安排泊位，補充飲水糧草。我們要在太平港休整五天，之後北上南京。」總旗官興奮地應著去執行命令。接下來，船隊被排列成縱隊，在寶船的率領下，整齊地行駛在進港水道上。

鄭和與王景弘和官員們也換上了全套官禮服，佇立在高臺上。所有官兵鎧甲鮮明，齊立在甲板上。舷邊，旗幟迎風，號手興奮地吹響螺號。嗚嗚嗚……

海岸越來越近了，鄭和心情緊張地朝岸上望，卻發現太平港灣內空空蕩蕩，死氣沉沉。鄭和側過頭望王景弘，王景弘也正在望他。兩人詫異互視兩眼，眼中全是問號：怪了，為何這麼安靜？王景弘輕輕地對鄭和說：「以往我們入港，官員百姓都會傾城而出，隆重歡迎我們。今天這是怎麼了？」鄭和的目光一直沒有離開過港岸，他突然指著岸邊叫王景弘看。

王景弘順著鄭和的手勢望去，只見大小商船、漁船整齊地排列在岸邊，它們都被粗大的鐵鐐鎖住了。王景弘驚訝地叫起來：「封海了！」鄭和沉重地點點頭。忽然間，所有的號鼓都戛然停止。船上官兵們的眼睛齊刷刷地看著岸邊，船上寂靜無聲，岸上也一樣。

寶船終於泊岸，鄭和與王景弘慢慢地步下舷梯。鄭和的雙腳一踏上地面，就立刻左顧右盼地尋找，卻沒有官員來迎，一個也沒有。鄭和與王景弘驚訝地互視一眼，無言朝前走去。一踏上國土，他們立刻變得小心翼翼，不再輕易發表意見。他們像是來到一個陌生的國度。走了一段，看見城樓上掛著一片白幛。兩邊的街巷，每家每戶都是孝幡低垂。微風吹來，地面上的紙錢撲騰翻飛……

終於，他們看見人了！前方出現了一片身披麻衣的官員，他們靜靜地排立著，看上去已經等待了許久。

鄭和感覺有變，而且不祥。他怔在那裡。

一個老官員出列迎了上來，恭敬地跪地揖拜道：「福建守備劉子毓，恭迎鄭大人，王大人。」鄭和極力壓制著不安，問：「子毓兄，出什麼事了?為何滿城戴孝?為何要封港禁海?!」劉子毓驚訝地反問：「鄭大人，難道您不知道?」鄭和嗔怪道：「我剛剛登岸，怎麼會知道！」劉子毓顫聲道：「稟鄭大人……皇上殯天了。」鄭和彷彿吃了突如其來一悶棍，臉色頓時刷白，大為驚恐：「什麼?!」劉子毓哽咽道：「本月初五，皇上在漠北戰地龍馭殯天了！現在仍是國喪期間，因而全國舉喪，封港禁海。」鄭和仰天慘叫：「皇上啊！主子呵！」搖搖欲墜，頹然昏倒。

劉子毓趕緊上來將鄭和扶在自己懷中，連聲驚呼：「鄭大人！鄭大人！」

鄭和失神四望，漸漸清醒了，他發抖的手緊緊抓住劉子毓：「那麼……新君是誰?」劉子毓低頭告訴他：「太子已在靈前即位，頒旨安民。過幾天就是開年的正月初一，大明將改元洪熙。」鄭和呆滯地「哦、哦」了兩聲，停了一會，突然想起：「孝衣，孝衣！」劉子毓急忙朝後面部下下令：「給鄭大人一套孝衣。」劉子毓身後的兩個官員急忙解下自己身上的麻幛孝帶，替鄭和纏到頭上、腰間。

鄭和上前兩步，望北而跪，淚如雨下，叩首及地。顫聲道：「奴才鄭和，叩祭皇上在天之靈！」他頭腦觸地，久久不起。先皇是他的恩人，沒有先皇，就沒有他鄭和的今天！先皇成全了他的功名心，也就是給了他這個太監最根本的安慰，最豐厚的饋贈。對於他來說，這等於給了他所嚮往的一切。這個恩情比山高，比海深！現在主子殯天了，新皇上即位了。從今往後又是一朝天子一朝臣。新皇上會怎樣看待我呢？會怎樣對待巡洋大業呢？唉，天意莫測，禍福難料啊！鄭和更痛切地懷想起先皇朱棣來！

南京城闕龍旗招展，熱鬧非凡。城闕下，官兵百姓川流不息。兩個兵勇正在往城牆上張貼朝廷的布告，轉眼圍上來一大堆百姓，爭相上前關切地往牆上看布告。一個官吏鳴鑼喝道：「今兒大年初一，朝廷頒旨詔知中外子民，從今日起改元洪熙，大赦天下。四海歸心，普天同慶！」幾個百姓聽了，相互抱拳揖道：

——今兒是洪熙朝開元頭一天。恭喜了，恭喜恭喜！

——小弟給大哥拜年。太平吉祥，萬事如意！

這時，身著素服、臂挽黃布包的妙雲從人潮中經過，她看了一眼牆上的告示，無動於衷地默然離去。她的身旁，百姓們的交談聲還在繼續：

——走啊兄弟，到龍江碼頭瞧瞧去。今兒那裡可熱鬧了。

——哦，什麼喜事啊？

——鄭和的巡洋船隊回來了，今日到岸。我小兒子也在船上，說不定能見著！

——大喜啊！小弟陪大哥一塊去。

……

款款走著的妙雲聽到這些話猛地愣住了，原本從容的腳步變得猶疑不決。她目瞪口呆地望著百姓們朝城外湧去，目光發散，心潮難平。終於，她調轉身子，朝龍江鎮方向走去。

妙雲到了龍江鎮，拐入僻靜的老街，匆匆朝舊宅走。到了拐角處，看見一座熟悉的院門，她的步子反倒慢下來，膝蓋那兒發軟。這裡是她先前的家，如今衰頹不堪，像一個落光了牙的老嫗。這是沒有人照料的緣故。呆呆望著門上掛著的那把銹跡斑斑的銅鎖，酸甜苦辣一起湧上妙雲的心頭。她步上臺階，踮起腳，在門楣上久久地摸索著，終於摸出一把銅鑰匙。她右手顫抖著把鑰匙插進鎖中，但是鑰匙難以插到頭。搗鼓好半天，終於頂到底了，卻又打不開鎖，她使勁頂著，還是打不開，想拔出來，竟連拔出來都困難了。

妙雲無可奈何呆立著，不由習慣性地開始垂首合掌，對著銅鎖默默祈禱上蒼。祈罷，她再把手伸向銅鎖，屏息靜氣，輕輕一頂，銅鎖居然噹地一聲開了！

妙雲推開吱嘎作響的院門，穿過院子，再推開吱吱作響的家門，進入家中。屋內一片肅清，滿地灰塵，蛛網重重，倒像一座廢棄已久的廟宇了。

妙雲去院中井裡吊了一桶水，搓洗出一塊抹布來，細細地揩拭著立於櫃案上的瓷盤。那盤面漸漸閃亮了，竟然現出兩隻美麗的喜鵲，牠們吱吱喳喳，卿卿我我，那樣子快樂無比！妙雲望著牠們，又發起愣來！好一會兒，妙雲終於回過神來，她的臉色漸漸紅潤起來，神情也開始活絡。她將髒水倒在院子裡，再去井裡提出一桶清亮的水來，回屋擦拭家具、桌椅、門窗。做完這些，又進廚房，找到柴刀，細細地劈柴。一個上午過得飛快，家中經妙雲收拾，變得窗明几淨，爽潔如新。陽光毫不吝嗇地照進來，冬日的屋子裡也有春天的明媚了。妙雲繼續像一隻陀螺那樣轉個不停，等廚房的爐灶前，劈好的柴火整齊地堆放成一座小小金字塔，她又轉到臥房中，鋪展開兩個睡榻，拍打上面的被褥。她還打開櫃子，取出兩雙布鞋。她在左榻邊放下一雙大布鞋，在右榻邊放下一雙小些的布鞋。之後，她站在兩張榻當中，戀戀不捨地左看右看，終於，她掉頭步出內屋，輕輕合上房門。

妙雲進入院子，又在院中流連一會，看見一隻小凳子歪了，上前將它放好，一步三回頭地走出院子，拉上院門，掛上那隻銅鎖——此時它已閃亮一新。她卡嗒一聲鎖上鎖，拔下鑰匙，重新放到門楣頂上，然後挽著黃布包兒，最後看了家門一眼，掉頭離去。她的步子越走越快，彷彿在逃避什麼！

而此時小鎮上的人正趨之若鶩地往港岸湧去。龍江港岸比兩年前熱鬧了許多。小販們沿岸排列，叫賣著各色物品、小吃。百姓們翹首觀望著江面。江面上，一艘艘巨船排列著巨大的陣形正緩緩馳來。

忽然人堆裡響起了雄壯的吆喝聲：「讓開，讓開！淨場了，淨場！快快讓開！」眾多錦衣衛奔來，將百姓們推開，一個黃衣宦官手執一軸黃卷威嚴地走來，走近了，才看出原來是內廷太監小溜子。他的身後跟著許多文武大臣。百姓們紛紛主動避讓。

寶船已經接岸，鄭和與王景弘步下舷梯。剎那間，無數鞭炮、爆竹劈劈啪啪炸響了。早已等候在岸邊的鼓號手一齊鳴號擊鼓，熱鬧非凡！百姓們更是歡聲笑語，爭相圍觀。鄭和與王景弘相視一笑，信步向前。小溜子昂然迎上，鄭和看見驚訝地問：「這位不是六公公麼？」小溜子不答理，卻高喝一聲：「鄭和接旨。」鄭和急忙正冠、撣袖、跪地。小溜子展開聖旨念：「國使鄭和等，奉旨巡使西洋，敕封列國君王，懷柔海外子民，勤懇報國，功勛卓著。如今萬里歸來，朕甚感欣慰。特賜御酒一盅，為卿洗塵。並賜錦袍玉佩，以賞其功。著鄭和等暫駐南京待旨，勿庸赴京謝恩，欽此。」鄭和接過黃軸，再拜：「臣領旨，謝恩。」

一個內臣捧過銀盤，盤中有一盅酒。另一內臣捧過錦袍玉佩。小溜子接過銀盤，將御酒端給鄭和，恭敬地說：「鄭大人請。」鄭和雙手接過去，舉盅過頂道：「臣恭祝我皇，萬壽無疆！」言罷，仰面飲盡，將酒盅放回銀盤上，低聲道：「多謝六公公了。請問，您為何沒在北京侍駕，卻到了南京呢？」小溜子得意地說：「先帝殯天之後，當今皇上念我勤苦多年，特賜我南京大理寺卿一職。」鄭和馬上祝賀：「啊，恭喜大人了，在下給大人請安。」小溜子笑嘻嘻道：「甭客氣。」鄭和道：「請大人示下，我何時能夠進京見駕？」小溜子微笑了：「皇上不是說過了嘛——讓您暫駐南京待旨，勿庸赴京謝恩。」鄭和惶然不安地說：「哦……可這是什麼意思呢？」小溜子加重聲音道：「體貼！皇上念您辛苦，體貼您呢！」

鄭和就在南京住了下來，他首先要找的人就是妙雲。他來到靈谷寺的時候，正是往常皇帝上朝的時候，聽見那裡銅鐘轟然敲響，悠悠不絕。大雄寶殿裡，眾僧盤腿而坐，誦經禮佛，傳出一片虔誠的嗡嗡之聲。妙雲也在其中，她閉眼合掌，拈動手中一串念珠，默誦著經文。大殿一側，文了法師仍在踞案以血書經。他顯得更加蒼老削瘦，不時撫胸咳嗽。已經寫好的《磐陀經》在身邊堆了高高一摞。

似乎心有靈犀，忽然間，妙雲睜開眼，期盼地朝殿門望，殿門處卻是空無一人……

鄭和正坐著一輛馬車往這裡趕。他已經到了靈谷寺前。隨從侍衛拉開車門，鄭和著一身素服下車。他抬頭打量了一下四周，以及莊嚴的寺容，令隨從：「在此候著。」自己整衣正冠，從隨從手中接過一隻小布包裹，提著它步向寺門。他進入寺門，穿過一座座銅爐、祭案，在深沉的鐘聲裡走入雄偉的大雄寶殿。他先朝如來像叩拜，之後起身四下觀望。那些僧人仍在盤坐誦經，而妙雲先前的位置那兒只剩下了一隻空蒲團。

鄭和的目光落在大殿角落的文了法師身上，喟然一嘆，走上前深深揖禮：「大師吉祥。」文了擱下筆，合掌回禮：「施主如意。」鄭和嘆息地問：「大師以血書經，至今已有十二個春秋了吧。大師要寫到何年何月，才算是功德圓滿呢？」文了微笑著說：「佛法無邊，物象萬千。貧僧只要有一滴血，便有一行經。」鄭和愴然道：「如果血已盡，而經未了呢？」文了回答：「佛經便是貧僧，貧僧便是佛經，不在於『了』與『未了』。」鄭和一聽此話玄冥深奧，再揖道：「謝大師教誨。」文了平和地說：「不敢。施主求緣而來，貧僧無教，無誨。」鄭和感慨：「在下確

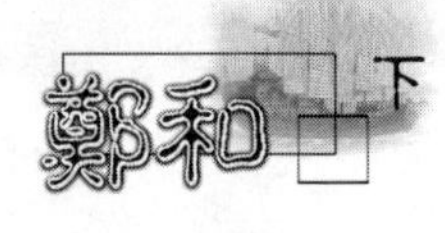

實是求緣而來。敢請大師示下，在下的那份緣分，現在何處啊？」文了輕聲回答：「禪音在何處，緣分就在何處。」鄭和似懂非懂。但文了又開始執筆書經了，鄭和只得無言離去。

鄭和沿著靈谷寺的後院且走、且看、且聽，忽聽一陣輕輕的叩擊木魚之聲，篤篤篤……在這寂靜的後院裡，彷佛空谷足音，動人魂魄，鄭和不由自主循聲而去，木魚聲從一間房中傳出，鄭和就慢慢推開了這間禪房的房門。

禪屋裡，妙雲盤腿坐於佛龕前，輕叩木魚，默誦佛經，渾然入境。鄭和望著妙雲的側影顫聲叫喚：「妙雲！」

妙雲手裡的動作靜止了。她竭力抑制著滿腔激情，低調地說：「您來啦？」鄭和的聲音打著抖：「來了，來了。」妙雲睜開眼，看到鄭和，立刻想起日夜思念的兒子，朝鄭和身後望去，詫異地問：「鄭餘呢，他為何沒來？」鄭和支吾著：「鄭餘……駐守莫幹島了。」妙雲大驚：「莫幹島？你、你把他留在海外了？他還是個孩子啊！」鄭和窘迫道：「鄭餘已長大成人了，他聰明健壯，忠誠勇敢，志在天下。巡使西洋時，他更是屢屢建功啊。臨歸國前，他又身先士卒，慨然請命，非要首批駐守莫幹！當然，他、他也是為我分憂哇。……妙雲，你放心，一年之後，我會親自去接他回來！到那時，我們就永不分離了，一家人終生團圓。」

妙雲傷心至極，苦笑笑：「團圓？這話你不知說過幾遍了。說一次，我傷心一次。鄭和啊，人有幾顆心，經得住這麼一傷再傷麼？聽著，你儘管去漂泊天涯，做什麼我都不管，可你要知道，鄭餘是我的親生骨肉，他不是你的兒子！我要求你把他還給我。」

鄭和見妙雲如此哀傷，自知有罪，尷尬地跪在妙雲面前，信誓旦旦道：「佛祖在天，鄭和立誓。明年冬天，我必定出巡海外，接回鄭餘！」妙雲愣愣地看著他，說：「你以為我不知道麼？朝廷已經封船禁海了。」鄭和安慰她：「那是在國喪期間，依律而禁的。開元之後，便會開禁。」妙雲不相信：「你的主子已經不在了，新皇上還願意你巡洋麼？」鄭和自信地說：「新皇上也是我的主子嘛，他仍然會重用我的。再說了，巡洋是先帝國策，代代相守，百年不移。新皇即位，更需要弘揚天朝恩威呀。所以，朝廷仍然會遣我巡使西洋，其規模只怕比前朝更加宏大。」妙雲擔憂道：「如果朝廷不讓你巡洋了呢？」鄭和略怔一下，凜然道：「那……我游也要游過大洋，接回鄭餘來。」

見不到兒子的哀痛使妙雲心灰意冷，她淡漠地說：「鄭和，你的心思還是那麼高，好像那片海洋是你的，你要去就去，要來就來。不，鄭和，海洋不是你的，連你自個都不是你的，是朝廷的！你自打生下來就屬於主子，屬於朝廷。不管你立下過多少功勞，仍然是個奴才。」鄭和不想再說這個話題，呆呆地望著妙雲道：「妙雲啊，回家吧，跟我回家吧……求你了。」

妙雲痛苦地問：「家？什麼是家？你是指那座房子麼？那房子啊，我已經為你們打掃乾淨了，等你和鄭餘回去住。可是，家人在哪裡呢？一個在海外，一個在船上，一個在廟裡。要是沒有家人，哪還會有家呢?!鄭和啊，你我只有餘生，永遠沒有家了！你還是走吧。從今往後，你我

天涯陌路，各自飄零吧。」

鄭和的心一下子沉落了，他痛心疾首地乞求：「妙雲！」妙雲悲傷地說：「走吧，走吧。我該禮佛了。」

鄭和強忍錐心之痛，慢慢起身，走到門旁，回首問：「道衍大師雲遊回來了麼？我想拜見他。」妙雲垂首道：「道衍師傅雲遊西天，他永遠不會回來了。」

鄭和大驚：「什麼?!他、他什麼時候仙逝的？」妙雲道：「已經兩年了。」

鄭和一把扶住門框，幾乎跌倒。

鄭和在靈谷寺院內踉蹌地走著，昏昏沉沉穿過銅爐、祭案，走向寺門。興沖沖地來，卻帶著一腔失望與沉痛走。天哪！不但舊主子不在了，連恩師道衍也不在了。今後的朝廷，再也沒有自己的靠山了，那些舊臣新貴，會怎樣對待自己？那些恩恩怨怨，又要如影隨身，糾纏不休了！這樣想的時候，一陣無邊的悲哀黑影一樣向他罩過來，他虛弱得像要飄起來，卻暈倒在地上了。

幾隻寒鴉突然叫了起來。凜冽的冬風，把一片片落葉吹到鄭和瘦弱的軀體上去了。

禪房內的妙雲心神不定地往外張望，只看見兩片落葉在空中飄動。她回過身，準備禮佛，忽然瞥見佛龕上擱著一隻包裹，那是鄭和留下的。她慢慢打開，看見包裡的東西，似被雷擊中，木木地呆在那裡，包裡從手中滑落，大片晶亮的紅果子遍地亂滾……那正是當年鄭和冒著生命危險為她採摘過的定情果子！

妙雲頹然倒地，失聲痛哭了。

這一段日子鄭和過得很痛苦，忙碌了大半輩子，沒想到到頭來居然沒有人理睬。輝煌之後的孤寂格外讓人受不了。這一日，賦閒在家的鄭和終於忍不住了，他滿面怒容地大步進入官府衙門。兩個門衛上前攔阻：「鄭大人？……」鄭和擺手，推開他們，說：「叫六公公出來見我——立刻！」門衛趕緊應著往裡去，鄭和背著手，在大堂上煩躁地踱步等待著。一會兒，小溜子從屏風後走出來，滿面堆笑地說：「噯喲，鄭大人呀，我正要瞧您去呢，一時半會沒抽出空來。小的們哪？趕緊看茶呀！鄭大人，快請坐，請。」

鄭和落座，譏諷道：「六公公忙啊，還是我來看您吧。」小溜子面不改色，笑著提醒：「鄭大人啊，我好像早就跟您說過。本人不做公公了，本人做的是——當今皇上欽命的、南京大理寺卿！」鄭和拱手道：「在下失禮，請陸大人見諒。」

小溜子隨和地說：「甭客氣。愛怎麼叫您還怎麼叫好了。即使您叫我『小六子』，我聽著也舒服！為什麼呢，大人和我，都是侍候過先帝的奴才嘛。親近！您說是不？」

鄭和氣順了些，憋不住問：「敢問陸大人，我現在是不是成了破銅爛鐵，被朝廷遺忘了？」小溜子揚聲道：「噯——這叫什麼話？」鄭和卻正色道：「實話！」小溜子明知故問：「哦？請鄭大人賜教。」鄭和說出胸中鬱悶：「在下歸國快兩個月了，朝廷一道旨意也沒有下來……」小溜子打斷他：「鄭大人辛苦兩年多，歇兩個月還不應該麼？我早就說過，朝廷體貼您！」鄭和憤憤地說：「隨船來的各國使臣，都進京見駕了。我帶回來的珠寶、玉器、香料，也都讓你們運往北京了。我就不明白，使臣可以進京，貢物可以進京，把他們帶回來的是我，而我這個大明正使，卻遲遲不能進京見駕！」

小溜子滿面堆笑：「噯呀，鄭大人如此想念皇上，皇上知道了，一定高興。這麼著吧，我把鄭大人的盛情稟報朝廷……」

鄭和不要再聽這樣的話，口氣激烈地說：「陸大人不必兜圈子，請告訴我實話，皇上為何不召我進京？」小溜子長嘆一口氣，說：「奴才不知道啊。鄭大人，看在當年你我侍候先帝的份上，奴才勸您一句——歇著！安安穩穩、死心塌地地歇著！」鄭和微怔，沉重地說：「死心塌地……這話說得好哇！」小溜子不知不覺中已沉下臉，道：「奴才還有一句話，要稟報鄭大人。」鄭和問是什麼話，小溜子說：「請鄭大人把船隊所有的公文、海圖，特別是《航海日誌》，全部交出來。我要呈報給朝廷。」鄭和端詳著小溜子的臉部表情，驚訝地問：「怎麼？要查我的過失？」小溜子偏開目光，說：「鄭大人不必多心，這只是慣常規矩。您外出兩年了，花掉幾百萬兩銀子，兵、戶二部總得歸個賬啊。」鄭和爽快地說：「好，我會交給你。一頁都不少！」

小溜子一拍腦袋，笑道：「噯呀，還有句話，奴才差點忘了。您瞧瞧，只要離開了皇上，奴才的記性都不如以前了，嘿嘿嘿……」

鄭和沒有表情，等他往下說。小溜子低聲道：「鄭大人是不是有一道苦心之作，叫什麼《開疆闢海疏》？」鄭和大驚：「你、你、你是怎麼知道的？」小溜子微笑道：「要想人不知，除非己莫為嘛。請鄭大人給奴才一個面子，將這道《開疆闢海疏》一道交出來，奴才好替鄭大人呈給朝廷……」

鄭和大怒，擊案而起：「好，我交！但這道奏疏是我的心血之作，關係到大明千秋偉業。因此不必勞你遞轉了，我自個兒專奏皇上。無論是福是禍，我獨自擔當！」小溜子賠笑道：「成。這樣就更好了，我只當沒看見。嘿嘿嘿。」

鄭和走出官府，已是夕陽西照。他沒有回自己的住處，而是去了寶船，默默地走上寶船甲板。那三個黑孩子正在收拾纜繩，看見鄭和上船，立刻一團喜悅地圍攏來。他們都會說流利的漢話了：「鄭大人，鄭大人！您怎麼回來啦？」

鄭和笑了：「哈魯、扎克、亞嘎爾，你們都在啊，為何沒上岸哪？」女孩亞嘎爾怯怯地說：「鄭大人，我們不想上岸。」鄭和詫異地問：「為什麼？」亞嘎爾垂首不語。扎克憤然道：「岸上人一看見我們，大驚小怪，嚇得到處跑。罵我們是、是惡鬼。地獄裡跑出來的惡鬼。」

鄭和明白了，強笑道：「哦。不怕。過兩天，我領你們逛街去。夫子廟、棲霞山、鐘鼓樓，哪兒好玩咱上哪！百姓不是少見多怪麼？咱就讓他們看個夠！我要讓南京人都知道，你們雖是異族，卻是大明的好將士，是我鄭和的小兄弟。」黑孩子們立刻喜笑顏開，一片聲道：「太好了！謝鄭大人！」鄭和親切地問：「亞嘎爾，晚飯吃什麼呀？」亞嘎爾說：「豆腐白菜湯，大餅子。

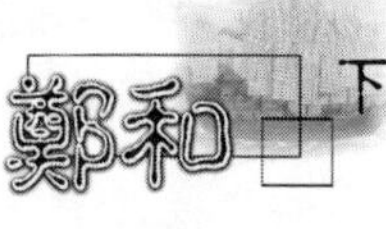

噢，還有紅燒魚！」鄭和歡喜地說：「都是好東西呀。晚飯把我也算上，成麼？」黑孩子們咯咯笑著，齊聲叫：「成！」亞嘎爾忽然想起什麼來，問：「鄭大人，王大人也在船上，要不要算上他？」鄭和一怔，沉聲問：「他來幹什麼？」亞嘎爾與哈魯、扎克相視看著，都說：「不知道。」鄭和問：「人呢？」亞嘎爾說：「在官艙。」

鄭和突然沉下臉，無言地走開了。

鄭和走進天元艙，看見王景弘立於舷窗前呆呆地沉思。鄭和突然沉沉地說：「王景弘，想不到你也開始見風使舵，投機取巧了！」王景弘驚轉身，他看上去也不舒心，一臉的滄桑和心事。他就用這樣的表情看著鄭和，沉默了一會，突然冷靜地問：「鄭大人說的是《開疆闢海疏》吧？」鄭和怒氣沖沖地說：「哼，明知故問！你一面勸我把它收藏起來、秘而不宣。一掉頭，卻向朝廷稟報了。景弘啊，你急於向新皇獻忠，這我能理解，可你不必為此賣友啊！」

王景弘臉上卻是波瀾不驚，他模樣消沉地說：「我沒有跟任何人說過。」

鄭和不相信，說：「這道奏疏，除了天地之外，只有你知、我知。但今天小六子點著名兒追問它，不是你說出去的，難道是妖風暗鬼？」王景弘道：「你說對了，正是妖風暗鬼。而且他就藏在你身邊，侍候你多年了。」鄭和震動了，驚問是誰。王景弘說：「你的侍衛長。他原本就是錦衣衛的臥底。」鄭和大驚失色：「這些貼身侍衛，個個是我親自選拔來的啊，忠勇無雙！」王景弘一嘆：「把《開疆闢海疏》稟報給朝廷，未必就不忠勇了。他們無論侍候你還是監視你，都是職責所在，都是在替皇上盡忠。鄭大人不必責怪。」

鄭和呆怔片刻，憤憤不平地說：「也好。《開疆闢海疏》字字真情、句句忠言，我早想把它奏給皇上了！」王景弘提醒鄭和：「還有一件事。吳宣也被錦衣衛押往北京了，交由刑部審辦。我估計，這個死有餘辜之徒，只怕會血口噴人……」鄭和一怔，咯咯冷笑了：「噴就噴吧。我鄭和從小從死人堆裡爬出來，跟隨先帝血戰沙場，九死一生。如今老都老了，還怕瘋狗咬人麼？不談它了！景弘啊，你怎麼上船來了，為何不回家？」

王景弘落寞地說：「唉，無家可歸了。老父早已過世，大哥又把房子賣了。我與其住客棧，還不如回船艙。在這兒，坐著安心，睡得踏實。鄭大人，你為何不回家？」鄭和心裡酸楚，卻呵呵笑著，安慰這位幾乎可以說是失而復得的老友：「跟你一樣，也是無家可歸。」王景弘真笑起來：「想不到，你我漂泊天涯，歸來後還得天涯漂泊！」

同是天涯淪落人，立刻有了惺惺相惜的柔情。鄭和笑道：「我已經安排飯了。今晚上，咱們高臺設宴，一醉方休！」

明月當空，鄭和與王景弘在溶溶的月色裡對坐。三個黑孩子歡天喜地地相陪。王景弘端起酒碗，醉醺醺道：「瞧咱們，老的老，小的小。對酒當歌，人生幾何。」鄭和也已喝得醉醺醺的，他說：「瞧咱們，老不老，小不小。瘋瘋傻傻，醉臥天涯。」老老少少哈哈大笑。王景弘道：「乾了！」鄭和舉碗一擊：「乾了！孩子們，來來，一塊都乾嘍！」

三個黑孩子舉碗飲盡。亞嘎爾道：「鄭爺爺，我好想聽您吹曲子。」鄭和興致驟起：「去！取我的烏玉簫來。」扎克匆匆奔入內艙，取來洞簫。鄭和接過，手掌輕輕一抹，悠悠地吹起來，歌聲如行雲縹緲，似流水潺潺。鄭和吹的，正是當年陰刀劉的那首無字歌。

月光下，三個黑孩子隨著簫聲輕輕地哼起來，歌聲簫聲，令人心碎……

簫聲中，禪房裡的妙雲手拈佛珠，盤腿誦經。面前不遠處，放著一盤紅通通的果子。

簫聲中，大雄寶殿角落處的文了禪師，憑藉一支殘燭以血書經，兩旁堆著高高的經文。那殘燭將盡，火焰搖曳不已。

簫聲卻傳不到北京，北京城裡沒有簫聲。輝煌的北京勤政殿周圍，日日上午響著嘹亮的鼓號聲。一個衣著鮮亮的太監立於玉階，每天千遍一律地長喝：「皇上駕到，眾臣早朝！」吆喝聲中，文武大臣分兩列依次步入勤政殿。為首者是已顯老邁的夏元吉。

這一日，肥肥胖胖的洪熙皇帝高踞龍座，雙眉緊鎖，費神地傾聽上奏。

一個內閣大臣激昂地說：「鄭和六下西洋，統共耗費白銀數千萬兩，絲綢瓷器無數，致使國庫空虛，各省不堪重負。臣冒死上奏，請皇上封疆禁海，罷撤船隊，永不巡洋！」

此臣言罷。幾個大臣陸續呼應：「臣附議。……臣附議。」

另一大臣出班：「啟奏皇上。大明物華天寶，富甲天下。而海外列國多為蠻夷之輩，茹毛飲血之族。大明無求於外，列國也無助於大明。巡使西洋，等於拿銀子填海，虛耗國力。即使換回來一些海外物產，也遠不及大明贈出去的多。長此以往，後患無窮。臣叩請皇上恢復洪武朝律令，閉關禁海，專圖中土之治。」此臣言罷，更多的大臣呼應：「臣附議！……臣附議！」另一臣出班：「啟奏皇上。巡使西洋乃先帝國策，用以溝通四海，懷柔遠人，弘揚天朝恩威，共用太平昌盛。自從鄭和巡洋以來，天下歸心，海外列國紛紛朝拜。列國與大明之間的物產貿易，更是一榮俱榮，彼此互利。此外，皇上開元未久，亟須恩威天下。臣以為，巡使西洋、溝通四海乃大明的千秋大業，非但不可罷撤，還須鼎力遵行！請皇上聖斷。」

此臣言罷，亦響起一片呼應：「臣附議！……臣附議！……臣附議！」反對巡洋的大臣叫道：「皇上，臣力請罷撤巡洋！」贊成巡洋的大臣叫道：「皇上，巡洋乃先帝遺旨，千秋大業，萬萬不可中止。」反對巡洋的大臣轉頭，厲斥贊成巡洋的大臣：「先帝之上，還有先帝，那就是大明的開國之君洪武帝！洪武爺手著《皇明祖訓》，內有明令，『封疆禁海，專圖中土之治』。稟皇上，這才是大明天朝的千秋大業，萬世宏圖！」

本來就龍體欠佳的洪熙皇帝朱高熾在爭吵聲中猶豫不決。老臣夏元吉則始終一言不發，微昂首，半合眼，他對雙方的爭執似乎一概渾然無睹。朱高熾看看左右，盯住了夏元吉：「夏愛卿為何不說話呀？」夏元吉恭敬一揖道：「稟皇上，關於巡洋之舉，老臣該說的話，在永樂前朝就說完了！如今老臣無話可說。」朱高熾微微一笑：「朕想起來了，父皇當國時，你就竭力反對巡使西洋。」夏元吉說：「是。」朱高熾道：「可朕記得，鄭和六下西洋，五次是由你籌措的銀子，調集的物產。你的差使辦得不錯嘛！」夏元吉道：「是。老臣雖然不贊同巡洋，可只要皇上聖斷之後，老臣必定全力以赴，奉行聖意。稟皇上，老臣前朝如此，今朝也當如此。」

大殿內一片寂靜，眾臣都敬佩地注視著夏元吉。朱高熾不禁微笑道：「很好，很好。列位臣工，你們的意見，朕都明白了。巡使西洋一事嘛……待朕三思。」說著起身。太監高喝：「退朝！」

退朝之後，朱高熾慍怒地沿著廊道大步走向上書房，半道上回頭對太監吆喝：「傳夏元吉！」太監應聲而去，朱高熾進入書房，大口地飲了幾口茶，火氣才稍稍退去，他在書房內來回地踱著步。夏元吉來了，叩拜畢，朱高熾忍不住諷刺道：「夏元吉，你早朝時那番話，說得真是聰明，真是地道！」夏元吉平心靜氣地說：「臣昏昧，不解聖意。敢請皇上明訓。」朱高熾責備道：「你是三朝老臣了，朝廷棟樑，謀國有道。朕本想問問你，到底要不要罷撤巡洋。你呢，說什麼該說的前朝都說了，對如今撤與否卻不表態，你等於什麼也沒說嘛！」

夏元吉道：「皇上聖見。在眾臣面前，臣確實有難言之隱。」朱高熾詫異地「哦」了一聲，說：「現在只有朕和你了，你有什麼話，可以直說了吧。」

夏元吉道：「遵旨。稟皇上。臣以為巡洋之舉，不在於撤與不撤，而在於如何才能撤得妥當！」

朱高熾半天沒言語，之後頷首沉吟：「唔……接著說。」夏元吉道：「巡使西洋，乃是先帝最為自豪的國策，前後將近二十年，天下奉行，中外皆知。而皇上即位剛剛半年，就要罷撤先帝國策，這事一旦傳揚開，天下臣民將會有何等議論？海外列國又會有何等猜想？巡洋的功罪是非又將如何評判？這些都需要慎重考慮啊！臣以為，這些事能否處理妥當，甚至比撤與否更加重要。臣剛才所言——不在於撤與不撤，而在於如何才能撤得妥當。說的就是這個意思。」

朱高熾深以為然，問：「那麼，你認為如何才能撤得妥當呢？」夏元吉顯然早已成竹在胸：「首先，朝廷絕不能說先帝的巡洋國策錯了。一旦如此，臣民們不但會多心，還會在心裡追問：既然巡洋錯了，那先帝的嚴刑峻法就對了麼？遷都北京就對了麼？一些刁民甚至會惡意挑唆：先帝的靖難起兵就對了麼？改朝換代就對了麼？如此一來，民心不穩，後患無窮啊！」

朱高熾恍然大悟，不由讚道：「愛卿，你的心思真如同水銀泄地，無處不到啊。想得深，想得好！」夏元吉道：「上有聖君，下才有直臣。我皇聖明，老臣才敢直言哪。」朱高熾卻皺眉道：「可問題並沒有解決呀。如果父皇的巡洋之策是對的，朕憑什麼罷撤它呢？」夏元吉微笑了：「皇上明見。臣早朝時之所以一言不發，苦惱的就是這件事啊。現在，臣漸漸地想出妥當處置的辦法來了！」朱高熾興奮起來：「哦？快說。」

夏元吉沉聲道：「先帝的巡洋國策當然正確無比。但是，鄭和在巡洋過程中，卻肆意妄行，悖旨辜恩，罪無可恕。因此，暫停巡洋，休民養力，擇時再舉……」朱高熾急問：「鄭和有什麼罪過？」夏元吉道：「多啦！其一，妄稱代行天子之權，專擅獨斷；其二，巡使列國，隨意賞

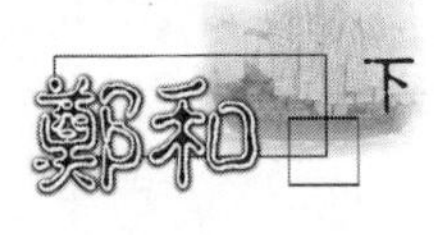

賜，耗損錢財無數；其三，私縱建文遺臣，遺禍海外；其四，將天恩據為己有，不守人臣之道，連先帝都為此生氣，說『海外只知鄭和不知朕』；其五，悖逆聖旨，放棄佛珍舍利子。還私贈銀兩，廣築寺廟，沽名釣譽，稟皇上，鄭和的罪過多啦！臣連搜都不必搜，隨口就能說出五六條來。要是細細一搜啊，十條八條不成問題！」

朱高熾猶豫地說：「愛卿說得都對。不過嘛，這些罪過，聽起來有點像……像是代君受過。」

夏元吉道：「臣以為，為人臣者，替天子受過，乃是忠誠報國的表現。只要利於大明，這有何不可？此外，這個鄭和啊，他非但不知收斂，反而愈演愈烈了，皇上請看……」夏元吉說著從袖中掏出一道奏摺，奉給朱高熾。

朱高熾接過來問：「這是什麼？」

夏元吉道：「鄭和的苦心之作——《開疆闢海疏》。他為此籌劃多年，本想獻給先帝的，歸國後才知道先帝殯天，新皇即位了。於是他應時而變、秘而不宣。直到小溜子舉報，他才不得不交出來。」

朱高熾怒色道：「好嘛！他是父皇的奴才，根本不把朕放在眼裡！」夏元吉道：「皇上息怒。鄭和這道奏疏，竟然要創建海軍，穿越大洋，投奔西方世界！他還想師法海外，把蠻夷的旁門左道引入大明，建什麼航海學校、工廠和海外基地。他甚至要求大開國門，取消貿易禁令，縱容洋人入國。還說什麼，無論朝廷百姓，都可和海外洋人物物交換！等等，共有八項十三款。全部都是鬼迷心竅之言、禍國殃民之策！皇上啊，這道奏疏一旦施行，國家就亂了。百姓們誰還肯種田？誰還想讀書？豈不都得利欲熏心，跑出去做買賣了嗎？如此，祖宗律法，千年中華，都將毀於一旦！皇上啊，這難道還不是罪過嗎?!」

朱高熾看著聽著，氣得發抖，罵：「混賬東西，想翻天麼！」

夏元吉凜然道：「稟皇上，先帝巡洋之策確實是正確無比，而鄭和卻悖旨辜恩，既玷污了先帝光輝，又敗壞了巡洋大業，罪無可赦！臣建議，暫停巡洋，查處鄭和。」

朱高熾思索片刻，斷然道：「傳旨。即日起封存海船，罷撤遠洋水師，中止海外貿易，富國養民，專圖中土之治。巡使之事，擇時再舉。」夏元吉立刻應：「遵旨。」朱高熾微笑著說：「愛卿啊，至於查處鄭和，讓他代君受過等事。朕貴為天子，只怕不好開口哇……」

夏元吉沉吟片刻，道：「臣明白了。稟皇上，這些話由臣來說。臣不但會讓鄭和服罪，還要讓他給朝廷上奏，主動請求罷撤巡洋。」朱高熾頷首道：「好啊！讓巡洋之人提出來罷撤巡洋，那可比誰說都合適。」夏元吉道：「皇上聖斷。」朱高熾揮揮手：「愛卿，此事著你親自辦理，務求妥當！」

夏元吉折腰道：「臣領旨。」

第三十三章

朝廷終於有消息了，情緒低落的鄭和被傳喚到南京衙門。

小溜子見鄭和進來，立刻一聲長喝：「聖旨到，著鄭和聽旨。」鄭和腳下就加緊了。他匆匆步入官府，跪在大堂上，神情緊張，總以為皇上召他進京面駕的可能大些。

小溜子慢慢展開黃卷，抑揚頓挫地宣旨：「即日起封存海船，罷撤遠洋水師，中止海外貿易，富國養民，專圖中土之治。巡使西洋之事，日後擇時再舉。國使鄭和多年勤苦，功不可沒，著晉升南京守備，二品銜。欽此。」

鄭和大驚，失聲問：「什麼？封存海船，罷撤水師？……」小溜子微笑示意：「鄭大人，接旨啊！」鄭和雙手顫抖，一把從小溜子手中奪過聖旨，慌亂急看。小溜子不悅地提醒：「鄭大人，您還沒謝恩呢。」

鄭和捧著聖旨痛苦地叩首：「臣……領旨謝恩。」小溜子卻輕鬆地笑起來：「恭喜鄭大人榮升南京守備。從今天起，您就是奴才的上司了。奴才給守備大人請安。」小溜子說著深深拜揖。鄭和毫不理會，情緒激烈地說：「朝廷上出了什麼事？為何罷撤巡洋?!」小溜子嘆道：「奴才不知道。也不想知道，不願知道，不敢知道！鄭大人仔細想想，不知道多好哇？舒坦！」鄭和急得頭上冒汗了：「莫幹島上的將士怎麼辦？朝廷就不管了嗎？」小溜子撓撓腦袋：「噯喲！……聖旨上沒說。」鄭和生氣地說：「我立刻上奏朝廷，派船接他們回來！」說著滿懷心事地離去了。

與此同時，寶船也被封存了。大群官兵衝上寶船甲板，四處奔忙，吆喝聲此起彼伏。一個官員立於高臺喝令：「奉旨封存海船，所有駐船水手，全部下船登岸。」官兵們在船舷處拋出一條條鐵鐐，哐啷啷響著，就將兩船接舷處牢牢地鎖住了。船尾的幾個官兵則揮動著大錘，哐哐哐哐，將一枚枚巨釘釘進絞關木裡，船舵被統統釘死。船桅那兒的官兵用繩索把巨帆緊緊地捆紮起來，而船艙裡的官兵，則在凶狠地驅趕留駐水手，把他們推出內艙。三個黑孩子被官兵連推帶罵：「人不人鬼不鬼的，快滾，快快！」接下來，官兵們把所有艙門全部封死，貼上了蓋有大印的兵部封條。甲板炮臺上，官兵把圓木塞進炮口，炮身也被貼上了一道道的封條。

三個黑孩子被趕下了船，他們站在岸上惶恐四顧。亞嘎爾細細的聲音在問：「鄭大人呢，他怎麼不來？」扎克粗粗的男聲回答：「鄭大人肯定落難了，他想來也來不了。」哈魯憤恨地仰望寶船，說：「看，他們把船全都封死了，我們沒家了！」亞嘎爾恐懼得要哭：「那我們怎麼辦？」

這時候官兵過來，又將岸邊統統釘上木柱，拉上一條條鐵鏈。一個走來走去的官員喝令：「今日起，閒雜人等，概不准靠近海船，違者嚴懲不貸！」他看見黑孩子，又過來驅趕：「怎麼還賴在這，快滾，快快！」

三個黑孩子無奈地離開碼頭，朝著城鎮方向走。這是一個寒冷的冬日，沒有太陽，刺骨的風吹得路人直打哆嗦。三個孩子為躲避寒風的肆虐，走進了一條小巷。他們衣衫單薄，相扶相偎。扎克與亞嘎爾攙著病重的哈魯在小巷裡心急火燎地走，經過幾番猶豫，在一扇門前，扎克鼓起勇氣敲響了門板，咚咚咚，半晌，一個中年婦人出來，亞嘎爾伸手顫聲央求：「大媽，給我們點吃

的吧，求您了。」

中年婦人驚恐地睜大眼睛，打量著這些異族黑人，忽然嘶聲慘叫：「鬼！鬼！」她嘣地一聲關上門，從屋裡還傳出慘叫：「鬼來了，鬼！鬼！」

扎克與亞嘎爾趕緊扶著哈魯逃跑。哈魯跑不動了，三個人只能一步一挨地再往回走。他們不知還有哪兒可以去，有人的地方好像更不安全。南京那麼大，卻想不出哪裡是可容他們棲身的地方。不知不覺地，他們又來到了停靠寶船的江邊，這兒更冷，似乎不應該再來這兒的。可是哪裡是應該去的呢？突然，一陣巨痛襲來，哈魯蹲下身，他說他再走不動了，亞嘎爾和扎克束手無策地陪著他蹲在地上。

第二天是個晴天，餓了一夜的亞嘎爾和扎克相伴走上了南京的街頭。那裡人聲鼎沸，熱鬧非常。沿街一排炸油條、賣饒餅的小攤，響著拿腔拿調的吆喝聲：「燒餅油條甜豆漿嘍！……」扎克與亞嘎爾縮在街角的一個暗處，貪婪地看著香噴噴的燒餅油條，不自禁地吞嚥口水。扎克再也忍不住了，低聲叮囑亞嘎爾：「蹲著別動。」自己縮頭貓腰摸上前去，趁小販轉身時偷了兩個燒餅，揣進懷裡，掉頭跑回街角暗處。

亞嘎爾與扎克捧著燒餅，貪婪地啃吃著。這時那個小販轉回身，發現爐臺上少了燒餅，詫異地抬眼四顧，忽然看見那兩個黑孩正在啃吃，便放聲大叫：「賊，賊！抓賊啊！……」

扎克趕緊拉起亞嘎爾，瘋狂奔逃。他們在人叢中撞來撞去，身上披的布片掉了，露出他們墨黑的膚色和臉龐。頓時，人們紛紛躲避、驚叫：「他們是什麼東西？……鬼？天哪，惡鬼現世啦！……打鬼呀！」一片磚頭瓦片砸來，落到兩個黑孩子身上，兩人拼命奔逃。大群好事者跟在後面追趕，朝著他們叫嚷不休，顯得興奮不已！

鄭和就在這條街上，他被驚動了，穿過人群匆匆趕來，大喝：「住手！」

亞嘎爾撲到鄭和身邊，顫聲叫道：「鄭大人。」百姓紛紛朝鄭和折腰致禮，恭敬地叫著鄭大人。

鄭和摟住亞嘎爾，看看她的傷勢，憤懣地問百姓：「你們為什麼打她？」

一個漢子膽怯地回答：「鄭大人您瞧，這些怪物人不人鬼不鬼的，竟然竄到大街上來了，今兒可是清明節啊。」鄭和冷冷地說：「他們不是怪物，和你我一樣，他們是人，有血有肉的人！這兩個孩子，是大明的好戰士，在戰場上救過我鄭和的命！」百姓們似懂非懂，驚訝不已。有一人不解地問：「鄭大人，這些人怎麼這麼黑啊，跟墨缸裡跑出來似的。」鄭和抓起亞嘎爾流血的胳膊，亮給百姓們看：「他們人雖然黑些，血可是紅的。這兩個孩子是非洲人。在海外，不光有黑人，還有白人，甚至還有紅顏色的人。天下大了，什麼模樣的人都有，不全是咱們這號人。你們哪，甭嫌人家醜。在人家眼裡，咱們也美不到哪去！」

百姓間響起一片笑聲，鄭和再道：「古人說過，四海之內皆兄弟。無論黑人白人，都是咱們的兄弟。是不是啊？」百姓們一片聲道：「鄭大人說得是。」那位漢子欠身揖道：「請鄭大人恕

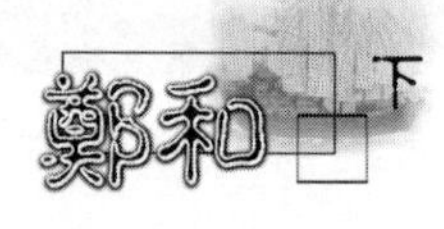

罪。小的們再不敢欺侮他們。夥計們，向黑孩子表示一下。」

漢子摘下自個的斗笠伸向人群，不少百姓們紛紛將各色果子放進斗笠中。漢子把那頂裝滿果物的斗笠捧給扎克，說：「小兄弟，拿著，拿著。」

扎克不動。百姓們又一片聲叫：「拿上吧，今後咱們就成街坊了。快拿上。」

扎克請示地望鄭和。鄭和微笑點頭，扎克接過來，折腰，用漢語清晰地說：「多謝父老鄉親！」百姓們驚叫道：「聽啊，這人會說漢話。說得可好啦！」鄭和笑笑，一左一右牽起兩人的手，往老宅走。半道上問兩個孩子：「哈魯呢？」

亞嘎爾哭了。扎克悲傷地說：「死了……」鄭和跺足大驚：「怎麼會?!」扎克說：「哈魯一直在生病，燒得跟火炭似的。昨天夜裡，死在江邊上了。」

鄭和頓時沉默下來。

三人默哀一般，再不說話，一直走到宅院前。鄭和看看院牆，聲音柔和地說：「這是我的家。今後你倆就住我家裡，我們一塊住，一塊吃，相互照應，就跟一家人那樣。」兩個孩子黑白分明的眼睛閃動著興奮的光芒，重重地嗳了一聲。鄭和踮起腳，在門楣上摸索了一會兒，摸出一把鑰匙，打開鎖。

一推開院門似乎就有熟悉的氣息傳過來，鄭和含著感情說：「瞧，這就是咱們的家。」

扎克和亞嘎爾欣喜地奔進去。鄭和打量著乾乾淨淨的院子，若有所思，慢慢步入家門。家裡立刻響徹兩個孩子的歡叫聲：「扎克你看，這是床，這是灶。這是櫃子。比船上的漂亮多了！……」鄭和站在門框處，一動不動，他激動地看著家中的一切，激動地聽著孩子的聲音。

亞嘎爾說：「咱們燒點水吧。」大家一起進了廚房。扎克蹲在灶前燒火，鄭和在為亞嘎爾裹傷。屋子裡立刻有了家的溫馨。亞嘎爾看看四周，輕聲問：「鄭大人，這家裡為什麼空空蕩蕩，您家人到哪去了？」鄭和掩飾地說：「哦，她們……早晚會回來的。」扎克又問：「鄭大人，朝廷為什麼把海船封了？」

鄭和悶悶地說：「朝廷麼，就跟海風似的，一會東一會西，變來變去。眼下咱們是逆風，往後又會是順風。咱們沉住氣，別著急，把穩舵，等著風向掉過來。」

亞嘎爾滿懷著希望問：「我們還能再出海嗎？」鄭和斬釘截鐵地保證：「能，肯定能！不但要出海，我還要把你們送回非洲，送你們回家。這是我答應過的事，我一定能做到！」

兩個孩子高興得手舞足蹈。這時候，院子外面響起了猛烈的敲門聲，有人在急促呼叫：「鄭大人，鄭大人，開門哪！……」

鄭和稍稍一怔，沈聲道：「你倆別動，我去看看。」他走到院門前，打開門，小溜子入內笑道：「嗳喲鄭大人，奴才總算是找到您了，嘿嘿。」鄭和不快地問：「你來幹什麼？」小溜子滿面堆笑作揖道：「奴才給守備大人請安來啦！」鄭和淡漠地說：「不用請，我安逸得很。」小溜子看看四下道：「稟大人，守備府已經安排妥當了，請大人到府衙入住。」鄭和擺手婉謝。小溜子笑道：「噯噯，鄭大人，守備府原先是寧王府，氣派莊嚴。鄭大人不住誰住啊。」鄭和還是說不去。小溜子急了：「守備大人不住守備府，卻住在這個憋屈地方，叫外人知道了，還以為大人犯了什麼罪過，叫咱們虐待了，這可萬萬不成啊！……」鄭和氣乎乎地打斷他：「聽著，這是我家，不是什麼憋屈地方。你回去吧。」鄭和擰過臉去，再不睬小溜子。沒想到小溜子竟然撲地跪到鄭和面前，叩首及地，顫聲請求：「鄭大人，求您給奴才一個面子，還是去吧。奴才給您叩頭了。奴才要是請不動您，就會有別人來請了！……」

鄭和先是驚訝，漸有所悟，反倒平靜下來，說：「好吧，我就跟你走一趟。」

小溜子歡喜地跳起，朝院門外喊：「請鄭大人上轎！」

轎子將鄭和抬到氣派莊嚴的南京守備府門前。小溜子快步走上臺階，卑謙地引路：「鄭大人，請，請。」鄭和昂然邁過府門，進入府院。大堂的正中，有一尊朱紅高案，案後已有三位大臣端坐，但堂前卻安放了一把方凳。鄭和一望而知，這是審訊的架勢。他驚訝地止步，隨後慢慢走上大堂。

小溜子高喝：「鄭大人到。」三位大臣依次起立朝鄭和拱手：

——刑部尚書劉大明，見過鄭大人。

——兵部侍郎吳曉晉，見過鄭大人。

——戶部侍郎宋逸仁，見過鄭大人。

鄭和沉著地回揖，平靜地說：「下官鄭和，拜見列位大人。有勞列位千里南下，三堂會審。」劉大明示意道：「鄭大人，請坐。」鄭和在方凳上坐下並謝了。

劉大明的聲音驀然高了八度：「奉旨向鄭和問話。鄭和，你可知罪麼？」

鄭和不動聲色地問：「請大人明示，我何罪之有？」劉大明說：「其一，你在海外，竟敢口銜天憲，代天子立言，獨掌乾坤，專擅獨斷；其二，巡使列國時，你隨意賞賜，耗損錢財數百萬兩。」吳曉晉接著道：「其三，你私縱建文朝遺臣逆子，貽禍海外；其四，你將皇上天恩據為己有，不守人臣之道，先帝十分為此震怒，說『海外只知鄭和不知朕』。」宋逸仁接著道：「其五，你悖逆聖旨，放棄佛珍舍利子。還私贈銀兩，廣築寺廟，沽名釣譽；其六……」

鄭和不等他們說完，咯咯地冷笑道：「夠了，讓我來替你們說吧。其六，糾結黨羽，任人唯親；其七，貪污納賄，在海外貿易中謀取私利；其八，濫發航海令，導致水船五艘沈沒，戰船三艘重損。等等等等！是不是？」

三個大臣驚愕，偷偷互視，一時啞然。

鄭和譏諷道：「列位大人哪，你們說的這些話，怎麼都像是從吳宣口裡說出來的？下官六次巡洋，統領萬軍，縱橫四海，前後近二十年。在這麼長的時間裡，攻擊我的流言蜚語還少嗎？彈劾我的奏本摺子還少嗎？把它們堆一塊，那可是山高海深！你們說的這些罪狀，早就被先帝批得體無完膚、罵得狗血淋頭了！」

劉大明驚訝極了：「先帝知道這些？」

鄭和正色道：「請列位大人好好看看永樂十八年八月一日先帝的御批，尤其是第二頁第十行那八個大字，『欲加之罪，何患無辭』！列位大人，先帝此話就是說你們呢。」

劉大明窘迫而怒：「放肆！鄭和，我問你。你有一道奏本，叫做《開疆闢海疏》是不是？」鄭和道：「是。」劉大明「哼」了一聲，道：「此疏你籌劃多年，原本想獻給先帝，歸國後才知道先帝殯天了。於是你應時而變、秘而不宣。我問你，為什麼不把此疏主動呈報給當今皇上？難道，先帝是你的主子，當今皇上就不是你主子嗎！」鄭和一怔，道：「先帝與今皇，都是奴才的主子。」

劉大明再「哼」一聲，說：「你在那道奏疏裡竟然要創建海軍，穿越大洋，投奔西方世界！你還想師法海外，取消貿易禁令，縱容洋人入國，把蠻夷的旁門左道引入大明！鄭和，你置祖宗律法、千年中華於不顧，卻把這些禍國殃民之策寫入奏疏。你還是漢人嗎？是臣子嗎?!」

鄭和針鋒相對地還一個怒氣沖沖：「開疆闢海是朝廷的國策，並非下官的主意。《開疆闢海疏》也是秉承先帝旨意而寫的，如無先帝，斷無此疏。敢問列位大人，你們今天究竟是在審我呢，還是審先帝哪?!」

劉大明一驚，聲音不由得就沒了底氣。他硬撐著匆匆道：「你、你！……先帝巡洋之策正確無比，而你卻悖旨辜恩，肆意妄行。既玷污了先帝光輝，又敗壞了巡洋大業。罪無可赦！退堂。」

三個大臣起身，氣急敗壞地離去，當日就動身回京城去了。到了京城，夏元吉把他們召到內閣大簽押房。夏元吉端坐大炕當中，搖著摺扇，讓劉大明等三臣環他坐了。他似乎已洞曉結果，而且不以為意，用平和的目光環視三人一遍，並不開口詢問。

劉大明卻因為此行辦事不力，審查不成，有點慚愧，帶點委屈地為自己開脫：「夏公，那個鄭和口口聲聲拉扯著先帝，百般狡辯，拒不認罪。」

這一點夏元吉也料到了，他嘆了一口氣：「唉，我看是你們審不動他了。罷了，這事還是由我直接辦吧。」接著吳曉晉提出了自己此行的發現：「夏公。海船雖然被封了，但是，近兩萬水師官兵仍然駐守在南京。那麼多人窩在一塊，流言蜚語的，只怕軍心不穩哪。」

夏元吉頷首：「這確實是個隱患。我看這麼著，把遠洋水師打散。千總以上官員不必留用，全部分配到步軍各鎮衛去。青壯兵員則繼續留用，併入長江水師。」吳曉晉不解：「這……請夏公詳示，為什麼棄官員而用兵員呢？」夏元吉道：「鄭和巡洋將近二十年，各級官員都是他一手提拔起來的，和他生死同舟，榮辱與共，所以不得不棄。而兵員們則多是貧家子弟，個個吃苦耐勞，勇猛善戰，是難得的好兵啊。所以當用則用。不當用的，只好忍痛割愛嘛！」

三臣齊聲讚嘆：「夏公明見！」

劉大明和吳曉晉都望著宋逸仁，該他說了。宋逸仁蹙額告急：「稟夏公，南京大報恩寺正在

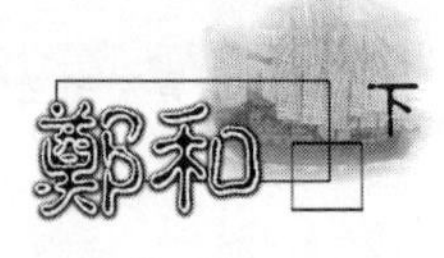

緊張施工，但是資金與工料都嫌不足。南京工部屢屢告急，要求朝廷增撥銀兩。」夏元吉不滿地嗔道：「又要！告訴他們，我沒有銀子，國庫也沒有銀子！」宋逸仁囁嚅道：「大報恩寺秉遵先帝遺旨而建，皇上也極為重視，萬一誤了工期……」他不再往下說，偷偷窺視夏元吉臉色。

夏元吉沉思片刻，微笑了：「這麼著吧。你告訴他們，雖然我沒有銀子，可我知道哪兒有銀子，堆了足足有幾庫房！」宋逸仁轉憂為喜：「在哪兒？」

夏元吉說：「就在南京。鄭和巡洋時沒用完的絲綢、瓷器等物，還堆在南京國庫裡呢，那不都是銀子麼？價值二百五十八萬兩！至於工料嘛，你提醒他們一下——幾百艘海船不就停在南京龍江港嗎？船上的龍骨、桅梁、長櫓，件件是百年古木，上好的建築材料。這些呆瓜，光知道跟朝廷要，不知道自個找嘛！」

宋逸仁眼中閃出敬佩的光點：「夏公一言，點石成金哪！下官立刻提醒他們一下。」夏元吉淡淡地問：「還有什麼事？」劉大明看看左右：「就是這些了。」

夏元吉端起自己的茶盅：「那麼，請。」

劉大明三人知道這是送客的意思，站起齊齊折腰：「多謝夏公，在下告辭。」

夏元吉起身相送，雙方揖別。夏元吉轉回來，問立於門旁的屬員：「那個吳宣，關押在哪裡啊？」屬員道：「稟大人，吳宣關押在刑部大牢。」夏元吉吩咐：「更衣。」

夏元吉換了便裝，去了刑部大堂。早有兩個官員佇立等候，他們看見夏元吉，趕緊恭敬地折腰：「下官拜見夏大人。」夏元吉淡淡問：「供詞呢？」官員示意那尊長案，案上已放好一疊案卷。夏元吉上前坐下，細細地翻閱吳宣的供詞。兩個官員退立於側，沉默佇立。

夏元吉默默閱讀著，忽然發現了什麼，急將已經翻過去的一頁再翻回來重新看，看了一會，口裡衝出一句：「帶吳宣。」官員立刻朝後堂喝了一聲：「帶吳宣！」話落片刻，一陣鐵鐐噹噹響起來，身著囚衣的吳宣被帶上堂來。他撲地跪到夏元吉面前，叩首顫聲：「夏大人……」夏元吉輕輕擺手，兩個刑部官員立刻退開，並且把守衛也驅走了。整個大堂只剩下夏元吉與吳宣。

夏元吉讓吳宣起來說話。吳宣起身悲泣道：「夏大人，卑職冤枉啊！……」

夏元吉不為所動，手指頭叩擊案卷，沉著臉道：「你不必向我訴苦，更不必求我寬恕。這兒，事實俱在，罪證確鑿，我救不了你。」吳宣頹然道：「夏大人，卑職確實鬼迷心竅，犯下了瀆職之罪。但卑職所為，都是讓鄭和逼的呀！卑下萬般無奈，才不得不與鄭和抗爭。」

夏元吉駁斥道：「勾結海賊陳祖義，也是與鄭和抗爭嗎？」吳宣沮喪地說：「卑職想利用陳祖義，想不到卻被他利用了。」夏元吉沉吟須臾，道：「雖然你罪無可赦，但，也不是沒有可能建功自贖……」

彷彿親歷柳暗花明又一村，吳宣驚喜地睜大眼睛。夏元吉提起一張供辭，伸到吳宣眼下，低聲問：「你說過，鄭和有一本日記？」吳宣說：「有，有！在海外，他只要沒事，就把自己關在內艙裡，天天寫啊寫啊，誰也不知道他寫什麼東西！」夏元吉輕輕搖頭：「寶船內外都被搜遍，所有的文稿賬冊，都上交朝廷了，唯獨不見那本日記。」吳宣興奮地說：「稟大人，卑職知道它藏在哪兒。鄭和在臥艙裡安了秘密機關。日記就藏在機關裡。」

夏元吉再次板起臉：「哦？……如果他心底無私的話，為何要遮遮掩掩?!」

即使沒有吳宣告狀，鄭和的日子也很不好過了。此時他正躺在花園裡的一張搖榻上。雖然秋風微起，草木搖動，園內的秋蟲鳴叫不絕，但良辰美景卻不屬於鄭和。他面容憔悴，手握一卷書，正在打瞌睡。他的手慢慢垂下，那書卷終於滑落在地了。

他驚醒過來，彎腰拾起書卷。這時，他聽到草木間傳出蟋蟀的叫聲，不由興動，悄悄鑽進草木，捕捉蟋蟀。左捕右撲，始終捉不到一隻。後來終於捕住了，他將那只蟋蟀握在掌中，跟孩子那樣幸福地笑起來：「噯，小東西，你來啦？快給爺爺唱兩聲，咱倆作個伴……」話音剛落，那隻蟋蟀卻突然從他掌中蹦跳出去。鄭和急忙跟著追撲，不但沒追著，自己反而重重地跌了一跤。只得起身，撫摸著痛處回到搖榻上，望著四周草木，悲嘆道：「唉，老而無用，坐困窮途啊！……」

外面響起爭吵聲：「站住，站住！」而一個女孩的聲音在說：「我要見鄭大人。」鄭和趕緊揚聲道：「是亞嘎爾麼？你們過來。」亞嘎爾與扎克被放進來，喘著氣叫：「鄭大人，鄭大人。」鄭和示意矮几上的水果，親切笑道：「來來，吃果子。」扎克卻著急地告訴他：「鄭大人，錦衣衛封鎖龍江港，要拆除海船。水師弟兄和錦衣衛打了起來！」鄭和大驚失色：「什麼？快領我去！」

三人奔出花園，緊趕慢趕地來到龍江港。港口一片混亂，地上到處是打鬥之後遺留的破損物件。一群水師官兵持刀槍橫立在寶船下，多人已負傷。另一群錦衣衛則拔刀持槍與他們對峙，雙方怒目相視，一觸即發。一個水師軍官怒喝：「你們膽敢靠近寶船，爺就和你們拼了！」錦衣衛軍官憤怒地回答：「這是朝廷的旨意，你們要抗旨造反麼？」水師軍官道：「就算朝廷有旨，也要等鄭大人來了後再說。」錦衣衛軍官冷笑道：「鄭和管不著這事！你們立刻讓開，否則，殺無赦！」他們挺刀向前，從三面合圍水師官兵。

水師軍官無畏地大叫：「弟兄們，布陣！」水師弟兄立刻縮攏，背靠背，形成戰陣——正是當年的鐵甲陣。

鄭和氣喘吁吁奔過來，暴喝：「住手，住手，都退下！」對壘的雙方稍稍往後退了退。鄭和怒視著錦衣衛軍官道：「這位爺，你聽著，水師弟兄都是百戰餘生的好漢。他們在南京還有一萬多人呢。如果激出了兵變，朝廷首先會砍你的頭！」

軍官聞言，不禁收斂了氣勢，朝鄭和恭敬地一揖道：「稟鄭大人。朝廷有旨，海船閒置可惜，應當物盡其用。為建造大報恩寺，著下官拆取海船的銅鐵木料，用於築寺。」鄭和吃驚不小，直覺已預感此事是真，忍痛問道：「聖旨何在？我要親眼看見！」

錦衣衛後面突然響起一個隱藏在那兒的細細的聲音：「在奴才這兒。」

錦衣衛閃開，露出小溜子。他從袖中掏出一軸黃卷，遞給鄭和。鄭和手顫顫地展開，越看則顫得越厲害，好久一言不發。小溜子靠近鄭和，壓低聲音勸：「鄭大人，浦口鎮和太平衛的部隊已經朝這裡開進了，擋是擋不的，您還是奉旨吧。要不然，您將由功臣變成反臣，水師弟兄也會由好漢變成反賊。這一萬多人上有老下有小，總得養家糊口吧！」

鄭和掉轉頭，望著水師官兵，痛苦得好半天說不出話來，好不容易止住悲傷道：「弟兄們……都回去吧。回去吧。」說完話，人像洩氣的皮球，神癟了，人軟了，手一鬆，聖旨落地。他步伐沉重地走向寶船，推開封船的繩索，登上舷梯。小溜子在後面擔心地叫：「鄭大人？」

鄭和在舷梯半道上回首，顫聲回答小溜子：「我要再看看它們，看看我的船……」他嘴裡嘟嘟囔囔，搖搖晃晃地登上了甲板。小溜子一直看著他的身影消失，才朝錦衣衛軍官示意。那軍官立刻率領大群兵勇衝上舷梯。後面跟著扛著大斧、長鋸的工匠們。

鄭和佇立在寶船的甲板上旁若無人地眺望著遠方的海面，大風吹動著他的衣袍。離他不遠，工匠們圍著寶船的參天巨桅，斧砍、鋸拉，吱嘎作響。吳宣被小溜子帶上了船。他左右望望，徑直進入天元艙，他的身後跟著幾個扛著大斧的錦衣衛。吳宣在內艙裡左看右看，東敲西摸，終於指著艙壁對兵勇說：「在這裡面。」錦衣衛執斧上前，狂劈那堵艙壁。

艙角處的那尊天妃塑像被震得搖晃不止，終於挺不住倒地了。艙壁隨之裂開，現出一堆文卷。吳宣撲上去抓起它們，欣喜若狂地叫道：「找到了，找到了！陸大人請看，就是它！」小溜子冷冷地說：「我不看，一個字都不看！來人，全部包起來，六百里快馬送交朝廷！」

錦衣衛把那堆文卷包進一隻皮囊裡。

鄭和對此一無所知，他仍在船舷邊眺望海面。甲板上，大鋸已經鋸入桅杆深處。隨著一陣嘎嘎響，直聳藍天的巨桅終於慢慢地傾覆，轟地一聲砸在甲板上！鄭和像被人猛擊，腦袋剎那間麻木，他木然地轉身，看著橫在面前的巨大的斷桅，兩行熱淚潸然而下。

這時候，身旁響起了王景弘的哽咽聲：「鄭大人，那麼多狂風惡浪沒有毀掉這條船，想不到竟毀在朝廷手裡！……」鄭和嘶啞地說：「景弘啊，我真後悔！我為什麼沒留在莫幹島上？為什麼要回國來啊?!我糊塗啊！糊塗！」兩個老人痛苦地撲到一起，相擁而泣。

吳宣得意洋洋地從天元艙出來，遠遠看見鄭和與王景弘，瘋狂大笑：「老閹貨啊，你們完了！哈哈哈……你們完啦！」小溜子衝著吳宣怒喝：「放肆，把他押下去！」錦衣衛趕緊將吳宣推下船。鄭和與王景弘驚愕地望著吳宣。小溜子遠遠地朝鄭和一揖，一言不發地離去。

鄭和的日記被信使乘快馬送到了北京，直接交到夏元吉手裡。夏元吉在簽押房內的蠟燭光下細細地翻閱那冊厚厚的文卷，看著看著，臉色劇變。他沉聲吩咐傳轎進宮。屬員驚訝地看著夏元吉嘀咕：「大人，已經二更天了……遵命！」

過了幾天，南京的小溜子騎著馬來到鄭和的守備府大門前，後面跟著一輛囚車，車後是兩行威風凜凜騎著馬的錦衣衛。小溜子與錦衣衛全部下馬，他們沉默地看著大門。過了一會，心情沉

重的小溜子嘆了一口氣，朝錦衣衛軍官示意。軍官朝府門揚聲大喝：「聖旨到，著鄭和接旨！」

聽見叫喚的鄭和匆匆步出府門，一眼看見囚車，便明白了，沒料到自己的遭遇比預想的還要淒慘，他無言跪地。小溜子展開手中黃卷讀：「聖旨。鄭和悖主忘恩，圖謀不軌，著押送京城，交刑部查辦。欽此。」鄭和叩首，木然道：「罪臣鄭和……領旨謝恩。」接著起身，慢慢走向囚車，面部看不出有任何痛苦。登車前，鄭和駐足回首，叫了聲：「六公公。」小溜子上前輕聲詢問有什麼話交代，鄭和說：「我、我想在靈谷寺停一下，跟妙雲告個別，請公公方便。」小溜子猶豫片刻，斷然道：「成。奴才陪你去。」鄭和感激地道聲多謝，隨即登上囚車。

小溜子上馬，揮了揮手，囚車緩緩起行，馳離了守備府，越行越快，不一會兒就上了街道。街上熙熙攘攘的行人川流不息，亞嘎爾與扎克此時正好在街上。他倆走到燒餅鋪前站住，扎克伸出一隻手，掌中有兩枚銅板。燒餅師傅笑了，抓起兩個燒餅遞過去：「喲，黑兄弟！……拿著。等等，再送你兩個！」燒餅師傅又加上兩個燒餅。扎克捧著燒餅深深鞠躬：「多謝師傅！」這時候突然響起錦衣衛的鞭擊與喝叱之聲：「閃開，快閃開！」錦衣衛凶猛地驅逐行人，護守那輛囚車從街中馳過。鄭和閉著眼睛端坐車中。

街兩旁百姓頓時大驚，議論紛紛：

——看，那不是鄭大人嗎？

——天哪，鄭大人名滿天下，是朝廷的大功臣哪！怎麼被人抓走了?!

……

亞嘎爾和扎克看見了囚車中的鄭和，兩人頓時呆若木雞。

小溜子急令錦衣衛：「快，快！放下簾子。」一個錦衣衛衝上去將囚車四周的布簾垂下，嚴嚴實實地封住囚車，不讓百姓們再看見鄭和。囚車加速馳過街道，扎克猛然驚醒，一把抓住亞嘎爾的手：「快追。」兩個黑孩子跟在車後追趕，拼命叫喊：「鄭大人，鄭大人！……」囚車中的鄭和突然睜開眼，他伸出手悄悄掀開簾子的一角，激動地望著遠處的兩個黑孩子。

囚車馳上高低不平的石子路，蹦蹦跳跳，繼續高速而行，將跟隨它的黑孩子無情地甩掉。終於馳到靈谷寺，停下來喘氣了。正在寺外澆花的妙雲看見囚車，知道這不祥物與她有關，手中的水瓢就落地了。

小溜子下馬，走到妙雲面前，恭敬地說：「奴才給妙姑姑請安。」妙雲卻注視著囚車，像被施了定身術一般，人僵在那兒。這時，錦衣衛掀開了布簾子，妙雲看見鄭和坐在囚車裡。兩人的目光接上後就再不分開，鄭和的目光被妙雲牽著，下車朝她走去。他聲音沙啞地說：「妙雲。我要進京了，跟你道個別。」妙雲早已滿眼淚水，「你、你這是？……」她的聲音一時竟嘶啞得聽不清了。

鄭和盡量平靜地說：「我現在是反臣，是國賊。」妙雲大驚，顫聲道：「國賊？鄭和啊，你為主子出生入死，為大明漂洋過海，連家人也跟你骨肉離散！到頭來，你自己反而成了國賊！

你、你可真是自作自受哇！」

鄭和心痛欲裂地承認：「妙雲……你說得是。」

妙雲哀戚地說：「二十年前，我就勸過你，過自己的日子，做平常百姓。可你就是不聽，你非要出人頭地，非要建功立業，非要對主子感恩報德！你、你……」妙雲再也說不下去。鄭和含淚勸道：「妙雲，你多保重。」妙雲猛醒：「鄭餘呢？我兒子呢？你把他扔在天涯海角！他還能回來麼？」

鄭和道：「朝廷派船接他們去了。」妙雲慘然道：「朝廷？……我不信朝廷，再也不信了。」

亞嘎爾與扎克嘴裡叫著鄭大人也追來了，鄭和欣慰地說：「哦，你們來了。我正想你們呢！聽著，我沒事，到京城去幾天就會回來的。」扎克大聲說：「鄭大人，我們陪你去！」鄭和搖頭道：「多謝。但這不行啊……妙雲，我、我想求你個事。」

妙雲看著他讓他說。

鄭和轉向兩個黑孩子，說：「他倆，一個叫亞嘎爾，一個叫扎克。他們救過我和鄭餘的命！我要是離開南京了，最不放心的就是他倆。我想求你把他倆收進佛寺，讓他們晨鐘暮鼓，灑掃庭院，有口太平飯吃。」

妙雲點頭。悲憫慈和地看著兩個黑孩子。鄭和對兩人道：「孩子，給妙姑姑磕頭。」亞嘎爾與扎克跪地，對妙雲叩首及地道：「妙姑姑！」妙雲輕聲道：「起來吧。」

鄭和望著妙雲苦笑一聲：「我帶走了一個兒子，卻給你送來兩個兒女……」說著，鄭和突然跪下去，朝妙雲深深叩首，顫聲道：「妙雲，鄭和對不住你。鄭和向你謝罪！謝恩！」妙雲痛苦地捂著臉，哭得幾乎站不住。亞嘎爾與扎克趕緊扶住妙雲。旁邊，小溜子也忍不住背過臉去，暗中拭淚。

鄭和起身走向囚車，錦衣衛關上車門。小溜子朝囚車折腰一揖：「鄭大人，奴才不送了。」鄭和點點頭，囚車緩緩移動起來。

扎克突然大叫一聲：「鄭大人！」衝上前追趕著行馳的囚車。扎克跟在車後拼命跑，一邊跑一邊從懷裡掏出兩隻燒餅，遞進車欄。

鄭和雙手接過，淚水嘩嘩落下來。

囚車越馳越快，漸漸消失在天邊。

靈谷寺裡的銅鐘敲響了，噹噹噹。沉重的轟鳴聲中，妙雲一手牽著亞嘎爾，一手牽著扎克，步入了靈谷寺。他們穿過院中的一尊尊銅爐，一尊尊祭台，走向後面的禪房。與此同時，小溜子也步入了大雄寶殿。他一直走到大殿的西南角落，注視著以血書經的文了禪師。

渾然不覺的文了，仍在伏案書經。整個人更加削瘦蒼老，宛如一盤老樹根！而身旁的經卷也堆得更高了。小溜子鄭重地說：「文了大師，您刺血書經的事兒，朝廷已經知道了。大師此舉感天動地，空前絕後。皇上甚為嘆賞，大臣們倍加敬慕。皇上已經傳下口諭，要封大師為『靈應聖僧』啊！」

文了抬起頭，沙啞的聲音像隱形飛行物一樣不真實地飄過來：「施主呵，要是貧僧沒有猜錯的話，朝廷上想要這份《盤陀經》了吧？」

小溜子驚而失色，後退折腰：「噯喲，大師真是未卜先知，奴才佩服得五體投地！」文了平靜道：「敢問，朝廷要它做什麼用呢？」小溜子恭敬地說：「稟報聖僧，南京的大報恩寺就要竣工了。至時，皇太子要駕臨南京，代表皇上祭祖告天。這份血書《盤陀經》，將在九龍香爐上焚化，以祈求西天佛祖，護佑大明。」

文了抬頭看了小溜子一眼：「焚化祭天？」

小溜子頷道：「是。請靈應聖僧相助。」

文了合掌長嘆：「阿彌陀佛。」

鄭和被押送進京後，直接進了刑部大牢。他似乎不再多想，整日閉目枯坐。刑部官員讓他寫下反省的罪行與罷撤遠洋水師的建議，他聽而不聞。三日過後，刑部將情況稟報上去，夏元吉就來了牢房。他走近牢欄看了看牢內的鄭和，擺擺手讓官員開門。官員打開牢鎖，夏元吉入內，示意官員退下。

夏元吉隨便坐到小炕桌前，拿起桌上的紙頁看看，上面沒有一個字。夏元吉苦笑嘆道：「鄭和，認個罪就這麼難麼？」

鄭和不滿地說：「巡使西洋是先帝國策，大明偉業。我不明白，為何如今竟成了罪過！」夏元吉道：「先帝之上，還有先帝。洪武爺在《皇明祖訓》中明令，西北築城，東南海禁。這才是大明立國之本，萬世昌盛之策。再者，歷年巡洋，耗費甚巨，朝廷實在承擔不起了。鄭和啊，你仔細想想，如果你沒有罪，那不等於說先帝有罪了麼？」

鄭和恍悟：「哦……你們不敢說先帝有罪，就想把罪過強加在我頭上。」

夏元吉並不推諉這點，反而從容理論道：「為人臣者，替天子受過，就是盡忠報國呀。你以為，自古來蒙冤下獄的都是罪臣麼？不，他們好些人也是功臣。他們為國坐牢，跟血戰沙場沒什麼不同，都是在以另一種方式盡忠！」

鄭和驚訝地睜大了眼：「怎麼？你、你明明知道我無罪？」

夏元吉一嘆：「知道，不但我知道，皇上也知道。鄭和兄，我把心裡話都告訴你吧，巡洋是非罷不可了。但是由皇上下旨罷撤的話，天下臣民將會有無端議論，海外列國也會妄測是非，不軌之徒會借此蠱惑人心——既然巡洋錯了，那先帝的嚴刑峻法就對了麼？遷都北京就對了麼？甚至是，靖難起兵就對了麼？改朝換代就對了麼？如此一來，民心不穩，隱患叢生。鄭和啊，你跟隨永樂皇上幾十年了，你願意主子的天威受損麼？願意國家動亂不安麼？」

鄭和傷感地說：「不！……不願意。」

夏元吉嘆：「今兒我不是來審你的，而是來求你的。求你給皇上上書認罪，奏請朝廷罷撤巡洋……」鄭和驚詫地問：「什麼，讓我上書罷撤巡洋？」夏元吉頷首：「不錯。你是最合適的人。」鄭和大叫：「不，絕不！我無罪啊！」

夏元吉從懷裡掏出厚厚一疊文本，放到鄭和面前：「這是你私藏的日記，怎能說無罪呢？」鄭和驚怒道：「我歷年撰寫日記，這有何罪？再說，日記裡都是海外各國地理、民情、政事，珍貴無比！你們強行抄查也就罷了，為何成為罪證了？」

夏元吉輕聲但清晰地說：「日記乃人之心聲哪。鄭和兄，咱們就聽聽你的心聲吧。」夏元吉居然不看日記背誦起來：「永樂九年七月十日，你在歸國前夕的大喜時刻，竟然滿腹悲傷，說『在海上我如同帝王，率領船隊征服萬里汪洋。可只要一上岸，我就是個奴才，我得向主子叩頭，向大臣們跪拜，一叩再叩，一拜再拜！』鄭和啊，你在海上過足了皇上癮，不想回國當奴才了嗎？」

鄭和記起自己輝煌時期的這段感慨，惶然無措：「這、這……」

夏元吉繼續：「永樂十三年正月二十一日，你又嘆息，『身處茫茫大海，最能感受到無邊的孤獨。每到孤獨時，我就深深懷念兩個人，一個是心愛的妙雲！再一個是皇上。』鄭和啊，僅這兩句話，你就犯下了三條大罪。其一，為國巡使西洋，你竟然抱怨孤獨痛苦；其二，身為太監，你竟然思春不止，貪戀女人；其三更是可怕，你所懷念兩個人，一個是尼姑，一個是皇上。而你竟敢把尼姑置於皇上之上！！」

夏元吉話如利刃，鄭和心如刀絞。他驚恐慌亂、痛苦憤怒，他用拳敲擊地面，仰天大叫：「先帝啊，奴才無罪啊，無罪啊……」鄭和撲向地面，失聲痛哭。夏元吉微微躬身道：「鄭和啊，還是那句話。我不是審訊你來的，我是來懇求你——向朝廷上奏服罪吧。」

夏元吉緩緩起身離去，鄭和仍在哀哀飲泣。

夏元吉從大牢出去，順道進入刑部大堂，兩旁的刑部官員敬畏折腰。夏元吉邊走邊關照：「聽著，善待鄭和，不要讓他受委屈了。」

鄭和左思右想，不得不屈服了。他在牢房內的燭燈下伏案書寫：「罪臣鄭和叩請皇上罷撤巡洋，專圖中土之治……」，寫到這裡，鄭和駐筆寫不下去了，他起身在小小的牢屋內來回踱步，雙眉緊鎖。忽然，他嘴角一動，下了一個決心，回到小炕桌前，毅然揮筆：「但大明國擁有萬里海岸線，不可不慮。臣冒死上奏，保留部分海船水師，以固海防……」

鄭和的奏摺被刑部官員歡天喜地地送到了夏元吉手裡，夏元吉立刻趕往上書房遞交朱高熾。朱高熾匆匆覽奏，夏元吉在旁恭敬侍立。朱高熾讀罷，長吁一口氣道：「這個老奴才，總算是認罪了！不過，他對大明海防的深憂遠慮，也頗有道理，朕看了不勝感動啊。」

夏元吉在一邊道：「稟皇上，老臣已經召請兵部、戶部臣工，研究改編水師船隊等事了。」

朱高熾點頭道：「好。傳旨。朕准鄭和所請，永遠罷撤巡洋，專圖中土之治。至於鄭和麼……他畢竟是前朝老臣，隨先皇靖難，鞠躬盡瘁，功無可沒。這樣吧，鄭和官復原職，仍為南京守備。但他不必到職視事，讓他賦閒養老吧。」

夏元吉寬慰折腰：「遵旨。皇上，南京奏報，大報恩寺即將竣工了，請皇上示下。」朱高熾道：「著皇太子朱瞻基，率各親王前往南京，擇吉時佳日，祭祖告天。」

半個月後，輝煌的大報恩寺如期竣工，祭祖告天典禮也如期舉行。

祭壇當中聳立著一尊巨大的銅爐，爐中烈火熊熊。一條長長的紅地毯從銅爐前直鋪到玉階下，地毯兩旁，佇立著兩排文武臣工。

隨著小溜子一聲高喝「皇太子駕到——」，年青英武的朱瞻基邁上玉階，沿著紅地毯步向祭壇。兩旁的眾臣立刻跪地叩拜。朱瞻基走到祭台前立定，小溜子再一聲高喝：「吉時已至，祭祖告天！有請靈應聖僧，焚經祈佛。」

鼓號大作，只見身著袈裟的文了捧著一尺多高的經卷步上玉階，沿紅地毯走向銅爐。他枯瘦的面龐莊嚴肅穆，看上去似乎有點傾斜的步伐微微顫抖。半道，一陣風吹來，高高的經卷摺子忽然飄拂起來，像一條長龍飛了出去，飛到跪地的眾臣頭上。這真是一個真實而奇幻的景象——文了捧著血寫的經卷步步向前，但經卷的另一半卻已經飛出去十幾丈遠，因此他彷佛牽著一條龍頭向前挺進。地毯兩旁的臣工紛紛舉起雙手，驚恐地托著那長長的暗紅的經卷，托著它移向銅爐。同時，他們口中呢喃顫語：「聖僧哪，聖僧！……」

文了旁若無人，扯著那條長長的經卷步至銅爐前。朱瞻基立刻跪地。文了將手中經卷投入火中，再將源源而至的經卷，一尺尺投入熊熊大火中焚化。離祭台不遠，大片僧人盤腿坐地，喃喃誦經，妙雲也在其中，她一面祈禱，一面注視著正在焚經的文了。

鼓號聲越發激烈了，銅爐中的火焰也越燒越旺。朱瞻基跪在祭台前，頌道：「臣朱瞻基敬拜西天佛祖。叩請先皇在天之靈，護佑大明，萬世昌盛！……」

文了退了下來，盤腿坐在妙雲身邊。兩人閉目合掌，喃喃地祈禱著。過了一會，文了動作靜止，全身僵定，閉氣坐化了。

對於幾番出生入死的鄭和來說，他的人生中最輝煌的段落也結束了。在北平的刑部大堂，一個官員高聲道：「皇上口諭，鄭和官復原職，仍為南京守備。所有與巡洋有關的文稿，盡行焚毀，概不留存。」

鄭和謝恩起身後，看見大堂上擱著一隻火盆，一群刑部屬員正在把大堆的文稿投入火中。鄭和就這樣默默地注視著他的日記、賬冊以及歷年來的《航海日誌》被陸續投入火盆，熊熊燃燒。繼而，這些心血化為灰燼，灰燼又像蝴蝶那樣飄飛著。

鄭和淚眼朦朧。他知道，從今往後，茫茫大海，又成為天涯永隔了。而他和妙雲的兒子鄭餘……不容他往下想，一個官員抱著長長的一卷海圖走來，投入到火中去。鄭和再也不忍，大叫一聲：「不！……」他不顧一切地撲上去奪過海圖：「不能燒！不能燒！海圖又有何罪啊？它上面

有莫幹島，有天下各國的方位！難道朝廷只顧大明，不要天下了嗎？」

官員請示地看那位主官。主官沉吟片刻說：「也罷，送交鴻臚寺封存起來吧。」

鄭和這才鬆開手，他將海圖還給官員的時候，才看見，那海圖的一角已經燒焦。

【第三十四章】

南京守備府裡的花園已經被鄭和改造成一片菜園，園中的幾架黃瓜果實累累，看上去讓人賞心悅目。也許對於曾經輝煌過的人來說，閒散的日子催人老，鄭和的頭上已生出不少白髮。一個平常的日子裡，他如同老農頭戴斗笠，手執小鋤，細心地鋤地、掐草、摘瓜。偶爾抬頭，忽見菜園頭上呆呆地站著幾個漢子。這些人身穿破爛的水手服，吃驚地望著鄭和。鄭和眨眨眼睛，沒有把握地說：「你們是……」

一個細長的漢子撲到鄭和腳邊跪下叫：「鄭大人，真是您啊！鄭大人，您不認得我啦？我是五福啊，寶船總旗官！」另幾條漢子也撲地而跪：「鄭大人，小人是劉天寶，戰船小旗！」另一人道：「鄭大人，小人叫大虎子，二等炮手。」

鄭和驚喜得聲音也變了調：「你們、你們不是駐守在莫幹島上嗎？怎麼到南京啦？是朝廷派船接你們回來的？」

五福傷心地說：「不。朝廷從沒有派船去過莫幹島。」鄭和大驚：「什麼?!」

五福說：「鄭大人啊，您臨走的時候說過，開年就出海巡洋。弟兄們等啊等啊，一直不見您來。弟兄們再也等不下去了，黃守備就派出兩條戰船，讓我們回來打聽消息。」

鄭和急忙打聽其他弟兄的情況。

五福沮喪地說：「我們在南海遇上了風暴，船沉沒了。我們這幾人也是九死一生，好不容易才漂流上岸的。」鄭和難過地說：「我失信了，我對不住島上弟兄啊！唉……來來，快坐，坐。」

鄭和手腳忙亂地摘取黃瓜、番茄，遞給他們：「這是我自己種的，你們嘗嘗，又脆又爽！」

水手們接過來貪婪地大口咬。劉天寶咬了一口，突然想起什麼，呆望四周一會，問：「鄭大人，您、您怎麼種起瓜菜了？」鄭和悒鬱地說：「朝廷下旨，封存海船，罷撤巡洋。我現在名為南京守備，實際上已經被朝廷棄置不用了。」

水手們大驚，愣愣地望著鄭和，心理上無法接受眼前的事實。

鄭和打破沉靜，讓大家說說島上情況。劉天寶說還好，大家蓋了房子，種了莊稼，和周邊的海國時有貿易來往，吃穿都不愁，就是想家！想得煩躁，有時候甚至想得心痛。鄭和顫聲問：「鄭餘呢？他好麼？」這是他最先就想問的。

水手們頓時沉默了。鄭和焦急地催促他們快說，五福痛苦地告訴鄭和，去年夏天，一場颶風襲擊莫幹島。鄭千戶被倒下的房樑砸傷，救治不及，去世了。

鄭和立時像遭五雷殛頂，失神地問：「去世了？死了……」五福哽咽地說：「臨終前，鄭千戶一直在念叨您，說『我爸一定會來的……』」

鄭和臉色蒼白，失去了思維，只有眼睛還會動，裡面噙滿了淚水。

劉天寶提過一個小包袱交給鄭和，說：「鄭大人，這是鄭千戶的遺物，我們給大人帶回來了。」鄭和慢慢打開包袱，裡面有兩件破舊的水手服。衣服底下，還臥著一頂小小的虎頭帽……

第二天的傍晚，萬念俱灰的鄭和來到了江邊，他望著斜泊在那裡的早已破敗不堪的天元號寶船，像走投無路的浪子回到了久別的母親身邊，裝滿太多滄桑的眼神如癡如醉。兩個守海船的老兵看見了著一身當年的國使服裝，腰懸長劍，手執洞簫走近的鄭和，驚訝地叫了一聲鄭大人。

鄭和一言不發，看看鎖繩，守衛老兵趕緊拉開了鎖繩。在老兵疑惑的目光裡，鄭和一步步登上了舷梯。

巨大的甲板滿目瘡痍，不堪入目。鄭和佇立於舷邊，目光遠眺，被天邊燦爛的落日吸引。身下湧動著滾滾波濤，長風吹動他的官袍，濤聲四起，浪花擊濺。好久好久，鄭和固執地只想一件事：我的兒子死了，朝廷根本沒有派船去接他們！美麗的落日在往下沉陷，內心雖不甘心，表面卻顯得從容不迫，因為它知道這是規律。大自然無可阻擋的規律。輪迴。宇宙在輪迴中前行，人類在輪迴中發展。這給了鄭和新的人生啟迪：帝王不可信，生死不可期，親朋不可靠，榮辱不可計……什麼東西能夠永恆？也許沒有任何東西可以永恆。這世上只有大海，才是他唯一的故鄉。

鄭和走到艙門前，撕開封條，拉開了艙門。灰塵撲撲落下來，他視而不見，走進了天元艙。他關上門，見艙門已經搖搖晃晃，就細心地用一根木棍頂住門板，轉身打量四周。當年威嚴的大艙現在一片凌亂，到處都蒙著一層灰。

陳舊的塵埃更使鄭和傷感、懷舊，同時也滋生出深深的親切感，那感覺像女人的細手一樣撫摩著他。他坐到當年的帥位上，坐在椅子的灰塵中，心裡從容了許多。他解下長劍，往官案上一擱。他的手掌輕輕撫摩洞簫，然後低低地吹起來。仍然是當年那支無字歌。就在這時，王景弘急匆匆奔到了碼頭，問兩個老兵：「看見鄭大人了麼？」老兵告訴他，鄭大人剛剛上船。王景弘趕緊踏上舷梯，氣喘吁吁地朝上攀登。兩個老兵驚疑地在下面望著。

王景弘剛聽見洞簫聲，洞簫聲就停止了。原來鄭和已放下洞簫，起身拿起案上長劍，慢慢抽出來，一聲龍吟，寒光四射。鄭和打量著閃亮的劍鋒，心裡默默地說：「妙雲啊，你多保重！鄭餘啊，爸陪你來了！」一揮長袖，正要自刎，艙門外響起猛烈的敲門聲，伴著急促的叫喊聲：「鄭大人，鄭和！開門啊！開門！……」王景弘叫了一會，見沒人答應，情知不好，便拼命地推動艙門，同時用更大的聲音叫：「鄭和，我是景弘。開門啊！快開門！……」

裡面的鄭和回頭望了一下晃動的艙門，那支門柱正搖搖欲斷。鄭和猶豫了片刻，仍然揮劍自刎。這時候艙門嘎嘎地碎裂了，王景弘衝進大艙，猛撲過來抱住鄭和胳膊，狂叫：「鄭和，萬萬不可！」

長劍咣地落地。鄭和含淚顫聲道：「景弘啊，朝廷沒有派船去莫幹島，鄭餘也死了……朝廷騙了我們，騙了我！我對不起弟兄們哪！」他抱著王景弘失聲痛哭。

王景弘搖晃著鄭和，急急地低聲道：「聽著，朝廷發生了劇變，皇上龍馭歸天了！」鄭和失神地說：「這我知道，主子去年就歸天了。要不我也不會落到這地步……」王景弘大急，打斷道：「不是永樂皇上，是當今皇上！」

人極度悲憤的時候，有時候會極其清醒，有時候會極其糊塗。有時候會把糊塗當作清醒。鄭和以為自己是清醒的，而王景弘糊塗了，他驚訝地說：「你說是洪熙皇上？這不才開元登基麼？」王景弘低聲道：「京城傳來消息，皇上於本月初八夜裡，忽犯暴疾，龍馭歸天了。」

鄭和不由得身體一軟，跪倒在地，望北而叩：「皇上啊！……」王景弘也隨之跪地叩首。兩人三叩之後，忽然停止動作，呆呆地轉臉互視著。鄭和欲言又止。王景弘貼己地說：「鄭和啊，皇太子已經在靈前即位了。從今往後，又是一朝天子一朝臣。你何必急著死呢？」

洪熙元年（西元一四二五年），在位僅一年的朱高熾暴病逝世，太子朱瞻基繼位。翌年改元宣德。

宣宗即位後，被冷落的鄭和王景弘他們心中又燃起了新的希望。朱瞻基沒有讓他們失望很久。他即位後不久的某一日，小溜子騎著高頭大馬，後面跟著一輛莊嚴的官車、兩行錦衣衛，轟轟烈烈地馳至守備府大門前。小溜子下馬，昂首朝大門高喝：「聖旨到，著鄭和接旨。」

鄭和快步從門內奔出，跪地聽旨。小溜子展開一軸黃卷念：「召南京守備鄭和，速速進京見駕。欽此。」鄭和叩首道：「臣領旨。」小溜子親切地扶起鄭和，指著官車笑道：「鄭大人，您看，皇上把宮裡的龍輦都給您派來了，快請上車吧！」

龍輦載著鄭和，急馳出南京金川門，在遼闊的原野上奔馳。氣宇軒昂的鄭和，穿著一身簇新官服，興奮地觀看原野秋色。錦衣衛在一邊策馬護駕。鄭和的心情也是秋高氣爽，他愉快地想：

我又有新主子了。新主子剛剛繼位，就想起我來了。他要派我什麼用場呢？

鄭和進入皇宮的時候，一眼望見殿內聳立著那幅巨大的海圖。可惜的是，海圖一角已被燒毀。年輕英武的宣德帝朱瞻基正佇立於海圖前沉思。

鄭和恭敬地叩拜：「臣鄭和，叩見皇上。」朱瞻基轉過身來道：「平身吧。」

鄭和吃力地起身：「謝皇上。」朱瞻基微笑著問：「鄭和，認得這幅圖麼？」

鄭和感嘆地道：「認得。此圖製於永樂三年，迄今整整二十年了。臣每巡洋一次，它就要增大一圈。現在，此圖已詳示海外三大洋、四十一國、六十三島，以及臣巡洋時所經過的五條海路。」

朱瞻基注視海圖道：「鄭和，你已經六下西洋了。據你所知，這海外究竟有多大？這大洋何處是盡頭？」鄭和坦率地說：「稟皇上，臣不知道海外有多大，也不知道大洋何處是盡頭。臣知道的是——天下太大太大了！我們不知道的東西太多太多了！」

朱瞻基道：「朕非常敬佩皇爺爺的氣魄，從靖難起兵始，《永樂大典》，遷都北京，治黃河，五征漠北，這些事，件件都難於上青天，但皇爺爺件件都做成了！尤其是巡使西洋，更為千年未有的壯舉，恩威四海，懷柔遠人，天下歸心，萬國朝拜。朕真是羡慕呀。朕，要繼承皇爺爺的雄心大志，再現永樂盛世。」

鄭和沒有深想皇上話中內容，平靜地說：「皇上聖明。」朱瞻基也用平靜的口氣告訴鄭和：

「可是，有不少老臣勸朕。說大明萬物皆備，富甲天下，根本不必巡使海外，只要恪守祖訓，專圖中土之治即可。」鄭和回答：「稟皇上。十七年前，臣的恩師姚廣孝就說過，人哪，如果老坐著不動，非坐成癱子不可。臣以為，聖君者，斷不可閉關自守，而應當眼觀四海，胸懷天下，開疆拓土，極盡天涯。更何況，海外各國千姿百態，異族遠邦物產萬千，他們的許多東西都為大明所無。大明如與海外溝通，則能彼此互利，中外皆繁榮昌盛，成天朝氣象。」

朱瞻基顯然很聽得進這樣的話，道：「唔……你隨朕來。」他把鄭和領到側殿，那裡沿牆立著一排西方刀槍、鎧甲，都是十多年前鄭和從忽魯謨斯帶回來的，如今已銹跡斑斑。朱瞻基告訴鄭和：「朕從庫房裡找出來的。它們都是西洋人的兵器吧？」鄭和點頭說是。他告訴皇上：「那些西洋國叫做英吉利、法蘭西、德意志。」朱瞻基嘆道：「朕試了一試。這些兵器，比大明的兵器厲害。鎧甲也比大明的戰甲高出半頭。」鄭和微笑笑：「是。那些西洋人白皮膚，藍眼睛，黃頭髮，身高體壯。」朱瞻基說：「朕問你，你到訪過這些國家嗎？」

鄭和搖搖頭：「稟皇上，這些西洋國在大西洋的另一邊，臣遠航多年，卻一直沒有越過風暴角，進入那大西洋。」朱瞻基想了想又說：「朕問你，你以為，他們這些人是敵還是友？」鄭和誠懇地答道：「稟皇上，他們也許是敵，也許是友。也許亦敵亦友，亦友亦敵。」朱瞻基窮追不捨：「朕再問你，你以為大明有沒有必要找到他們？」鄭和鄭重地說：「臣以為，非常必要！」朱瞻基厲聲道：「為什麼？」鄭和沉著地說：「因為，大明如不到他們那去，總有一天，他們就會找到大明來！」

朱瞻基沉默地踱向殿外，似要離去。鄭和緊張地看著他。至殿門處，朱瞻基突然立定，轉身慨然道：「聽旨。朕令你重整水師，修復海船，待命巡使西洋！」

這一切竟會來得如此簡單，快捷，鄭和觸電般一振，激動地說：「臣領旨！」

鄭和步下玉階的時候，王景弘已經焦急地在那裡等候好久了。看見鄭和，正因焦慮而踱步的他趕緊迎上去：「怎麼樣？皇上說什麼了嗎？」

鄭和望著王景弘，激動得幾乎失聲：「景弘啊，皇上旨意，要我們重整水師，修復海船，再下西洋！」王景弘驚喜地問：「是麼？」鄭和顫聲道：「是啊！是啊！」鄭和說著仰天叫道：「先帝有靈啊，雲破天開了！」王景弘噙著淚說：「鄭和啊，我們總算是盼到這天了！」

兩個白髮老人竟然抱在一起失聲痛哭，互相忘情地拍打。繼之，兩人又像孩子般欣喜若狂地哈哈大笑！

重整水師、修復海船的工作按部就班地完成了。終於到了水師出航的這一天。龍江港旌旗迎風，甲士林立。江中，數百艘海船正列隊待命。

送行的文武百官佇立於岸邊搭設的一座禮臺上。鄭和與王景弘身著燦爛官服，步上禮台。突然看見禮臺上為首的竟是夏元吉，鄭和與王景弘互視一眼，頗覺意外。

夏元吉展開一軸黃卷，宣旨：「聖旨。詔大明正使兼遠洋水師總兵鄭和，副使兼副總兵王景弘，率船隊巡使西洋，弘揚天朝恩威，敕封列國君王，重開海外貿易，探訪西洋異國。特賜鄭和天子劍、紫金印，准其在海外臨機自專，代行聖旨。盼鄭和等，持王道以巡天下，安四海而共繁榮。欽此。」

鄭和與王景弘叩首道：「臣領旨謝恩。」

夏元吉微笑示意，部下立刻捧上銀盤，盤中是天子劍與紫金印。鄭和仰天再揖，接過，轉給王景弘。

夏元吉躬身揖道：「老夫奉旨為水師送行，祝兩位國使揚帆萬里，一路順風。」鄭和折腰回禮：「多謝了！在下萬沒有想到，夏公竟然親身到此，在下既感慨萬千，更不勝榮幸。」夏元吉道：「皇上恩旨，老夫豈能不遵。」鄭和道：「今日看來，巡使西洋的功罪是非，已經不爭自明瞭吧？」夏元吉一怔，沉聲道：「鄭和，跟你說白了吧。老夫不僅過去反對巡洋，今日仍然反對巡洋，即使明日、後日，老夫還是會反對巡洋！但是，只要皇上聖斷，老夫就會全力以赴地奉行聖意。老夫前朝如此，本朝仍然如此。」

鄭和感嘆道：「夏公啊，我雖然不贊同你的政見，卻敬佩你的忠直。」夏元吉也感嘆：「鄭和啊，我雖然不讚同巡洋，卻仍然煞費苦心地調撥了銀兩物產，以助你成行。」鄭和再次深深折腰：「鄭和拜謝夏公。」夏元吉折腰回禮：「祝鄭大人恩威四海，平安歸來。」

夏元吉身後的眾臣齊齊折腰祝道：「恩威四海，平安歸來。」鄭和環揖：「多謝列位大人。」

禮罷，鄭和轉身離去。夏元吉注視著他的背影，想到他與自己年紀相仿，不由喟然嘆息。

鄭和和王景弘往寶船走去的時候，鼓號齊鳴，一串串鞭炮臨空炸響。將士們在岸邊人群的歡呼聲中，依次步向寶船舷梯。

鄭和最後一個登上舷梯，他一步一回首，焦急地望著遠方。王景弘站在鄭和上方的舷梯半道，他看看鄭和，再看一看遠方，欲言又止：「鄭大人……」

鄭和固執地望著遠方，喃喃地說：「她會來的，會來的。」

王景弘再往岸上看——港口大道處仍無蹤影，他嘆息一聲，獨自登上了甲板。

鄭和見王景弘已上甲板，知道自己不能再等。終於死了心，轉身往上登，忽然眼角瞥見港口大道馳來一輛馬車，那車就是對著寶船來的。鄭和神情一振，匆匆步下舷梯。

馬車馳到碼頭停住，車門開了，扎克與亞嘎爾跳下車。兩人興奮地叫喊：「鄭大人，鄭大人！」一直衝舷梯而來。鄭和「噯噯」地應著，兩眼仍呆呆地朝馬車看。終於看見，妙雲慢慢地步出了車門。鄭和激動上前道：「妙雲，你來了！」

妙雲微笑著說：「我把兩個孩子給你送來了。你答應過，要把他們送到非洲，送他們回家。」鄭和莊嚴地說：「是的，我答應過。我一定做到！亞嘎爾、扎克，你們快上船吧。」

兩個黑孩子不捨地拉著妙雲：「姑姑！……」妙雲動情地顫聲道：「去吧。去吧！」兩個黑孩子飛快地奔上了舷梯。妙雲凝望著鄭和，一嘆：「鄭和啊，你老了。」鄭和聲音沙啞地說：

「是啊，老了老了。垂暮之年，漂洋過海。妙雲啊，此去不知何時才能再見到你……」妙雲喃喃地問：「告訴我，你會去莫幹島嗎？」鄭和忍痛顫聲回答：「去啊，當然去！哦，這回我一定把鄭餘……把鄭餘接回來。」妙雲淡淡地說：「我早就知道了，鄭餘死了。」鄭和大驚，哽咽了，垂首不忍看妙雲，再也說不話來。

妙雲聲音沉沉地說：「鄭和，我想去莫幹島，看看鄭餘的墓，行麼？」鄭和驚愕失聲道：「什麼？你說什麼?!」妙雲顫聲說：「你老了，我也老了，我們都太老了……鄭和啊，我已經沒了兒子，不想再沒了你！我要跟你說句心裡話，這話我已經忍了二十年了——我、我不想離開你，我願意跟你一塊出海。我要看看兒子的墓，看看外面的世界。行麼？」

天地間突然燦爛起來，鄭和激動得語無倫次：「好啊，好啊！妙雲，我可盼到這天啦！……妙雲，咱們上船。」他手足發著顫，扶著妙雲慢慢地步上了高高的舷梯。

船舷邊，王景弘驚訝地看著鄭和攙著妙雲步上舷梯，當兩位老人相互扶持、顫巍巍地走上寶船甲板時，王景弘突然大喝：「全體聽令，鳴號拜迎！」頓時，所有的官兵齊齊地在甲板上單足跪下，折腰拜迎。同時，船上鼓號齊鳴，聲震海天。妙雲在皇后般的禮遇中登上了偉大的寶船！鼓號聲中，官兵們齊聲大吼：「拜見國使！」

妙雲舉首望著整修一新的甲板，望著直聳藍天的一座座巨桅，喃喃驚嘆：「天哪！這船真高哇……」鄭和笑道：「當初，鄭餘頭回上船也這麼說。我告訴他，這船哪，就是從天上開來的！

來來妙雲，咱們上發令台。」

鄭和又攙著妙雲登上高臺，放眼四周，自豪地指點：「瞧啊，這就是咱們的寶船！這一片全是咱們的船隊！」妙雲感嘆地說：「啊……就跟在夢裡似的。」

王景弘近前道：「稟國使，各船全部備航完畢，請大人示下。」鄭和道：「景弘啊，勞你下達航令吧。」

王景弘走到台前，朝甲板高喝：「聽令。傳命各船，解纜起錨，升帆啟航！」甲板上的總旗官立刻回應：「傳命各船，解纜起錨，升帆啟航！」

舷邊，一排精壯的號手向江面吹響海螺；

船桅上，一串令旗飛速升上桅頂；

船首處，一隻巨錨帶著嘩嘩江水升出水面，被捲上船舷；

甲板上，水手們齊聲吆喝著，扯起了巨大的風帆；

遠近各處，所有的海船都發回一陣陣螺號，都在起錨升帆。

江面上，船隊排列著整齊的陣形，陸續馳出長江，馳向天邊……

夕陽落照下的大海，金光閃爍，燦爛無比。海鷗橫空而過，春風撲面而來。

鄭和與妙雲並肩偎坐在船首處，眺望海天。兩人的心情都是從未有過的恬靜。妙雲動情地讚嘆：「大海可真美啊！」

鄭和溫和地說：「大海不但美，而且乾淨，既比人間乾淨得多，也比朝廷乾淨得多！」——這句話，他是俯在妙雲耳邊低語的。「在海上，無論你朝哪邊看，都能極目天邊，一覽無遺。我覺得，人不管有多少煩惱，只要向大海望上兩眼，都會豁然開朗，心曠神怡呀！」

妙雲忍不住點了點鄭和已經有些鬆弛的面頰：「難怪你那麼喜歡大海。」

鄭和幸福地瞇了瞇眼，問：「妙雲哪，每當我極目海天的時候，你知道我最想什麼嗎？」

「想什麼？」

鄭和低聲說：「想你啊！我在想，此時此刻，妙雲要是在我身該多好哇。我們一塊兒看海，一塊兒行船，一塊兒說個話，一塊兒沉思默想。唉……那該是多幸福的事啊。」

妙雲羞澀地說：「現在，我們不就在一塊了嗎？」

鄭和滿足地說：「是啊，是啊。有此一刻，我這輩子也就知足了！」

王景弘走近他們，輕聲說：「鄭大人，妙大姐，官艙預備妥了。請大人和妙雲姐進艙歇息。」

鄭和扶起妙雲：「走哇妙雲，咱們進家去。在海上，那船艙就是咱們的家啊。」

鄭和與妙雲走到天元艙前。守立在門前的亞嘎爾和扎克從兩邊轟轟地拉開了艙門。鄭和與妙雲剛邁入大艙，頓時呆在那裡。只見一座座紅燭將天元艙照得燈火通明，一條條彩綢從天花板上垂落。艙壁四周，貼滿一串串連體字囍囍囍囍……整個大艙都被紅通通的「囍」字圍住了，燦爛輝煌！大艙正當中，則安排了一席盛宴。

鄭和驚訝地說：「景弘啊，你、你這是幹什麼?!」

王景弘顫聲回答：「鄭大人，今天不但是你們的大喜日子，更是全體官兵的大喜日子！整整五年了，水師撤而復建，船隊死而復生，弟兄們終於苦盡甘來，再度出海巡洋了！我已經吩咐過了，今晚除了當值官兵之外，每人另賜酒肉，以示慶賀。」

王景弘身後的官員們一片聲呼應：

——王大人說得是啊。苦盡甘來，可喜可賀！

——給鄭大人賀喜啦！

鄭和笑揖道：「好，好啊。來呀，亞嘎爾、扎克，給列位大人上酒。」

亞嘎爾和扎克趕緊斟上一碗碗酒，奉給在場各位官員。妙雲也微笑著接過了半碗酒。人逢喜事精神爽，紅光滿面的鄭和舉碗道：「列位弟兄，多少年來，我們風雨同舟，縱橫四海。不管是岸上的明槍暗箭，還是海上的狂風惡浪，都沒能打散我們。鄭和能與列位弟兄同船共事，是我的福氣，是我的恩典，是我平生最自豪的事！來呀，今日，咱們與天同慶，與海盡歡。鄭和敬列位弟兄。」

官員們歡叫：「敬鄭大人！敬妙大姐！……」

這一晚，鄭和喝醉了。妙雲扶著他步入臥艙。道上，妙雲嗔怪道：「瞧你醉的！」鄭和口齒含混地說：「我沒醉，我清醒著哪。妙雲，我高興啊！二十年了，沒這麼高興過！」

艙內整潔溫馨，兩人的目光不約而同先望見了那張雕龍紅木睡榻，又不約而同地閃開去。妙雲走進去，將紅燭擺在壁臺上，一眼看見了天妃像，不禁有點恍惚，怎麼有似曾相識的感覺？「這是……」

鄭和深情地說：「這是天妃塑像，是我從琉球群島一座破廟裡取來的。跟隨我二十年了。」妙雲便請求：「哦？說說這個天妃吧。」鄭和告訴她：「天妃娘娘又叫媽祖，原本姓林，宋朝人。生下來就沒有啼哭，家人都叫她默娘。長成後，默娘經常駕著一葉扁舟，出沒於驚濤駭浪之中，救護遇難的行海人。二十八歲時，來了一陣千年不遇的大風暴。風暴過後，村裡的房子全部毀了，但是村裡的人卻無一喪命。大家正在驚奇時，卻發現只有默娘消失了。人們這才知道，她用自己的性命保護了百姓。從此，默娘就被後人尊為海天女神，她護佑著天下的行海人，劈波斬浪，一路平安。妙雲啊，你好好看看，這天妃像誰呀？」

妙雲奇怪地說：「我是感覺好像在哪裡見過……」上前再細看，不由得又驚又窘，手足無措：「她、她、她……」

鄭和快活地哈哈笑道：「看你多傻，像自己還不知道！像年輕時候的你！你看這眉眼、神情，跟你像是從一個模子裡雕出來的。妙雲啊，每當我向天妃娘娘祈禱的時候，都想起你來。二十年來，這尊天妃娘娘，一直護佑著水師。你呢，也一直護佑著我呀！」

妙雲的內心極受震動，她愣愣地一屁股坐到榻沿上，目不轉睛地盯著天妃塑像，喃喃自語：

「天哪，怎麼能這麼巧啊。」

鄭和在妙雲身邊坐下，輕輕攬著妙雲，感嘆著：「不光是巧，我想過，千百年來，後人在給天妃娘娘造像的時候，把女性最美好的東西都塑在她身上了。所以啊，善良美好的女人，看上去就會像天妃。妙雲啊，我覺得這是天意！」

妙雲離開鄭和，跪地朝天妃像深深一拜：「天妃娘娘保佑，四海清平，人間吉祥。」鄭和伸出雙手又將妙雲扶入自己懷中，傷感地說：「唉，要是鄭餘也在這，那該多好啊！」話剛出口，鄭和自知語失，臉上露出不安的神色。妙雲往舷窗外看海上黑夜，半晌不動。末了突然問：「鄭和，那支洞簫還在嗎？」

鄭和忙說：「在，在！」妙雲柔聲道：「吹支曲兒吧，我想聽聽。鄭餘也會來聽的，我們一家人在曲聲中團圓……」

鄭和「嗳嗳」地答應著，從榻旁摸出洞簫，輕輕地吹起來。簫音婉轉深情，像春江花月夜，又似一江春水向東流……

鄭和的船隊終於來到了水手們朝思暮想的莫幹島。這一日，當年留駐海島的幾個水手正在岸上整修船具，幾個兒童在海邊玩沙，一個小女孩從堆好的沙器旁站起來，無意間抬頭望望海面，不由驚訝地叫了一聲。接著，所有小孩都望向天邊，全呆住了。他們一動不動，一聲不出，像是無意間窺見了一個未知世界。

鬚髮皆長的黃守備嗔道：「二虎，發什麼呆啊。」那個胖胖的小男孩伸手指著天邊，輕聲道：「船……」

黃守備跟著轉臉一看，大驚。原來整片大海已經布滿巨大海船，它們正排著整齊的陣容揚帆馳來。黃守備猛地跳起，發瘋般喊起來：「寶船！寶船來啦！」

立刻所有水手都跳起身，朝海面跳躍、狂呼：

——寶船來啦！鄭大人來了！

——天哪！他們總算來了！

……

喊聲中，島上各處竄出男女老少，他們發瘋般衝進大海，衝向寶船，同時激動地展臂歡呼著。

船隊終於登上了莫幹島。鄭和與妙雲各著素服，在黃守備引領下，來到墓地。這裡零零星星地豎立著二三十個墓石。黃守備沉聲道：「鄭大人，這些弟兄永遠駐守在這兒了。他們的墓碑全部朝北，望著大明啊！」

鄭和動情地注視片刻，哀然下跪。身後，王景弘等官員烏鴉鴉跪了一片。鄭和拈著一束焚香，痛聲祭道：「弟兄們。鄭和對不起你們啊！你們是大明好男兒，水師的好將士！你們的在天之靈，與日月同輝。在地之魂，與大海相伴。你們的豐功偉業，千年不滅，萬古長存！……」

一排號手吹起了螺號。在低沉的螺號聲中，鄭和一叩，再叩，三叩。黃守備扶起鄭和，口裡說：「鄭大人請。」

鄭和與妙雲繼續朝前走去，面前出現了一座石碑。黃守備顫聲道：「鄭千戶就安葬在這裡。」鄭和與妙雲緩緩跪下，只見石碑上鍥著：大明水師千戶鄭餘。妙雲失聲痛哭：「鄭餘啊，娘瞧你來了！……」鄭和渾身顫抖，眼淚奪眶而出。喃喃地說：「兒子啊，兒子啊！我的好兒子啊！……」

黃守備陪著鄭和與王景弘在小鎮中巡查。黃守備興奮地說：「鄭大人您看，這些年來，我們蓋房子，開路，建廟，辦學，這兒已經是個地地道道的莫幹鎮了！」鄭和問：「莊稼呢？衣食補給呢？」黃守備說：「山後有千畝良田，都種上稻子了。海裡有取之不盡的魚蝦蟹蚌，吃喝都不愁哇。還有，每年四季，周邊各國都有商船前來貿易。咱們駐守人員中，有的是能人兒，木匠、鐵匠、銀匠、瓦匠，還有藥師和文士，應有盡有啊。工匠們把做出的器物與各國交換，藥師給人看病製藥，文士把筆墨文字傳授給島外各族，嘿嘿嘿，咱們莫幹島已經名揚四海啦！」

王景弘歡喜地說：「好哇！黃守備，現在島有多少人丁啊？」黃守備說：「男女老幼，已經上千口了。」鄭和驚訝地說：「當初，我不是只留了三百人駐守麼？」黃守備嘿嘿笑道：「弟兄們都結婚生子了，如今有三百來家呢！」鄭和沉聲問：「老婆從哪兒來？不至於是搶來的吧?!」黃守備笑了：「不會！您忘啦，魯古里島不是有個女兒國嗎？那島上的女人爭先恐後地想嫁咱

們。鄭大人，弟兄在國內窮得娶不上媳婦，在海外，咱們豐衣足食，活得簡直像個財主！」鄭和哈哈大笑：「好好好！景弘啊，聽見沒有？比起咱們在國內受的那份罪，我可真是羨慕他們哪！」王景弘微笑著說：「我瞧啊，他們能有這麼好的日子，也都是給逼出來的。」

黃守備激動地說：「王大人一語中的！這日子確實是給逼出來的。頭一年，弟兄們孤苦寂寞，度日如年。天天想家，想大明，直盼望寶船來接咱們回去。熬不過去的人，甚至想自殺。一兩年過去了，沒船來接。弟兄們絕望之後，也漸漸明白了，朝廷遠在萬里之外，靠不住哇。要活命，只能靠自己！於是開始自力更生，創建家園，日子才一天天好起來。所以說，好日子都是給逼出來的。」

鄭和聽了感慨不已，認真道：「我要給朝廷上奏，把你們的豐功偉業載入史冊，廣告天下。」黃守備歡喜地道謝。鄭和又讓他通知所有駐守人員，願意隨船歸國的，趕緊收拾行裝，老婆孩子都可以帶上。

黃守備倒顯出為難的樣子。鄭和不解地問他怎麼啦。黃守備說：「下官已經給弟兄們打過招呼，可是，除七八位老弱病殘之外，大部分弟兄都不想歸國了。」鄭和問為什麼。黃守備一嘆道：「老婆、孩子、房屋、田地都在島上，根已經紮得太深，拔不動了。弟兄們還擔心，歸國之後能有這日子麼？連鄭大人也遭奸臣暗算過，咱們就更別提了！所以，弟兄們情願在島上終生駐守，不想返回大明了。」

鄭和沉吟不語。王景弘說：「可是，弟兄們的父母都在大明呀。」黃守備說：「當初招募水師兵員時，因其生死難測，因而是兩丁抽一。所以駐島人員在大明都有兄弟，不至於斷了血脈。弟兄們想把幾年積攢下來的海外珍奇，打個包裹，請船隊帶回去，以孝敬父母，補貼家用。人麼，就不回去了。」

王景弘看著鄭和。鄭和也重重嘆了口氣，說：「成。無論想往國內捎什麼，都給你們帶上。船隊歸國後，我著人挨個兒送往各家。」黃守備喜揖：「謝鄭大人！」鄭和想了想又補充：「還有，你們不是已經在島上駐守六年了麼？所欠糧餉，全部雙倍補發，以示獎賞。」黃守備驚叫到：「鄭大人……」鄭和制止他：「沒完。臨別前，還要再給你們留下十條海船，包括船上的所有貨物，供你們貿易所用。此外，你們還缺什麼，開個單子來，我們全力供應！景弘，你瞧這樣成嗎？」

王景弘深受這悲壯熱烈的場面感染，高聲道：「成！莫幹島永遠是大明的海外基地嘛。」黃守備撲地跪下，感動得熱淚盈眶：「下官代表全島弟兄，叩謝鄭大人王大人恩典！」鄭和扶起他，抒口氣道：「還是叩謝朝廷天恩吧。今晚上，你率全島弟兄、包括他們的老婆孩子，統統上船來。我和王大人要設宴相請。」

莫幹島一行，鄭和與王景弘內心起伏很大。堂堂大明的百姓，居然有那麼多人自願在海外小島紮根！這一日，兩人踱步觀海。海面波濤起伏，巨浪拍岸。鄭和感嘆道：「景弘啊，再過些

年，這海外各國，只怕都會繁衍出中華後裔、炎黃子孫。」王景弘憧憬地說：「到那時候，可真是四海一家了。」鄭和卻悵然起來：「可我們都老了，看不到那一天了。」王景弘平靜地說：「但我們會化作泥土，化作海浪，承前啟後，綿延不絕……」

鄭和憶起從前的事：「當年，我被閹割的時候，陰刀劉告訴我，說『從現在起，你們就不是人了。你們不陰不陽、不男不女、不雌不雄，你們只比那痰盂多兩條腿、比那畜牲少兩條腿！』打那一刻起，我就一心想建功立業，做一個人上人。陰刀劉那一刀，讓我疼了一輩子啊。我得謝謝那一刀，它逼得我終生奮鬥，把我從一個太監逼成了大明正使！」王景弘看鄭和一眼，微笑道：「不錯。縱橫四海，恩威天下，猶如海上帝王。」

鄭和無聲地嘆息道：「可人老了以後，也就平靜了。數不盡的禍福榮辱，把骨頭都磨平了！我這輩子，也就像這一片海浪吧，是大海之力把它高高地抬了起來，一眨眼功夫，它又歸於大海，就好像從來沒有出現過……」王景弘感動地說：「鄭和，一片海浪消失後，另一片海浪還會出現。它們雖然轉瞬即逝，卻又萬古不滅。」

鄭和受到安慰，說：「是啊，是啊……走吧景弘。咱們下一站，該駛往錫蘭山了吧？」王景弘說：「正是。我已經派出快船，通報錫蘭山國王亞烈，大明船隊即將到訪。並遣人分別前往列國，邀請他們派出使臣同往錫蘭山，參加四海拜盟盛會……」兩人且說且走，沙灘上留下兩位患難知己的深深腳印！

船隊行了半個月，到達了錫蘭山王國。這個國家最輝煌的要數佛光寺了，這裡到處香燭高聳，佛像林立，不時回響著噹噹噹的鐘聲。

國王亞烈顯得蒼老了許多。陪著盛裝的鄭和、王景弘、妙雲等步向寺門時，他的腳步明顯有點蹣跚。但亞烈情緒高昂，興奮地介紹：「聖使請看，這座佛光寺，還是用大明所贈的十萬銀兩蓋起來的！它已經落成五年了，今日總算把你們盼來了！」鄭和抬眼端詳著說：「恭喜陛下。此寺氣象莊嚴，佛光燦爛！」

亞烈道：「得知大明聖使即將到訪的消息後，我立刻加築了一座大碑亭，並給聖使準備了一方九尺高的碑材，好為今日的拜盟盛會，鍥石立碑，傳之後世。」

鄭和王景弘都深深感動。噹噹的鐘聲又響起，鄭和等在鐘聲中步入了佛光寺。

佛光寺大殿的正北，修有一座如來佛像。佛祖的掌中托著那尊小金塔。鄭和與妙雲上前，虔誠叩拜。亞烈朝皇子道：「聖使已到，請各國君王使臣赴會。」

皇子殿下便朝門外高喝：「聖使已到，請各國君王使臣赴會！」

鄭和與王景弘急忙步至殿門處相迎。一個身著異國王服的長者走來，於是四面八方響起一陣喝報聲：「蘇門答臘國王拜見大明聖使！」鄭和朝國王揖禮：「大明國使鄭和拜見蘇門答臘王。」又一個王者步上，四面八方再次響起喝報：「馬六甲王拜見大明聖使！」鄭和再朝該王揖禮：「大明國使鄭和拜見馬六甲王。」

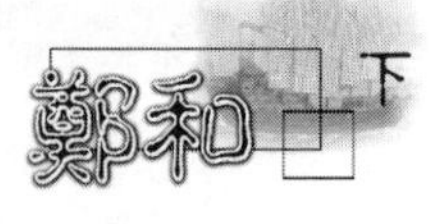

又一位王者走來，四面八方又喝報：「爪窪君主拜見大明聖使！」鄭和又揖禮：「大明國使鄭和拜見陛下。」

來了一個西洋人，他闊步走上前來，四面八方喝報：「忽魯謨斯總督拜見大明聖使！」鄭和揖道：「鄭和拜見總督閣下。」禮罷抬頭一看，竟然是另外一個總督了。他驚訝地說：「噯喲！閣下，難道忽魯謨斯又換總督了嗎？」那總督哈哈笑道：「當然。鄭大人，自從您離開忽魯謨斯後，我們改選過十幾次了，連我都不知道自己是第幾任總督了。」鄭和微笑地說：「恭喜閣下。願閣下在位長久，吉祥如意！」

這時，一位盛裝的女王款步上前，四面八方高聲喝報：「魯古里女主莎娜爾，拜見大明聖使！」鄭和急忙迎上去，激動地揖禮道：「鄭和拜見魯古里王。莎娜爾呀，多年不見了，你都好麼？」莎娜爾也激動萬分，說：「好，好！鄭和啊，你離開魯古里就再不回來，我以為永遠見不到你了。」鄭和說：「這不是又見面了嗎？」莎娜爾深情地端詳著他：「你呀……老多了。」鄭和風趣地說：「陛下卻青春長駐，還是這麼漂亮。」莎娜爾笑道：「告訴你，我們魯古里和大明國已經成親家了。」鄭和明知故問：「哦？」莎娜爾甜甜地說：「魯古里的姑娘，一大半嫁到莫幹島上去了，我們兩國還不是親家嗎?!」所有君王都哈哈大笑起來。鄭和笑道：「是啊，但願天下萬國，都能親如一家！妙雲，來來。」

妙雲微笑著走過來。鄭和牽起她的手介紹：「這就是我跟你說過的海外女王，莎娜爾！」妙雲優雅折腰：「拜見女王陛下。」莎娜爾笑道：「妙姐姐，早就聽鄭大哥說起你。今日總算是見到您這個仙人了！」兩個女人拉著手走到一邊去了。

鄭和走到祭台前，抱拳環揖四周，高聲道：「多謝各國君王、總督，遠道而來，共襄拜盟盛舉！」各君王此起彼伏地說：「這是百年不遇的大喜事，我們能不來嗎？……再說，我還惦著跟你做貿易呢！」鄭和笑道：「本使奉旨拜會各國君王，總督，謹表大明宣德皇帝之意。大明願與天下萬國，結為四海同盟，尊奉天道，互通有無，永不相犯，共用太平盛世！請問各位陛下願意拜盟麼？」所有的人高叫著：「願意！願意！這事好極了！……」

鄭和道：「那好。今日，大明國就與各國君王總督，在佛光寺中，同向西天佛祖盟誓。」鄭和轉身面對如來佛像，莊重地整衣正冠，剛要下跪，突然心口一陣絞痛，他臉色劇變，身體顫抖，強撐片刻後，終於癱倒在地，昏迷不醒了。

妙雲與王景弘從兩邊急扶鄭和，驚叫道：「鄭和？……鄭大人！……」

君王們頓時一片惶然。

鄭和被抬回寶船臥艙後，人一直很虛弱。這一日，他躺在榻上，氣息微微。妙雲滿面悲傷，輕輕地為他拭汗。王景弘在外忙碌了一陣走進來，擔憂地注視著鄭和。鄭和睜開眼，沙啞地問：「景弘，到哪了？」王景弘輕輕告訴他：「非洲麻那海岸。」鄭和喃喃地說：「到非洲了？好啊，好！妙雲，扶我起來，送送兩個孩子。」王景弘急忙勸阻：「鄭大人，你還是歇著吧。我送他們。」鄭和堅定地低語：「不。我答應過，送他們回家。我得送啊……」妙雲知道他想幹的事，再勸也沒用，就扶持他吃力地起身，緩緩步出大艙，走上了甲板。前方，果然出現了一片無邊無際的大陸。

鄭和與妙雲正出神地望著，身後響起兩個黑孩子的聲音：「鄭大人，妙姑姑。」鄭和轉身，亞嘎爾與扎克跪在面前。鄭和顫聲道：「孩子，你們最早是六個人，現在只剩兩個了，我、我對不起你們啊。」亞嘎爾哭泣著說：「不不。鄭大人，您是天底下最好的人！」扎克說：「鄭大人。我父親是麻那部族的首領。如果你遇到什麼災難，就到麻那來吧，我會一輩子侍候您。讓您在非洲生活得像皇上一樣！」鄭和不禁笑了：「多謝。我對自己這輩子，知足了！景弘，東西都準備好了嗎？」王景弘在邊上說：「準備好了。每人五百兩銀子，二十天飲食。還有兩匹快馬，供他們上岸後騎行。」鄭和點頭，終於不捨地說：「好好。孩子，你們……回家去吧！」

兩個黑孩子一下撲到鄭和與妙雲懷中：「鄭伯伯！妙姑姑！」妙雲摟著亞嘎爾抽泣地說：「姑姑會想著你們的，永遠想著你們！」鄭和強忍離別的傷感，說：「去吧去吧，回家去吧。天涯海角，終有一別。」兩個黑孩子跪地，重重叩首，然後起身步向舷梯。

這時，舷邊的號手吹響了送行螺號，其聲悠揚深遠。兩個黑孩子在舷梯處再次站下，戀戀不捨地回望鄭和。鄭和擺手，顫聲道別：「回家吧，回家！」

黑孩子步下舷梯，鄭和仍呆呆地望著。王景弘低聲道：「鄭大人，此行的各項任命，都已完成了。請鄭大人示下。」鄭和沉聲發令：「啟航，沿著非洲海岸繼續南下，繞過風暴角，尋找大西洋。」王景弘驚愕道：「鄭大人，大西洋只是傳說中的大洋，不知遠在何處。再說，從沒有人到過那裡啊！」鄭和喘著粗氣說：「我們這輩子，做的不都是前人沒做過的事嗎？發航令吧，繞過風暴角，前往大西洋。」

王景弘只得遵命執行。

船隊不分晝夜地向大西洋馳去。隨著船隊越行越遠，氣候變了，黑黝黝的大海波濤洶湧，海面上狂風呼嘯。天空竟然舞動著片片雪花。甲板上的水手們將雪花接在手中，驚恐萬分：「天哪，這是什麼地方？三伏天竟然下起雪來！」立刻有人將情況報告了王景弘，王景弘匆匆去內艙找鄭和，妙雲正在侍候鄭和服藥。王景弘不安地告訴他：「鄭大人，我們怕是進入天涯海角了。這季節，在大明是盛夏，而在這，竟然漫天雪花！官兵十分恐懼，軍心也有些不穩。」

妙雲驚得手一抖，碗中藥汁竟然潑了出來。她急忙替鄭和揩抹。

鄭和被病痛折磨著，但他還是勉強笑了笑，安慰道：「哦，不用慌。南軒公早就說過，在南洋盡頭，季節會倒過來。夏天變成冬天，冬天變成夏天。下雪了，說明快到風暴角了。」王景弘不以為意：「可是，連南軒公自己也沒有到過風暴角，一切都是他聽說的！鄭和啊，我們已經走得太遠太遠了，越往南，越是凶險莫測。我看……還是返航吧？」鄭和氣喘吁吁地急阻：「不，絕不返航！就算天下刀子，船隊也要南行，直到進入大西洋！」王景弘顫聲道：「鄭大人，你病

情太重，萬一……」鄭和嘶啞著說：「只要我活著，艦隊就必須南行。向南。向南！明白嗎？」王景弘無奈地答應：「遵命。」

王景弘正欲離去，鄭和卻又喚住了他：「等等……要是我死了，你就把我葬入大海，我自個飄到天涯海角去！」王景弘驚愕，看看妙雲，半晌顫聲道：「遵命。」

王景弘離去後，妙雲悲傷地撲到鄭和胸前，無言低泣。鄭和溫柔地問：「妙雲……怕嗎？」妙雲哽咽著說：「不。和你在一起，我什麼都不怕。我怕的是……你不在了。」鄭和微笑著喃喃低語：「我在呢，在呢……我永遠不離開你。我倆呀，風雨同舟，踏遍天涯海角。」

這一晚，王景弘幾乎沒怎麼睡，漫天風雪熙熙攘攘飄了一夜，到凌晨時，終於越來越弱，最後止息了。天邊出現了一輪紅光，照耀著甲板上的白雪，格外晶瑩，格外鮮豔。

總旗官歡喜地說：「噯！雪停了！太陽出來了！」

鄭和躺在榻上一動不動，妙雲偎靠在他的胸前。陽光從舷窗透進來，天妃塑像下，一支殘燭掙扎著，搖搖欲滅，最終它悄然熄滅，升起一縷青煙。

妙雲驀然驚醒，輕晃鄭和：「鄭和，鄭和。你醒醒，天亮了！鄭和！鄭和！你怎麼了？你快醒醒啊！」

無論妙雲怎麼呼喚，鄭和再也沒有醒來。

海上風平浪靜，紅日當空，整個船隊停止航行，舉行隆重的海葬。甲板四周，官兵們密密麻麻地圍著鄭和排立。鄭和換了一身乾淨白衣，安靜地躺在木榻上，表情祥和。妙雲目不轉睛地呆呆望著他。那個老邁的書記官捧著一本《航海日誌》，顫巍巍地走向文案前，莊嚴落座、取帕、拭手，動作顯得比以往遲鈍、沉重。

王景弘的聲音因為悲痛而斷斷續續：「宣德七年八月十日，大明正使鄭和，逝於……巡洋……途中，終年六十二歲。副使王景弘，率全體官兵，為其舉行海葬……」

老書記官將此揮筆載入《航海日誌》，他的淚水嘩嘩地掉落到日志上。王景弘從部屬手裡接過一隻銀盤，銀盤上是一把剪刀。他端著它走到妙雲面前，叫了聲：「妙大姐。」妙雲伸手拿起剪刀，顫抖地伸向鄭和的白髮，輕輕一剪，一縷白髮落到王景弘托著的銀盤上。妙雲再執剪伸向鄭和的右手，輕輕一剪，一枚指甲又落到銀盤上。妙雲平靜地對王景弘說：「王大人。我答應過鄭和，我倆無論生死，永不分離。」王景弘頓時有了不祥的預感，驚慌地叫了一聲：「妙大姐……」

冷不防，妙雲望著鄭和，呼喚著撲到他身上：「鄭和啊！……」王景弘趕緊攙扶妙雲，當他把妙雲扶起來時，只見那把剪子已經深深扎入了妙雲胸口，鮮血如注。王景弘淚如雨下，痛苦萬分。

海葬儀式繼續。鄭和與妙雲被小心地放入了一葉小舟。水手們把小舟放入吊索中慢慢降下來，落入大海。小舟載著死去的鄭和與妙雲隨波逐流。兩人中間，擱著那根古老的洞簫。

甲板上，鼓號齊鳴，所有的巨炮都在轟響。王景弘與全體官兵跪地長叩，痛哭不已。海面上，各船都在鳴號，各船的巨炮也都在轟響。這次隆重的炮轟，海天蒼穹為之震動！

小舟上，鄭和與妙雲互相偎依，慢慢地漂泊去了天邊。

鄭和死了，艦隊在距好望角近在咫尺的地方掉頭，一個偉大的航海時代也隨之結束，大明重新閉關鎖國。五十年後，歐洲人達伽瑪，駕著比鄭和艦隊小得多的海船，越過了好望角，由此開始了另外一個時代，即西方進入東方的時代。

數百年來，不斷有仁人志士為此嘆息：如果鄭和的航海事業進行下去的話，那麼世界仍會是現在的世界嗎？中國仍會是現在的中國嗎？

國家圖書館出版品預行編目資料

鄭和／朱蘇進・陳敏莉著；-- 一版. -- 臺北
市：大地, 2004〔民93〕
冊；　公分-- （歷史小說；20-22）

ISBN 986-7480-03-1（上冊：平裝）. --
ISBN 986-7480-04-X（中冊：平裝）. --ISBN
986-7480-05-8（下冊：平裝）

857.7　　　　　　　　　　　　93004411

鄭和（下）

歷史小說 022

作　　者：朱蘇進・陳敏莉
創 辦 人：姚宜瑛
發 行 人：吳錫清
主　　編：陳玟玟
封面設計：呈祥設計印刷工作室
出 版 者：大地出版社
台北市內湖區內湖路二段103巷104號
劃撥帳號：〇〇一九二五二～九
戶　　名：大地出版社
電　　話：（〇二）二六二七七七四九
傳　　真：（〇二）二六二七〇八九五
印 刷 者：普林特斯資訊有限公司
一版一刷：二〇〇四年四月

定　　價：200元
版權所有・翻印必究

E-mail：vastplai@ms45.hinet.net
Printed in Taiwan

（本書如有破損或裝訂錯誤，請寄回本社更換）

本書經由江蘇文藝出版社授權出版，非經書面同意不得任意重製、轉載。